ヘルダー民謡集

嶋田洋一郎［訳］

九州大学出版会

目次

民謡集　第一部

第三巻

民謡集　第二部

補遺

『歌謡における諸民族の声』（一八〇七年）に追加された作品

凡例

本書は以下の部分から成っている。

1　本文

本訳書全体の表題は「民謡集」であるが、実際に訳出されているのは『民謡集』全二部（一七七八・七九年）および『歌謡における諸民族の声』（一八〇七年）に新たに加えられた十五篇の歌である。訳注等における歌の番号の記載は2・3・7（＝第二部第三巻第七番）という形で行う。なお原文の隔字体は太字で表す。

それぞれの歌に付された前書きはヘルダーによるものであり、＊で示される注もヘルダーによる原注である。

2　訳注

主としてヘルダーが翻訳に際して使用した原典およびその著者、そして歴史的事項に関する説明を中心とする。

3　解題

作品解説のほか、本書の刊行目的にもふれる。

4　人名索引

「2 訳注」を補完する機能を持つ。訳注では人名や書名の日本語表記だけにとどめられているが、この索引では把握できるかぎりではあるが、その原綴り、原題、出版地、出版年などが記載される。

5　歌の索引

すべての歌の題名と原綴りが記載される。なお題名は、五十音順となっている。

今回の翻訳と訳注の作成にさいして使用ならびに参照したテクスト類は左記のとおりである。なお翻訳の底本としたのは、『民謡集』の本文に加えて草稿および異文が最も豊富に収録されているレートリヒ編の『ズプハン版全集』第二五巻（一八八五年）である。

テクスト

Johann Gottfried Herder: *Sämtliche Werke* (Hrsg. von Bernhard Suphan=SWS)(『ズプハン版全集』), Bd. XXV. (Poetische Werke 1). Hrsg. von Carl Redlich, Berlin 1885.

Johann Gottfried Herder: *Stimmen der Völker in Liedern. Volkslieder*. Hrsg. von Heinz Rölleke, Stuttgart (Reclam) 1975.

Johann Gottfried Herder: *Volkslieder*. Hrsg. von Ulrich Gaier, Frankfurt 1990. (Frankfurter Herder Ausgabe= FHA(『フランクフルト版作品集』) Bd. 3)

なお、ヘルダーの著作からの引用は『ズプハン版全集』および『フランクフルト版作品集』に拠り、(SWS 25, 311) のように巻数、頁数の順に括弧で示す。また原文中イタリックで強調されている部分は太字で示している。

参考文献

Yoichiro Shimada: Herder in Japan. Eine Bibliographie. In: *Neue Beiträge zur Germanistik*. Hrsg. von der Japanischen Gesellschaft für Germanistik, Band 3 / Heft 2 (2004), S. 159–256.

「特集：J・G・ヘルダー――近代の詩的思考――」『思想』二〇一六年五月号(岩波書店)

民謡集　第一部

——人生の春に咲くスミレの花。
自然の初物。早咲きで、長続きせず
甘美であるが、すぐに萎んでしまう。
甘く香る、ほんの数分の花盛り——

シェイクスピアのハムレット[1]

ライプツィヒ　ヴァイガント書店
一七七八年

私にはすべての人の意に沿って
語ることはできないし、語るべきでもない。
私の書物のすべてに満足したものとして
私の書物を聴き容れた者はいない。——
神が分けられたものを一つの意味に
もたらしうる者は
私よりも有能な人物であろう。

『ザクセン法鑑』(2)への序文

民謡に関する証言[3]

民衆詩は実際まったく自然であり、それが有する純粋さと魅力によって技巧上最も完成された詩のすべての美しさに比肩する。

モンテーニュ[4]、第一巻五四章

……(民謡とは)苗床に広がり、花束となって愛らしく結ばれた花であって精緻な技巧ではない。慈悲深い母が丘や谷や平野に撒き散らした自然の花なのだ。

ミルトン[5]

パーシーとダグラスの古い歌を聴くと私は必ず自分の心がトランペットの響き以上のものによって揺り動かされるのを感じた。しかしそれは自然のままの文体と同じように荒々しい声を持つ或る盲目の乞食によって歌われたのだ。……

フィリップ・シドニー[6]

庶民が喜ぶ普通の民衆歌は無知によってであれ、気取りによってであれ、とにかく楽しむすべての読者に気に入るものでなければならない。理由は明らかだ。最も通俗的な読者の気に入る自然絵画と同じように、民衆歌は最も繊細な読者にも美しいものに思われるだろうからだ。……

アディソン[7]『スペクテーター』七〇番

最も賢明な頭脳の持ち主であるドーセット卿[8]は同時に最も正直な人物であり、当時の最も優れた批評家で最も繊細な詩人の一人であった。彼は大量の古いバラッド[9]を持ち、それらに大きな楽しみを見出していた。これと同じことは我々の時代のドライデン[10]や何人かのきわめて繊細な著作家についても例証できる……

アディソン前掲書、八五番

学識あるセルデン[11]は本当にこれらの古い歌を集めるのに夢中になっていた。彼はピープス[12]が始めた蒐集を引き継ぎ、一七〇〇年まで続けて、それは二千以上の作品を含んでいる……そして彼は常々こう断言していた。この種の蒐集は諸時代の最も忠実な姿と民族の真の精神を含んでいるのであり、それは、風がどこから吹いているかは、重くて大きな石よりも、空中に投げられた軽い麦わらから見てとれるのと同じだ、と。——パーシー『拾遺集』の序言のあちらこちらを見るがよい。そこではまたシェンストン[13]、ウォールトン[14]、ギャリック[15]、ジョンソン[16]など、イングランドの近代の最も優れた頭脳の持ち主たちがこうした蒐集の促進者および愛好者としてしばしば言及されている。

＊　＊　＊

音楽はなかば専門科目であり厳格な教師である。そしてそれは人々をより穏やかで温和で礼儀正しく分別あるものにする。音楽は神の美しくて素晴らしい賜物であり、神学に近い……

——ルターはさらに語った。「我々が世俗の事にはかくも多くの素敵な詩を持っているのに、宗教の事についてはひどく冷たいものしか持っていないとはどういうことなのか。」そしていくつかのドイツの歌を朗唱した。充溢した……の競技者を。

ルター『卓話』[17]

どの国民も自らの舌と言語を規則に嵌め込み、また編年史や商業帳簿に記載してきた。そこでは何か尊敬すべきものや雄々しさが論じられ、芸術的なものや礼儀正しさが自らによって語られてきた。しかし我々ドイツ人はドイツ人でありながら、我々のごく少数の人が尊重してきたものを、たとえそれがどれほど尊敬すべきものであれ、忘れてきたばかりか、他地域の人々と異国の在り方や習俗や身振りに見とれてきた。それはあたかも我々の先人や祖先が後世から尊敬され賞賛されるような行動を何一つせず、語らず、植えつけず、整理してこなかったかのようであった。

アグリコラ[18]『ドイツの箴言』の序言、一五三〇年

グルック[19]は聴衆が最も感じやすいものに気づき、しかも平明で簡素な箇所が聴衆に最も大きな作用を与えることを見出した。こうして彼はそのとき以来、歌声のために、深遠な学問あるいは非常な難問の愛好者に媚を売るよりも人間の感覚や情念の自然な音の中で書くことに常に努力してきた。そして注目に値するのは、彼のオペラ『オルフォイス』においてはほとんどのアリアがイギリスのバラッドのように平明で簡素であるということだ。彼は音楽を簡素化することに賛成している。そして彼は、利己主義きわまりない困難さを産み出したり、媚びるような装飾で旋律を縁取る代わりに、無限の感情力や能力でもって自らのミューズを簡素で純潔に保つためにあらゆる可能なことを行っている。

バーニー[20]『音楽の旅』第二部、一九五、一七五頁

マーシャル卿[21]はかつて世界のほとんどすべての民族の国民的旋律の蒐集を行った。彼はどの曲にも逸話を持っていた。彼が私に或るスコットランド高地住民について話してくれたところでは、この住民は特定のゆっくりとしたスコットランドの旋律が演奏されるのを聴くといつも泣いたとのことだ。

バーニー前掲書、第三部八五、八七、八八頁

あなたは、どの風土のもとでも詩人は生まれるということと、生きた感情は文明化された諸民族の特権ではないということからも多くを学ぶでしょう。私がルーイヒ[22]の『リトアニア語辞典』の頁を繰り、この言語に関するさしあたりの考察を終えるに際してこれに属する珍しいことに遭遇し、それが私を非常に満足させたのも最近の

ことです。それはリトアニアの『ダイノス』[23]と呼ばれる歌集で、庶民の女の子がそこで歌っているものです。そこには何と素朴な知恵が！　何と魅力的な簡素さがあることでしょう！

レッシング[24]『文学書簡』第二部、二四一、二四二頁

私見では我々北方の国民、特にデンマーク人は、この種の遺物で我々に見せられる最も豊かな財宝を有しているに違いなかろう。実際また我々がまず自らの長所に着目し始めるならば、他の大部分の国民もそれらの長所が自分自身のものであることに気づくだろう。我々は今もう古代の抒情詩の全集を『戦士の歌[25]』の名のもとに所有している。ただ残念なのは、彼らの最も貴重な作品が元来のルーン文字から近代のデンマーク語へと翻訳され、その結果、彼らの名声の大部分が失われたことだ。……

ゲルステンベルク[26]『注目作品に関する書簡』第一部、一〇八頁

女とワインと歌を愛さない者は、生涯にわたって愚か者のままだ。

ルター[27]

続きはまた後で[28]

第一部　第一巻

1　若い伯爵の歌[1]

ドイツ語

エルザスの民衆の口承による。旋律は悲しげで心打つものである。簡素な点ではほとんど賛美歌である。[2]

私は高い山の上に立ち
低い谷を見下ろしている。
すると一艘の小舟が漂うのが見えた。
中には三人の伯爵が座っていた。

小舟の中に座っていたうちの
最も若い伯爵が自分の恋人に
ヴェネツィア・グラス[*1]から
飲むように命じた。

「あなたは何を私に長々と飲ませるのですか。

あなたは何を私に長々とついでくれるのですか。
私はこれから修道院に入って
神のしもべになるつもりです。」

「今おまえが修道院に入り
神のしもべとなるつもりならば
神の名において入るがよい。
おまえのような者はもっとたくさんいる！」

そして真夜中頃のこと
若い伯爵はひどく重苦しい夢を見た。
それはあたかも彼の最愛の宝が
修道院へと引っぱっていかれるかのようだった。

「起きてくれ召使い、さあ急ぐのだ。
両方の馬に鞍を置くのだ！
昼でも夜でも、とにかく駆けるのだ。
愛は駆けるに値するのだ！」

そして伯爵と召使いが修道院の前に

それも高い門の前に着くと
伯爵は修道院の中にいる
最も若い修道女のことを尋ねた。

その小さな修道女がやって来た。
雪のように白い衣を身につけて。
彼女の少ない髪は刈られていた。
彼女の赤い唇は蒼ざめていた。

若い伯爵は腰をかがめ
石の上に座った。
彼はさめざめと泣き
胸が張り裂ける思いだった。

＊1　伝承によれば、飲み物に毒を盛ったグラス。

2 美しいローゼムンデ[3]

英語

『拾遺集』第二巻、一四一頁から。これはすでに『新自由学芸叢書』[4]第二部第一巻において、そして私の思うに他のところでも翻訳されている。死の杯を手にした一人の美しい贖罪女性がコレッジオ[5]によって中世の敬虔な姿で描かれている。

むかし一人の王が支配していた。
数ある王の中でその名をハインリヒ二世[6]といった。
彼は女王のほかにも一人の美しくて可愛い
若い女性を愛した。

これに匹敵する女性はこの地上にはいなかった。
愛らしさにおいても容姿においても。
この世ではどのような可愛い子も
一人の男に支配されることはなかった。

彼女の巻き毛は誰もがそれを
繊細な金色と思ったほどだ。
彼女の眼は天国の輝きを放ち

東洋からの真珠のようだった。

頰に柔らかに流れる血液は
赤色と白色を浮き立たせ
バラかユリであるかのように
称賛を求め互いに競っていた。

そう、バラだ、美しいローゼムンデ
まさにその天使の子はこう呼ばれた。
しかし女王のレノーレは
これを不倶戴天の敵と考えた。

そのため王は彼女を護るために
（敵である女王から逃れられるように）
ウッドストックに誰もこれまで
見たことがないような隠れ家を建てた。

その隠れ家に到達するのは
堅固な木と石ですごく技巧を凝らして造られた
百五十もの門を通ってのみ

ようやく可能であった。

そして絡み合ったすべての通路を経て
ようやく人は建物に入れた。
そのため導きの糸の束なしに
誰も出たり入ったりできなかった。

そして王の可愛い花嫁への
愛情と恩寵のゆえに
隠れ家の警備は
最も忠実な騎士にのみ委ねられた。

しかし、ああ！　幸福は時として激怒するが
予期せず笑われたりすると
すぐにも王の欲望とローゼムンデ姫の
愛のきらびやかさを羨むのだ。

王には恩知らずの息子[7]があり
王自身は彼の地位を上げるのだが
息子はフランスで高慢にも

父である国王に対して反乱を起こした。

しかし我々の王は優しくも
その天使の土地を去る前に
もう一度この愛人に
甘いさよならを告げた。

「おおローゼムンデ、私のバラ
私の目の喜びよ。
全世界で最も美しい花よ。
汝の王の胸に。

私の心を甘美な喜びの光で
元気づける花よ。
おお、王たる私のバラよ。
くれぐれも元気で！

というのも、私の最も美しいバラよ
私は汝に長いあいだ会えないからだ。
私は海を渡り、フランスで起きた

思い上がった騒擾を抑えねばならないのだ。

しかし私のバラよ——きっと必ず
すぐにも汝は私に再び会うのだ！
そして私の心のなかでは——おお、汝は
いつも私と行動をともにしているのだ！」

可愛い子ローゼムンデは
王の言葉を聞くか聞かないかのうちに
悲しみが激しく沸き起こり
心をひどく消耗させた。

王を仰ぎ見る彼女の目には
とめどなく涙が浮かび
ついには銀の真珠の露のように
頰から流れ落ちた。

唇の珊瑚のような赤色は
輝きを失い、色あせた。
悲しみのため彼女の美しい血流は止まり

そして彼女の活力全体も消えうせた。

彼女は次第に気が遠くなり
愛する王の膝に崩れ落ちた。
王は本当に何度も自らの腕で
愛情こめて彼女を抱きしめた。

おそらく二十回、そう二十回は彼女に
王は目に涙を浮かべて口づけをした。
すると彼女の穏やかな活力は
ようやく生気を取り戻した。

「バラよ、私のバラよ、何が
いったいそれほど悲しいのか」
「ああ」と彼女は溜め息をついた。「ああ
私の王が遠く死の戦いへと向かわれるのです！

そして私の主人が異国で
荒々しい敵の大群の前に赴き
体も命も危険にさらすというのに

私はいったいここで何をすべきなのでしょう。
あなたの警護の小姓を私と思ってください。
私に盾と剣を与えてください。
あなたを殺しに向かってくる一撃に
私の胸が立ち向かえるように。

あなたが戦いから戻ってきたときには
どうでしょうか、王の幕屋で夜に
私を寝床に入れて
水浴の水であなたを爽快にさせてください。

こうして私はあなたのもとにあり、
苦労も困難も恐れません！
でも、あなたなしでは——ああ、私は生きていけず
私には生も死も同じです。」

「落ち着いてくれ、私の愛する人よ
どうか静かに郷里に残ってくれ。
愛すべき美しいこの天使の国で

戦いがおまえに向かってこないように！

血なまぐさい戦いではなく、穏やかな平和が
おまえたち女性にふさわしい。
戦陣や闘いではなく
美しい城砦で喜びの祭りをするのだ。

私の可愛いバラはここで安全に
楽しく弦楽器をつまびいて暮らしてほしい。
しかし私は槍が激しく交わるなかで
敵を捜し求めるつもりだ。

私の可愛いバラは真珠や黄金で輝くが
私は鋼《はがね》の武器に取り巻かれる。
向こうで私が戦いの轟きに取り巻かれているときも
私の愛する人にはこちらで喜びの踊りを踊っていてほしい。」

「それなら、私のすべてである大切な方よ
後生ですからどうか警護をつけてください。
私がどれほど遠く離れていても

あなたの可愛いバラを忘れないでください。」

そしてこの戦士が深く溜め息をついたときには
今にも心が張り裂けんばかりであった。
そしてローゼムンデも、ああ、もう何も話せなかった。
心痛のあまりもう一言も出なかった。

そして言うまでもなく、別れほど
二人の心にとって苦しいものはなかった。
というのも、このとき以後ローゼムンデは
愛する王に二度と会うことはなかったからだ。

英雄が遠く海を渡って
フランスでの戦いを始めるやいなや
もう女王のレノーレは
怒ってウッドストックに到着した。

そしてただちに騎士を身近に呼び寄せた。
ああ、不幸な時間だ！
隠れ家から下りてきた騎士は

糸の束を持っていたのだ。

そして騎士がひどく心を痛めていると
女王はその束を取り上げ
そしてやって来た。天使のように美しい
若い娘ローゼムンデのいるところに。

そして女王は自らこの美しい娘の輝きを
目を凝らして見つめた。
娘はその傑出したすべての魅力にもかかわらず
石のようにまったく身じろぎもせず立っていた。

「脱ぎなさい」と女王は叫んだ。
「その素敵で華やかな着物を脱ぎなさい。
そして私がおまえのために持ってきた
この死の飲み物をここで飲みなさい。」

美しいローゼムンデはすぐに
女王の足もとにひざまずき
深く身をかがめて自らに危害を加える

すべてのものを取り去ってくれるよう懇願した。
「お情けを」と可愛い子は叫んだ。
「どうか私の幼さをお許しください。
こうした恐ろしい死の毒で
ああ、どうか私をこんなにも厳しく罰しないでください。

私はこの罪の世界を後にして
どこかの修道院に入ります。
お望みならば私をどうか遠くへ追放して
広大な世界を遍歴させてください。

そして私が犯した罪については
ただ仕方なく犯したものであったとしても
ああ、どうかお気のすむように私を罰してください。
ただ、死という罰だけはお赦しください。」

そして言葉を次から次へと発しながら何度も繰り返し
ローゼムンデはユリのような手をよじった。
そしてその美しい顔にそって

涙がとめどなく流れ落ちた。

しかし何一つ！ 何一つとして鬼畜のような女王の
怒りを抑えることはできなかった。
女王は、なおも膝をついたまま
ローゼムンデに毒杯を突きつけた。

死の毒を飲み干すべく
彼女は杯を手にとり
深く折った膝をなおも震えながら伸ばし
立ち上がった。

そして天に向けて目を開けて
恩寵を求める——ああ！
彼女は情け容赦ない毒杯を飲み干す。
毒はただちに彼女の心臓を打ち砕いた。

そして死がまもなく怒りに満ちて
彼女の四肢に行き渡ると
鬼畜のような女王はなおも自ら

ローゼムンデの美しい死に姿を賞賛した。
そして彼女の最後の息も消え去ったとき
その死体はゴッドストウの近くに埋葬され
王のいるオックスフォルトに向かって
なおも会いにきてほしいと呼んでいた。

3　病んだ花嫁[8]

リトアニア語

白樺の小さな森を抜けて
蝦夷松の小さな森を抜けて
私の雄馬が、私の栗毛が
義理の父の小さな農場へと私を運んだ。

「今日は！　今晩は！
お母さん、どうですか
私の愛する花嫁は何をしていますか。
私の若い花嫁は何をしていますか。」

「あなたの花嫁は病気です。
おお、心が原因の病気です。
そこの新しい打穀場で
自分の緑色の寝床にいます。」

農場を横切りながら
私は心から泣いた。

そして戸の前で
私は涙をぬぐった。

私は花嫁の手を握り
指輪をするりとはめてやった。
「調子は良くならないか、花嫁よ。
良くならないか、若い花嫁よ。」

「私は良くなりません。
もはやあなたの花嫁にはなれません。
あなたは私の死を悼むこともありません。
別の花嫁に見とれていることでしょう。

こちらの戸を通って
あなたは私を運ぶでしょう。
あちらの戸を通って客人たちが馬を進めるでしょう。
あなたにはその娘が気に入りますか。
あなたにはその若い娘が気に入りますか。」

4　少女の別れ歌[9]

リトアニア語

庭のあちらではマヨラナ[10]が咲き
庭のこちらではジャコウソウが咲いていた。
そして私たちの小さな娘が身をもたれかけるところでは
このうえなく素敵で可愛い花が咲いていていた。

「なぜおまえは横になっているのか、私の可愛い娘よ。
なぜおまえは横になっているのか、私の若くて可愛い娘よ。
おまえの若さはまだおまえの愛しい生命ではないのか。
そしておまえの若くて可愛い心はまだ軽やかでみずみずしくはないのか。」

「たとえ私の若さがまだ自分の愛しい生命で
私の若くて可愛い心がまだみずみずしくて軽やかであっても
それでも私は若い娘の苦痛を感じとっています。
今日にも私の若さは失われます。」

緑なす農場の耕牧地を通って可愛い娘は歩く。
その白い小さな手に花嫁の花冠を手にしながら。

「おお、私の花冠よ！　おお、私の黒い花冠よ
ここから遠く離れたところへおまえは私といっしょに行くのね！
さようなら、お母さん、愛するお母さん！
さようなら、お父さん、愛するお父さん！
さようなら、愛する兄弟たちよ！
さようなら、可愛い姉妹たちよ！」

5　沈んだ婚約指輪[11]

リトアニア語

この部分に登場するリトアニアのダイノスと呼ばれる歌は、K.在住のP. K.氏[12]によって生まれた。この民族の歌に対するレッシングの評価（『文学書簡』第二部、二四二頁）はすでに「民謡に関する証言」の中で引用されている。『文献学者の十字軍』[13]は次のように述べている（二一六頁）。「ホメロスの単調な韻律は我々には少なくともドイツのピンダロスとまったく同じくらい逆説的に見えるべきだろう。このギリシアの詩人における一貫した音節長短の原因に関する私の驚き或いは無知は、クールラントとリーフラントを通って旅することによって和らげられた。これらの土地の或る地域で我々はラトヴィアの人々すなわちドイツ人でない人々があらゆる種類の仕事をしながら歌うのを耳にするが、それらは或る韻律と類似性を持つ僅かな音の下がりにほかならない。彼らの中から一人の詩人が立ち上がって歌うと、他の者たちの声も彼の歌うすべての詩句を基準として、これらに合わせるようになるのは本当に自然なことではないだろうか。この小さな事実を適切な光の中に置き、より多くの現象！と比較するには、あまりにも多くの時間が必要だろう。」

漁師のところへ私は駆けた。
漁師を私は訪ねた。
彼の娘婿になりたい！
クール地方の入江で

私は網を洗い
手もきれいに洗った。

おお、すると私の中指から
私の婚約指輪が
地面に落ちた。

乞い求めよ、最愛の者よ。
風を、北風を。
二週間だけでも！

おそらく彼は投げるだろう。
指輪を、地面から
おまえの最も愛する草原で。

そこへ娘が向こうから
野原を越えて
ヘンルーダ[14]の庭園にやって来る。

「元気を取り戻してください、私の最愛の人よ。

ここで刈り取った
草の列の中に鎌を片づけて
あなたの砥石をこの刈り取った
草の列の上に置いてください！
元気を取り戻してくださいい、私の最愛の人よ！」
「あなたに感謝します、私の可愛い人よ。
来てくれたこと
気にかけてくれたこと
そして優しい言葉をかけてくれたことを！」――
「今日は！　今晩は！
おお、優しいお母さん！
私の寝るところはありますか。」
「私はおまえに寝るところを
与えないつもりはないが
おまえに優しくするつもりなどこれっぽっちもないよ。」

6　嫉妬深い若者の歌⑮

ドイツ語

この歌の旋律は星々の光のもとでのように夕べの歌の澄みきった要素、荘重な要素を持っている。そしてエルザスの方言は、そもそもあらゆる民謡において生きた歌とともに多くのものが失われるのと同じように、旋律の揺れと著しく結びついている。この歌の内容は大胆かつ恐ろしく展開される行為であり、たとえばオセローが途方もなく大きなフレスコ画であるとすれば、この歌は小さな抒情的絵画である。歌の始まりは多くの民謡にとって愛すべきものである。

天には愛に輝きを与える
三つの星がある。
「今日は、美しい娘さん。
私の馬をどこにつなげばよいでしょうか。」

「あなたの馬の手綱をしっかり持って
イチジクの木につないでください。
しばらくのあいだ腰をおろして
どうか少しくつろいでください！」

「私は腰をおろすことができませんし

くつろぎたいとも思いません。
私の心は暗然としています。
いとしい人よ、あなたのせいなのです。」

彼がポケットから出したものは何か。
それは鋭く尖ったナイフだった。
彼は愛する人の心臓にそれを突き刺した。
真っ赤な血が彼に向かって迸る。

そして彼がナイフを引き抜くと
それは血で真っ赤になっていた。
「ああ、天の恵み深い神よ
何と死は私に辛いものとなることか！」

しかし彼は愛する人の指から何を抜いたのか。
それは赤い金の小さな指輪だった。
彼はそれを流れる川に投げ込んだ。
指輪はきらりと輝いた。

「波間をたゆたうのだ、金の小さな指輪よ。

深い海にゆきつくまで！
私のいとしい人は死んでしまった。
いまや私にはいとしい人はもういないのだ。」

一人の娘が二人の若者を愛すると、このようになるのだ。
良い結果に終わることは驚くほど少ない。
間違った愛が何を引き起こすか
我々は二人から学んだ。

7　アルカンソールとサイーダ[16]

ムーア人の物語[17]
英語
『拾遺集』第一巻、三四二頁から。そこにこの美しいロマンセ[18]が翻訳されているので、私の翻訳が最後になればと思う。英語は模倣にすぎず、スペイン語が原典である。[19]

そよそよと夜の風が吹き
それに合わせて冷たい露が落ちる。
するともうムーア人のアルカンソールが
光を恐れながら暗い岸辺の草地にやって来る。

宮殿にはサイーダが暮らしている。
アルカンソールが本当に自分の心に忠実に選んだ娘が。
サイーダは最も美しくて若いムーア人女性であり
アルカンソールは高貴で若いムーア人男性である。

さて彼はサイーダが会ってくれると約束した時間を心待ちにしながら
そわそわ行ったり来たりしている。
すると彼は立ち止まり、耳をすまし、
足を忍ばせ、聞き耳をたてる。

恐れと希望が交互に彼をとらえ
彼は深く溜め息をつく——おお、歩み出るのだ
立派な若者よ。見るがよい、窓辺を。
そこに汝の愛する娘が現れる。

山と谷を黄金に染めながら
月が銀の輝きのように昇ると
そのほのかな光が
道に迷った羊飼いの男に優しくふりかかる。

太陽が恐ろしい嵐を追い払いながら
大波の軌道の上を滑るとき
太陽の壮麗な輝きは
弱気になった船乗りに優しく笑いかける。

しかしこの愛に耳をすます男に
たとえどれほど優しい表情が浮かんだとしても
薄明かりを通してのためかその美しい娘が
こちらを見ているようにはとても思えない。

重苦しい気持ちの彼はつま先で立ち
溜め息まじりに彼女にそっとささやく。
「アラーの神が汝とともにあるように、本当に可愛い娘よ！
あなたが私にくれるのは死なのか、それとも安らぎなのか。

私の愛する人の身に今ふりかかっている
恐ろしい話は本当なのか。
年老いた倹約家の金持ちの嫁に
あなたが差し出されるという話は。

今あなたの怒った父がその男を
アンティクエーラ[20]からもう連れて来るという話は。
おお、不義で偽りのサイーダよ
これが私の愛の報いなのか。

もしそれが本当なら、いつでも私にそう言ってくれ。
そしてどうか私の苦痛をこれ以上もう欺かないでくれ。
誰もが知っていて他の者たちにささやいていることを
どうか私に隠さないでくれ！」

負い目を感じる娘は深く溜め息をつく。
涙がそっと彼女の目から流れ落ちる。
「残念ですが本当です、まったく本当です、愛する人よ。
これで私たちの愛は終わりです！

私たちの友情は裏切られました。
私たちの契りはもう誰もが知っています。
私の友人はみな怒っています。
家じゅうが嵐と炎に包まれています。

脅し、ののしり、悪口が私の周りに渦巻いています。
父の厳しさは私の心を打ち砕きます。
私は立ち去らねばなりません、おお、高貴な若い方よ
アラーの神はご存知です。それがどれほどの苦しみかを！

敵対関係の古傷[21]が長きにわたって
あなたと私の家を分け隔ててきました。
ああ！ あなたの高貴な徳性があらゆる憎悪を
私から断ち切ってくれるならば。

ああ！　私がどれほど父の尊大さや恨みから
そっと離れ、あなたを愛しているか
あなたはご存知ですか。しかし父は私が
あなたに絶対に会わないよう望んでいるのです。

ああ！　私の母がどれほど恐ろしく
私に振る舞ったか、そして私があなたに
夕方や早朝だけでも会うために
どれだけのことを我慢したか、あなたはご存知ですか。

私はこれ以上もう争うことはできません。
すべてが私から奪い取ります。
この弱々しい手を。そして明日
結婚という墓に私は入らねばなりません。

でもどうか、あなたの貞節なサイーダが
この結婚生活にずっと耐えられるなどと考えないでください。
ああ！　私の張り裂けそうな心は、それがもう
これ以上は鼓動しないことを私に告げています。

本当にお別れです、愛する若者よ。
ずっとずっと私はあなただけを思って生きていきます。
この飾り帯はお別れのしるしですが
これを身につけるときは私のことを思ってください！

愛する人よ、間もなくもう一人の愛らしい娘が
あなたの忠義に報いてくれるでしょう。
どうかその娘に言ってください、〈私のサイーダは
私を思いながら早くに亡くなった！〉と。」

ひどく感覚も麻痺し、頭も混乱するなかで彼女は
愛する若者の前で愛の苦しい思いを吐露した。
彼は深く溜め息をつき、叫んだ。「おお、サイーダ
おお、どうか私の心を引き裂かないでおくれ！

あなたは私が姿を消すなどと考えられますか。
いったい私に落ち着いていてなさいとでも言うのですか。
そうならば何千回も死んだほうがましです。
そしてあの年老いた倹約家にも死を！

いったいあなたは恥ずかしげもなく彼らに自らを
委ねることができるのですか。私のもとに逃げてきてください！
この心はあなたのために血を流す覚悟です。
この腕はあなたのために役立つ覚悟です！」

「すべてが無駄です、無駄です、アルカンソール。
壁と見張りが目の前にあります。
私があなたの視線をまだ盗むか盗まないかのうちに
私の召使いの少女が門のところに立っているのです。

しいっ！　父が突進してくるのが聞こえます。
しいっ！　母が私に怒り狂っています。
私は行かねばなりません！　永遠にお別れです！
恵み深いアラーの神があなたを導いてくださいますように！」――

8 サイードとサイーダ[22]

スペイン語

『グラナダの内戦』から採られ、ここに比較のために添えられている。[23] 以下、11番までの作品は原書の四五、五一、五三頁からのものであり、[24] どの作品もいわば一つの物語から採られている。スペインのロマンセは最も簡素で、最も古く、そもそもあらゆるロマンセの起源である。

意中の女性の通る道をサイードは
行ったり来たりしている。
待ちながら。彼女に話しかける時が
いよいよやって来るのを待ちながら。

だがすでにこのムーア人は絶望しながら歩みを進める。
というのも、相手の娘がずっとためらっているからだ。
彼は思う「一目だけでも彼女を見れば
私のすべての炎が鎮められるのに」――

すると彼は娘を目にする！　窓辺に
彼女は歩み出る。それは激しい雷雨のなかを
昇る太陽のようであり、闇のなかに昇る

月のようである。

そっとサイードは彼女に近づく。
「アラーの神があなたとともにあるように。美しいムーア人よ！
私の小姓たちやあなたの侍女たちが
言っていることはいったい本当なのですか。

あの者たちの言うには、あなたは私を見捨てて
卑しいムーア人と、それもほとんど
あなたの父上の財産によって成功した男と
結婚するつもりだとのことです。

それは本当ですか、おお、このうえなく美しいサイーダよ。
どうか私に言ってください、私を欺かないでください。
誰もが公然と知っていることを
どうか私に隠そうとしないでください！」

深く落ち込んでサイーダは答える。
「ああ！　私の大切な方よ。もう
あなたと私の友情が断ち切られる時です。

誰もが私とその男のことを知っているのですから。

このまま事態がさらに進めば
私は本当におしまいです。
アラーの神はご存知です。あなたと別れることが
どれほど私を苦しめ、どれほど私の心を締めつけるかを。

あなたは十分にご存知です。家族の反対にもかかわらず
私がどれほどあなたを愛していたかを。
あなたはご存知です。私が自分の母に対して
どれほど腹立たしさや悲しみを覚えていたかを。

私が夜あなたを待ちこがれていたとき
遅くなってもあなたに会うことを心待ちにしていました。
でもこうしたことを終わらせようとして
私の家族は今――私を嫁がせようとしているのです。

サイードよ、やがて別の女性が
美しくて優しい女性が現れるでしょう。
彼女はあなたを愛し、あなたは彼女を愛する。

なぜならあなたはそれに値するからです。おお、サイード」

深く落ち込んでムーア人の男は答える。
数え切れない悲しみに押しつぶされながら。
「私には分かりません。美しいサイーダ。
なぜあなたが私にこのような態度をとるのか。

私にはどうしてあなたがこうして私の誠実な愛を
他の愛と取り替えるのか分かりません。
それも醜くて性悪なムーア人の男の愛と。
この男は大きな幸福などに値しません。

あなたはあの晩にこの場所で私に
こう言ったその人だったのですか。
私は永遠にあなたのものです！
おお、サイード、あなたは私の命です！と」

9　サイードからサイーダへ

スペイン語

麗しのサイーダ、私の目の
私の魂の麗しのサイーダ！
あなたは最も美しいムーア人女性ですが
誰にもまして恩知らずな女性です。

あなたのその美しい髪からは
愛の神アモルが何千もの網を編みますが
その中ではあなたに見られているとも知らずに
何千もの自由な魂が捕えられています！

何という歓喜をあなたは感じたことか、誇り高き女性よ。
それが私の前でこうも変わってしまうとは！
私がどれだけあなたを崇拝しているか、あなたはご存知です。
しかしあなたは今このように私に接しているのです！

ああ、可愛い仇よ、あなたは何とひどく
私の誠実な愛に報いることでしょう！

本当にあなたは私の愛に応えるどころか
私に移り気と忘恩を与えるのですから。

何と早くあなたの言葉、あなたの誓いは
私から逃げ去ったことでしょう！
でもそれらがあなたのものであったということで良しとしましょう。
それらは翼をつけ、飛んでいってしまったのです。

思ってもみてください。あの日あなたが
私に何千もの愛のしるしや、ああ、
本当に優しいしるしを与えてくれたときの様子を。
それらは優しさのあまり移ろわざるをえませんでした。

どうか思ってみてください、おお、サイーダ、今や
こうした想い出があなたに何も答えないということを。
私があなたの宮殿の周りを歩き回ったとき
あなたはどれほどの満足を感じたかを。

あの日あなたが昼間にあの場所へと急いで
そう、窓辺へと飛んできたときのことを。

あるいは夜にバルコニーで、そしてまた
窓格子のところで私と会ってくれたときのことを。

私が姿を現さなかったり遅れたりすると
あなたはどれほど嫉妬に燃えたかを。
しかし今あなたは何と別の人になったことか！
どうか私に屋敷に帰るよう命じてください。

二度とあなたに会わないように、そしてもう二度と
あなたに手紙を書かないよう命じてください。
かつてはあなたにとって本当に大切だった手紙も
今はあなたを不快にするからです。

ああ、サイーダ、あなたの愛
あなたの優しさと甘い言葉は
私には偽りであり、私に対するあなたの態度も
偽りであることが明らかになったのです。
そうです、おお、サイーダ、あなたは
移り気に傾くだけの女性なのです。

あなたは自分を見失わせたものを崇拝し
自分を崇拝させたものを忘れているのです。

でも私を憎んでください。おお、サイーダ
何一つあなたに比肩するところのない私を。
もしあなたが硬い氷からできていたとしても
私はとにかく自分の炎を燃やすつもりです。

私はあなたの不実に対して
愛の何百何千もの不安にも耐えるつもりです。
なぜなら、おお、サイーダ、真の愛が移り気になるのは
ずっと後になってからにすぎないからです。

10　サイーダからサイードへ

スペイン語

スペインのロマンセは最も簡素で、最も古く、そもそもあらゆるロマンセの起源である。

「どうか私が伝えることを聞いてください、サイード！
これ以上もう私の道を通らないでください。
これ以上もう私の侍女たちと話さないでください。
ましてや私の奴隷たちとも話さないでください！

これ以上もう私が何をするか問わないでください。
ましてや誰が私を訪ねに来るかを
どのような祝祭が私を喜ばせるかを
どのような色が私の気に入るかを。

今あなたのために頬を染める
女性になるのはもうたくさんです！
その女性は一人のムーア人の男を知りましたが
その人は生きるすべをほとんど知らないのですから――

私は告白します、あなたは勇敢です。
敵を分裂させ、引き離し、引き倒します。
あなたはキリスト教徒も倒しました。
あなたに流れる血の滴より多くのキリスト教徒を！

あなたは勇ましく立派な騎士です。
素敵に踊り、歌い、遊びます。
あなたはとても考えられないくらい
繊細で礼儀正しい人です。

キリスト教徒でもイスラム教徒でも、あなたを超えるものは誰一人いません！
あなたは高名な祖先を持ち
戦いにあっては常に君臨し
戯れや遊びにおいても誉れです！

私はあなたによって獲得したのと同じくらいのものを
あなたによって失いました、サイード！
そして――――もしあなたが口のきけないまま生まれてさえいれば
あなたを愛することができるでしょうに。

しかしあなたという男のために私は
サイード、あなたを失わねばなりません。
というのも、ご自分の魂の浪費者であるあなたが
自らの幸福をご自分から奪うからなのです。

実際あなたのおしゃべりを抑制するために
本当に必要なのは
あなたの胸に城を築き
唇に城代家老を置くことでしょう。

あなたのように勇敢な男性たちは
女性たちのもとで多くのことを達成できます。
なぜなら彼女たちは勇敢な男性たち、それも
敵を追い散らし、粉砕し、分裂させる男性たちを愛するからです。

しかし手短かに言えば、友であるサイード
あなたが私のこうした好意に応じて
たとえば華やかな宴会を催してくれたとしても
私はあなたに、それを楽しみ、かつ沈黙するように！と忠告します。

あなたの享受したものは高価なものでした。
おお、サイード、もしあなたがご自分で
手に入れることのできたものを
自ら保持できるなら幸福でしょうに。

しかしあなたはご自分の不幸と
私の不幸についてどんなに説得されても
タリファ[25]からほとんどいっこうに
出てきませんでした！

私は知っています。一人の卑しいムーア人男性に
あなたはあのお下げ髪を、すなわち
私が自分の髪からあなたのターバンに差した
お下げ髪を見せました。

私はそれを返してほしいとは思いませんが
あなたがそれをずっと持っていることもまったく望みません。
しかし知ってほしいのです、ムーア人よ！ あなたは
あのお下げ髪を今は私の不利益のしるしとして持っているのです！

また私はあなたが嘘のために
それも真実と見なされる嘘のために
そのムーア人男性をどのようにそそのかしたのか
十分に知りました。

本当に、このように愚かな不幸は
自分でも笑わずにはいられないほどです。
あなたがご自分で自らの秘密を守らなければ
誰にそれを守れと言うのでしょうか。

私は一言の弁明も聞きたくありません。
ただもう一度だけ私があなたにお伝えしたいのは、
あなたが私にここで会うのと私があなたと話すのは
これが最後だということです。」

こうして恥辱を受けたムーア人女性は
この誇り高いアベナーマルの男に話しかけた。
そして立ち去りがてら背を向けてこう言った。
「このように振る舞う者は、このような報いを受けるのです。」

11　サイーダの悲しい結婚式　スペイン語

同じ原典の四五、五一、五三頁に拠る。どれもみな或る程度は一つの物語の継続である。

夕星はもう出た。
そして太陽は沈んだ。
昼を終わらせる夜が
黒い外套をまとってやって来た。

すると夜とともに一人の勇敢なムーア人の男が姿を現した。
その男はシドニア[26]生まれの大ほら吹きの
ロドモンテ[27]さながら怒りながら出てきて
ヴェーガ[28]の草原を越えてヘレス[29]へと急ぐ。

ひどく絶望して彼はそこへと急ぐのだが
それは彼の高貴な生まれにもかかわらず
彼の花嫁がこの婿を自分にはあまりにも
貧しく思われるからといって見捨てたからなのだ。

そしてこの夜に彼女は
或る粗暴なムーア人と結婚する。
彼は金持ちで、セビリアでは
城塞の指揮官だったからだ。

勇敢なムーア人はこうした不公正に
重い溜め息をもらす。
不公正はヴェーガの周囲に鳴り響き
その反響が彼とともにこう嘆く。

「語ってくれ、おお、サイーダ。おまえは
船を呑み込む海よりも激怒している!
そして岩塊よりも固く
はらわたが煮えくり返るように情け容赦がない。

恐ろしい女よ、あなたはどのようにして
私がこうして愛情を示したというのに
私の与えた担保でもって別の男が
身を飾るということに耐えられるのか。

粗雑な樫の木からの愛を受け入れながら
あなたの愛する私という小さな樹木を
果実も花もつけないままにしておくことが
あなたにできるのか。

あなたは一人の心豊かだが
貧しい男を見捨て、金持ちの男を選ぶ。
ああ、何と惨めなことか！
私の心の豊かさをあなたが知っていれば。

あなたは自分の高貴なムーア人ガスル[30]との
六年に及ぶ愛を見捨て
これまであなたがほとんど知らない
あの金持ちの指揮官に手を差し出すのだ！

今や敵となった方よ、アラーの神に委ねなさい。
その男がたとえあなたに愛されても
あなたをひどく忌み嫌い、あなたは泣き
嫉妬の溜め息をつかざるをえないことを！

あなたが彼に寝床では吐き気を
食卓では不機嫌を催させ
そのためあなたは夜にはまどろみもできず
昼には安らぎも得られないことを。

舞踏や祝祭にあってもあなたは
決して自分の色を見ることはできない[31]！
あなたの縫ったヴェールも
糸を通した袖も見ることはできない。

その男が自分の愛人の袖と
彼女の名前の入った服紐を
あなたの目の前にもっては来るものの
遊びのなかであなたには見せないようにするだろう。

窓でも門でも見せないだろう。
あなたがよりひどく苦しむからだ。
その男を死ぬほど憎み
何年も味わうがよい。

あるいはもしあなたがその男を愛するならば
あなたは突然その男を死んだものとして見ざるをえない。
たしかにこれらはみな不幸なことだが
男たちがあなたに対して望みかねないものなのだ。
アラーの神に委ねなさい。あなたがその男に手を差し出せば
このことはたちどころにあなたに降りかからざるをえない。」

ののしりと誓いを口にしながら
その男は真夜中にヘレスへとやって来た。
そして宮殿が叫び声と明るい光で
包まれているのを見た。

すでに多くの従者が一行のために場所を設け
すべての者は明るい松明を手に
あちらこちらと走り回っていた。
誰もがきらびやかな身なりをした金持ちだった。

花婿の目と鼻の先で高貴なガスルは
あぶみに足を置いた。
彼は力に任せて長槍を花婿の胸に

何度も何度も突き刺した。

その場は大混乱となり
ムーア人ガスルは剣を抜いて
あらゆるものを掻き分けて道を作り
シドニアへと帰っていく。

12　愛の羽ばたき(32)

ドイツ語

旋律は内容にふさわしく、軽やかで憧憬に満ちている。

もしも私が鳥ならば
そして二枚の翼を持っていれば
あなたのもとへ飛んでいくでしょう。
しかしそうできないので
ずっとここにいるのです。

たとえあなたから遠くにいても
寝るときはあなたのそばにいます。
そしてあなたと話すのです。
でも目が覚めると
私はひとりぼっち。

夜になっても心が目覚めていなかったり
あなたのことを考えない時はありません。
私が思うのは

あなたが私に何千回も何千回も
心を捧げてくれること。

13 不幸な母の子守唄[33]

スコットランド語

あらゆる時代や言語の最も美しい抒情的作品と同じく、真の感情の表出となっている。この作品では、夫に見捨てられた母親が揺りかごに覆いかぶさり、子どもの顔に父親の面影を見てとり、泣きながら自らを慰めている様子が見られよう。

おやすみ、そっと、私の子。おやすみ、そっと、ぐっすりと！
おまえが泣くのを見るのはとてもつらい。
　でもおまえがそっと寝てくれると母さんはうれしい。
　だからおまえがぐずると——母さんはとてもつらい！
おやすみ、そっと、母さんの小さな宝物。
おまえの父さんは母さんをひどく苦しめる。
　おやすみ、そっと。私の子。おやすみ、そっと、ぐっすりと！
　おまえが泣くのを見るのはとてもつらい。

おまえの父さんが母さんに言い寄ってきたときには
とても優しく、優しく愛を求めたの。
　そのときにはまだ母さんは父さんの偽りの顔も
　甘い嘘も見抜けなかったの。

口惜しいけれど今になって本当に分かったの。
母さんとおまえは父さんには何ものでもないことが！
　おやすみ、そっと、私の子。おやすみ、そっと、ぐっすりと！
　おまえが泣くのを見るのはとてもつらい。

おやすみ、そっと、私の可愛い子。おやすみ、もっと！
おまえが目を覚ましたら、どうか微笑んでおくれ。
　でも、父さんが微笑んだようにではないよ。
　その微笑みで母さんを騙したのだから。
神がおまえを守ってくださるように！——でも、おまえの
顔も心も父さんに似ていることが母さんにはつらい。
　おやすみ、そっと、私の子。おやすみ、そっと、ぐっすりと！
　おまえが泣くのを見るのはとてもつらい。

母さんにできることが、まだ一つあるの。
父さんをずっと愛していたいの！
　父さんがどこに行っても、近くにいても遠くにいても
　母さんの心はいつも父さんに喜んでついていこうとするの。
幸福なときも不幸なときも、父さんがどんな状態にあっても
母さんの心はいつもずっと父さんのもとにありたいの。

おやすみ、そっと、私の子。おやすみ、そっと、ぐっすりと！
おまえが泣くのを見るのはとてもつらい。

でも、可愛い子、母さんは決してそんなことはしない。
母さんが望むのは、おまえの心が決して偽りに向かないこと。
　誠実な愛にはいつも誠実であること。
　新たな愛を選ぶからといって、誠実な愛を見捨てないこと。
おまえに優しく親切だからといって、誠実な愛を決して見捨てないこと――
不安の溜め息が誠実な愛をひどく押しつぶす！
　おやすみ、そっと、私の子。おやすみ、そっと、ぐっすりと！
　おまえが泣くのを見るのはとてもつらい。

子よ、おまえの父さんが母さんのもとを去ってからは
母さんは父さんではなく、おまえを愛するの！
　おまえと母さんとで生きていきましょう。
　そうすれば苦しくても母さんには慰めになるの――
おまえと母さんとでいっぱい幸せになって
冷たい男のことなど忘れましょう――
　おやすみ、そっと、私の子。おやすみ、そっと、ぐっすりと！
　おまえが泣くのを見るのはとてもつらい。

もうお別れね、私を騙した若者、さようなら！
もう二度と女の子を騙さないで！
　ああ、女の子はみな私を見て
　どんな男も信じないで自分を守って！
どんな女の子も私とこの子の気持ちが分かりさえすれば
これからは苦しむこともない——
　おやすみ、そっと、私の子。おやすみ、そっと、ぐっすりと！
　おまえが泣くのを見るのはとてもつらい。

14　ハインリヒとカトリーネ　　英語

ラムジーの『茶卓雑録』第二巻、二一三頁から。これはすでにウルジヌス(34)の『バラッド』において翻訳され、公刊されている。

もうずっと前からイングランドでは
ハインリヒ卿が皆から賞賛されていた。
どの騎士も英雄らしさや
快活さでは彼にかなわなかった。
つねに名声を求めていた彼の心は
色恋に惑わされることもなかった。
どれほど美しい女性も彼の雄々しい心を
決して揺すぶることはなかった。

どのような美人がいるところでも
カトリーネが姿を現すと、喜びが起こり
それはバラのように甘美に花咲き
太陽のように昇り出た。
たとえ彼女の身分は高くなくても

人々の愛だけは勝ち取った。
彼女を目にした若者はみな
　愛の苦痛にあっても落ち込むことはなかった。

しかし間もなく彼女の目は輝きと
　明るさを失った。彼女の頬は
蒼ざめ、その表情からは
　すべての魅力が消えうせた。
彼女はずっと病の床についたが、誰にも
　自らの苦悩を打ち明けなかった。
涙のうちに彼女の昼は過ぎていき
　夜はつかの間のまどろみのうちに過ぎていった。

一度彼女は夢のなかで大声で叫んだ。
「ああ、ハインリヒ、私の苦しみを見て！
おお、苛酷な運命よ！　哀れな私は愛を渇望しながら
　この世に別れを告げなければならないのです。
でも、ああ――哀れな娘である私は
　真実を隠さねばならないのです。
自分の愛を明るみに出すくらいなら

何千回も死んだほうがずっとましです！」
これを彼女の忠実な侍女が耳にする。
侍女は若い英雄のもとに急ぐ。
「ああ、若いお方、やっとあなたに
私の仕える病んだ女性の苦難をお伝えできます。
その女性をひどく苦しめているものを
夢が、夢が明らかにしてくれたのです。
ああ！　カトリーネは床にふし、死なんばかりです。
それは――彼女が――あなたを愛しておられるからです。」

この言葉が高貴なハインリヒの心をとらえた。
たちまち彼の心は燃え上がった！
「ああ、哀れで不幸な娘よ！――
でも誰が私を非難できようか。
もし私が、おお、あまりにも謙譲な人よ
何があなたに死をもたらすのかを知っていたならば。
とにかくそちらに行きましょう！」そして風のように
彼女のもとへ飛んでいった。

「目を覚ましておくれ、愛しい人よ！
　目を覚ましておくれ、私の美しい人よ！
ああ、こうなる予感が私にあれば――
　あなたは一滴の涙も流さずに
すんだものを――とハインリヒは叫ぶ！
　不信感をいだかないで同情しておくれ！
元気を出して死から目覚めておくれ！
　そして私の腕のなかに戻っておくれ！」

するとと愛らしいほど眠り込んでいたカトリーネは
　ふたたび息を吹き返した。
弱々しく頭をもたげ、おだやかに微笑み
　喜びにうちふるえ、ずっと以前からの恋人に
身を投げかけた。恍惚の感にあふれて！
　そして彼女はこの若者を抱きしめて言った。
「私を愛していますか、私を」――
　彼女はくずおれ、息をひきとった。

15 海辺の少女

英語

ラムジー前掲書、第二巻、二五頁から。同じくウルジヌス前掲書において翻訳され、公刊されている。

海は荒れ、うなり声をあげ
　嵐は重くうめき声をあげていた。
そこに少女は泣きながらすわっていた。
　硬い岩のそばに腰をおろしていた。
海の轟きのはるか向こうにまで
　少女は溜め息と眼差しを投げかけた。
少女の溜め息は海の轟きを静められず
　疲れきって少女のもとに返ってきた。

「あれやこれやでもう一年だわ！
　つらくて悲しい一年だったわ！
おお、私の愛する人はなぜ行ってしまったの。
　なぜ自分を海に委ねてしまったの。
やめて、荒れ狂うのはやめて。
　おお、嵐よ、彼に静けさを返して！

この私の心のなかでは、ああ！
　嵐よりも怒りが荒れ狂っている。

商人で、むやみに財宝を欲しがる彼は
　おお嵐よ、やけになってあなたを呪っていた。
私が失ったものに比べれば
　あなたの失った財宝なんてどれだけのものなの。
それにあなたは彼を金とダイヤモンドで
　重くしたあげくに海岸に投げつけた。
彼はどんなに金持ちの女を見つけられても
　私ほど誠実な女は決して見つけられないのに。」

こう溜め息をつき、泣きながら彼女は横になった。
　愛する人に会えるのを待ちわびながら
嵐が吹くたびに溜め息をつき
　大波が来るたびに涙を流した。
そのとき白波にのってさっと
　一つの蒼白い死体が流れ着いた。
死んだように彼女はその上にくずおれた。
　それは――　――彼女の花婿だった。

16　ウルリヒとエンヒェン(35)

ドイツ語

ある時ウルリヒは馬を駆って遠出した。
彼は愛するエンヒェンの家へと楽しげに馬を駆った。
「ねえ、エンヒェン、いっしょに緑の森に行かないかい。
君から鳥の歌を習いたいんだ。」

二人は楽しげに歩みを進めた。
二人は森のハシバミのところにやって来た。
二人はそのちっぽけな場所をさらに進み
二人は緑の草原にやって来た。

ウルリヒはエンヒェンを緑の草のなかにつれていき
可愛いエンヒェンに座るようにと頼んだ。
ウルリヒは自らの頭を彼女のひざの上に置いた。
彼女の熱い涙が彼の顔をぬらした。

「ああ、エンヒェン、私の愛しいエンヒェン
いったい君は何のためにそんなに泣くのかい。

君のお父さんの優しさのために泣くのかい。
それとも自分の弟妹のために泣くのかい。

それとも僕が君には十分に素敵ではないからかい。」
「私が泣くのはお父さんの優しさのためでも
また自分の弟妹のためでもないわ。
それにウルリヒ、あなたも私には十分に素敵よ。

私が泣くのは、あの向こうの樅の木に十一人の女の子が
絞首刑にされているのを見たからなの。」
「ああ、エンヒェン、私の愛しいエンヒェン
いったい君がすぐにでも十二人目になるとでも言うのかい！」

「私が十二人目になるですって——
お願い、私に三度だけ叫ばせて」
エンヒェンのあげた最初の叫び声は
父親に呼びかけるものである。
彼女のあげた二つ目の叫び声は
主なる神に呼びかけるものである。

彼女のあげた三つ目の叫び声は
一番年下の弟に呼びかけるものである。

その弟は冷たい赤ワインをちびりちびりと飲んでいた。
姉の叫び声は窓を通って入ってきた。
「兄さん姉さん、みんな聞いてくれ
森からエンヒェンの叫び声がする。」

「ああ、ウルリヒ、私の愛しいウルリヒ
私の一番下の妹はどこ」
「向こうの菩提樹のところで
こげ茶色の絹糸を紡いでいるよ。」

「ウルリヒ、あなたの靴が血のように赤いのはなぜ」(36)
――――――――――
「いったい僕の靴がどうして赤いなどと言うの。
僕はコキジバトを撃ったんだ。」
「あなたが撃ったコキジバトは
私の母さんが小脇に抱えていたわ。」

――――――――――――――――――――――――――(37)

可愛そうなエンヒェンは悲しみのあまり息絶え
従兄弟のウルリヒは車裂きの刑に処せられた。
エンヒェンのまわりでは天使たちが歌い
ウルリヒのまわりでは大ガラスが嘲るように啼いていた。

17　グラナダの栄光

スペイン語

『グラナダの内戦』一八頁から。

ホアン王[38]とアベナーマルの会話

アベナーマル、アベナーマル！
このムーア人の国に生まれた者よ。
そなたの生まれたあの日は
立派で偉大なしるしを持っていた。

その日、海は穏やかで
月は満ちつつあった。
このようなしるしのもとに生まれた
ムーア人は嘘をつくことが許されない。

これに対してムーア人は答えた。
（彼の言ったことをよく聴くがよい！）
「もちろんです、ご主人様、たとえ命を失っても私はあなたに嘘などつきません。

なぜなら私はムーア人と
囚われのキリスト教徒の息子だからです！
それに私が小さくて幼い頃から
キリスト教徒の母は私によくこう言いました。

〈息子よ、嘘をついては決してなりません！
息子よ、嘘をつくのは卑劣なことです〉と。
王よ、どうか尋ねてみてください。
そうすれば私はあなたに真実を語りましょう。」

「ムーア人アベナーマルよ、このように
丁寧に語ってくれることに感謝したい。
その地に立ち、再び輝く城とは
どのような高い城なのか。」

「ご主人様、これがそのアルハンブラ[*1]で
そしてもう一方が王のモスクです。
また向こうにあるのがアリハレス宮殿[39]で

驚嘆するくらい立派に築き上げられています。

そしてこれらの城を築き上げたムーア人は
その日に何百ドブラ[40]もの金貨を手にしました。
しかし建築の行われない日には
彼は何百ドブラもの金貨を払わねばならなかったのです。

向こうの大邸宅は園亭[*2]で
比類のない庭園です。
こちらの塔は洋紅色の煉瓦で造られたもので
壮大な祝祭の行われる城です。」

そこでホアン王は答える。
(彼の言ったことをよく聴くがよい!)
「グラナダよ、もしそなたが望むなら
私はそなたと結婚し、初夜の翌朝の贈り物に
そなたにコルドバとセビリアを贈ろう。」
「ホアン王よ、私は結婚しています。
私は結婚しており、未亡人ではありません。

私の夫はムーア人の王で
その莫大な財産より私を愛してくれます。」

＊1　ムーア人の王の城。プリューエル(41)の『旅行記』エーベリング版、三二二頁以下における「メスキータ、王のモスク(42)」を見よ。

＊2　離れと庭園。

18 アベナーマルの不幸な愛

スペイン語

前掲書、三七頁。このロマンセは『ロマンセ歌集[43]』の一九一頁ではより広範囲に掲載されているが、それゆえにこそ、かえって良くない。この作品も断片にすぎない。
アルメリア[44]にある庭園では
ムーア人アベナーマルが横になっている。
彼の視線は宮殿にいる妻のムーア人
ガリアナに向けられている。
枕のあるべきところには彼の帽子付の外套が
絨毯のあるべきところには彼の半円形の盾が
床には彼の長槍が多くのものとともに
こうして横たわっている。
彼の馬は鞍の前部に
手綱などが掛けられ
頭部にも馬具が付けられ
二本の菩提樹のあいだを歩み、草を食む。

咲き誇るアメンドウをアベナーマルは見つめる。
その花は悲しげに垂れ下がり
激しい北風によって花を落としている。
この風は花の命をことごとく奪う。

19　船乗り

スコットランド語

『拾遺集』第一部、七七頁。

王はダンファームリン城[45]で椅子に座っている。
彼は血の色の赤ワインを飲んでいる。
「おお、どこで私は船乗りを見出すのか。
この私の船を帆走させてくれる船乗りを。」

一人の老騎士が立ち上がり、こう話した。
（この騎士は王の右側に控えていた。）
「パトリック・スペンス卿[46]が当地全体で
最も優れた船乗りです。」

王は一通の長い手紙を書き
自らの手でこれに封をした。
そしてこの手紙を
海辺に住むパトリック・スペンス卿に送った。

手紙の一行目を読んだパトリック卿は
大きな笑い声をあげた。
手紙の二行目を読んだパトリック卿は
一筋の涙を流した。

「おお、誰がいったい私にこのようなことを
このように悲しいことをしたのか！
このような時に海上を帆走させるために
私を派遣するとは！

私の勇敢な部下たちよ、すぐ準備にかかれ。
我々の立派な船が帆走するのは明日だ！」
「おお、親愛なる御主人さま、そのようなことは言わないでください。
私どもはとても心配しております。

昨日の夜、私は新月を見ました。
月には暈《かさ》がかかっていました。
私はとても心配です、親愛なる御主人さま。
ひどい嵐が我々を待ち受けているのではないかと。」

おお、高貴なスコットランド人、彼らはずっと
自分たちのコルクの木靴を守る術を心得ていた。
しかしとうに至る所で動きが始まり
彼らの帽子をそちらへと流し運んだ。

おお、彼らの妻たちが扇子を手に
これからもずっと安住できることを！
しかし彼女たちにはパトリック・スペンス卿が
その国を目がけて帆走するのが見える。

おお、彼らの妻たちが金の櫛を髪に挿して
これからもずっと変わらずにいられることを！
しかし自分の愛する夫を待つ妻たちは
二度と夫に会うことはない。

あの遥か遠くのアバーダー[47]に！
深さ五十尋《ひろ》[48]の海底に
あの立派なパトリック・スペンス卿は
高貴な部下たちに囲まれて眠っている。

20　ターラウのアンヒェン

プロイセンの低地ドイツ語[49]より

この歌は魅力の多くを失った。というのも、その実直で力強く素朴な民衆言語から、もちろん私としては出来るかぎり手を加えなかったのではあるが、愛する標準ドイツ語[50]へと移し置かざるをえなかったからである。この歌はジーモン・ダッハの作で、アルベルト[51]の『アリア集』第五部、二五行、ケーニヒスベルク、一六四八年、五二号に掲載されている。

ターラウのアンヒェンは僕のお気に入り。
あの娘《こ》は僕の命、僕の宝、僕のすべて。
ターラウのアンヒェンは愛するときも悩めるときも
繰り返し僕に心を向けてくれた。
ターラウのアンヒェンは僕の宝、僕のすべて。
君は僕の魂、僕の血と肉！
たとえどんな嵐が僕たちを襲っても
いつも一緒にいたいんだ。

病気、迫害、悲嘆、苦痛さえをも
僕たちの愛の絆にしたいんだ。

シュロの木は伸びるときにこそ
霰《あられ》や雨がますます降り掛かる。

そのように僕たちの愛も強く大きくなる。
十字架、受難、あらゆる苦難を通じて。

たとえ君がいつか僕と別れても
たとえ太陽がほとんど見えなくなっても

君は僕を愛してくれるだろう。そして僕も君について行こう。
森、海、氷、鉄、敵の軍勢をかきわけて。

ターラウのアンヒェンは僕の光、僕の太陽。
僕は自分の命を君の命の周りに包み込む。

僕のしてほしいことは君がしてくれる。
僕のしてほしくないことは君もしないでいてほしい。

でも心も、口も、手もないところで
あるいは人が互いを苦しめ、いがみ、殴ったり
そして犬や猫のように振る舞ったりすれば
愛はどれくらい続くのだろうか。

ターラウのアンヒェン、僕たちはそんなことはしたくない。
君は僕の小鳩、僕の子羊、僕のめんどり。
僕の欲しいものは君の好きな良いもの。
僕は君にスカート[52]をあげると、君は僕に帽子をくれる！
アンヒェン、こうしたことが僕たちには最高の安らぎで
身も心も君と僕とで一つなんだ。

こうすれば生きることは天国になるけど
喧嘩をすれば生きることは地獄のようになる。

街の歌
英語

21 三つの問い(53)

『憂鬱を晴らすための機知、笑い、あるいは丸薬』という題の、英語の歌とバラッド集、第二巻、ロンドン、一七一二年から。この歌は同書の一二九頁に「機知豊かに説明される謎」という名の旋律とともに掲載されている。

一人の騎士がいた。彼は国中を旅している。
彼は自ら妻を手にしようとしている。

彼は気分よく或る未亡人の家の前にやって来た。
三人の美しい娘が出てきた。

騎士は娘たちをずっと見ていたが
一人を選ばねばならないことが彼の心をとても不安にした。

「あなたがたの誰が私の妻であるかを知りたいのですが
誰が私の三つの問いに答えてくれますか。」

「私たちの誰があなたの妻であるかを知りたいのなら

どうぞ私たちに三つの問いを出してください。」
「おお、こちらへの道より長いものは何ですか。
あるいは深い海より深いものは何ですか。」
「あるいは音の大きな角笛より音の大きなものは何ですか。
あるいは尖った茨より尖ったものは何ですか。」
「あるいは緑の草より緑色のものは何ですか。
あるいは女というものよりもひどいものは何ですか。」
最初の娘と次の娘は考え込んだ。
最も若くて美しい三番目の娘はこう言った。
「おお、愛がこちらへの道より長いものです。
そして地獄が深い海より深いものです。
そして雷が音の大きな角笛より音の大きなものです。
そして空腹が尖った茨より尖ったものです。

そして毒が緑色の草より緑色のものです。
そして悪魔が女というものよりもひどいものです。」

三番目の娘が問いに答えるやいなや
騎士は彼女のもとに急ぎ、喜んで彼女を選んだ。

最初の娘と次の娘は考え込んだ。
しかし彼女たちには今も求婚者がいなかった。

だから愛する娘たちよ、心するがよい。
求婚者に問われたら、上手に答えるがよい。

22　草原

前掲書から——私には第五巻のどこにあるのか分からない[54]。

かつて或る春の日に私は出かけた。
すべてが美しく晴れやかであった。
私は人里離れた一軒の夏別荘にやって来た。
すると一人の可愛い娘が出てきた。
娘は泣き、草原の方に歩きながら、悲しげにこう歌った。
「ああ、これまで誰が私ほど愛した者がいるでしょうか！」

娘は草原を静かに歩き回り
手をよじり、重く溜め息をついた。
それから小さい花を摘み
あちこちを指すと、草原は
ひな菊や小さな忘れな草を与えてくれた。
娘は溜め息をついた「ああ、彼は私を愛していない！」

娘は花を一つの束にまとめ

英語

もう一度心の底から泣いた。
「忘れな草さん！ ここで私はあなたを縛るわ。
でも誰のために——ヒナギクさん、私をよく見て
私のために泣いてちょうだい！——本当に私は悲しいの。
彼をあんなに愛したのに彼は私を愛してくれなかったの。」

今や娘は感情で胸が溢れんばかりになった。
そして、ああ！ 娘の子宮は苦痛でもうはち切れんばかりになった。
娘は愛する胎児を死産した。
娘は言った。お休み、そして私の優しい墓になって！
そして娘はくずおれた——愛と苦痛に満ちた
静かな溜め息が娘の心を壊したのだ。

23　レースヒェンとコリン

英語

十分に感じられるのは、この物語詩が新しいということである。この作品はティッケル[55]により（『拾遺集』第三部、二三四頁）、そして他のところ[56]では、「ハンヒェンとルカス」という題で刊行された。私は最初の二節を省略せざるをえず、そして他のところでは余分で妙な美しい点をいくらか取り除くために出来るだけ簡素なものとした。私としては、それによって作品の魅力が失われたとは思わない。

君たちは雨の時期に下を向く
　ユリを見たことがあるかい。
ああ、こうしてレースヒェンはいつの間にか姿を消した。
彼女は恋による心の病のために姿を消した。

葬式の鐘が暗い夜に
　三度鳴ったとき
三度フクロウが窓をたたき
　そして「一緒に来なさい！」と彼女に歌ったとき

その可愛い娘にもういやというほど十分に
分かっていたのは、これは自分に関わるということであった。

妹たちは周りにすわり
　ひどい恐怖に包み込まれた。

「私には一つの声が聞こえますが、あなたたちには聞こえません。
　その声はこう言います。〈私とここから逃げるのだ！〉
私には一つの手が見えますが、あなたたちには見えません。
　その手は私にこちらへ来いと合図するのです！

だから知っておいてください。不実な心が
　つまり一人の花婿が私を殺すのです。
私がその花嫁の三倍のものを持っていないと
　私はあなたの花嫁になれないのですか。

おお、コリン、彼女に承諾の返事を与えないでください！
　この返事はずっと以前から私のものなのです。
そしてあなた、おお、花嫁よ、彼の接吻を奪わないでください！
　その接吻はあなたのものではありません。

あなたたちは結婚式に向かおうとしています。
　明日あなたがたが向かうのは祭壇です。

哀れな娘、そして不実な男よ
　もちろんレースヒェンもそこにいます！

兄弟たちよ、明日あなたがたは私を
　コリンのそばに連れていきます。
彼は花婿の装束で歩みますが
　私を飾るのは死装束なのです。」

レースヒェンはこう言って死んだ。
その棺はコリンのそばに運ばれた。
彼は花婿の装束で歩んだが
　彼女を飾るのは死装束だった。

ああ、花婿よ、あなたはどのような気持ちだったのか。
おお、花嫁よ、あなたはどのような気持ちだったのか。
レースヒェンの棺の周りには花嫁の隊列が群がった。
　村全体が大声で泣いた。

困惑、不安が花婿をとらえ
　絶望に彼は襲われる。

すでに死が彼の額に暗い影を落としている。
　彼は呻き、くずおれる。

そして、ああ！　花嫁のあなたはもう花嫁ではない。
あなたの結婚式の紅はどこにあるのか。
花婿の初恋をそこに見るがよい。
　あなたの花婿が死んでいるのを見るがよい！

近所の羊飼いたちは花婿を
　彼のレースヒェンの墓に入れた。
今そこに彼は横たわり、彼女とともに土となって
　神の声に呼ばれるのを待っている。

そして何度もまた神聖な墓に赴くがよい
　変わらぬ愛を誓った二人よ。
そして互いに愛の絆を結び
　勝利の花冠を捧げるがよい。

しかし不実な者よ、おまえは用心するがよい。
　そしてこちらに近づくな。

コリンのことを思いながら、ここから立ち去るのだ。
彼の平安を妨げてはならない。

24　陽気な結婚式(57)

ソルブ語(58)の戯れ歌

エックハルト(59)『ゲルマン語の語源の歴史的研究』ハノーファー、一七一一年、二六九頁から二七三頁まで。


「誰を花嫁にしようか。」

「フクロウを花嫁にしよう。」

フクロウは二人に答えて言った。

「私はとても醜いので
花嫁にはなれません。

私は花嫁にはなれません！」


「誰を花婿にしようか。」

「ミソサザイを花婿にしよう。」

ミソサザイは二人に答えて言った。

「私はとても小さいので
花婿にはなれません。

私は花婿にはなれません！」


「誰を花嫁の介添人にしようか。」

「カラスを花嫁の介添人にしよう。」

カラスは二人に答えて言った。

「私はとても黒いので
花嫁の介添人にはなれません。

私は花嫁の介添人にはなれません！」


「誰を料理人にしようか。」

「オオカミを料理人にしよう。」

オオカミは二人に答えて言った。

「私はとても悪意のあるもので
料理人にはなれません。

私は料理人にはなれません！」


「誰を給仕にしようか。」

「ノウサギを花嫁の給仕にしよう。」

ノウサギは二人に答えて言った。

「私はとても早足なもので
給仕にはなれません。

私は給仕にはなれません！」

「誰を楽師にしようか。」

「コウノトリを楽師にしよう。」

コウノトリは二人に答えて言った。

「私の嘴《くちばし》はとても大きいので
楽師にはなれません。

私は楽師にはなれません！」


「誰を食卓にしようか。」

「キツネを食卓にしよう。」

キツネは二人に答えて言った。

「私の尻尾を割ってください。

そうすれば尻尾があなたがたの食卓になるでしょう。

そうすれば尻尾があなたがたの食卓になるでしょう！」

第一部　第二巻

1　少女とハシバミの木[1]

ドイツ語

一人の少女がバラを手折りに[2]
喜んで緑の荒野に行こうとした。
彼女が道端で見つけたものは何か。
それは緑のハシバミ[3]だった。

「こんにちは、可愛いハシバミさん。
あなたはどうしてそんなに緑色なのですか。」
「どうもありがとう、誠実な娘さん。
あなたはどうしてそんなに美しいのですか。」

「どうして私がこんなに美しいのか
あなたに喜んで教えてあげましょう。
私は白いパンを食べ、冷たいぶどう酒を飲んでいます。
それで私はこんなに美しいのです。」

「あなたは白いパンを食べ、冷たいぶどう酒を飲んでいる。
それであなたはそんなに美しいのですね。
私はといえば毎朝冷たい露が私の上に落ちます。
それで私はこんなに緑色なのです。」

「毎朝冷たい露があなたの上に落ちる。
それであなたはこんなに緑色なのね。
でも少女は自分の花冠[4]を失うと
二度と取り戻せないわ。」

「でも少女が自分の花冠を守ろうとすると
ずっと家にいなければなりません。
仮装舞踏会にも行けませんし
そこに行かないようにもしなければなりません。」

「どうもありがとう、優しいハシバミさん。
教えてくれてありがとう。
今日は仮装舞踏会に行くつもりだったの。
でもずっと家にいるわ。」

2 庭を失う少女の歌(5)

リトアニア語

「さあ、少女よ、歌いなさい。
歌えない！ おお、どうして
おお、どうして頭を抱えているのだ。
腕が死んだようになるぞ。」

「どうして歌えましょうか。
どうして喜べましょうか。
私の大切な庭が荒れ果てているのです。
ああ、ひどく荒れ果てているのです！

ヘンルーダ(6)は踏み荒らされ
バラは奪われ
白百合は折られ
露までが拭き去られているのです！

おお、悲しさのあまり私は
ほとんど立ってもいられず

私の茶色の花冠ともども
ヘンルーダの植えてあったところにくずおれました。」

3　若い騎士の歌

リトアニア語

早朝にはもう私の馬に
餌をやっておいてくれ。
夜が明けたら
日の出とともにすぐに
私は馬でここを出なければならない。

すると私の父が、年老いた父が
私のそばに駆け寄ってくる。
父は私と話すために立ち
父は私に注意を促すために話し
そして注意を促すと泣く。

「落ち着いて、父さん、泣かないで！
落ち着いて、老いた父さん、泣かないで！
とても元気よく駆け出した私は
とても元気よく駆け戻ってきました。
それはとにかくあなたを悲しませないためです。

さあ、私の雄馬よ
さあ、私の栗毛よ
おまえはどこへ駆け出すのか。
おまえはどこへ鼻息をたてるのか。
おまえはどこへ私を運ぶのか。

いざ、戦いへ！
さあ、見知らぬ国へ！
そこへおまえは私を
そこへおまえは運ぶのだ。

この遠い道は
おまえには辛いのか。
このカラスムギの入った袋が
おまえには重すぎるのか。
それとも抜き身の剣をさげて
騎士の制服を着た
この若い騎士が重すぎるのか。」

「はい、この長い道は

私には辛すぎます。
それにこの真っ暗な夜
それにこの緑の荒野
それにこの黒いぬかるみも――――」

4　不幸な柳の木

リトアニア語

「おい、私の可愛い馬よ。
私の愛する栗毛よ。
どうしておまえは
混じり物のない上等のカラスムギを食べないのか。

おまえには本当に
この遠い旅が
二百マイルものこの遠い旅が
辛すぎるのか。

九つもの湖沼を私たちは
泳ぎに泳いで通り抜けてきた。
さあ、この十個目の沼にも
足を踏み入れようではないか!」

愛する馬は岸辺へと泳いだ。
愛する相棒は沈んだ。

相棒は沈みながら一本の
柳の木にしがみついた。

「おい、柳の木、柳の木
おまえはまだそこに立っていて緑色になるのか。
おまえが夏を過ぎてまでも
ずっと緑色でいることなどありはしない。

そうすれば私はおまえを切り倒し
幹から枝を切り取り
板を切り出そう。
小さくて白い板を。

そこから私は
小さな白い揺りかごを作りたい。
私の若い娘のために
そしておまえの枝から
私の馬たちの穀物倉に張る
床板を作りたい。」

5　傷を負った子どもの話[7]

ドイツ語

一人の少女が早起きして
緑の森へ散歩に行きたいと思った。

少女は緑の森にやってくると
傷を負った一人の子どもを見つけた。

その子どもは血で真っ赤になっており
少女が助けようとしたときには、すでに死んでいた。

「どこで私は泣いてくれる二人の女[8]を頼めるのか。
それも私の純粋な愛を泣きながら葬る娘たちを。
どこで私は六人の騎士の小姓たちを頼めるのか。
それも私の純粋な愛を葬る小姓たちを。
いったい私はどれくらい嘆き続けなければならないのか。
すべての川の流れが一つになるまでに。

本当にすべての川の流れが一つになるまで
私の悲しみは永遠に終わらないだろう。」

6　ユダヤ人の娘

スコットランド語

『拾遺集』第一部、三五頁。これは身の毛もよだつ恐ろしい話で、その伝承はしばしば多くのユダヤ人から土地や生命を奪った。原典の殺戮と夜の響きは、ほとんど翻訳不能である。

雨、ミラノの街にしとしと降る雨。
　ポー川を下って、したたり落ちる雨！
このようにミラノの街の子どもたちも
　ボール遊びにと走り下る。

それを家の中から見たユダヤ人の娘がやって来て
　言った。「中に入りませんか。」
「入りたくないよ。僕はどの遊びも
　やめるわけにはいかないんだ。」

娘はリンゴの皮をむく。それは子どもを
　中へ誘い込むほど赤く、そして白かった。
娘はリンゴの皮をむく。それは可愛い子どもを
　手に入れるほど白く、そして赤かった。

すると娘は刃先の鋭いナイフを取り出した。
　娘はそれをずっと隠していたのだ。
娘はナイフを幼い子の胸に突き刺した。
　子どもは一言も発しなかった。

どろどろとした血が流れ出た。
　そして流れ出た血は薄くなった。
こうして子どもの心臓の血は出尽くし
　もはや子どもの命はなかった。

娘は子どもを畜殺用の板に横たえ
　このキリスト教徒の豚を畜殺する。
娘は笑いながら言った。「行くがよい。
　そしておまえの仲間全員と遊ぶがよい！」

娘は子どもを巻くようにブリキ箱に入れる。
「さあ、そこで眠るがよい！」　娘は笑いながら叫んだ。
娘は子どもを深い井戸に投げ入れた。
　五十尋《ひろ》(9)の深さの井戸に。

祈禱の開始を告げる鐘が鳴り、夜の帳が下りたとき
　母親たちもみな家に帰ってきた。
どの母親の最愛の息子も帰っていたが
　アンネの息子だけは帰っていなかった。

アンネは外套を自らの体に巻きつけ
　ひどく泣きはじめた。
彼女はすぐにユダヤ人の砦に走ったが
　ああ！　一人も目を覚ました子はなかった。

「私の最愛のヘンネ、私の可愛いヘンネ
　どこにいるのだい、返事をしておくれ！」
「おお、母さん、つるべ井戸の底まで走ってきて！
　そこに母さんの息子がいるから。」

母親のアンネは深い井戸まで走った。
　アンネは井戸の縁でひざまずいた。
「私の最愛のヘンネ、私の可愛いヘンネ
　おお、答えておくれ、おまえはここにいるのかい。」

「おお、母さん、井戸はとても深いし
　ブリキの箱はとても重い。
刃先の鋭いナイフがぼくの胸に刺さっている。
　僕はもう従兄弟とも話せない。

愛する母さん、どうか家に帰って
　僕の死装束を作ってください。
ミラノの街の裏の我が家で
　僕は母さんのそばに行きます。」

7　ヴィルヘルムとマルグレート

一つの物語
スコットランド語

『拾遺集』第三巻、一一九頁。この歌、あるいはこれに類した歌にあって音節の数が韻律に優越し、いわば覆い尽くすとするならば、こうした誤りの原因はおそらく翻訳の中には、すなわち、四つの詩脚と八つの音節が数えられないとか、これらの歌は総じておとなしくて感じのよい韻を見出しえたであろうとかいう点にはない。なぜなら原典の音調や歩みは翻訳によってもまったく失われないだろうからである。この古い物語詩が気に入らない人は、これに続く、より新しい歌[10]を読むがよい。

とある夏の日に
　愛する二人は外で座っていた。
二人は一日中ずっと座り
　まだ互いに口をきいていなかった。

「マルグレート、君には悩みがあるようには見えないし
　君も僕に悩みがあるようには見えないだろう。
朝の十一時前に君の前で
　壮麗な結婚式が行われるだろう。」

美しいグレートヒェン[11]は家で窓辺に座り
　黄金の髪を櫛といていると[12]
愛するヴィルヘルムと花嫁が
　馬に乗って近づいてくるのに気がついた。

それからグレートヒェンは象牙の櫛を置き
　髪を二つに編んだ。
彼女はたしかに生きて家を出たが
　二度と生きて家に入ることはなかった。

日が暮れて、夜になり
　すべてが眠りについたとき
美しいマルグレートの亡霊がやって来て
　ヴィルヘルムの寝床のそばに立った。

マルグレートは言った「まだ起きているのですか
　愛するヴィルヘルムよ、それとも寝ているのですか。
神があなたの初夜の寝床に
　そして私の死に場所に幸福を与えられんことを！」

夜が終わり、日が昇り
　主人も従者も目覚めたとき
花婿はその愛する妻に言った。
「ああ、大切な人、私は泣きたい！

愛する妻よ、私は夢を見た。
　その夢は決してよいものではなかった。
私は自分の家が血まみれの豚で満ち
　花嫁の床が血まみれなのを夢に見たのだ。」

「親愛なる夫よ、このような夢は
　このような夢は決してよいものではありません。
自分の家が血まみれの豚で満ち
　花嫁の床が血まみれなのを見る夢は。」

ヴィルヘルムは自分の忠実な従者たちに呼びかけ
　すぐさまこう言った。
「私はマルグレートの家に行かねばならない。
　愛する人よ、私を中に入れてくれ！」

そして彼がマルグレートの家の前に来たとき
　扉の取っ手をしっかりと引いた。
するると彼女の七人の兄弟はもう待ちきれないように
　ヴィルヘルムを中に入れてくれた。

それから彼は亡き骸を包む布をめくった。
「お願いだから亡き骸を見せてくれ。
彼女の愛らしい赤色が失せているようだ。
　彼女がとても蒼ざめているように見える。

愛するグレートヒェン、私はおまえに
　誰も私にはしてくれないことをしよう。
私はおまえの色あせた唇に接吻しよう。
　もはや私に微笑みかけない唇に。」

すると七人の兄弟が口を開き
　とても悲しげにこう言った。
「どうかあなたの新婦に接吻し
　我々の妹と二人きりでいてください！」

「私は新婦に接吻して
　自分の義務を果たすだけです。
でも私がこの可哀そうな人の亡き骸を
　昼も夜も讃えることは決してない[13]でしょう！

さあ、私の忠実な従者たちよ、
　菓子やブドウ酒を分かちあう[14]がよい！
今日グレートヒェンの命日のために分かちあうものを
　明日は私の命日のために分かちあうがよい！

美しいグレートヒェンは今日死んだ、今日死んだ。
　彼女のヴィルヘルムは明日死ぬのだ！」
美しいグレートヒェンは誠実な愛ゆえに死んだ。
　愛するヴィルヘルムは悲しみのために死んだ。

美しいグレートヒェンは聖堂の下方の内陣に葬られ
　愛するヴィルヘルムは聖堂の上方の奥に葬られた。
グレートヒェンの胸からはバラが芽を吹き
　ヴィルヘルムの胸からは菩提樹[15]が芽を吹いた。

バラと菩提樹は成長して教会の屋根に達し
それ以上伸びることはできなかった。
バラと菩提樹は絡みあって愛の結び目となり
見る者すべてをとても驚かせた。

そこに教会の世話をする男がやってきて
（私はあなたがたに何が起こったかをお話ししましょう！）
不幸なことに結び目を切り落とした。
そうでもしなければ結び目は今なおそこにあることだろう。

8　ミロス・コビリッチとヴーク・ブランコヴィッチの歌[16]

モルラック[17]

フォルティス[18]の『ツレス島とオセロ島[19]の観察所見』ヴェネツィア、一七七一年四月、そのイタリア語の翻訳による同箇所、一六二頁から。[20]

領主ラザロ[21]の白い宮殿に咲く
赤いバラを見つめることは楽しい。
ただ、どのバラが最も美しく、最も愛らしく
最も可愛いかは誰も言えない。

ラザロの美しい娘たちは
白いバラでも赤いバラでもない。
ラザロはセルビアの平地の支配者で
その平地はかつての太守たちから彼に遺贈された。

ラザロは娘たちを嫁がせる。
偉大な領主たちに嫁がせる。
ヴークッサヴァをミロス・コビリッチ[22]に、そして
マーラをヴーク・ブランコヴィッチ[23]に与えた。

セルビア皇帝で勇敢なバヤズィト[24]はミリザを手に入れた。
しかしセンタ[25]在住の高貴な軍司令官
ユリア・サラノヴィッチの花嫁となった
イェリーナの嫁ぎ先はそれほど遠くなかった。

それから間もなく三人の姉妹が
愛する母を訪ねてきた。
ただ皇帝の妻ミリザは来なかった。
セルビア皇帝バヤズィトが行くことを禁じたからである。

三人はみな我先にと愛想よく
最初の挨拶を請い求めた。しかしたちまち
姉妹のあいだで諍いが熱を発しはじめる。
どの姉妹もラザロの白い宮殿の中で
自分の仕える夫を讃えはじめるのだ。

まずイェリーナが讃えはじめた。「領主夫人さま
私の夫ユリアほど勇敢な男を産んだ母親はいません。」
ブランコヴィッチの妻は言った。
「私の夫ヴークほど偉大で堂々として

名望のある男を産んだ母親はいません。」
そしてコビリッチの妻で誇り高いヴークッサヴァは
高らかに笑い、姉妹たちにこう言った。
「もうおやめなさい、可哀そうな姉妹たち!
私に対してヴークを自慢するのはもうおよしなさい。
彼は名声の点では哀れな戦士にすぎないのですから。
私に対してユリアを讃えるのはもうおよしなさい。
彼は偉大でもないし祖先も立派ではないのですから。
彼らでなく私の高貴なミロス、ノヴィ・パザル[26]のミロスを
賞賛してくださいな。彼は自らが誇り高い戦士であり
ヘルツェゴヴィナ[27]の戦士の誇り高い血を
引いているのですから。」するとヴーク夫人が
ヴークッサヴァの言葉に感情を害され、怒りのあまり
その誇り高い腕を振り上げ、ヴークッサヴァを殴った。

殴り方はほんの軽いものだったが
ヴークッサヴァの鼻からは何滴もの血がしたたり落ちた。
この若夫人はさっと立ち上がり
泣きながら自分の宮殿に帰り
しゃくりあげながら夫のミロスに

静かな声で泣き泣きこう訴えた。

「おお、私の最愛の夫よ。ブランコヴィッチの
恥知らずな妻の言ったことを聞いてください。
あの女は、あなたが高貴な血筋でもなければ
あなたの先祖たちも高貴でないと言うのです。
それにあなたは怠け者で、あなたの親も
怠け者だと言うのです。しかも臆面もなく
あなたがあの女の夫ヴークと戦場に出て
一騎打ちをする勇気もない、なぜなら
あなたの右手は弱くて力もないからだと
話し散らすのです。」ああ、これが夫のミロスの胸に
突き刺さった。彼は雄々しく立ち上がり
さっと馬に鞍を置き、一騎打ちに向かった。
そして自ら大声でヴーク・ブランコヴィッチに
呼びかけた。「おい、ヴーク・ブランコヴィッチ
おまえが母堂の栄誉をまだ大切にするならば
我ら二人のどちらが強いかを明らかにするために
おじけずに一騎打ちに出てくるがよい。」もはやヴークには
一騎打ちに向けて馬に鞍を置くしかなかった。

ミロスとヴークは馬に乗り、決闘に適した平地を探す。
そして二人は戦闘用の長槍を手に互いに向かって
馬を駆り、力を込めて突きかかると、長槍は
何千もの破片に砕け散る。そして二人は剣を抜くが
その鋭い剣は何千もの破片となって空中に飛び散る。
二人は戦闘用の棍棒を手に互いに打ち合うと
それぞれの棍棒の先端がはじけ飛ぶ。
けっきょく幸運はミロスの側にとどまる。
彼はヴーク・ブランコヴィッチを馬から引きずりおろし
地面に打ちのめし、こう言う。

「さあ、ヴーク・ブランコヴィッチ、これから
他の者たちにこう自慢し、言いふらすがよい。
ミロスは自分と一騎打ちをする勇気がない、と。
私がその気になれば、今度はおまえを殺し
おまえの妻を喪服の未亡人にすることもできよう。
だが今回は見逃してやる。今後は二度と
大口をたたかないようにすることだ。」

それから間もなくして

トルコ人はセルビアに攻め入った。
トルコ皇帝ムラードは怒りのあまり
土地や街を荒廃させた。ラザロもまったく
同じ目にあった。あらゆるところから
彼は軍隊を集め、ヴーク・ブランコヴィッチと
戦士ミロスを招集した。

すべての軍司令官が豪華な食卓に着いた。
彼らは皆したたかに酔った。
するとセルビアの王ラザロは
こう話しはじめた。

「おお、セルビアの名高い軍司令官たち
勇敢な伯爵たちよ！　聴いてくれ。
我々は明朝早くトルコ人との戦いに赴く。
我々全員が従う第一の軍司令官にミロスを任命したい。
彼は皆の評判によれば勇敢で
彼にはセルビア人もトルコ人も恐れおののく。
彼を第一の軍司令官とし、その後にヴーク・
ブランコヴィッチを第二の軍司令官として従わせよう。」

激しい怒りがヴークの胸にこみ上げた。
なぜなら彼は勇敢なミロスを心底憎んでいるからだ。
ヴークは父ラザロに近づき
そっとこう囁く。「愛する父上よ、あなたには
ご自分が軍隊を死なせるために召集されたことが
お分かりにならないのですか。ミロスは軍隊を裏切るでしょう。
彼はトルコ人の味方なのです。彼は不実にもこっそりと
いつもトルコ人のために働いているのです。」

ラザロはすっかり黙り込み、静かに腰をおろし
考え込む。そして晩餐になってすべての
司令官たちが彼のまわりに座ったとき
彼は黄金の杯を手に取り、泣きながら
こう言う。「私が乾杯したいと思うのは
セルビアの皇帝の健康でもトルコの君主の健康のためでもなく
私の不実な義理の息子ミロスのため、それも
私を裏切ろうとしているミロスのためなのだ。」――

ミロスはラザロに至高の神にかけても
裏切りなど決して考えたこともないと誓い

苦痛にさいなまれながらも毅然と立ち上がり
自らの白い陣屋に身を隠し、夜が更けるまで
大泣きに泣いた。それから彼は立ち上がり
天なる神に助けを求めた。

夜が明け、朝の星が明るい表情を見せる。
するとミロスは馬に武具をつけ
トルコ人の方へと向かう！ そして
トルコの君主の番兵に言う。「急いで私を
君主の陣屋に案内してくれ。私がやって来たのは
君主にセルビアの軍隊と王を
生きたまま手渡すためなのだ。」

そして
番兵はミロスの言葉を信じ、彼を
トルコの君主のもとに案内した。ミロスは
黒い大地にひざまずき、君主の
右手とマントに接吻する。
するとミロスは用意したナイフで
君主アムラートの胸を刺した。刺し傷は

心臓にまで達していた。ミロスは剣を抜き
トルコの高官たちのもとで恐ろしいほど怒り狂う。

しかしけっきょく幸運はミロスに微笑まなかった。
彼は何千もの肉片に切り刻まれて
自らの剣の上に倒れ伏した。汝、誹謗せし者
ヴークよ、ふさわしい報いを受けるがよい！

9　ドゥスレとバベレ

スイスの小唄

旋律は雲雀のように軽やかで上昇的である。方言もその生きた言葉の溶け合いの中で揺れ動く。もちろんこれは紙の上に文字で書かれると、ほとんど残らない。


或る農夫に一人の娘がいた。

その名前をバベレといった。

その娘の二つのお下げ髪はまるで黄金のようだ。

その一方で農夫にとってはドゥスレも可愛い。


ドゥスレは父親に走り寄った。

「おお、父さん、ぼくにバベレをくれませんか。」

「バベレはまだ小さすぎる。

今年はまだおそらく一人で寝る。」


ドゥスレは一時間で走った。

夕方ゾロトゥルン[28]に向かって走った。

この街をあちこちと走った。

そしてようやく上隊長のもとにやって来た。

「おお、上隊長どの
私はフランドルで傭兵になりたいのです！」
上隊長は財布のひもをほどいて
そこからドゥスレに三ターラー(29)くれた。

ドゥスレはまた走って家に戻った。
彼の愛するバベレのもとに。
「おお、ババレ、愛するバベレ
ぼくは傭兵としてフランドルに行くことにしたよ！」

バベレは家の裏手に走った。
その小さな目はほとんど泣き出さんばかり。
「おお、バベレ、そんなに泣かないで。
ぼくはきっと君のもとに帰ってくるよ！

もし一年たっても帰ってこなければ
君に手紙を書くよ。
そこにはこう書くつもりだ。
〈ぼくはバベレのことを絶対に忘れないよ！〉」

10　おお、悲しい、おお、悲しい

スコットランド語

『拾遺集』第三巻、一四三頁。古い歌で、いかに本当の感情の表出に満ちていることか。アーサーの玉座はエジンバラ付近の丘である。聖アントンの泉はその近くにある。スコットランドに非常に多く見られるような伝説の場所である。

おお、悲しい！　おお、悲しい。谷底へ。
　何と悲しい、悲しいこと。山上へ！
おお、悲しい、悲しいこと。あの丘へ。
　そこで彼と私は出会った！
私は樫の木の幹に寄りかかり
　それが誠実な木だと信じるの。
でも幹は曲がり、枝は折れた。
　こうして私の誠実な愛も裏切られる。(30)

おお、悲しい、悲しい。愛が喜ばしいのは
　一瞬にすぎない。なぜならその愛は新しいから！
愛が古くなると、それは冷たくなる。
　そして朝露のように消え去ってしまう。

おお、何のために私は髪を梳くの。
　何のために私は髪を飾るの。
私の恋人は私を見捨て
　彼の心は私から奪い去られた！

これからはアーサーの玉座*1(31)を私の寝床とし
　もうどのような枕も私の安息の場とはしない！
私の誠実な恋人がもはやいないからには
　聖アントニウスの泉を私の水飲み場にする！
聖マルティンの市《いち》(32)の風よ、おまえはいつ吹くの。
　そしていつ木々の葉を吹き寄せるの。
そして、おお、愛する死よ、おまえはいつ来るの。
　本当に、ああ、生きていくことが私には辛いの。

私に恐ろしく突き刺さるのは寒気でもなければ
　ましてや吹きつける雪の不快さでもない。
私に叫ばせるのは寒さではなく
　雪の冷たい硬さなの。
ああ、私たちがグラスゴーの街に着いたとき
　どれほど私たちは見つめられたことか！

私の花婿は青色の服を身につけ
　花嫁の私はバラのように赤い服を着ていた。

接吻もしないうちは、愛は勝利をもたらさないということが
　私に分かっていれば。
私が自分の心を黄金の神殿に閉じ込め
　固く封印していれば。

おお！　おお、私の幼な子が生きていて
　乳母のひざに座ってさえいれば。
そして私が死んで立ち去っていれば
　きっと私はこんな今のような自分に決してならないのに！

＊1　スコットランドの伝説の丘。

11 どうか、おお、その眼差しを向けておくれ

シェイクスピアより(33)

シェイクスピアはこの傑出した歌を『尺には尺を』第四幕第一場に使用したが、誰が翻訳しえようか。

どうか、おお、その眼差しを向けておくれ。
その眼差しに比べれば曙の女神アウローラも薄明にしかすぎない！
そして唇は引きさがる。
　甘美で不実な誓いに満ちて。
私の誠をただ、ここで、ああ！　ここで
　固く接吻して、どうか私に返しておくれ！

包んで、おお、この胸を優しく包んでおくれ。
そこには丘に雪があり、そして冷たく
小さな芽が萌え出ている――ああ！　四月がそれらの芽を
　雪の下で沸き立たせているようだ。
可哀そうな心よ！　それはこの氷の若芽の中にある。
　ああ、どうかそれを解き放っておくれ！

12　朝の歌(34)

シェイクスピアより

シェイクスピアの『シンベリーン』第二幕第三場から。先の歌と同じく、誰が翻訳しえようか。

聴け、聴け、ひばりが天の門で歌っている。
　愛する太陽は目を覚ます！
すべての花のうてなから
　太陽はもうその供物を飲み干す。
婚姻を祝うキンセンカは喜ばしげに目くばせし
　その小さな目を開ける。
すべてが優しく愛らしく可愛げにきらめく。
　目覚めよ、可愛い子よ、目覚めよ、
目覚めよ、目覚めよ！

13 いくつかの魔法の歌

シェイクスピア『嵐』より

シェイクスピアの『嵐』第五幕第三場、第一幕第五場から[35]。この歌は他のシェイクスピアの翻訳[36]以外にも『文芸および自由学芸叢書』第四部、六四六頁にも翻訳が掲載されている。——原典においては異質な存在たちの世界からのような魔法の音調が聴かれる。

（嵐が船を粉々にした。全員が海に沈んだように見える。難を逃れたフェルディナンド王子が海辺に座っている。エーリアルが目に見えない形で歌い遊んでいるのが聞こえる。）

黄色い砂州に来て
それから握手しなさい！
おまえは愛して接吻した。
波は穏やかだ。
さまよい歩き、姿を現しなさい！
可愛い妖精たちよ、一緒に歌うのだ。
妖精たちの合唱　（ばらばらに）
聴け、聴け——ヴァウ　ヴァウ！
番犬が吠える——ヴァウ　ヴァウ！
エーリアル　聴け、聴け、私には聴こえる。

鶏が鳴いている、元気に鳴いている。
キリキー！
フェルディナンド　いったい音楽はどこにいるのか。空にか
地上にか――それに音楽は黙っている！　たしかに
音楽はこの島の或る神に仕えている。
私は砂州に座り、海に向かって泣いた。
王に向かって、つまり私の溺死した父に向かって。――すると
音楽が海上を私に向かって近づいてきた。
そして海の怒りと私の胸の激情は
甘美な歌で静められた。すると音楽は
私を連れ去り、私は従わざるをえなかった。
そして音楽は鳴りやんだ！――だが今や再び音楽が始まる――
エーリアル　（歌う）
五尋《ひろ》(37)の深さのところにあなたの父は横たわっている。
彼の眼は真珠になり
彼の骨は珊瑚となって海底深く
硬直して横たわっている。
無傷のまま、豊かで美しく
見られるように姿を変えられた。
その時刻ごとにニンフたちが

彼のために弔いの鐘を鳴らす――ビム！
合唱　ビム！　ビム！
フェルディナンド　あの鐘は私の溺死した父を偲んでいる。
いや、あれは人間の仕業ではない、この世の音ではない！――
私にはあれが天上から聞こえる――
プロスペロー　娘よ、泣き腫らしたまぶたを開くのだ！
そこに何が見えるか。
ミランダ　それは何ですか。妖精ですか。
神よ、それは何とぼんやり見えることでしょう！
おお、どうか私を信じてください、ご主人様。
それは美しいものです――でも妖精なのです！――
プロスペロー　いや、ミランダ、それは食事もするし眠りもする。
そして我々とまったく同じように感覚も持っている。
おまえに見える感じのよい男は船が難破したときにもいた。
そしてもし悲嘆が（悲嘆は美の癌なのだ）彼の頬を蒼ざめさせていなかったら
おまえはこの男を〈美しい〉と呼べるだろう。
この男は失った仲間を捜しているのだ――
ミランダ　私はこの人を〈神々しい〉と呼びたいと思います。
本当に私は自然においてこれほど高貴なものを見たことがありません。
プロスペロー　よかろう！

私が考えたとおりに進んでいる――
（エーリアルに）　精緻な妖精よ。
そのためにもおまえを二日のうちに自由にしてやろう。
フェルディナンド　（ミランダを見やりながら）
たしかにこの島の女神は音楽を告知しました。
どうかお許しください――お願いです――
知ることをお許しいただけますか――あなたは
この島に住んでおられるのですか。
そして私はここでどのように振る舞えばよいのですか――
そして私は最後に最初の質問をします。
おお、あなたは奇蹟です！
あなたは創られたのですか、あるいはそうでないのですか。
ミランダ　奇蹟などではありません！
私は一人の創られた娘です、ご主人様。
フェルディナンド　神よ！　私の言葉よ！
私はかつて彼女と話した最も幸運な者です。

――――――――

プロスペロー　（別れるにあたって）

かつて私はミラノの公爵でした。
急いでください、愛する妖精よ。
そうすればあなたは自由になれます！
エーリアル　（妖精の姿で歌う）
蜜蜂が蜜を吸うところで、私は吸います。
セイヨウサクラソウの中に身を横たえ
フクロウが鳴くと、するりと入り込み
コウモリの羽ばたきに乗せて優しく羽ばたきます。
春はいつも楽しく
楽しく、おお、楽しく生きられ
枝々の花のもとで漂います。

——私の勇敢なエーリアル！　私は君を手放そう。
でも君は自由になれるのだ——

14　妖精の丘

デンマーク語魔歌[38]

『戦士の歌』コペンハーゲン、一七三九年、一六〇頁を見よ。
『注目作品に関する書簡』第一巻、一一〇頁も参照。原典の魔力は翻訳できない[39]。

私は妖精の丘で横になって寝ていた。
　私の瞼は次第に閉じていった。
すると二人の可愛い娘が通りすぎ
　私に向かって愛らしく目くばせするかのようだった。

一方の娘は私の白い顎をなで
　もう一方の娘は私の耳にこう囁く。
「起きなさい、元気な若者よ！　起きなさい！
　さあ、ここで踊りを始めなさい！

起きなさい、元気な若者よ！　起きなさい！
　さあ、ここで踊りを始めなさい！
私の娘たちがあなたに歌を歌ってくれるのよ。
　あなたがこのうえなく美しい歌を聴くために。」

一方の娘が歌を歌いはじめた。
　すべての美しい歌のなかで最も美しい歌を。
荒れ狂う嵐はもはや吹かなくなり
　私は美しい響きに耳を傾ける。

荒れ狂う嵐はもはや吹かなくなり
　静まって感じいりながら耳を傾けた。
小魚たちも敵たちと戯れながら
　清流の中を泳いだ。

清流の中を泳ぐすべての小魚は
　上へ下へと戯れた。
緑の森のすべての小鳥は
　飛びまわり歌をさえずった。

「よく聞きなさい、元気な若者よ、よく聞きなさい。
あなたはここで私たちのもとにとどまりたいのか。
私たちはあなたにルーン文字[40]の書物と
　魔法の呪文の書き方を教えよう。

私はあなたに言葉と符号で
　野生の熊を縛る方法を教えよう。
まばゆい黄金の上にいる竜がすぐに
　あなたのもとに飛んできて屈服するように。」

娘たちは心のおもむくままに
　若者を求めて踊りまわった。
元気な若者はそこに
　剣にもたれて座っていた。

「よく聞きなさい、元気な若者よ、よく聞きなさい。
　あなたが私たちと話したくないのなら
報復としてあなたの心臓を
　剣とナイフでえぐり取るわ。」

だがそのとき私には何という幸運が！
　鶏が鳴きはじめたのだ。
さもなければ私は妖精の丘にとどまっていたろう。
　妖精の娘たちのもとに楽しく。

気軽に農場に向かうすべての若者に
　それゆえ私は忠告する。
妖精の丘で腰をおろしてはならないと。
　そこではみな眠り込んでしまうのだから。

15　アンガンテュルとヘルヴォルの魔法の対話

スカルド[41]による

ヒッケス[42]『言語辞典』第一部、一九三―一九五頁。ヒッケスはこの歌を『アイスランド伝承集[43]』から採った。この種の言語においては誤りが出ても、上級の識者であれば許してくれよう。というのも、これらの言語は翻訳者にとっては何年勉強しても身につきえないものであったろうし、これらの古い作品自体が、生まれながらの学者にとっても種々の謎だからである。

ヘルヴォル[44]　目覚めよ、アンガンテュル！
あなたのスヴァフの
ただ一人の娘ヘルヴォルが
あなたを目覚めさせる。
私に墓から
丈夫な剣を与えてほしい。
スワフルラマ[45]と小人たちの
作った剣を！

ヘルヴァルドゥル！　ヒオヴァルドゥル！
フラニとアンガンテュル！
私はあなたたちをみな目覚めさせる。

木の根のもとで
甲冑と
鋭い剣と
盾と武具と
血まみれの槍をもって！――

アンドグリュムの息子たち
すなわち
危険を讃える者たちがみな
今や灰と塵になったのか――
エイヴォルの
息子たちの誰一人として
死者たちの林から
私に話そうとはしないのか――

ヘルヴァルドゥル！　ヒオヴァルドゥル！
こうしてあなたたちはみな
縛り首にされて
あばら骨になるまで
虫の餌になるのだ！

とにかく私に剣を与えてほしい。
小人と精霊たちが
一緒に鋳造した剣を。
そして高価な帯も――――

アンガンテュル　ヘルヴォル、私の娘よ。
おまえはなぜそう叫ぶのだ。
魔法の杖をしっかりと手にして
死者たちを目覚めさせるために！
狂ったように自分を主張し
激しく叫ぶ娘よ。
おまえ自身の悲しみにしかならないのに！
私を葬ったのは
父でも友でもない。
私に従って生きた二人が
テュルフィングを持っていった。
そして一人はそれをまだ手もとに置いている。

ヘルヴォル　あなたは本当のことを言っていない！
たとえオーディン[46]があなたを

この墓の中に置いているとしても。
あなたは剣を手にしている。
父アンガンテュルよ！
そしてあなたのただ一人の子は
剣を受け継がなくてよいのか。

アンガンテュル　私はおまえヘルヴォルに
何が起こるかを話そう！
テュルフィングは
（私の言うことを信じてよい！）
おまえの一族を皆殺しにする！——
だが死んだ者たちは言う。
おまえの息子[47]が
テュルフィングを自分のものとし
王となる！

ヘルヴォル　私は、私はあなたたちを呪い
不安の中に突き落とす！
どの死者もアンガンテュルが
兜の鉄を裂くもの、すなわち

テュルフィングを私に送り
死を迎えるまでは
休むことも落ち着くことも
許されないのだ！

アンガンテュル　かくも自分の意志を主張する
男のような娘よ！
おまえは真夜中に
冥界の死者の広間の前で
甲冑と魔法の槍を手に
墓のまわりをうろついている。

ヘルヴォル　私は死者の広間を捜しに
出かけたとき
あなたが高貴で
勇敢な男だと思った！
墓から小人たちの贈り物を
掘り出して私に与えてほしい。
甲冑を破壊するあの剣を！
あなたには何の役にも立たないのだから。

アンガンテュル　私の肩の下に
剣がある。
兜を叩き割る剣が！
その剣は火で真赤に燃えている！
この世のどんな女も
この剣をつかむことは
許されないだろう——

ヘルヴォル　でも私は剣をつかみ
手に持っている。
その鋭い剣を
私は手にするだけだ。
私には死んだ者の
顔のまわりを飛びまわる火が
燃えるなどとは
とても信じられない！

アンガンテュル　怒れるヘルヴォルよ。
おまえは狂ったほどに誇り高い。
だが炎がすぐにも

おまえをとらえないうちに
娘よ、私は自分の墓から
剣をおまえに手渡し
隠さないようにしよう。

ヘルヴォル　たしかに、おお、父よ
汝、英雄の息子よ！
あなたは墓から、王よ
剣を私に手渡そうとしている。
今よりも素晴らしい贈り物
ノルウェーの全部を
相続するために！

アンガンテュル　人を惑わす娘よ、おまえには
自分が誰を喜ばせるのかが分かっていない。
娘よ、私の言うことを信じるのだ。
テュルフィングは
おまえの一族を皆殺しにする！――

ヘルヴォル　私は自分の一族のもとに

帰らねばならない。
私はこれ以上ここに
留まりたくはない。
私は何を心配する必要があるのか。
おお、王であり友よ。
私の息子たちは
私の後で何を始めるというのか。

アンガンテュル　さあ、剣を取り、持っていくがよい。
兜の敵を！
ずっと手に持ち、使うがよい！
剣に触れるがよい。
両側の刃に毒がある剣は
人間の首を残忍に
絞めるものなのだ！

ヘルヴォル　私は剣を取り
手に持っている。
鋭い剣を！
父からの贈り物を！――

打ち殺された父よ。
私は自分の息子たちが
私の後で何を始めようと
怖くなどない。

アンガンテュル　それではさらばだ、娘よ！
私はおまえに剣を与えた。
もし本当におまえが剣を
勇気と力をもってつかむならば
それは十二人の死となろう。
それがアンドグリュムの息子たちが
後に残した財産の
すべてなのだから。――

ヘルヴォル　では皆が自分の墓で
十分な安息のうちに
暮らすように！
ここから私は
急いで立ち去らねばならない。
私には自分の立っている場所が

燃えさかる火に
包まれているようだ――――

16 ハーコン王(48)の死の歌

スカルドによる

バルトリン(49)『古代デンマーク人の習俗』五二二―五二八頁ではハーコンの歌は不完全にしか掲載されておらず、マレ(50)『北方諸民族の神話』ではひどく歪められている。『ノルウェーのサガ(51)』には完全な形で掲載されており、そこから私はかつてこの歌を書き写した。これはしかし私の手元にはないので引用できない。

ヴァルハラ(54)に滞在するために!
昇って行かねばならなかった。
トール神はオーディンのところまで
一人の王を選ぶために。
インガスの氏族(53)から
トール神(52)は送った。
ゴンドゥルとスコグル[*1]を

ゴンドゥルとスコグル(55)は
ビエルネルの弟(56)が
甲冑に身を包んでいるのを見出した。
高貴な王であるこの兄弟は
戦場へと急ぐ。

そこでは敵たちが倒れているが
剣は戦いの初めにあって
まだ鳴り響いていた。

この高貴な王はハレイゲル(57)を呼んだ。
彼はハルメイゲル(58)を呼んだ。
英雄たちの殺人者である彼は
下から上へと移った。
ノルマン人の軍勢は
彼の周りにいた。
ユトランド人を破滅に追い込んだ彼は
兜をかぶっていた。

石臼を割るもの*2は
王の手にある。
あたかも海を割るかのように
この剣は真鍮を割る！
槍先がぶつかり
盾が砕けた！
男たちの頭上では

剣の刃が響きはじめた！

テュルとバウガ[59]の剣は
ノルマン人の戦士たちの
硬い頭の上で
跳躍した。
戦いは瞬時に拡大した。
盾は英雄たちの手によって
砕かれるか
あるいは血に染められた。

傷で血が流れる中で
閃光がきらめき
長い剣が戦士たちの命の上に
振り下ろされた。
打ち倒されていく男たちの体で
国は音を上げる。
血の海は
ストルダ[60]の岸へと流れた。

血まみれの傷は
剣の雲に覆われた空[*3]に
流れ込み一つになった！
輪をめぐるかのように
戦いは行われた。
オーディンの突風の中で
血の嵐が吹き荒れた。
血を流す剣の前に
男たちは倒れ伏した。

王たちは
剣で周りを囲まれ
盾は打ち砕かれ
甲冑は突き破られて座していた。
しかしまだ軍勢は
ヴァラハラに向かうことを
考えてはいなかった――

ゴンドゥル(61)は言った。
剣で身を支えながら。

「今や神々の集まりは
大きなものとなろう。
神々はハーコン王と
そのすべての軍勢を
食事へと招いた！」

王は耳を傾ける。
馬上にある美しい乙女たちの発する
死を選ぶ運命の言葉に！
誰もが熟考しながら
兜をかぶったまま立っていた。
誰もが剣の柄で
身を支えて立っていた！

王は言った「剣の女神よ。
あなたは戦いをどのように分けるのですか。
我々は神々の出自でありながら
勝利に値しないのですか。」
スコグル(62)は言った。
「我々がきっとあなたに

勝利をもたらします！
あなたは戦場を保持すべきです。
そうすれば敵は逃げます。

さあ、馬に乗って
緑の原野を越えて
共に駆けよう
神々の世界へ。
オーディンに言おう。
一族の命令者が
王を見て王と一緒に
暮らすためにやって来る！」――

オーディンは言った。
「ヘルモーダとブラギ(63)は
王を出迎える！
一人の王が
名声のある英雄が
我々の会堂にやって来る！」

王は言った。
（戦いから戻った王は
血まみれであった。）
「神オーディンは我々に
敵意をいだいているように思われる。
我々の企てに
オーディンは微笑まない！」

「英雄たちとともに
ヴァルハラで平和のうちに
喜ぶがよい。
そこで神々とともに
麦酒を飲むがよい。
おまえには上にすでに
八人の英雄の兄弟がおり
おまえを待ちわびている。
おお、領主の敵よ！」
ブラギはこう言った。

「しかし我々は

武器を保持したい。
甲冑を保持することは
立派なことだ！
剣を保持することは
しばしば大いに役立つ。」

こう王は言った！
そして今やこの立派な王が
いかに神聖に
神々を崇拝していたかが
明らかになった。
神々はみなを歓迎するよう
その立派な王に命じ
そして立ち上がった！

幸運の日に
その王は生まれ
こうした栄誉を得る。
名声はずっと続くであろう。
彼の時代から

彼の統治によって
そして歌となるであろう！

狼のフェンリル(64)が
（鎖を断ち切られ）
人間を絞殺するまえに。
このような王が
荒廃した戦跡を
再び満たすまえに。

羊の群れは死に絶え
友人は死に絶える。
ハーコン王が
異教の神々のもとに住んで以来
国土は荒れ果てる。
そして多くの人々が
彼の死を悼む。

＊1　死者を選ぶ女性たち。ヴァルキューレと呼ばれる北方の運命の女神。
＊2　剣の別名。
＊3　盾のこと。

17 戦いにおける朝の歌

スカルドによる

バルトリン、第一章、一七八頁。『戦士の歌』の三九二頁にも掲載されているが、耐え難い作りの詩句となっており、新たに量も増えている。

夜明けだ！
おんどりが鳴き
羽を振る。
起きろ、兄弟たち！
戦いの時だ！
目を覚ませ、目を覚ませ！

我々の指導者は
不屈の闘士だ！
偉大なアディル(65)の
戦友だ。
目を覚ませ、目を覚ませ！

しっかり、拳をにぎって、しっかり

射手のロルフよ。
雷が落ちても
決して逃げない男たちよ。
目を覚ませ、目を覚ませ！
葡萄酒の酒盛りに
女を可愛がりに行くために
おまえたちを起こすのではない。
苛酷な戦いへ
目を覚ませ、目を覚ませ！

18　戦いの歌

ドイツ語

モルホーフ(66)の『ドイツ詩学』の長い戦闘歌からの最後の詩節(67)。この歌は確かに古く、表現法からしても素晴らしい箇所を有している。パーシーならば疑いもなくこの歌でもって一冊の書物の幕開けとしていたであろう。しかし我々はどうだろうか。我々礼儀正しいドイツ人にも誰かこのようなものを供してくれないか。そうしたいと思う者は、モルホーフを読むがよい。

敵の前で打ち殺されることほど
この世で至福の死はない。
緑野の広々とした戦場では
誰も大声で嘆き悲しんではならない。
誰もが狭い寝床の中でひとり
死者の列に連ならねばならないが
戦場では誰もが素敵な仲間を見つけ
新緑の草木のように共に倒れる。
　私は本気で言っているのだ。
緑野で倒れることほど
この世で至福の死はない。
嘆きも悩みもなしに！

太鼓の響きと
笛の歌とともに
人は葬られる。
それによって人は
不朽の名声を得る。
多くの敬虔な戦士は
さらに体と血をもって
祖国の役に立った。

19　ガスルとリンダラハ

スペイン語

『グラナダの内戦』五三四頁から。

サンルーカル(68)への道を通って
勇敢なガスルが近づいてくる。
白色とすみれ色と緑色で
華麗に美しく着飾って。

彼は今から馬上試合に向けて
旅立とうとしている。
その試合はヘレス(69)で城代が
国土の平安を祈念して(70)催すものである。

彼はアベナーマル一族(71)に属する女性を愛している。
彼女はかつてグラナダで
セグリスの一族やゴメレスの一族(72)を殺した
戦士たちの生き残りである。

別れに際して彼女ともう一度話すために
彼はもう何千回も行ったり来たりしながら
自らの目でもって
幸運で愛すべき壁を通り抜けようとする。

何年にもおよぶ
彼の切なる願いの末に
ついに彼女がバルコニーに姿を現す。
彼のこれまでの長い時間を縮めるべく。

彼は馬を止め、そして
彼の太陽が昇るのにあわせ
馬にひざまずくよう命じ
彼女の前で地面に接吻させる。

落ち着かない声で彼は言う。
「心から愛する人よ。
あなたの優しい眼差しにあうと
私の旅に悲しいことは何一つ起こりえません。

ただ心のこもらない義務と
親戚の者たちが私を戦いへ引き寄せるのです。
私の思い出はあなたのもとに引き戻されたままです。
あなたもまだ私のことを思ってくれているのかと。

心から愛する人よ、あなたを思い出せるように
私に記念となるものをいただけませんか。
それがあなたとともに私を飾り、守り
導き、勇敢にしてくれさえすればよいのです。」

しかしリンダラハは死ぬに至るまで
嫉妬の念に燃える。
というのもガスルはヘレスで彼女のほかに
サイーダという女性を愛していると聞かされたからだ。

彼が死ぬまでサイーダを愛すると
誤って伝え聞いたリンダラハは
ガスルにこう答える。

「私の心が望むように、そして

あなたの愛する女性がそれにふさわしいように
今回の試合が進むならば
いつものように誇り高いあなたは

サンルーカルには戻らず
あなたを愛する女性の目の前にも
あなたを嫌う女性の目の前にも
現れることはないでしょう。

ぜひとも偉大なアラーによって
あなたが自らの嘘のために
試合で敵の不思議な槍に突き刺され
打ち倒されるように。

そしてアラーによって
上着の下の甲冑が敵を守り
あなたが復讐の念に燃えて
敵を捜しても見つからないようにされ
あなたの友人たちがあなたを見捨て

あなたの敵があなたを踏みにじり
あなたがその女性の味方をしたように
あなたが死んで彼女の肩に乗せられて運び出され

あなたを哀悼するかわりに
あなたが愛する女性とあなたが欺く女性の両方が
罵詈雑言とともにあなたに付き添い
あなたの死を喜ぶように。」

ガスルはリンダラハが冗談を言っていると思い
（純粋な人間がよく思うことだが）
彼女の美しい手を取るために
あぶみに足をかけて立ち上がる。

彼は言う「おお、愛する人よ。
私を誹謗するムーア人は嘘つきです。
彼に報酬をもたらし、私に復讐する
これらすべての罵詈雑言は彼の口から出たものです！

私の魂はサイーダを憎んでいる。

私は自分がかつて彼女を愛したことを悔いている。
私が彼女に（何と不運なことに！）捧げた
すべての年月に呪いあれ！

彼女は一人のムーア人のために
財産には乏しいが心豊かな私を見捨てたのだ。」——
リンダラハはこれを聞くと
もはや耐えられなくなる。

ただちに小姓が
馬を伴ってやって来て
羽毛や祝祭の他の装身具で
着飾った彼女を連れていく。

しかしガスルは槍を
腕力のある右手でつかみ
愛すべき壁に向かって突き立て
これを粉々に砕く。

そして彼は自分の馬を

装身具ともども取り替えるよう命じる。(73)
緑の羽毛に代えて淡黄色の装身具と
淡黄色の馬とともにヘレスに向かうために。

20　ガスルとサイーダ

前掲書、五三八頁。

きらびやかに着飾った
勇敢なガスルは彼の美しい
リンダラハの贈り物とともに旅立ち
試合のためにヘレスに向かう。

黄金の覆いがきらびやかにかけられた
四頭の馬を彼は連れている。
覆いを見るとアベナーマル一族の名が
何千回となく黄金に輝いている。

このムーア人の騎士服は
すみれ色と白色と青色で
兜の羽根飾りも同じ色合いで
前方の羽根は赤みがかっている。

スペイン語

すべては純金と純銀がほどこされた
高価な刺繍で
すみれ色の上には金が置かれ
赤色の上には銀細工が置かれている。

そして彼の紋章は一頭の野獣であった。
それは彼の盾の真ん中に描かれており
一頭のライオンを引き裂いている。
そこには名誉の銘が刻まれており

高貴なアベナーマル一族を讃えている。
彼らはグラナダの精華であり
すべての氏族を率いていたので
誰もが彼らを知り、敬い、愛していた。

さてこの一族を勇敢なガスルが率いるが
それはまた彼の妻への愛情ゆえである。
彼女もアベナーマル一族の女性であり
今や彼は何にもまして彼女を愛している。

武装を整えた勇敢なガスルは
ヘレスの試合場に足を踏み入れた。
彼は三十人の一隊を率いているが
全員が彼のように美しく着飾っている。

これを見る者は驚嘆する。
全員が同じ紋章をつけ
同じ銘を刻んでいるが
ガスルだけは別の銘を刻んでいる。

ツィンク[74]が高く響くなか
槍投げが始まる。
とても暑くなり混乱するなか
試合は戦いの様相を呈するに至る。

しかしガスルの勇敢な一隊は
すべてにおいて感謝の念と名誉を担っている。
ガスルの投げる槍で
盾に当たらないものはない。

バルコニーから、そして窓から
ムーア人の女性たちが彼を見つめる。
その中にはヘレス出身の
美しいムーア人サイーダもいる。

しかし今の彼女は悲しみのゆえに
淡黄色に身を包んでいる。
なぜなら勇敢なガスルが
彼女の花婿を殺したからだ。(75)

彼女は槍を投げる男を見て
それがガスルであることを知り
過ぎ去った時のことを思う。
かつてガスルがまだ自分に仕え

そして彼女がガスルをひどく見下し
彼の奉公にまったく恩義を感じなかった時のことを！
それにガスルが彼女を強く愛すれば愛するほど
ますます彼女は恩義を感じなくなった。

このことが今は彼女の心を深く傷つけ
彼女は気を失い、くずおれる。
ようやく彼女が我にかえったとき
侍女がこう話しかける。

「お嬢さま、どうなされました。
どうして気を失われたのですか。」
サイーダはとぎれとぎれの声で
弱々しく悲しげに侍女に答える。

「あなたは今まさに槍をかかげている
あのムーア人を知らないのですか。
ガスルという名で
その名声はいたるところで聞かれます。

六年のあいだ彼は私に仕えました。
そして私は彼に忘恩をもって報いました。
彼は私の花婿を殺したのです。
でもそれも私に原因があったのです。

そして私は心から彼を愛し
魂の奥深くに彼をいだいています。
彼が私をまだ愛していたときは幸福でした。
しかし今の私はもう彼にとって何ものでもありません。

彼はアベナーマルの女性を愛しています。
そして私は彼に軽んぜられて生きているのです。」——
こうサイーダは嘆き、そうこうするうちにも
試合と祝祭は終わりに向かっていた。

21 花嫁の花冠

前掲書、五四一頁。

かつて軍神マルスが手にした以上の
名声と戦利品につつまれて
高貴で勇敢なガスルは
ヘレスから帰ってきた。

サンルーカルで彼を迎えたのは
彼の夫人リンダラハであった。
彼女は、おお、何と優しく彼を愛し
彼もそれ以上に彼女を愛していることか。

さて彼らは真っ盛りの花園で
二人きりになると
愛のあかしを取り交わし
互いに自分が誰を愛しているかを感じる。

スペイン語

リンダラハは優しい愛情から
花冠を編んだ。
それはカーネーションとバラと
他の選り抜かれた植物から美しく編まれていた。

彼女は花冠のまわりに
愛の花スミレを差した。
そして彼女は愛するガスルの頭部に
この花冠を置き、こう讃える。

「ガニュメデス[76]でも面と向かってみると
あなたほどは美しくありませんでした。
ユピテル[77]が今あなたを見たら
彼はあなたを引きさらっていきます。」

ガスルは喜んで彼女をいだき
笑いながら言う。「愛する人よ。
パリスが誘拐したあのヘレナでも
本当にあなたほど美しくはなかった。

トロヤは失われ
すべては灰燼に帰してしまった。
恋愛の神アモルの征服者である女性も
決してあなたほど美しくなかった。」

「本当に私が美しいと思われるならば
ガスルよ、ぜひ結婚しましょう!
あなたは私の夫になると
ガスルよ、私に約束してくれました!」

ガスルは言う。「本当に、おお、本当に
結婚しましょう! そうなれば私は勝利者です。」
こうして二人は喜びにみちて
結婚式を挙げ、キリスト教徒になる。

22 エストメア王

古い物語
英語

『拾遺集』第一巻、五九頁。私は良心にかけて言うが、この風変わりな、しかし傑出し、陽気で、古い正直な物語をまったく飾り立てたり美化したりはしなかった。この歌は物語として読まれるべきであり、それ以外の何ものでもない。

愛する人々よ、私の言うことが聞こえるよう
　耳を傾けてください。
私は君たちに或る兄弟のことを
　それも彼らが一体だったときのことを歌ってあげよう。

兄弟の若いほうはアードラーといい
　もう一人はエストメア王といった。
彼らは行動においてどこにも類を見ないほど
　勇敢な男たちだった。

あるとき彼らはエストメア王の広間で
　麦酒や葡萄酒を飲みながらこう語った。
「あなたはいつになったら妻を迎えられるつもりですか、兄さん。

我々すべての喜びとなる妻を。」

それから エストメア王は弟に
口早にこう答えた。
「私は国全体を見ても
自分の妻となるようなどんな女性も知らない。」

「アドランド王には娘が一人います、兄さん。
誰もが彼女が優しくて美しいと言います。
もし私がここであなたに代わって王であるなら
この女性を女王にするでしょう。」

王は言った。「どうか私に助言を与えてくれ、愛する弟よ。
この快活なイングランド全体のどこに
私は二人のあいだを取り持ってくれる
使者を見出せばよいのか。」

弟は言った。「あなたは自ら馬を駆らねばなりません、兄さん。
私があなたのお供をしましょう。
おそらく多くの者が使者たちによって欺かれています。

私は兄さんも欺かれるのではと恐れます。」

そして兄弟は騎乗するために着飾る。
二人の馬も着飾る。
そして兄弟がアドランド王の広間にやって来たとき
彼らのお供全員も黄金に輝いている。

そして兄弟がアドランド王の広間にやって来たとき
それも高い門の前にやって来たとき
彼らはアドランド王その人を見出した。
王は門の彼らの方に向かう。

「神があなたとともに、立派なアドランド王よ。
神があなたとともにずっとここにあらんことを！」
王は言った。「ようこそ、ようこそ、エストメア王よ。
心より歓迎いたします！」

弟のアードラーは言った。「あなたには娘さんがおありです。
誰もが彼女が優しくて美しいと言います。
私の兄は娘さんを妻にと思っています。

　　イングランドの女王にと。」

「昨日ここにスペイン王国のブレモル王が
　娘に求婚するために来ていました。
しかし娘はこれを断りました。
　私は娘が同じことをあなたにするのではと恐れます。」

「スペインの王は醜い異教徒で
　マホメットを信じている。
こんなやつが娘のように美しい女性に求婚するならば
　娘には不幸なことだろう！」

（エストメア王は言った。）「しかしお願いです。
　どうかお許しください。
私が明日ここを立ち去るまえに
　あなたの娘さんに会うことを。」

「娘がこの広間に姿を現すようになってもう何年にもなります。
　ではちょうど七時に
娘をあなたのためにここに来させましょう。

すべての客人も喜ばれるでしょう。」

時が来るとその美しい娘は
　多くの侍女とともに下りて来た。
五十人の誇り高い騎士が
　彼女を広間へと案内する。
そしてさらに多くの小姓が
　娘と騎士全員を待ち受ける。

彼女の頭を飾る金の装身具はみな
　ひざにまでかかり
指輪はどれも彼女の指で
　明るいダイヤモンドの輝きを放っていた。

エストメア王は言った。「神があなたとともに。美しい女性よ！」
アドランド王は言った。「神がここにいるあなたがた皆とともに！」
娘は言った。「ようこそ、エストメア王
　心より歓迎いたします！

しかしあなたが言われるように

心から誠実に私を愛しておいでなら
どうして今になってようやく来られたのですか。
どうかあなたに幸運がありますように！」

親愛な父親がこれに異議を唱えた。
「娘よ、そうではないと私は言う！
スペインの王が昨日言ったことを
よく考えるがよい。

彼は私の城や広間を倒壊させ
私の命を奪おうとしているのだ。
私が彼とおまえとの結婚を認めるとき
本当に恐れるのは異教徒の怒りなのだ。」

「お父さま、あなたの城や塔は
丈夫で堅固に建てられています。
ですから私にはなぜあなたが
醜い異教徒を恐れるのか分かりません。

エストメア王、神と正義に誓って

どうかお約束ください。
あなたが私を妻に迎え
　あなたの国の女王とすることを。」

エストメア王は神と正義に誓って
　喜んで約束した。
アドランド王の娘を妻に迎え
　自分の国の女王とすることを。

エストメア王は美しい花嫁に暇乞《いとま》いをし
　急いで国に帰り
すぐに彼女を迎えに行ってくれる
　公爵、騎士、伯爵を探した。

彼らが馬を駆って
　一マイルも国から離れないうちに
スペインの王が多くの戦士とともに
　こちらにやって来た。

スペインの王が怒った男爵たちとともに

　こちらにやって来たのは
今日中にアドランド王の娘を妻にし
　翌日そこから立ち去るためだった。

ただちに彼女はエストメア王に使いを送ったが
　その性急さは彼女がひどく怖がっていることを示すものだった。
使いの内容はエストメア王がただちにやって来て彼女を奪うべく戦い
　さもなければ永遠に花嫁をあきらめねばならないというものだった。

しばらくしてアドランド王の小姓がやって来た。
　さらにしばらくすると彼は走り
エストメア王に追いつき
　性急かつ慌ただしく叫んだ。

「知らせ、知らせです、エストメア王！」
　「いったいどのような知らせだ。」
「おお、あなたにお伝えしなければならない知らせは
　おそらくあなたには辛いものかもしれません。

あなたが馬を駆って

一マイルも国から離れないうちに
スペインの王が多くの戦士とともに
　侵攻して来ました。

スペインの王が多くの怒った男爵とともに
　こちらに侵攻して来たのは
今日中にアドランド王の娘を妻にし
　翌日そこから立ち去るためでした。

その美しいお方はひどく怖がっていながらも
　あなたに親愛なることづけをされています。
その内容はエストメア王がただちにやって来て彼女を奪うべく戦い
　さもなければ永遠に花嫁をあきらめねばならないというものです。」

エストメア王は弟に言った。「私に助言を与えてくれ、愛する弟よ。
　おまえの言うことに従おう。
我々はどの道を行き、誰と戦わねばならないのか。
　アドランド王の娘を救わねばならないのだ。」

弟のアードラーは言った。「では私に耳を傾けてください。

私の言うことに従ってくださるならば
私は王の娘を救うことのできる道を
　ただちにあなたに示しましょう。

私の母はウェステンランド[78]の生まれで
　魔術を身につけています。
そして私がまだ小さかったとき
　私にも魔術をいくらか教えてくれました。

ここの戦場では雑草が生えます。
　そしてこのことを知る者は本当に
牛乳のように白く血のように赤い者でも
　それによって黒く褐色になります。

この者が暗く黒く褐色であれば
　この者をただちに白く赤くするがよいでしょう。
イングランドに剣がなくなれば
　それはこの者に苦難をもたらしかねないでしょう。

そしてあなたは竪琴弾きでなければなりません、兄さん。

かつて北方生まれの者がそうであったように。
そして私はあなたの歌い手となりましょう、兄さん。
私はあなたのために竪琴を持ちます。

そしてかつて竪琴を弾いた者のなかでも
あなたは最高の竪琴弾きでなければなりません。
かつて竪琴を持った者のなかでも
私は最高の歌い手となりましょう。

そしてとにかく魔術によって
我々の額にすべてが浮き出るようにしなければなりません。
我々が全キリスト教徒のなかで
最も大胆な二人であるということが。」

そして兄弟は騎乗するために着飾る。
二人の馬も着飾る。
そして兄弟がアドランドの広間にやって来たとき
彼らのお供全員も黄金に輝いている。

そして兄弟がアドランドの広間にやって来たとき

それも堅固な門の前にやって来たとき
彼らは誇り高い門番を見出し
彼に門を開けるよう求める。

兄弟の一人は言った。「神があなたとともに、誇り高き門番よ！」
もう一人は言った。「神がここにいるすべての人とともに！」
誇り高い門番は言った。「ようこそ。
あなたがたはいったいどちらから来られたのか。」

弟のアードラーは言った。「我々二人は竪琴弾きで
北の国の生まれです。
ここにやって来たのは
豪華な結婚式を見るためです。」

門番は言った。「あなたの色は白と赤で
こちらの方は黒と褐色です。
エストメア王とその弟がここにいます
本当に私はこのことを告げ知らせたい！」

兄弟は金の腕輪をはずし

それを門番の腕にまきながら言った。
「誇り高き門番よ、我々はあなたに
そしてあなたは我々に不利益をもたらしたくはないのです！」

門番はまじまじとエストメア王を
それからまじまじと彼の腕輪を見た。
それから門番は二人のために格子門を開けたが
腕輪がなければこうはしないであろう。

エストメア王は馬からひらりと降り
まっすぐに王の広間へと向かう。
馬が轡《くつわ》でかんだ泡は
ブレモール王の髭のようであった。

門番は言った。「あなたの馬を小屋に入れなさい、誇り高き竪琴弾きよ。
行って馬を小屋に入れなさい！
このような竪琴弾きには王の広間に
馬を入れるのは似つかわしくない。」

竪琴弾きは言った。「私には一人の若者がいます。

この者は向こう見ずで大胆です。
私はいつかこの若者を懲らしめてくれる男を
見つけたいと思っています――この若者を！」

異教徒の王は言った。「おまえの話し方は誇り高いものだ。
おまえのような竪琴弾きがここで私に向かって話すには。
この広間にいる一人の男が
その若者とおまえを懲らしめてくれよう。」

竪琴弾きは言った。「おお、その男を呼んでください。
その男にぜひ会いたいと思います。
そして彼が私の若者を懲らしめてくれたら
私も同じ目にあわせてください。」

それから戦士が呼ばれ
竪琴弾きの顔をじっと見る。
世界中のすべての黄金をもらっても
戦士は竪琴弾きに近づくことは許されないであろう。

異教徒の王は言った。「いったいどうしたのだ、戦士よ。

今おまえは何を考えているのだ。」
戦士は言った。「この者の額には浮き出ています。
それもすべてが魔術によって！
世界中のすべての黄金をもらっても
私はこの者に近づくことは許されません。」

それからエストメア王は竪琴をとり
ただちにとても甘美な旋律を奏でる。
花嫁は王のそばでじっと聴き入るが
これが異教徒の王を不愉快にする。

「やめろ、誇り高い竪琴弾きよ。
やめろと言っているのだ。
これからも奏でつづけるならば
おまえの演奏は私の花嫁を私から引き離してしまう。」

竪琴弾きはあらためて竪琴を引き寄せ
このうえなく甘美にのびのびと奏でる。
とても気分のよくなった花嫁は
次第に笑うようになる。

異教徒の王は言った。「おまえの竪琴を私にくれ。
弦も何もかもだ。
そうすればおまえに弦の数以上の
金貨をやろう。」

「あなたは竪琴を手にしたら
それで何をされるつもりですか。」
「私が花嫁と寝床にはいったときこれを奏でれば
彼女の気分がよくなる。」

「それならばあなたの花嫁を私にください。
何にもまして素敵な花嫁を。
そうすればあなたに広間にある腕輪と
同じ値の金貨を差し上げましょう。」

「おまえは花嫁を手にしたら
それで何をするつもりなのか。
この美しい女性を寝床に導くのにふさわしいのは
おまえより私ではないのか。」

竪琴弾きはあらためて奏で、弦を大きくはっきりと爪弾く。
　そしてアードラーがこれに歌で加わる。
「おお花嫁よ、あなたの忠実な恋人は
　竪琴弾きではなく、王なのです！

おお花嫁よ、あなたの忠実な恋人は王なのです。
　どうか目を上げて見てください。
あなたをこの醜い異教徒から救うために
　我々ふたりはここにやって来たのです。」

花嫁は目を上げ、顔を赤らめた。
　花嫁は目を上げ、顔を赤らめた。
そのあいだにアードラーは彼の鋭い剣を抜いた。
　イスラムの君主は息絶えていた。

すると彼の戦士全員が立ち上がり
　みなとても困惑して叫んだ。
「裏切り者、おまえは王を殺した。
　おまえもただちに死ぬがよい。」

エストメア王は竪琴を投げ捨て
　さっと剣をつかんだ。
そしてエストメアと弟のアードラーは
　地獄を敵にするかのように戦った。

そして兄弟の剣がもたらした結果は
　魔術の助けによって
戦士はみな打ち倒されるか
　もはやその場にいなくなったということだった。

エストメア王は美しい花嫁を手にし
　自分の妻とすべく
快活なイングランドへと連れて帰り
　そこで楽しく暮らした。

23 最初の出会い

リトアニア語[79]

夜も更け、暗いなか
うっそうとした森の奥深くで
僕の愛する少女は遠くにいた。
僕がまだ彼女を知る前のことだ。

彼女に気づかないまま
僕は漠然と馬を駆り
白いテーブルの後ろの
片隅に腰をおろした。

胸がいっぱいで坐っていた僕は
涙も涸れんばかりにむせび泣いた。
そこにあの愛する少女が
こっそりと僕を見やっていたのだ。

すると周りが泡で白くなった
小さなコップが差し出される。

おお！　それは僕にとって生命であった！
さて誰のために乾杯すべきなのか。

彼女のために乾杯すべきなのだ！
あの初々しい少女のために！
それまでは僕からあんなに遠かったのに！
今は僕の恋人なのだ！

24 憧れの小唄

ドイツ語

『美しく世俗的で貞節なドイツの歌の見本』[80]（八折版）。ここからは多くの良い歌と断片が手に入るだろう。

甘美な眠り。それはすべてを静めるのに
悲しみに満ちた私の心を静めることはできない。
それができるのは私を喜ばせてくれる女の人だけだ！

どんな食べ物も飲み物も私に喜びも栄養も与えてくれない。
一瞬たりとも私の心に喜びはもたらされない。
それができるのは私の中にいる女の人だけだ！

どのような仲間も私はもう訪ねる気がしない。
まったく一人きりで私は夜も昼も不満のうちに過ごしている。
これを破ってくれるのは私が心にいだく女の人だけだ！

確信のうちに私の心はその女の人にだけ傾いている。
そして私はその人が私をずっと見捨てないよう望んでいる。
さもなければ私はきっと辛い死の束縛の手に落ちるだろう。

第一部　第三巻

1　外套を着た子ども

『拾遺集』第三巻、一頁を見よ。

五月三日
カーライル[1]の宮廷に
一人の小奇麗な
子どもが到着した。

その子どもは
胴着と外套[2]を身につけ
腕輪や留め金で
着飾っていた。

その子どもは絹の飾り帯を
身にまとっており

騎士の物語
英語

礼儀正しく謙遜で
そのうえ賢くさえ見えた。

「アーサー王よ、神のご加護が
あなたの饗宴にあらんことを。
また善良な王妃および
あなたがた客人すべてにも！

私はあなたがた領主に言う。
用心なさいと。
今自分の名誉に不安を覚える者は
おそらく心持ちが良くないのです！」

その子どもはポケットから
（彼は何をその中に持っていたのか）
二つの小さな胡桃の殻から出来た
小さな外套を取り出した。

「アーサー王よ、これが
私からの贈り物です！

これをあなたの美しい王妃に与えなさい。
そして食事を始めてください！

貞節を守らない女性に
この外套は似合いません――」
ああ！　王の広間のどの騎士も
どれほど自分の妻をちらりと見ることか。

王妃のジュニーヴァが
威厳をもって登場した。
外套が彼女に着せられた――
おお、何と悲しい結末になったことか！

王妃がその外套を身につけるやいなや
その奇妙なことは起こった。
王妃はまるで鋏で切られたかのように
体のまわりを切り刻まれて立っていた。

外套は次々と色を変える。
外套は緑になり

糞のように汚くなり
まったくひどく見えた。

外套はさらに黒くなったり
灰色になったりした。
アーサー王は言った。「私の貞節な妻よ。
この外套はおまえにはぴったりと合わない。」

とても愛らしく上品に
王妃はその外套を脱ぎ捨て
まるで血をあびたかのように
自分の部屋へと逃げ入った。

王妃にこの外套を作った
織物師と縮充工(3)に呪いあれ。
この外套を持ってきた
子どもに呪いと報復あれ。

「私はこの王の間で
ひどく侮辱されるよりも

できれば森の中で
緑の木のもとにいたい！」

王妃は自分のもとに来るよう
侍女を呼ぶ。
「王妃様、それはふさわしいことではありません！
どうか辛抱なさってください。」

慌ただしい足取りで
王妃は広間に戻り
大胆にも外套に手を伸ばした――
すると王妃はどうなったか。

王妃が外套を手にするやいなや
それは起こった。
王妃は一糸もまとわぬ姿で
客全員の前に立っていた。

そこに居合わせた
どの紳士も騎士も

こうした冗談に
思わず吹き出しそうになった。

とても愛らしく上品に
王妃はその外套を投げ捨て
まるで血をあびたかのように
自分の部屋へと逃げ入った。

すると一人の年老いた騎士が
足を引きずりながら近づく。
そして彼の信仰は誠実なものではなかったので
彼はその子どもに忍び寄り

二十マルクを差し出した。
むき出しのままで
彼はその子の勘定を代わって支払いたかったのだ。
クリスマスのミサの分までも。
それはただ彼の妻が小さな外套に身を包んで
その場を乗り切ってくれさえすればよかった。

彼の妻がその外套を身につけるやいなや
こちらにはぼろ切れが
あちらにはがらくたが
奇妙な姿でぶら下がっていた。
騎士たちはみなささやいた。
「今度は彼の妻がひどい目にあうぞ。」

とても愛らしく上品に
彼女はその外套を投げ捨て
まるで血をあびたかのように
自分の部屋へと逃げ入った。

年老いたクラドックは自分の小柄な妻を呼んだ。
そっと呼び寄せこう言った。
「妻よ、この小さな外套をもらいなさい。
この外套はおまえのものだ！」

彼は言った。「妻よ、この小さな外套をもらいなさい。
この外套はおまえのものだ！
おまえは私の妻となって以来

決して我を忘れることはなかったからだ。」

妻は外套を身につける。
すると悲しい、ああ悲しい！
外套は足の親指にまで
丸く縮こまる。

妻は言った。「醜い外套よ
私を辱めないでください！
私は自分に何が不足しているのかを
話したいと思います。

私は緑の小さな森で
クラドック卿に接吻しました。
私たちが夫婦になるまえに
一度クラドック卿に接吻しました。」

妻が罪を告白するやいなや
外套は妻を讃えるべく
上品かつ優雅に彼女に

ふさわしいものとなった。

外套は黄金のように
色鮮やかに輝く。
アーサー王の宮廷にいた
どの騎士もこれを目にした。

王妃のジュニーヴァが叫んだ。
「王様、いけません。
あの女が外套を手にするなど
あってはなりません！

あの女をご覧なさい。
すっかり自らを燃えたたせ
十五人もの男を
自分の部屋に連れ込みました。

あの女は坊主や書記を
自分のところに招き寄せました。
それにどうでしょう、外套を手にとり

白く純粋に燃えたっています！」

外套をまとった子どもは言った。
「王よ、見なさい！
あなたの妻は神聖を汚しました。
懲らしめるがよい！

私は誓って言う。
あなたの妻は娼婦だ！
王様、あなた自身の広間で
あなたは妻を寝取られたのだ！――」

その小さな子どもは
扉から外を見た。
すると見よ！　一頭の大きな野豚が
まさに森(4)の中にいた。

子どもは木から
短剣を切り出した。
そして王の家の前では

誰よりも早く
野豚の頭をさっと
アーサー王の家に運び込んだ。

子どもは野豚の頭を
威厳をもって食卓に置いて言う。
「さあ、妻を寝取られなかった者は
これをすぐに切り分けるがよい！」

この言葉は騎士たちを
不快にした。
彼らは短剣を磨いたり
研いだりした。
或る者は短剣を捨てたり
あるいは持たない者もいた。

切り分けに向かった者もいれば
周りを歩くだけの者もいた。
騎士たちの短剣は
不名誉なことに折れ曲がり

切っ先も刃全体も
本当に役に立たず曲がってしまった。

クラドック卿も短剣を持っていたが
それは鉄と鋼《はがね》から出来ていた。
彼は野豚の頭部に向かい
それをことごとく切り刻み
切れ端を王の広間にいた
騎士たちに示す。――

外套をまとった子どもは
黄金の美しい角を持っていた。
子どもは言った。「妻を寝取られなかった者は
皆この角から飲むがよい！
後ろから前から
こぼれるはずだ。」

騎士たちは飲んでみたが
まったくうまくいかない――
肩にかける者もいれば

足にかける者もいる。
口がうまく使えない者は
眼に入ってしまう――
要するに妻を寝取られた者は
今や白日のもとにさらされたのだ。

クラドック卿も野豚の頭部をかかえながら
角を手にした。
彼の妻は自らの婚姻の貞節のために
外套を手に入れたのであった。
神よ、どうかこれらの騎士や妻たちに
幸福を与えられんことを！

ドイツ語

2　ファルケンシュタインの領主の歌

全体の歩み、および個々の部分においても傑出した歌。[5]

広い荒れ野を越えて
ファルケンシュタインの領主が馬を駆る。
その途中で彼が見るものは何か。
白い服を着た一人の少女だ。

「美しい娘よ、どこからどこへ行くのか。
一人ここで何をしているのか。
もし私の夜の供をしてくれるならば
私といっしょに家に帰ろう。」

「あなたといっしょには参りません。
あなたが誰か分からないのですから。」
「私はファルケンシュタインの領主だ。
おまえも私をこう呼ぶがよい。」

「あなたがファルケンシュタインの領主で
そして高貴な領主ならば
私に一人の囚人を与えてください。
その囚人と結婚したいのです。」――

「私の囚人をおまえに与えるつもりはない。
塔の中で彼は腐るにちがいない！
ファルケンシュタインには深い塔がある。
それも二つの高い壁のあいだに。」――

「ファルケンシュタインには深い塔が
それも二つの高い壁のあいだにあるならば
私は壁に添って立ち
彼が嘆き悲しむのを助けたいと思います。」――

娘は塔の周りを何度も回った。
「愛する人よ、あなたはこの中にいるのですか。
私には暗くてあなたが見えないので
自分の五感をたよりにします。」

娘は塔の周りを何度も何度も回り
塔を開けようとした。
「たとえ夜が一年のように長くても
一刻も嫌な思いをすることはありません！」――

「ああ、私たちの領主が召使いを持つように
私も鋭い短剣を手にできれば。
私はファルケンシュタインの領主と闘って
私の心から愛する人を手に入れるでしょう！」――

「若い娘と私は闘わない。
もしそうすれば私には末代までの恥となろう！
おまえにその囚人を与えよう。
彼とともにこの国を出るがよい！」――

「この国からは出ません。
私は盗まれたものなど手にしません。
麻痺して横たわっているものを手にするくらいならば
私は何度でも闘ってよいのです。」

3　森の合唱

『お気に召すまま』第二幕第五場。鳥が緑の枝の下で歌うように歌われる。(6)

シェイクスピアより

この緑の木陰で
好んで後に続く者は
自らのささやかな歌を
小鳥たちの合唱に合わせるものだ。
こっちへおいで、こっちへおいで、こっちへおいで！
　その者に元気を与えよう。
　苦しみも痛みもなく。
ただ冬と嵐は無いわけではないが。

その者が名声をただ麦わらと見なすならば
このように日の光の中で
食べ物や飲み物を探すものだ。
そしてそれが見つかれば御の字だ。
こっちへおいで、こっちへおいで、こっちへおいで！
　その者に元気を与えよう。

苦しみも痛みもなく。
ただ冬と嵐は無いわけではないが。

4　森の歌

シェイクスピアより

前掲書、第二部第一〇場。先の夢のような森の作品との関連では、こちらの歌は明らかに分が悪いと言わざるをえない。

荒れよ、狂えよ、冬の風よ！
おまえは人間がそうであるように
私にとって忘恩の徒などではないのだ！
おまえの歯は怒って噛みつく。
だがどうしてそうしていけないことがあろうか。
とはいえ私はおまえと何のかかわりもないのだ。

合唱　ハイホー、歌え、ハイホーと。この緑野は神聖なのだ！
愛情はほんの瞬間にすぎず、友情は不実だ！
ハイホー、ここは陽気に。この生が至福なのだ！

吹き抜け、大気の息吹よ、吹け！
だがおまえは嘲りが善行に代わって突き刺すように
悲しく突き刺すことは決してない。

おまえの息吹は水を氷へと変えるが
それとて「友よ、私はそいつを知らない！」
と言われることに比べれば私には楽園なのだ。

合唱　ハイホー、歌え、ハイホーと。この緑野は神聖なのだ！
愛情はほんの瞬間にすぎず、友情は不実だ！
ハイホー、ここは陽気に。この生が至福なのだ！

5　或る農夫(7)の葬送歌

シェイクスピア『シンベリーン』より

『シンベリーン』第五幕第五場。これは埋葬される棺へのグルフテルデの最後の湿っぽい息のように響く。

1　さあ休め、心配しなくともよい。
冬の厳寒と夏の灼熱よ。
おまえの一日の仕事はすべて片付いた。
家に帰って休むがよい。

全員　黄金の紳士淑女たちは皆
いっしょに墓に入らねばならない！

2　さあ休め、おまえにはもう何も関係ない。
罰も、苦役も、苛酷な裁きも。
着る物や食べる物の辛い心配も。
おまえにはどれも同じもので、おまえを苦しめることはない。

全員　支配者、医者、賢者は皆
おまえの後から墓に入らねばならない！

1　さあ休め、そして苛酷な稲妻も雷神の石矢も。
もう怖がらなくともよい。

2　友よ、敵よ、中傷者よ。
苦しみよ、喜びよ。おまえは埋葬されたのだ。

全員　若く美しいしゃれ男たちは皆
おまえのもとへと墓に入らねばならない！

1　どんな祈禱師もおまえを悲しませることはない！

2　どんな魔術師もおまえの周りで騒ぐことはない！

1　悪霊たちはおまえを避ける。

2　害を及ぼすものが近づくことはない！

1　墓の中でゆっくりと休むがよい！

2　そしておまえの墓が多くの名声を得ることを！

6　捕えられたアスビオルン・プルーデの歌

スカルドによる

バルトリン、一五八頁。『戦士の歌』の四一一頁においては韻文化され、現代風にされている。

母に伝えてくれ。
今年の夏は息子の髪を
梳くことはないだろうと。
美しいデンマークのスヴァンヒッドよ。
私は母に約束していたのだ。
母のもとにすぐ帰ると。——
だが私には分かる。剣が
私の脇腹を貫通するであろうことが。

向こう側ではこうではなかった！
我々は坐ってビールを飲み
浅瀬を通って喜んで
ユトランドへと向かった。
我々はメット(8)を飲み
ともに大いに語らい笑った。——

だが今この狭くて巨大な溝の中で
私は重苦しい気持ちで横になっている。

向こう側ではこうではなかった！
我々は皆ともにあって
ストロルフの息子を先頭に
壮麗に前進したのだ。
そして艇身の長い舟で
エーレ海峡[9]に到着した。――
だが今ここで私は不名誉なことに
巨大な陸地を目にしなければならない。

向こう側ではこうではなかった！
オルムは戦いの嵐のさなか
飢えた鳥どもの口に
何度も豪勢な食事を流し込んだ。
彼はまた貪欲な狼どもに
多くの勇敢な兵士たちを差し出した。
ヴィスラ川[10]で彼は
見事に死の一撃を与えた。

向こう側ではこうではなかった！
そこでは私も鋭い剣を手に
何度もきつい一撃を熱く受けながら
兵士の群れを刈り取った。
それは妖精たちの島でのことだった。
蒸し暑い午後に向かう頃
オルムは出くわした盗賊どもに
見事なまでに矢を雨霰《あられ》のように降らせた。

向こう側ではこうではなかった！
皆がまだ共にいた。
ガウテルとゲイリ
グルメルとスタリ
サメルとセミンゲル
オッドヴァラルの息子たち
ハウケルとホキ
フロケルとトキ。

向こう側ではこうではなかった！
我々はそこでしばしば共に船出した。

フラニとホグニ
ヒアルメルとスタフニル
グラニとグンナル
グリメルとソルクヴィル
トゥミ、トルフヴィ
テイテルとゲイティル。

向こう側ではこうではなかった！
我々が打ち負かされることは
ほとんどなかった.
剣をもって鋭い剣と話すように
私が助言することは
ほとんどなかった。
しかしオルムは常に
我々の第一人者であった。

もしオルムがここでの
私の苦しみを知っていれば
彼はそれが彼にふさわしいように
あの白髪まじりの巨人に

怒りながら眉をしかめていたであろう――
三倍にして支払っていたであろう。
ああ、彼がそうできたならば！

7　雹《ひょう》まじりの嵐

スカルドによる

バルトリン、二三三頁。『戦士の歌』の四一四頁。

北方で雷雨が起こるのを
私は耳にした。
雹が兜にあたって
激しく音を立てた！
石のような雲が
雷雨の中で飛び散る。
戦士たちの目の中で
激しい嵐によって。

分銅の重さくらいの雹が
城にたたきつけるように降る！
血が海に注ぎ
傷から流れる血が槍を赤く染める。
いくつもの死体が横たわり
それは苛酷な戦いだった。

だが伯爵たちの軍勢は
戦いに負けないでいる！

嵐の霊は怒りをこめて
その指から鋭い矢を
戦士たちの顔に放つ。
強靭な戦士たちは
激しい嵐の中で
嵐に耐えながら
退くことはなかった！

しかし最後には
勇敢な伯爵の力も衰え
勇気も失せた。
伯爵は船隊を退却させ
部下たちに
帆を張るよう命じた！
大波が打ち寄せ
虚ろな帆めがけて
嵐が吹きすさんだ。

8　血染めの流れ

スペイン語

『拾遺集』第一巻、三三三頁。『グラナダの内戦』五六七頁から採られた。同書の五六五頁のほか『ロマンセ歌集』、アンヴァース、一五六八年にも「緑の川よ」で始まる二つの異なるロマンセが掲載されている。

緑の川よ、おまえはかくも悲しく流れる。
無数の死体がおまえの中を泳いでいる。
キリスト教徒の死体、ムーア人の死体。
それらは硬い剣によって倒されたものだ。

おまえの澄んだ銀の波は
赤い血に染まっている。
ムーア人の血、キリスト教徒の血。
ここでの大きな戦いで倒れた者たちの血だ。

騎士、公爵、伯爵。
高位の要人たちは倒れ
高潔な戦士たちや
スペインの貴族の栄華は沈んだ。

フォン・アグイラルと呼ばれた
ドン・アロンソはここ汝のもとで沈んだ。
勇敢なウルディアレスもまた
ドン・アロンソとともに汝のもとで沈んだ。

グラナダ最古の氏族の出身で
セビリアに生まれた
勇敢なサヤヴェドラは
側面から断崖によじ登る。

彼の後ろには改宗者(11)がいて
恥知らずな声で彼に呼びかけた。
「屈服せよ、屈服せよ、サヤヴェドラ!
戦いから逃げ出すのだ!

私はおまえのことをよく知っている。
私は長すぎるくらいおまえの家にいたのだから。
セビリアの市場で私は何度も
おまえが槍を投げるのを見た。

私はおまえの両親を知っているし
お前の妻ドンナ・クララも知っている。
私は七年間おまえの捕虜であり
この捕虜におまえはとてもひどい扱いをした！

マホメットが私に手を差し伸べる今
おまえは私の部下となるのだ。
そして私はおまえが私になした扱いと
同じ扱いをおまえにもするのだ！」

これを聞いたサヤヴェドラは
ムーア人のほうに顔を向ける。
ムーア人は弓を射るが
矢は的を射損じた。

するとサヤヴェドラは手を伸ばし
ムーア人と戦い、痛手を負わせた。
一言も発せられないまま
改宗者は崩れ落ちる。

サヤヴェドラはムーア人の
暴徒たちに取り囲まれ
悪意ある槍によって
ついにはくずおれて死んだ。

ドン・アロンソはなおも勇敢に戦った。
だが彼の馬はすでに倒れていた。
それでもこの死んだ馬はなお
彼のために壁として戦わねばならない。

しかしムーア人は次から次へと
彼に押し寄せ、戦い、槍で突いた。
そしてドン・アロンソは
自ら流した血のために気を失った。

そしてとうとう彼は
高い断崖の足もとでくずおれて死んだ。
それでもドン・アロンソは
永遠の名声の中で生き続けている。

9　セリンダハ

スペイン語

『グラナダの内戦』一九六頁。

何週も何週も、そして来る日も来る日も
サラセン人は試合を行い
アリヤタール人はアラリーフ人や
アサルゲ人と戦っている[12]。

なぜならトレドにいる王が
ベルヒテン城[13]の王サイードと
グラナダのアタルフェの誓いによって
保証された平和を祝しているからだ。

他の者たちは、この祝祭がアカグエスの王のために
行われていると言っている。
セリンダハがこれを仕切った——
しかし結局それは彼女自身の不幸となった。

サラセン人は栗毛色の馬で
試合に乗り込んできた。
彼らのマントや衣装は
橙色と緑色をしている。

そして盾に描かれた紋章は
彼らのサーベルであり、恋愛の神アモルの弓が
そのサーベルから曲がり出ており、そこには
「火と血を！」という言葉が刻まれている。

同じようにサラセン人の後には
アリヤタール人が試合に向かう。
彼らの騎乗服は赤色で
白い葉をちりばめている。

アリヤタール人の紋章は
アトラント[14]の両肩に乗った天空であり
そこには「天空をそれが沈むまで支えよ！」
という文字が刻まれていた。

アリヤタール人の後には
アラリーフ人が立派な身なりで続いた。
彼らのマントと服は黄色と赤で
袖に代えてベールを身につけていた。

アラリーフ人の紋章は結び目で
これを一人の凶暴な男が引き裂いている。
そして司令官の杖には
「勇気を手に入れよ！」と書かれていた。

アラリーフ人に続いたのが八人のアサルゲ人で
彼らはこれまで登場したどの氏族よりも誇り高い。
彼らの服は菫色と青と黄色で
羽に代えて緑の葉を身につけていた。

彼らの盾は緑色で、そこには
青い天空が描かれ、その天空の中では
二つの手が絡み合い、こう書かれていた。
「すべては緑のものに帰する！」

トレドの王にとって不快だったのは
彼らが王の眼前で
王の努力を笑いものにし
王の願いを無にしたことだった。

王はこれらの氏族を見ながら
アサルゲ人の城代であるセリムにこう言った。
「太陽は沈むがよい。
太陽は私の目をくらませるからだ。」

そのアサルゲ人は競技用の槍を投げたが
それらは空中で見えなくなり
誰の目にもそれがどこにあるのかも
どこに落ちたのかも分からなくなった。

街ではありとあらゆる窓から
婦人たちが身を乗り出していた。
城では回廊を見ようと
婦人たちが身を前方にかがめていた。

王は前に出たり退いたりしていたが
民衆は皆ずっと彼にこう呼びかけていた
「アラーはあなたとともに！　アラーはあなたとともに！」
王は言った。「さっさと失せろ！」

セリンダハは王が通り過ぎたとき
うっかりと彼に水をかけた。
それは高価な水で、王を冷やすことになった。
すると王はすぐこう叫んだ。「待て！」

遅すぎた。王は試合を中止すると
誰もが思った。
しかし嫉妬深い王は叫んだ。
「あの裏切り者を捕まえろ！」——

すぐに二つの別の隊列が
砲丸を投げ、槍を手に取り
そのアサルゲ人のところに飛んでゆき
皆で彼を捕まえようとした。——
いったい愛において誰が

王の意志に逆らえようか。

二つの別の隊列は対峙している。
そのアサルゲ人は言う
「愛はたしかにどんな掟も知らないが
掟を知るべきである！

仲間たちよ、槍を置き
彼らに槍を取らせるのだ！」
そして同情と勝利をもって
後者は黙し、前者は泣いた。
いったい愛において誰が
王の意志に逆らえようか。

とうとう彼らはそのアサルゲ人を捕え
彼を解き放そうとする民衆は
さまざまな集団に分かれたり
集まったり、また分かれたりする。

それでも民衆には自分たちを導き

鼓舞する指導者がいないため
民衆の集団は分裂し
不満も口に出なくなる。
いったい愛において誰が
王の意志に逆らえようか。

ひとりセリンダハだけが
「そのアサルゲ人を解き放しなさい！」
と叫び、彼を解き放そうとして
バルコニーから落ちそうになる。

セリンダハの母は娘を抱きながら言う。
「おまえは何て馬鹿なことをするの。
おまえがあの男の不幸を知っていると
気づかせなくても、あの男は死ぬのよ！」
いったい愛において誰が
王の意志に逆らえようか。

間もなく王からの使いが来て
セリンダハの住居を

彼女の牢獄にすべしとの
命令を伝えた。

すぐにセリンダハは言った。
「おまえの主人に言うがよい。
私を決して変えようとせず
私のアサルゲ人の思い出を私の監獄に選ぶがよい、と。
私は十分に知っている。
愛において誰が王の意志に逆らえようかということを。」

10　愛[15]

ドイツ語

この世に女の愛ほど好ましいものはない。
たとえそれが誰に向けられようとも。　ルター[16]

この世で愛ほど素晴らしく高く評価されるものはない。
なぜなら愛は二人が一つの形さえ持てば
気持ち、心、感情を全力でもって
あたかも二人が一つの形だけを持つように
一つにすることが明らかにされているからである。
それゆえ本当に愛を持つために人が言うことすべてを
私が否定しても、二人の心が一つであれば
苦痛をもたらすことはない。

人間の魂は死すべき運命の人間よりも
どこにあっても特に素晴らしいものである。
それでも愛は自らの力をもって
人間の魂をその甘美な頸木《くびき》の下に置いた。
皆このことを十分に弁えるがよい。

それゆえ本当に愛を持つために人が言うことは
冗談と戯れであり、苦痛をもたらすことはない。
誠実な心を愛するのは誰か。

他のすべての素敵な喜びと気晴らしは
それらの一つが勇気をもたらさないうちに
過ぎ去り、消えうせてしまう。
しかし愛のもたらす喜びは
何年も続き、常に新しいものが生まれ
新たに心の中に入ってくる。
それゆえ人が言うことはすべて空虚なおしゃべりである。
本当の愛を持つことは苦難をもたらさず
死に至るまで人を喜ばせる。

ラップランド語

11　トナカイに寄せて

シェッファー[17]『ラポニア』二八二頁。

トナカイのクルナザース、可愛いトナカイ、我々はすばしっこくいよう！
飛んで行こう、すぐ現場に行こう！
沼地はここからまだまだ続き
我々にはもはや歌もほとんどない。

わかるだろう、私はおまえが好きだ、カイガ湖よ。
どうか元気で、優しいカイルヴァ湖よ。
愛するカイガ湖の上にくると
もう私の胸は高鳴る。

さあ、立て、愛するトナカイよ。
飛べ、飛べ、おまえの道を！
我々がすぐ現場に行って
仕事を楽しむために。

すぐに私は自分の恋人に会える。
立て、トナカイよ、しっかり見るのだ！
クルナザースよ、お前は彼女が
もう水浴びしているのが見えないのか。

12　自由の歌

アテナイオス[18]『饗宴』第一五章一五からの有名なスコリオン[19]。これは続く二つの作品とともにハーゲドルン[20]の『詩集』第三部、二三四、二四〇頁に続くノーズ[21]の論文においてすでに翻訳されている。同作品の二五二頁において引用されているクレタのヒュブリアスのいわゆる戦争の歌は私には「家庭的な」戦士、あるいはよく言われるように英雄ぶった俗物に対する嘲笑の歌にしか思われない。私はこれをおおよそ次のように翻訳した。

私の大きな宝は槍と剣。
そして私の体を覆う美しい盾だ。
これで私は耕し、刈り入れ
甘美なぶどうを摘むこともできる。
これで私は家の主人でもあるのだ!
だから槍と剣、それに体を覆う
美しい盾を持とうとしない者は
私の足元に直ちにひれ伏し
私を大立て者の主人と呼ぶがよい!――

ギリシア人がこのように真剣に歌ったとは考えられない。

私は自分の剣をミルテ[22]の枝で覆いたい。
ハルモディオスとアリストゲイトンが
自らの剣を持って僭主政治を打破し
アテネの人々に再び自由を贈ったように。[23]

ハルモディオス、最愛の者よ！　汝は死んでいない。
汝は死者たちの島に住んでいるが
英雄のアキレスやテュデウスやディオメデスがそこに住むと
詩人たちが汝のことを歌っている。

私は自分の剣をミルテの枝で覆いたい。
ハルモディオスとアリストゲイトンが
自らの剣を持ってアテナイの祝祭[24]で
ヒッパルコスの僭主政治を覆したように。

汝ら最愛の者たちから永遠の名声が消えることはないだろう。
汝らハルモディオスとアリストゲイトンが
かつて僭主政治を覆し
自由を祖国に贈ったという名声が。

13　願い[25]

ギリシア語

おお、私が白い象牙で出来た
美しい竪琴となって
その私を美しい子どもたちが
リベル[26]の踊りの輪へと運んでくれればよいのに！

あるいは私が美しい大きな黄金で
まだ火の中で燃えていなくとも
慎み深い気持ちを持つ美しい女性が
私を運んでくれればよいのに！

14　客人を讃えて

ギリシア語

アリストテレスの有名なスコリオン。これは同じくアテナイオス『饗宴』第一章一五および前述のノーズの論文においても翻訳されている。

おお美徳よ、死すべき人間にとって
おまえを手に入れることはむずかしい。
乙女であるおまえは
人生の最も美しい報酬だ！

おまえの美しさを求めて
ギリシア人は喜んで死に赴き
鉄の勇気でもって
いくつもの大きな危険を乗り切った。

おまえは心に不死の実りを与えるが
それは黄金や高貴な出自よりも
また穏やかな眠りよりも
甘美なものだ。

おまえのためにヘラクレスと
レダの息子たちはとても多くのことを耐え忍び
種々の行為において
おまえの力を示した。[27]

おまえへの愛から英雄アキレスと
アイアス[28]は死者の国に赴いた。
おまえの甘美な姿を求めて
アタルネウスの客人[29]は太陽の輝きを奪った。

永遠にこの者、すなわち行為豊かな者を歌うがよい。
おおミューズたち、名誉の娘たちよ。
絆で結ばれた誠実の神と固い友情の報酬を
汝らが賞賛するたびに！

15　幸福な男

『拾遺集』第一巻、一二〇頁からの自由訳[30]。

その男は高貴な生まれに加えて
自らの意志のために生きることができる。
彼の高貴さはその気高い勇気[31]であり
彼の名声は策略のない真実である。

その男に情念は決して必要ではなく
生も死も恐れず
愚者の息吹である噂のためよりも
有益な時間の使い方を知っている。

宮廷や賦役を課す領主に対しても率直で自由であり
偽善や悪行とも縁がない。
お世辞屋も彼にあって何をすべきだろうか。
暴君を前にしても彼は平静を保てる。

英語

彼は羨まないし、嫉妬の気持ちもない。
彼は愚者の贅沢も知らないし
堕落した驕慢の恥辱も知らない。
たとえどのような痛手を受けようとも。

国家ではなく自分だけを統御し
害を及ぼすことなく王笏を振う者は
取るよりも与えることが多く
神に謝意を表し、日々の糧を求める。

その男は自由で高貴な生まれで
幸運と尊厳を決して失ったことがない。
絶頂や転落を目前にしても冷静であり
たとえ無一文であっても、すべてを持っている。

16　気の狂った少女の歌

英語

『作歌論』(32) 第二版、ロンドン、一七七四年、七六頁。

私が昨日の朝早く
　野原に沿って歩いていると
塔の中でのように一人の少女が
　愛らしく歌っているのが聞こえた。
手にした鎖をガチャガチャいわせながら
　とても楽しげにこう歌っていた。
「私の愛する人よ、私があなたを愛するのは
　あなたが私を愛していることを知っているからです。

おお、厳しい厳しいお父さん。
　あなたはあの人を私から引き離す!
冷酷な、冷酷な船乗りが
　あの人をここから連れ去った!
それから私はまったく無言になった。
　あの人への愛ゆえに無言になった。

私の愛する人よ、私があなたを愛するのは
　あなたが私を愛していることを知っているからです。

おお、もし私がツバメなら
　きっと私はあの人のところへこっそり滑り込むことでしょう！
あるいはもし私がナイチンゲールなら
　私はあの人を眠り込ませるでしょう。
あの人をじっと見つめさえできれば
　私はどれほど満ち足り、幸福なことでしょう！
愛する人よ、私があなたを愛するのは
　あなたが私を愛していることを知っているからです。

私が岸辺に立っていた日のことを
　いったい私は忘れることができるでしょうか。
そして私はそのときあの人を見たのを最後に
　あの人を再び目にすることはありません。
あの人はなおも私に目を向けてくれる。
　ああ、その目はどんなに私の中へ語りかけたことか！――
愛する人よ、私があなたを愛するのは
　あなたが私を愛していることを知っているからです。

私はあなたにこの小さな花輪を編みます。
　愛する人よ、丁寧に編みます。
ユリとバラの花輪を
　そして麝香草《ジャコウソウ》(33)を編み込みます。
愛する人よ、いつか再びあなたに会ったなら
　きっとこれをあなたに差し上げます。
愛する人よ、私があなたを愛するのは
　あなたが私を愛していることを知っているからです。」

17　恋する男の決断

英語

『拾遺集』第三巻、一九〇頁より採録されたものである。この歌はジョージ・ウィザー[34]によるもので、私の知るところでは三回目の翻訳[35]であるが、これが最後の翻訳になればと願う次第である。私は詩句を一行省略した――苦労して[36]。

いったい私は一人の女性の姿がとても美しいがために
息も絶え絶えに死にゆかねばならないのか。
それとも彼女の頬がバラのようだからといって
私の頬は蒼ざめねばならないのか。
五月が有無を言わさず美しいように
彼女も白昼よりも美しい、としよう。
　それでも私には彼女は美しくないのだ。
彼女がどれほど美しいか、とは、私は何を問うているのか。

彼女の心が戯れの中を漂っているからといって
いったい私の心が責めさいなまれてよいものか。
それとも彼女がどんな男をも魅了できるからといって
私までもが苦しまねばならないのか。

彼女が優しくて、それも
キジバトやペリカン[37]よりも優しい、としよう。
　それでも私には彼女は優しくないのだ。
　彼女がどれほど優しいか、とは、私は何を問うているのか。

いったい私には一つの徳も残らないのに
一人の女性の姿が徳を持つとでもいうのか。
それとも私は自分のために自ら死にゆかざるをえないほど
彼女に忠実を尽くして死なねばならないのか。
彼女が善良で、それも
聖アガーテ[38]よりも善良だ、としよう。
　それでも私には彼女は善良でないのだ。
　彼女がどれほど善良か、とは、私は何を問うているのか。

彼女は善良で温和で優しくて美しい。
だからといって私は破滅したくない！
君は私を信じてくれるだろう。彼女が私を愛してくれれば
私は彼女を鳩の忠実さでもって愛するのだ。
でも彼女が私に会うつもりがないのなら
よかろう、私は彼女のなすがままにしよう！

それでも彼女が私のものでないとすれば、おお、おお！
彼女が誰のものか、とは、私は何を問うているのか。

18　弔いの鐘

英語

『拾遺集』第二巻、二六三頁。翻訳者にとって重要だったのは、この悲しみと死者の歌の内容よりもむしろ心を揺さぶるその音調であった。[39]

さあ、これでさよならだ、最愛の少女よ！
　永遠にさよならだ！
永遠におまえと別れねばならない私は
　もう泣きつづけるしかないのだ！

　弔いの鐘は悲しみの響きを込めて叫ぶ。
「少女は死んだ、少女は死んだのだ！」
ならば私はおまえの頭をなお
　真っ赤なバラ色の小花で飾ろう。

私のフィリスにはもうこんなにも美しく
　初夜の床が準備されていたのだ。
ああ！　彼女は新婚夫婦の部屋ではなく
　墓に入らねばならないのだ。

弔いの鐘は悲しみの響きを込めて叫ぶ。
「少女は死んだ、少女は死んだのだ！」
ならば私はおまえの頭をなお
　真っ赤なバラ色の小花で飾ろう。

彼女の亡き骸には美しい乙女たちの一群が
　それも彼女が墓に入るまで
付き添ってほしい。
　それから墓に土が入れられるのだ。

弔いの鐘は悲しみの響きを込めて叫ぶ。
「少女は死んだ、少女は死んだのだ！」
ならば私はおまえの頭をなお
　真っ赤なバラ色の小花で飾ろう。

彼女の棺台は若くて美しい少年たちに
　担いでほしいし
彼女を葬った後はそこから
　悲しげに立ち去ってほしい。

弔いの鐘は悲しみの響きを込めて叫ぶ。
「少女は死んだ、少女は死んだのだ！」
ならば私はおまえの頭をなお
　真っ赤なバラ色の小花で飾ろう。

彼女の棺の上では鮮やかな赤い花輪が
　輝くようにしてほしい。
その花輪はとても悲しげに架かっていることだろう。
「ああ、私たちの花嫁は死んだのだ。」

　弔いの鐘は悲しみの響きを込めて叫ぶ。
「少女は死んだ、少女は死んだのだ！」
ならば私はおまえの頭をなお
　真っ赤なバラ色の小花で飾ろう。

彼女の亡き骸を私は
たくさんの美しいリボンで飾りたい。
でも私は真っ暗な気分で
　そこから立ち去らねばならない。

弔いの鐘は悲しみの響きを込めて叫ぶ。
「少女は死んだ、少女は死んだのだ！」
ならば私はおまえの頭をなお
　真っ赤なバラ色の小花で飾ろう。

彼女の墓を私は
　花で覆い尽くしたい。
そうすれば私の涙は緑のままの彼女を
　ずっと見守るだろう。

弔いの鐘は悲しみの響きを込めて叫ぶ。
「少女は死んだ、少女は死んだのだ！」
ならば私はおまえの頭をなお
　真っ赤なバラ色の小花で飾ろう。

私は美しい色で上手かつ
　小奇麗に描かれた絵(40)の代わりに
彼女の面影を心の奥深くに
　描き込みたい。

弔いの鐘は悲しみの響きを込めて叫ぶ。
「少女は死んだ、少女は死んだのだ！」
ならば私はおまえの頭をなお
　真っ赤なバラ色の小花で飾ろう。

心の奥深くに私は
　彼女への弔辞を埋め込もう。
「一人の羊飼いの愛した
　最愛の少女がここに眠る。」

　弔いの鐘は悲しみの響きを込めて叫ぶ。
「少女は死んだ、少女は死んだのだ！」
ならば私はおまえの頭をなお
　真っ赤なバラ色の小花で飾ろう。

私は黒衣に身を包みたい。
　今や黒こそが私の礼装なのだ。
おお！　私は一人ぼっちになった！
　彼女の眠るところで私も眠りたい！

弔いの鐘は悲しみの響きを込めて叫ぶ。
「少女は死んだ、少女は死んだのだ!」
ならば私はおまえの頭をなお
　真っ赤なバラ色の小花で飾ろう。

19　ザクセンの王子誘拐

鉱夫の歌
ドイツ語

私はこの鉱夫の歌[41]とその次の歌を供するが、それはドイツ人がこれら二つの歌のように或る地域の言語、考え方や見方それ自体の、あるいは特にあれこれの有名な出来事に関して驚嘆するほど忠実な描写である歌を、どのように受け入れるかを知りたいからだ。すでにこうした点においてこの種の歌はきわめて貴重である。以下の歌は歴史記述者による長大な特性描写よりも多くのことを語ってくれる。その点でこれは、この出来事についてのトリラー[42]による大叙事詩よりも大きな価値があるのではないだろうか。

さあ、歌い始めようではないか。
そもそもの事の始まりは、プライスナーラント[43]で
どれほどひどい任用が行われていたかということだ。
若い領主にカウフンゲンの
クンツが暴力を加えたときに
　　　　　　　　　そう、カウフンゲンの！

鷲は岩の上に雛鳥とともに
素敵な巣を作った[44]。
しかし或るとき親鷲が巣から離れたすきに
一羽のハゲタカが雛鳥を連れ去った。

それから巣は空っぽで見つかった。

そう、見つかった！

ハゲタカが屋根にとまるところでは
雛鳥が成長することはめったにない。
それは本当だった！　めったにない悪ふざけだ。
領主が自分の顧問官をどれほど信用しようとも
主君自らが時として報いを受けねばならない。

そう、受けねばならない！

アルテンブルク、汝、素晴らしい街よ。
汝のことを主君は背信の眼で狙っていたのだ。
汝は廷臣たちで満ち溢れていた[45]のだから。
クンツは案内者や小姓たちと興奮してやって来て
領主たちを屈服させる。

そう、屈服させる！

クンツよ、どんないやな気持ちがおまえの不満をあおり
宮殿に乗り込んだりさせるのか。
そしてなぜおまえは柔弱な者たちをこっそり盗み出すのか。

選帝侯がまさに不在のとき
領主の柔弱な小枝たちを
そう、柔弱な小枝たちを！

国全体が動く様子は
まるで奇蹟のようだった。
どのような人々が通りに溢れていたことか。
彼らはこの時とばかり盗賊たちに従った
すべての人が混乱し、群がり、動く
そう、動く！

そこの森でクンツは現場を押さえられた。
イチゴをつまみ食いしようとしたのだ。
もし彼が休みなく駆けつづけ
炭焼き夫たちに捕まらないように
馬で逃げていたら
彼はイチゴを上手に盗み出していただろう。
そう、盗み出していただろう！

でも再び追いつかれてイチゴを奪われたクンツは

仲間とともに緑の森で
我らの主君である僧院長の手に落ち
その後ツヴィッカウへ移送され
何度も跳ね上げられねばならなかった(46)。
そう、何度も跳ね上げられねばならなかった！

壁の前では多くの首が刎ねられた。
そして捕えられた者は誰一人として
二度と釈放されることはなかった。
剣、刑車、やっとこ、縄が彼らの報いであった。
そこには胴体が掛っているのが見られた。
そう、掛っているのが！

浅はかにもお上に反抗する者は
こうなるのだ。
そう思わない者はクンツを見るがよい。
彼の首はフライベルクで市庁舎にぶら下げられて醜く笑っている。
そして誰もが皆これを教訓としている。
そう、教訓としている！

20 テューリンゲンの歌

ドイツ語

シュパンゲンベルク[47]『マンスフェルト年代記』三八七頁から。「この時代に作られ歌われた歌で、そこでは当局が次のように、すなわち統治にあっては釣り合いを保ち、貴族にはあまりにも多くの自由や権力を定めず、都市の市民にはあまりにも多くの贅沢や華美を認めず、身分の低い農民には権力をかさに苦しみを与えず、通りを清潔に保ち、誰をも正当かつ公正に扱うように促され、かつ警告された。どのような歌にまだこうした規則が存在しているのかといえば、それはたとえば老人が小さいときに両親から聞かされ、伝えられ、おそらくこのように響く歌においてなのであろう。」

さあ、再び歌を始めようではないか。
そもそもの事の始まりは
我らの主君の土地では領主たちの廷臣が
大いに暴力をふるっていることだ。
さらに歌は続いた。

テューリンゲンよ、おまえは立派な良い土地だ。
おまえを心から愛する者は誰だ。
おまえはこんなに小さな土地なのに
我らにこんなに多くの小麦とワインを与えてくれる。

おまえは土地の領主たちを十分に養うことができる。
ハゲタカ(48)が垣根にとまるところでは
雛鳥が成長することはめったにない。
それは私にはめったにない悪ふざけに思われる。
領主が自分の顧問官の言うことをどれほど聞こうとも
多くの哀れな臣民が報いを受けねばならない。

テューリンゲン生まれの高貴な主君
ザクセンのヴィルヘルム公爵よ。
汝の祖先が行ってきたように
剣の貨幣を再び鋳造する(49)がよい。
そうなれば汝の安寧は再び増進するだろう。

そうなれば街も裕福になり
再び良い時代となろう。
そして貧しい人々も汝の味方をするだろう。
だが汝が彼らを困窮の中に呼び込めば
暴動あるいは闘争にもなろう。

十分な金が国の中を回っていない場合は
金は聖職者やユダヤ人のもとにある。
すべては金持ちの支配下にあるのだ。
高い利息をユダヤ人に払っている者は
金脈を探り当てる杖に彼らをなぞらえる[50]がよい。

一銭も持たない者は本当に
金持ちの言うがままにならねばならない。
金持ちはこっそりと家に隠し持っている。
彼はまるで外を覗くコキンメフクロウ[51]のように見える。
こうしたことが貧しい者には何度も何度も起こるのだ。

21 デスデモーナの小唄

シェイクスピアより
英語

『オセロー』第四幕第五幕より。

（オセローは立ち去る。エミリーとデスデモーナは残る。）

エミリー　さて、奥様。彼は今は最初よりも穏やかに見えましたが。
デスデモーナ　彼はすぐここに戻りたいと言っている。そして私にすぐ床につき、おまえを追い出すよう命じたの。
エミリー　私を追い出すのですか。
デスデモーナ　彼はそう言っているわ。さあ、エミリー、私に寝間着をちょうだい。そしてさようならよ！　私たちはここで彼を怒らせる必要はないの。
エミリー　おお、奥様がご主人様とお会いにならねばよかったのに。
デスデモーナ　私はそう思わなかったわ。私は彼がとても好きだから、彼の頑なな心、生真面目さ、中傷（お願いだから私を離して！）でさえ私には甘美で愛しいの。
エミリー　奥様が私に命じたハンカチはすでに寝床にあります。
デスデモーナ　それはどうでもいいことよ！
おお、善良なる神よ、人間は何と愚かなのでしょう！
エミリー、私があなたより先に死んだら
どうかこれらのハンカチの一枚を棺に入れておくれ——

エミリー　ああ、どうかご冗談は——
デスデモーナ　私の母にはバーバラという女中がいて、彼女は
とても好かれていたわ。しかし彼女の恋人は
気がおかしくなり、彼女を捨てたの。そのとき彼女は
「柳よ、柳よ！」という歌を歌っていたわ。——昔から
よくある内容の歌だけど、まったく彼女の状況にぴったりだった。
彼女はこの歌を歌いながら死んだわ。その歌は一晩じゅう
私の頭から離れようとしないの。私は自分の頭を一方に
傾けたままにしなければならないにもかかわらず
哀れなバーバラと同じように歌うの。
ごめんなさい、続けてちょうだい。
エミリー　寝間着をとってきましょうか。
デスデモーナ　いいえ。ただこの場所だけが私を引き留めるの。
とにかくルドヴィーコは礼儀正しい男だわ。
エミリー　感じのよい人ですわ。
デスデモーナ　それに話し上手だし——
エミリー　私の知っている或るヴェネチアの婦人は彼の下唇の圧力を求めるあまり、約束の
地へと裸足で巡礼に出たそうです。
デスデモーナ　（歌う）[52]
哀れな少女が坐って歌っている。森の木のそばに坐って

皆も歌う。私の花輪は柳よ、と。[*1]
手は彼女の胸に置かれ、顔は膝に埋めて
　柳よ、緑の柳よ！と歌う。
嵐が冷たく彼女の横を吹き去り、彼女の嘆きをつぶやき
　柳よ、緑の柳よ！と歌う。
そして彼女の目からは岩をも砕くほど涙が溢れ出た。

ごめんなさい、部屋から出てくれない。彼がもう来るわ。
（歌う）
皆も歌う。私の花輪は柳でなければならない、と。
どうか誰も彼をとがめないで。彼がとても好きなの。

いいえ、もうやめましょう。ねえ、扉で音を立てているのは何かしら。

エミリー　風ですよ。
デスデモーナ　（歌う）
　私は彼を不実な人と呼んだ。彼は私に何と答えたか
「私は女の子が好きで、あなたは男の子が好き……」
さあ、おまえは行っていいわ。おやすみ。
目がかゆいわ、泣いているからね。

エミリー　おお、でもまだ！
デスデモーナ　おやすみ、おやすみ！　どうか天が私に味方してくれるように！
　私が悪いものによって悪く
　　悪いものによって、より良いものでないように。

――――――――

　　　　　デスデモーナは眠る。オセローが灯りと剣をもって登場。

オセロー　そうだ、本当にそれはやるに値するのだ、私の魂よ！
それを汝らに告げないようにしてくれ、汝ら純潔な星々よ！
それは値する！――だが私は汝らの血を流すつもりも
この肌を傷つけて雪のように白くするつもりもない。
墓の中の石膏像のように私はおとなしくしていよう。[*2]

　　　　　剣を下ろす

とにかく彼女は死ぬしかないのだ。さもなければ彼女は
もっと多くの人間を欺いてしまう！　灯りを消せ！　それから――
それから、だと。灯りを消せ、だと。
私がおまえという役立つ炎を消すならば、私はおまえに

もしこのことが私を後悔させるならば、おそらくおまえの
最初の光を返すことができる。しかしおまえに！――もしいつか
おまえの光がおまえから消え去るならば、おまえ、自然という
女主人の最も精巧な形態よ。だとしたら私にはおまえの光に
再び火をつけてくれるプロメテウスの火[53]がどこにあるのか分からないのだ――

　　灯りを下ろす

もし私が彼女というバラを摘み取ったならば
私は彼女に二度と生の若芽を返すことができない。
彼女は枯れなければならないが、今はまだおまえを
枝の上で味わいたい。

　　彼女に接吻する

　　甘い吐息だ！
この力は彼女の剣[54]を折る正当性を
ほとんど奪ってしまう。[*3] もう一度、もう一度！
たとえおまえが死んでいるにせよ、私はおまえを殺し
その後で愛そう。もう一度――でもこれが最後だ！
かくも甘美で、かくも悲しいことは決してなかった！
私は泣かねばならないが、出るのは残酷な涙だけだ。

この苦しみは天の怒りだ。苦しみが愛するとき
苦しみは襲う！――彼女が目を覚ます――――――

＊1　イギリスの古い民間習俗によると柳は特に悲恋の女性にとって悲しみの枝葉である。
＊2　彼女が眠る瞬間に特にふさわしい。
＊3　オセローは自分を殺人者ではなく裁く者であると思っている。

22 甘美な死

英語

シェイクスピア『十二夜』第三幕第五場(55)。私はこれと同じ様式の詩句を持っていたドイツの古い歌を知っているが、おそらくそれは同じように旋律も持っていたであろう。このイギリスの歌は溜め息のようで、翻訳不能である。(56)

音で愛が元気になるというのは本当なのか。
奏でよ！　私に十分な愛を与えてくれ！　溢れすぎると
私の愛が消えうせ、死に絶えるほどに十分な愛を！
もう一度旋律の流れを！——流れが止まると、もう死にそうになる！
おお、歩みは私の耳に忍び寄るが、それはまるで
甘美な微風がスミレの花壇に息を吹きかけ
香りを奪って、与えてくれるようだ——
十分だ！——もういらない！　これはもう甘美には響かない。
——ただ、愛する友よ、その一片！　あの古い
祖先の歌を私たちは昨日の夜に聴いた——
すると私の心臓全体が激しく鼓動するようだ。
おお、軽やかなアリアを聴くときよりもずっと激しく。
跳びはね、よろめく今の時代の言葉の濫読に抗して——

来たれ——たった一行の詩句でも！

おいで、愛する若者よ、私たちが昨日の夜に——
覚えておき、ツェザーリオ、それは昔のことで平板なこと。
糸を紡ぎ編物をする少女は屋外で
小間使いの少女は糸を織るとき
このようにこれを歌う。それは蜜のように甘く、それは
人がかつてまだ愛していたときのように、無垢の愛でもって
戯れる——お願いだ、歌っておくれ！

（子どもは歌う）[57]

甘美な死よ、甘美な死よ、来たれ。
　来たれ、私を冷たい墓の中に沈めておくれ！
絶えよ、おお心よ、絶えよ、おお敬虔な心よ。
　可愛くて残忍な女の支配から逃れて敬虔に死ぬのだ！
　　私の死装束は雪のように白くてきれいだ。
　　　それを準備するのだ！
　どの花婿もかつてこれに身を包んだのだ。
　　かくも喜ばしげに。
一本の花も、一本の花も甘美に

私の黒い棺の上に撒き散らさないでくれ！
一滴の涙も、一滴の涙も[58]流さないでくれ。
そこでは私の遺骸が穏やかに眠るであろう！

ああ、千もの、千もの吐息が重苦しい[59]――
おお――汝ら私の親しい者たちよ。
私を横たえてくれ。愛する者が
誰一人として泣きに来ないところに！

23　父を殺され錯乱するオフィーリアの歌

シェイクスピアより

『ハムレット』第四幕第七場。[60] たしかに個々の音調は作品全体との関連に加えて非常に多くのものを失うが、しかしそれでもパーシー[61]や近年の何人かがこの種の歌の中で、ぼろ切れを引き裂くような音を出しているのに比べれば、こうした音調を与えるほうがずっとよい。——そして最後に。[62]
王妃　私は彼女と話したくない——
貴族　しかし彼女は実際に分別を失っており
本当に同情に値します。
王妃　彼女は何がしたいのか。
貴族　彼女は自分の父上のことについて多く話しています。
彼女は、この世には策略が存在すると聞いたと言って
溜め息をつき、胸をたたいて悔やみ、つまらないことに腹を立て
いろいろと絶望的に語り、なかば分別を失っています。
言葉はまったく意味を成しませんが、それでも得体のしれない虚無が
聞く者たちを考え込ませるのです。彼らは彼女の言わんとすることを
汲み取り、それぞれの感覚に合わせるのです。彼女は目を動かし
体を揺すぶり、いろんな身振りをします。それを見る者たちは
彼女がそうしながら何かを考えている、と信じざるをえないのです。

でも誰も何一つ確かなことは分からず、ほとんど分からないままです――
ホラーツィオ　とにかく誰か彼女と話すのがよいでしょう。というのも
彼女は、悪く思っている者たちの中に危険な懐疑を
惹き起こしかねないからです。
王妃　彼女を呼んできて！　罪はこうして進んでゆくのです。
私の傷ついた魂には、どのようなくだらぬことも
大きな不幸の使いであるように思われます。
悪行はかくも巧まない猜疑心に溢れているのです。
彼女はいつも恐れ、自ら裏切りを助長しています。

（オフィーリアが入ってくる。錯乱している。）

オフィーリア　デンマークの美しいお妃様はどこにいるの。
王妃　具合はどう、オフィーリア。
オフィーリア　私にいったい何をたよりにあなたの愛する人を
　あなたの愛する人を見分けろというの。
その人の巡礼の帽子と杖と
　ビャクダンの履物がそれなの。
王妃　ああ、可愛い娘よ、この歌はいったい何なの。
オフィーリア　いったい何、と言うのですか。どうか聴いてください。
彼は死んで、もういない。死んで、もういない。

墓の中に入ってしまった。
頭のあるところには芝が茂り
足のあるところには石がある。

(王が入ってくる)

王妃　ああ、オフィーリア――
オフィーリア　どうか聴いてください。
彼の死装束は白い雪のよう。
王妃　(王に向かって)
ああ、ご覧ください。
オフィーリア　(歌い続ける)
甘美な花で覆ってください――
死装束は墓に向かいました。
忠実な愛の涙の露に濡れて。――
王　娘はいつからこうなのだ。
オフィーリア　私はすべてがうまくゆくだろうと望んでいました。私たちは辛抱強くなくてはなりません！　でも私は、あの人たちが父を冷たい土の中に置こうとしていると思うと泣かざるをえないのです。私の兄はこのことを知り、有益な忠告に本当に感謝すべきなのです。来させて！　私の馬車を！――おやすみなさい、ご婦人方、おやすみなさい。優しいご婦人方、おやすみなさい。おやすみなさい！――(オフィーリアは立ち去る。)

（兄のレアーティーズと王は一緒にいる。物音がする。
　オフィーリアが麦わらと花で素晴らしく身を飾って現れる。）

レアーティーズ　（オフィーリアを見て）
おお、熱よ。私の額を乾かせ。汝ら涙よ。
七倍も塩辛くされ、私の眼を鈍く乾かすがよい！
妹よ、天に誓っても、おまえの狂気は皿が舞い上がるほど
重く罰せられねばならない。バラの蕾、可愛い少女
オフィーリア、愛する妹よ！　天よ、こんなことが
ありえるのでしょうか。若い娘の分別が
老いた男の分別とともに失われるとは！
自然よ、汝は愛において繊細だ！　繊細だ！
汝は自ら貴重な何かを
汝が愛するものに向けてあとから送るのだ――
オフィーリア　（歌う）
あの人たちは父をむき出しのまま棺台に載せて運んだ。
そして多くの涙が父の墓に注がれた。
お元気で、私の鳩よ――
レアーティーズ　おまえにまだ分別があり、私を説得して復讐へと駆り立てたいとしても
おまえにこれ以上のことができるだろうか。

オフィーリア　あなたたちは歌わねばなりません。

下ろせ！ 下ろせ！

彼を埋めろ！

結びは何と素晴らしく合っていることでしょう！

下ろせ！ 下ろせ！

彼は自分の主人の娘を盗んだ
偽の領主から生まれたのです。[*1]

レアーティーズ　無より多弁なものがあろうか！

オフィーリア　そこにローズマリー[63]の小さな花束があります。

それは追想のためのものです。どうか愛する人よ、私のことを思ってください！

そして勿忘草があります。これも追想のためのものです――

レアーティーズ　狂気のなかの思い出の品！――追想、思い出。

これらは何と互いに調和することか！

オフィーリア　そこにあなたのためのウイキョウとオダマキがあります。そこにあなたのためのヘンルーダ[64]があり、ここには私のためのものもあります。私たちはそれを日曜日のための思い出しの草と呼びたいと思います。あなたがたも自分のヘンルーダをきれいに区別して持たねばなりません。ここにはまだヒナギクもあります。私はあなたがたにぜひ何本かのスミレも差し上げたいと思います。でもそれらはみな枯れてしまいました。私の父が死んだからです。あの人たちは言います、父は良い最期を迎えた、と。とにかく私が本当に愛する人は私のすべての喜びなのです。

レアーティーズ　追想、悲嘆、苦しみ、それに地獄までをも妹は愛らしく快いものにしてしまう――

オフィーリア　父は本当に戻ってこないのでしょうか。
父は本当に戻ってこないのでしょうか。
そうよ！　そうよ！　父は死んだの！
父は墓所に置かれている。
私も死の床に向かうの。
父は戻ってこないでしょう！　戻ってこれないの！

父のひげは白雪のような銀色で
頭髪は亜麻のように柔らかだった。(65)
父は死んだ！　父は死んだ！
溜め息をもらしましょう。
父が聖なる安らぎをえるように。

そしてすべてのキリスト教徒よ、神が汝らとともにありますように――

（立ち去る。そして棺に入って戻ってくる。）

＊1　おそらくこれは、こうした内容の英語の歌において頻出する down-a で行が終わる(66)バラッドであり、その不合理さはここでは特に王にふさわしい。

24　ハッサン・アガの高貴な夫人の嘆きの歌

モルラック

フォルティス『旅行記』第一部、一五〇頁、あるいは『モルラックの習俗』ベルン、一七七五年、九〇頁を見よ。[67] この高貴な歌の翻訳は私によるものではない。[68] 私は将来この翻訳がより多くの読者に届けられることを望む。

あの緑の森にある白いものは何だ。
雪かそれとも白鳥か。
雪ならば融けて消えているだろうし
白鳥ならば飛び去っているだろう。
雪でもなければ白鳥でもない。
それはハッサン・アガ[69]の幕屋の輝きだ。
その中で彼は自分の傷のために臥せっている。

母と姉は彼を訪ねるが、夫人は慎み深く[70]
彼のもとに来ることをためらっている。
さて彼の傷が癒えてくると
彼は貞節な夫人にこう伝言した。
「私の宮廷でもう私を待たないように。

私の宮廷でも私の家族のところでも！」

貞節な夫人はこの厳しい言葉を理解すると
苦痛のあまり身を硬くした。
夫人は門前で馬の足音を耳にするが
彼女は夫のハッサンが来たと思い
身を投げるべく塔へと駆け上がる。
夫人の二人の可愛い娘は心配してその後を追い
激しく泣きながらその後から呼びかける。
「あれは父ハッサンの馬ではありません！
お母さまの兄のピントロヴィッチが来たのです。」

そしてハッサンの夫人は戻ってきて
嘆き悲しみながら兄に抱きついて言う。
「おお、兄よ、あなたの妹の恥辱を見てください！
私は追放されたのです！　この五人の子の母が！」

兄は黙って服のかくしから
深紅の絹に包まれた
作成済の離婚通告状を取り出す。

そこには夫人が母のもとに帰ることと
他の男性に身を捧げるのも自由であることが記されていた。

夫人は悲しみの離縁状を目にすると
二人の男の子の額に接吻し
二人の娘の頬に接吻する。
しかし、ああ！　揺りかごの乳飲み子からは
激しい苦痛のあまり身をもぎ離すことができない。
事を急ぐ兄は夫人をもぎ離し
血気盛んな馬にすばやく乗せ
不安げな夫人とともに
父の待つ高い居城へと真っすぐ急ぐ。

まだ一週間しか経っていなかったが
それは多くの実力ある領主にとって
まだ未亡人としての喪に服している
愛らしい夫人を妻にと望むには十分な時間であった。
最大の実力者はイモツキのカディ(71)であった。
夫人は泣きながら兄に乞うように言った。
「ああ、兄さん、この身にかけてお願いします！

どうか私をもう誰の妻にもしないでください。
私の愛する可哀そうな子どもたちとの再会が
私の心を張り裂かないようにするためにも。」

夫人の言葉を兄は無視する。
夫人をイモツキのカディと結婚させる決心は固い。
それでも夫人は兄に頼みつづける。
「おお、兄さん、せめて一通の書状を次の言葉とともに
イモツキのカディに送ってください。
未亡人になったばかりの私から心より挨拶申し上げます。
そしてこの書状を通じてどうかお願いさせてください。
親族と結婚式の客がこちらへあなたに伴ってくるときには
私に一枚の長いヴェールを持たせてください。
私がハッサンの家の前を通るときに身を覆ったまま
愛する孤児たちを目にすることができるように。」

カディはこの書状を目にするやいなや
自らの親族と結婚式の客を集めて
花嫁のところに向かう準備をする。
夫人の懇願するヴェールを手にしながら。

カディたちは無事に領主夫人の館にやってきた。
そして無事に夫人とともに館を出た。
しかし一行がハッサンの居城に近づくと
子どもたちが母を見下ろして叫んだ。
「あなたの子たちのもとに戻ってきて。
あなたの広間で一緒にパンを食べてください！」
ハッサンの夫人は悲しくこれを聞き
親族と結婚式の客の領主たちのところに戻ってこう言った。
「兄よ、どうか親族と結婚式の客と馬たちを
愛する門の前で少し止めさせてください。
私が子どもたちに贈り物ができるように。[72]」

そして一行は愛する門の前で止まり
夫人は可哀そうな子どもたちに贈り物をした。
男の子には金の刺繍の入った長靴を
女の子には長くてゆったりとした衣服を与え
揺りかごの寄る辺のない乳飲み子にも
将来のために小さな上着を与えた。

これを脇で見ていたハッサン・アガの父は

愛する子どもたちに悲しみを込めて叫んだ。
「私のもとに帰ってきなさい、愛する可哀そうな子どもたちよ。
おまえたちの母の胸は鉄になったのだ。
固く閉ざされ、同情も感じられない！」
ハッサンの夫人はこれをどのように聞いたことか。
夫人は血の気を失い、震えながら床に倒れこんだ。
そして子どもたちが目の前から逃げてゆくのを見たとき
夫人の魂はその不安な胸から飛び去っていった。

さて、誤った評価を避けるために、少なくとも私の側から二、三の言葉を付け加えておきたい。これらの歌の蒐集者は、ドイツのパーシー[73]になるという霊感も使命も意図も持っていなかった。ここに見られる作品は蒐集者の手に入るようにと幸福な偶然が導いてくれたか、あるいは蒐集者が他の作品を捜し求めている途中で見つけたものである。さらに言えば、洗練された諸国民のいっそう規則正しい詩や、より技巧的で模倣的な詩歌を追い払うことも蒐集者の目的ではなかった。実際こうしたことは愚行もしくは無意味なことであろう。それどころか、何かを追い払おうという気があれば、それは新しいロマンセの作者や民衆詩人をでっちあげることになろう。そしてこれは人間に似た猿のような古いロマンセ作者や民衆詩人[*1]をでっちあげることとほとんど同じことであろう。こうしたでっちあげにはロマンセや民衆詩の生命と魂が欠けている。すなわちそれは真理であり、情念、時代、習俗を忠実に描くことである。これに対してでっちあげは怠惰な気取り屋が、畏敬に値する吟唱詩人あるいは襤《ぼ》褸《ろ》に身を包んだ盲目の乞食に仮装したものである。そして思うに、仮装とは語るにも値しないものである。多くの作品もまた（自尊心なしに言えば、であるが。いったいこうしたものにおける自尊心とは何だろうか！）このように翻訳され、このような翻訳の中でいつも多様な姿に変わるため、私としても次のような形で自分を責めた。なるほど何年にもわたって学者の机の中には置かれていたものの、印刷も刊行もされなかったこれらの作品を、私の言葉として刊行することも、他人のためにさらにいくらかの労をとることもしなかった、という形で。これらの作品は翻訳者が原作を読んださいに考えたり感じたりしたことの暖かい刻印であり、これらを書きとめたのも教養ある読者のためではない。実際また翻訳者はこうした読者を楽しませたり、いっそう繊細に教育したりする義務をまったく持っていない。そうではなく自分のためと、この点で自分と同じように感じてくれるような少数の人間のために書きとめたのである。もう一つの巻のためにはたしかにまだ蓄えがあり、多くのより良い作品も意図的に手もとに残してあるが、それはまず批評家たちに飛躍してもらうためである。しかし蒐集者にとっては、種々の事情が契機となっても、これらの作品が今後も、あるいはずっとただ存在し続けるべきであるならば、こうした飛躍などどうでもよいことである。

この場を去ろう——ここではアルトリウスもカトゥルスも生きられるし
自分の地位を守り通し、黒を白に変えることもできる。[74]

＊1　私はこの同じ「民衆バラッド商人」の一人としてよりも
むしろ子猫あるいはミャオと鳴くほうがいい。
私はむしろ騒々しい蠟燭立てが回転したり
あるいは乾いた車輪が軸木の上で軋るのを聞いたほうがいい。
そして何一つとして「気どった詩」ほど
私の歯の先を鈍いものにしたりはしないだろう。
それは何でもごちゃ混ぜにする口うるさい女の不自然な門のようだ。

『ヘンリー四世』第一部における「熱い刺激」

シェイクスピア(75)

何と甘美に月の光は丘の上で眠っていることか！
ここに坐ってその甘美な響きを耳へと滑り込ませよう。
穏やかな静けさと夜が甘美な和音の鍵盤となる。
お座り、ジェシカ、天の通路が
豊かな黄金の断片によって
導かれている様子を見るがよい！
おまえがそこに見る環で
運行するときに天使のように歌わなかったり
若い智天使ケルビムの合唱に唱和しないものはない。
和音は永遠の響きのなかにある。
我々だけが死という泥まみれの衣服を粗雑に身にまとっているので
この和音を聞くことができないのだ――

*

音楽を自分自身の中に持たない人は
甘美な響きの和音によって心を動かされない。

その人は陰謀、略奪、裏切りへと生まれついている。
その人の精神の衝動は夜のようであり
その人の心は冥界のように黒い。
その人を信じてはいけない！

民謡集　第二部

混ぜ入れられた他の歌とともに(1)

ライプツィヒ　ヴァイガント書店

一七七九年

序言

この部分には「民謡に関する証言」の続きを置きたいと考えていた。しかし良い事柄は二人あるいは三人の口の中にあり、[2] しかも先入観を持つ者にとってはたとえ証言が百あっても十分ではないであろう。それゆえここでは紙と言葉を節約し、できれば自らこれらの多様な詩の説明や紹介に役立ちうるようなものを置きたい。

言うまでもなく、詩、そしてなかでも歌は、その始まりにおいてはまったく民衆的なもの、[3] すなわち簡素で、素朴で、大多数の人に関わる事柄から生まれ、豊かで誰にでも感じられる自然におけるように、それらの人たちの言語の中にあった。歌うことは大人数を、すなわち多くの者が声を合わせることを愛する。歌うことは聴く者の耳を、そしてさまざまな声と感情の合唱を要求する。歌うことが文字や音節の芸術、あるいは安楽椅子に坐る読者のための合成や色彩の絵画として生まれたことはまったくなかったし、あらゆる民族のもとで今あるようなものになることも決してなかったであろう。すべての世界と言語においてその実例を列挙せよというのであれば、とりわけ最古の薄暗いオリエントがこうした起源の痕跡を大量に伝えている。

同じことは最古のギリシアの詩人たちの名前や声が証言している。リヌスやオルフォイス、ファンタジアやヘルメス、ムサイオスやアンフィオン、[4] それに寓話の名前や情報あるいは真理は、当時の詩がどのようなものであり、それがどこから生まれ、どのようなものの中で生きていたかを証明している。詩はギリシア人の耳の中で、そして詩想溢れる詩人たちの唇や竪琴の上で生きていた。詩は歴史、出来事、秘密、奇蹟、しるしを歌った。詩は民族の独自性、言語、土地、仕事、先入観、情熱、誇り、音楽、魂、といったものの精華である。我々はアオイドイス(ἀοιδοις)つまりギリシアの遍歴する歌い手によって多くのものが案出されたと考えることができる。とすると、樽の底には真理が残っている。これも他の民族や時代においても同様に証明された真理である。ギリシアの文芸の最も高貴で生き生きとしたものは、こうした起源から成長したのだ。

ギリシア最大の詩人ホメロスは同時に最大の**民衆詩人**でもある。彼の壮麗な全体は英雄叙事詩ではなく、物語、童話、伝承、生きた民族史である。英雄詩を二つの作品でそれぞれ二十四の歌[5]にしたホメロス、またアリストテレスもが規範とした[6]ホメロスは、ビロードの椅子に腰をおろして、あるいは文芸の神ムーサの命じるまま規則を逸脱して書いたのではない。彼は自分が耳にしたものを歌い、自ら目にして生きたまま把握したものを描いた。つまり彼の吟唱叙事詩は書店や我々の紙の屑にではなく、生きた歌い手や聴き手の心のなかにあった。そして後の時代になって集められ、最後にはもっぱら注釈や先入観を積み重ねられて我々のところにやってきた。ホメロスの詩句は青い空のようにとても広大で、その下に住むすべてのものに多様な形で伝えられるが、それは学校で教えられるようなものでも、あるいは技巧的な六歩格の韻律によって伝えられるものでもない。彼の詩句はギリシア人の韻律、それも彼らの純粋で精緻な耳や鳴り響く言語の中で使われる準備をし、いわば可塑的な粘土のように神々や英雄の形姿を待ち受けていた韻律なのだ。この韻律は限りなく、倦むことなく、いくつもの穏やかな格や独自の形容詞や終止形において、この民族の耳が好むに応じて流れ下っていった。すべての著名な翻訳者と英雄詩人の表徴であるこれらのものこそ、この民族の調和の魂であり、またどの最終行においても我々に目をつぶらせ、我々を眠らせる穏やかな安らぎの接吻であるとともに、またどの新しい行においてもしっかりと目を覚まさせ、長い道のりを倦ませないための接吻なのだ。高所からのあらゆる「見よ！」という言葉も、技巧的なあらゆる組み合わせ韻や言葉の錯綜もこの純朴な歌い手には無縁である。この歌い手を人はいつも聴くことができ、したがっていつも理解できる。澄んだ明るい音は耳に流れ込むようであり、形象は眼前に現れる。耳と眼の絡み合った舞踊は、この歌い手の詩神の歩みであり、しかもこの詩神は、どんなに身分の卑しい者にも、いわばどの子どもに対してでも役立ちうるという点においても詩神なのである。

秘密の、そして最も好ましい喜びという事柄について広場で好んで議論されることはない。しかし私の思うに、ホメロスという愛すべき歩行者(7)を疾走する車に乗る者と考えたり、また彼の語りの穏やかな流れをいわば英雄詩の製粉機を絶えずがたがた鳴らす者と考えたりする人にホメロスは姿を現さなかった。彼の歩みは穏やかで、彼の精神の到来は、こっそり乞食に身をやつしたオデュッセウスの帰郷のようである。ホメロスの腹心の友となれるのは、こうした謙譲な姿に欺かれもせず、無視したりもしない者だけである。*1

さて、ヘシオドス(8)やオルフォイスについてもその特性からして同じことが言える。もちろん私は後者の名で流布している諸作品を古代のオルフォイスの原著と考えているわけではない。それらは明らかに古代の歌や伝承が後代になっておそらく六回、七回、さらに言えば百回も新たに複製されたもの(9)である。しかしこれらの作品は複製ではあるが、それらの中に古代の歌や伝承が今なおかすかに透けて見えることも、もし私の読み違いでなければ、きわめて明白である。本物という点ではオルフォイスにはるかに勝っているヘシオドスにも彼らしくない詩句がいくつも見られる。しかしそれでも、その至るところにこの古代の尊敬すべき民衆歌人がムーサたちの山で純朴な羊飼い(10)として家畜の番をしていたときに詩神たちから甘美な歌や教訓の才能を贈り物として受け継いだ様子を聴きとることができる。おお、もし私に太古のこれらの黄金の贈り物と名声から最も高貴な民衆歌としていくらかでも我々の言語に移し置くことができればよいのだが。しかもそれらのいくつかをなお原初のまま残せればよいのだが。ホメロス、ヘシオドス、オルフォイスよ。私は多数の幸福な者たちの島にいる汝らの影を目の前にし、汝らの歌の残響を耳にする。しかし私には汝らのもとから私の国と私の言語へと私を運んでくれる船がないのだ。帰路の海上での波が竪琴の響きを鈍いものにしてしまい、風が汝らの歌を、それも永遠の舞踊や祝祭のもと、常緑の葉に包まれて決して響きやむことのないであろう歌を吹き返してしまうのだ。――――

さらに同じことはギリシア人のコロスと呼ばれる合唱隊についても言える。実際に彼らの高度で唯一無二の演劇はここから生まれ、特にアイスキュロスやソフォクレスにおいて、下から焼き尽くされる薪や生贄の神聖な炎のように燃え上がる。本当に合唱隊はギリシアの民衆歌の理想なのだ。しかし誰がこれにふさわしい模作を行うのか。誰が合唱隊の響きの高みから何かをさっとつかみ、我々の言語に同化できるのか。ピンダロス[11]の歌についても同じことが言える。ただ彼の歌については私の知るかぎり、ほんの少しも似ているところが我々の言語の中にも、ましておそらく我々の耳にもない。タンタロス[12]のように我々は彼の歌の流れの中にいる。響き渡る流れは逃げ去り、黄金の果実は触れようとすると必ず遠ざかる――

このように歌というジャンルの最高のものに触れることが許されなかった私としては、ギリシア人についてはいくつかの**小さな歌、食卓の歌、簡単な歌**[*2]を提供することで満足しよう。私は岸辺をそっと歩き、波が盛り上がる大海は他の者に任せよう。

ローマ人の父祖の古代の歌は彼らの最盛期には饗宴の場で、あるいは祖国の徳や愛を強めるために歌われたが、今や失われてしまった。カトゥルスやルクレティウス[13]にはまだ多くの古代の歌があるが、盗み取る[14]ことはむずかしい。

キリスト教の父祖の古い歌はいわば永遠化された。これらの歌は本当に暗い時代に、暗い寺院や聖歌隊の中でラテン語で響き、ほとんどすべてのヨーロッパの国の言語の中で次第にやせ細っていったが、姿を変えながらもあちらこちらでまだ生きている。我々もこれらのいくつかについて我々の言語において注目に値する非常に古い翻訳をいくつか持っているが[*3]、本来はこの場にふさわしくないものであろう。

バルデ[15]と呼ばれる姿を消した吟唱詩人の詩について私はまったく語るつもりはないが、スカルドと呼ばれる宮廷詩人の詩については第二巻の始めで語るつもりなので、ここでは**ドイツの歌**[*4]と民謡について続けて語るだけにしたい。この場にふさわしい最古の作品[16]はおそらく『ルートヴィヒ王』であり、この作品の言葉の簡潔さと迅速さにおいて可能なかぎりここで紹介しよう。八八二年の歌としてすでにこの作品は注目に値し、その内的な特性に従えば、それ以上のものである。オットフリートからのいくつかの断片[17]、とりわけ序文の『ルートヴィヒ迅速王』からの詩節は前者つまり『ルートヴィヒ王』にいくらか遠くから加勢するものであろう。『アンノの歌[18]』はこれを一段高く超えて、我々のオーピッツ[*5]の頂点において余韻を響かせている。ちなみにこの歌は民謡ではなく、賛歌に属する。

何百年もの歳月がドイツにとっては暗く濁って流れていった。ただ、あちらこちらでこの民族の声、歌、諺、韻が救われてきたが、ほとんどの場合は泥だらけで、いくつもの大波がすぐさま再びそれらを引きずりおろしてしまう。私はここでの目的に合わないラテン語の詩句と中世の韻文形式の年代記を除外するし、イギリス人、スペイン人あるいは北方諸国民の**最良の**作品と同列に置かれうるようなものもほとんど目にとまらなかった。エックハルトは古代ドイツの物語の小さな断片(19)を救ったが、残念ながらそれは実際に見られるように言語を通じてのみ注目に値する小断片にすぎない。[*6]マイボム(20)の著作集[*7]第三部の中には、戦いに敗れた後に自らを司教の犠牲(21)に供せざるをえなかったザクセンの王子の歌が見出される。しかし悲しいことに次の一連しかない。

さて私は司教たちの中で
私の最良の日々の中で手を差し伸べ
かくも惨めに死なねばならないとしたら
私はそのことを切に嘆かざるをえない。

争いが良い結末を迎えるように
幸いにも仕組まれていたとしても
私はこの償いを行うことも
神聖な壁を血でぬらすことも許されないだろう。

ドイツの少なからぬ年代記には古代のドイツの輪舞歌や民謡が見出され、それらのいくつかは非常に良い箇所や詩節を持っている。私の心に思い浮かぶものをここに示してみたい。というのも、私にとって役に立たないものでも他の者には役立ちうるからである。それらは特に、いつか（天よ、すぐにも与えたまえ）**ドイツの歌と文芸の歴史**を書こうとする者にとって興味深いものであろう。**王子誘拐**[*8]とテューリンゲンにおける公爵**ヴィルヘルム**に関して第一部において提示された二つの輪舞歌[22]に加えて**シュパンゲンベルク**[23]の年代記には**打ち倒された皇帝アドルフ**を侮辱する歌と**マグデブルクの包囲**に関するかなり長い歌[24]の二作品が収められている。後者はシュパンゲンベルクが当時のドイツ語に移し置いたもので、それらのいくつかはとても良い詩節で、この種の大多数の歌のように事象自体の状況を正確に描いている。上記の二つの作品のうち前者は**グラファイ**[25]の『ザクセンの歴史』に、そして後者は**ポマリウス**[26]の『年代記』（四八二頁）にも収められている。シュパンゲンベルクの『ヘンネベルク年代記』の続編の第三部[*9]には**ヘンネベルクのヴィルヘルム**とともに**ハウンのラインハルト**の私闘に捧げる歌が収められている。ファルケンシュタイン[27]の『エアフルトの歴史』[*10]には今日なおエアフルトで聖ヨハネの祝日の晩に子どもたちが原型をとどめない形で歌う歌の起源が示されている。すなわちそれは一二八九年のディーンストベルク城の崩壊であり、その歌は「庭のない樫の木」という詩句で始まる。さらに『エアフルトの歴史』[*11]には十四世紀における熱狂的な鞭打苦行者の宗派によって歌い始められる歌の断片が見られる。これらの断片は**ポマリウス**やリンブルクの年代記[28]にも見られるが、後者からの抜粋を第三巻の前に置きたいと思う。農民と彼らが一五二五年に起こし、失敗に終わった反乱を嘲笑する歌は**ファルケンシュタイン**と**プフェッファーコルン**[*12][29]に収められている。一四五〇年のヘンパッハでの戦いと、ニュルンベルクと辺境伯のあいだでの戦いの描写は**ラインハルト**[30]の論集[*13]に見られる。一四三九年の都市ヘットシュテットの占領に際して作られた歌は**シェットゲン**[31]と**クライズィヒ**[32]の『古文書拾遺』[*14]に、また一四二九年のアーヘンの争いに関する歌は**メンケ**[33]の『文書』[*15]に、そして一四四八年のグルーベンハーゲンの包囲に際して作られた歌は**レッツナー**[34]によるアインベックの年代記[*16]に収められている。しかし私が何よりもまず提示すべき歌、すなわちクレマーダムの戦いに関する歌は、**ブーフホルツ**[35]の『ブランデンブルクの歴史』[*17]に収められている。この歌が低地ドイツ語でなければ私もここに取り入れていたであろう。[36]**レッシング**[*18]が近年において有名にし、いくつもの叢書に豊富に見られる『ナイチンゲール』[37]についても同様である。

同じく十六世紀の宗教騒擾においても、歌は特に書き物として領主や公の出来事に関わった範囲で論争の種となった。私の手もとにも一巻の印刷された歌があるが、その大部分は一五四二年と一五四五年のザクセンとブラウンシュヴァイクのあいだの出来事と一五四七年のザクセンと皇帝のあいだの出来事に関するものである。[*19]ブレーメンの戦いなどについての歌もあるが、それらの中には謝肉祭の歌や賛美歌も見られる。この巻の所有者は自分の住む地域でこれらの出来事について出版されたものを集めただけのように見える。というのも、そのほとんどがライプツィヒとエアフルトで印刷されており、それだけでもう十分すぎるくらいだからである。他の地域も同様の出来事について種々の歌を持っているのだろう。読者はこれらの出来事について最近二年間に刊行された民謡集から、ドイツがこうした出来事に事欠いていたかどうかを推量するがよい。たとえこれらの歌が質はともかく、ほとんどの人が純真なものと称するものであるにせよ。——これらすべての歌にはそれぞれの**旋律**が挙げられており、しかもこれらの旋律は非常に有名な民謡の標題でもある。実際ほとんどの場合、新しい歌は先行する歌の音調、すなわちその旋律を完全に有している。宗教歌と世俗歌のあいだにおいてもこうしたことは非常によく見られる。[38]それゆえ宗教歌の上にしばしば非常に世俗的な旋律、たとえば「恋する王女と若い騎士」などがあっても不思議に思わない。これが粗野な替歌に移行することも稀ではなく、それらは我々の心情を害する。しかし昔は心情を害することはなかった。というのも、それが普通のやり方だったからである。たとえば前述の民謡集にある新しい歌、すなわち「狩人が狩をしたいと思った」という有名な歌では狩人が忠実に解釈されている。[39]その場合の狩人は、ガブリエルとマリアに基づくと宗教的ではあるものの、それほど清純ではない。古い教会歌の表現法や進行の多くはこうした旋律に起源を有し、教会歌の歴史はそもそもこれらの知識なしには伝承しえない。

たいていの場合、このような民衆歌にあっては宗教的なものと世俗的なものが合流しており、古い歌本においてもそうした実例が多く見られる。傑出した宗教歌を作ったルターはまた「ソフィストたちによってライオンのもとへ追いやられたブリュッセルのキリストの二人の受難者の新しい歌[40]」を作り、それは何度も個別に印刷され、いくつもの古い歌集に付け加えられた。私としては、この歌が本『民謡集』にとってそれほど異質なものでなかったならば、他の箇所ですでに何節か引用されたように[41]、それを載せていたであろう。「今や我々は死を追い出す」という歌[*20]に対するルターの替歌は有名であり、いくつもの古い歌本に収められている。しかし彼の「宮廷の歌」という歌は彼の著作のアルテンブルク版にしか見られず、それほど長くもないので、本『民謡集』に載せることにした[42]。ルターの協力者や後継者たちは彼に従ったが、それはもっぱら自分たちの力によるものである。テ・デウムやイソップ寓話、それにさまざまな歌に対するエラスムス・アルベルス[43]の替歌は有名である。聖書のいくつもの物語や作品は世俗的な伝承の旋律[*21]に従って韻文に変えられ、**職匠歌人の技術**はこのやり方を忠実に保持したが、最後にはきわめて不忠実に堕落させてしまった。

この技術やその高貴な起源、いわゆる**ミンネ歌人**[44]についてここで語りたくはない。彼らは誰もが思っているように民衆歌人でもあったし、またそうでもなかった。民衆歌人に必要とされるのは、彼が庶民の出身でなければならないとか庶民のために歌うということでもなければ、ましてや最も高貴な文芸が民衆の口の中で響くことが高貴な文芸の名誉を傷つけるということでもない。民衆というのは路地にいる庶民、それも決して自ら歌ったり詩作したりせず、叫び歪める庶民のことである。シュヴァーベン時代[45]に詩が大きな広がりを持っていたことは否定しえないであろう。詩は皇帝から市民まで、手工業者から王侯まで広がっていた。人々は所与の旋律に従って歌い、良い歌は元歌を真似て歌われた。ミンネは、他の箇所で示されるであろう[46]が、前述の人々の歌の唯一の内容でもなく、こうした歌の届けられる範囲は大学の学部でも狭い僧房でもなかった。本『民謡集』に取り入れたいと思っている年代記[47]の断片も、これらの歌が当時どれほど流布し生きていたか、それもおそらくこれらの歌の広がりと当代の詩人たちを比較しがちな過去の歌の**朗読会**(48)以上に流布し生きていたかを明らかにしてくれる。もちろん、どこでもいつでも上手くいくことは稀である。**一つの**優れた旋律に明らかに十や五十ものみすぼらしい旋律が続いたが、それらは言うまでもなく真似て歌われることはなく、歌い手自身の口の中で死に絶えた。そしてついにこの高貴な芸術全体は非常に見るも哀れな手仕事やがらくたとなったため、この芸術の遠い最初の時代の何かを察知したり予感するためには大いなる欲求と愛情が必要なのである。——

いずれにせよ前述の二つ、すなわち**ミンネ歌人**と**職匠歌人**は私の構想には入ってこない(49)。それは彼らの言語と旋律が我々にとって抒情的なものをほとんど持たないという単純な理由からである。私は部分的に提供できたとはいえ、貴重で一部は印刷されなかった歌においては、それらが我々に聞き取れて理解できるものとなるために、まず詩節の構造に、続いて旋律と実際の詩句に手を加えざるをえなかったであろう。しかしそれは私の構想を歪めることを意味するであろうから、これらの作品については別の機会を待つことにしたい。

ヨーハン・ヘーフェル(50)にはいわゆる**歴史的な歌本**があるが、その三つの巻には聖書に関わる人々、関わらない人々、歴史上の聖人や出来事にまつわる歌が集められている。しかしどの歌も讃美歌の調子を持ち、それに著者の数も少ないためにきわめて単調なので、私はそのどれ一つとして使うことができなかった。とはいえ、その生涯は歴史から十分に知られているものの、功績はほとんど報われなかったこの名誉ある人物を追想するためにも、ここでは少なくとも一つの歌[*22]を挙げておきたい。

物語的な歌と愛の歌は各地に数多くあるが、特にニュルンベルク(51)で多く印刷されている。[*23]これらの歌には優雅な箇所や機知に富んだ言い回しもまったくないわけではないが、創られた詩は少なく、繰り返しが多い。我々はこの古びた素材から黄金を焼き出さねばならないのだが、ほんのわずかしか取り出せないであろう。「恋する王女と若い騎士」という有名な歌と「忠実な番人」の歌は、詩句の様式こそ異なっているが、すでにマネッセ(52)の収集本に見出される。「イスラム教国の君主の娘」「愛の争い」「三本のバラ」「七つの願い」や他の歌はおそらく部分的に、あるいはいくつかの詩句の形で提供されえようし、二、三の歌もそれらが少なくとも他の歌の模範であったり、当時の有名な旋律であったかぎりにおいて公表されえよう。しかし何人かの賢者[53]にとってはそもそも我々の民謡に抗していくらか不埒で新奇な旋律に乗せて朗唱することが気に入ったからといって、**私としては**、彼らの小ざかしい鉄面皮に対して無垢な若葉の新芽をそのまま大量に差し出すような人間でありたくはなかった。むしろ私はフランスの小唄[54]を提示して、それらの小唄が自らを飾れるようにした。——

そして私は特にほとんど忘れられたドイツの詩人たちと彼らの個々の優れた詩の側に立った。ドイツ人にとっての三つの洗練された隣国であるイギリス、フランス、イタリアと比べるとドイツはまた次の点、すなわち自国の古い時代の最良の頭脳の持ち主たちを忘れたり、自国からの贈り物を嘲笑したという点において際立っている。一方でそれら三つの国はどれも自らの過去の時代に基づいて自らを見事に着飾り、自分たちの詩人の作品集や詞華集を時代順に持っている。これに対して我々はもっぱら今の**自分自身と**、つまり自国の書籍市から書籍市へと生きているだけであり、とても声の大きな批評家たちはドイツは言うに及ばず、他のあらゆる国の文学をまったく知らないことまで露呈し、これを見た人々は驚き、立ちすくむばかりである。**ツァハリア**[55]は選集を作り始めたものの間もなく止めてしまったため、ほとんどの優れたものは埋もれたままとなり、誰もそれらを探したり見つけようとは夢にも思わない。そこで私はむしろいくつかのものを犠牲にして、ドイツ人の古い詩人たちからそれぞれたいてい一つの作品を取り入れて注意を引くようにした。しかしこれはまだ目的地にまでは到達しておらず、特に二つあるいは三つの作品、それもほとんど名前から判別できないような作品のための場所が足りなかった。——だが時間がこれを成し遂げるだろう。

ボードマー[56]が近年この種の詩や歌の収集にとりかかっていれば、あるいは**レッシング**[57]がより良い仕事によってドイツ文学に関する彼の傑出した知識をこの分野でも追求してくれればと私はどれほど望んだことか。**エッシェンブルク**、**アントン**[58]、**ザイボルト**[59]などの諸賢が文芸誌『ドイツ博物館』に提供した諸論考は貴重なものである。

この雑誌がより多くの人によってこの分野で役立てられれば素晴らしいことだ。——

ここで私に野卑な歌、とりわけ酒宴の歌と色事の歌の豊かな源泉だけでも紹介することを許していただきたい。それは**フィッシャルト**[60]による翻訳である。彼がドイツ語に訳したラブレー、なかでも酒飲みたちの連禱[61]や他のほとんどすべてにおいて、こうした数多くの楽しい歌が、少なくとも冒頭部ごとに詩句に従って紹介されている。そのため多くの**楽しい歌と民謡の小さくて繊細な年鑑**[62]は、最も普遍的で無限の叢書[63]と争うために、このラブレーという唯一の源泉から一つの流れを得ることができるであろう。とはいえ、この叢書には私にとって役立つものは何一つなかったが、多くの歌が喜ばしさを示していることは否定しえない。というのも、この喜ばしさに向かって多くのより新しい歌がこの分野において質素ながらも、模倣しながら技巧を凝らして仕上げられる作品として現れるかもしれないからである。これと同じことは『ジッテヴァルトの幻影』[*24][64]におけるいくつかの酒宴の歌についても言える。これらの歌には酒神バッカスの祝宴における歓喜の叫びも無いことはないが、本『民謡集』にはそぐわなかった。

読者諸氏には、この点全体において私がもうこれ以上に提供し、また述べる必要もなかったということを許していただけるだろうか。表題も手段も私に次のこと、すなわち（文芸誌の執筆者諸賢が表現したように）**ドイツの独自の歌**を**これ以外の**形姿で、そして**これ以外の**量で提供することを義務づけてはいない。執筆者各人が好きなように提供すればよいことである。私が提供したのは一定の量であるが、私にはもっと多量のものが役に立っている。どれくらいの量の、あるいはどれくらいの多様な意図を自らの計画の中に持ち込むかということが、それぞれの著者や蒐集者にとって計画のままにとどまるべきだというのは笑止なことである。重要なのは、各自がどのように選ぶか（他の人がより良く選ぶがよい！）ではなく、どのように、そして何を選び、また実行したかということなのだ。

そもそも歴史において現在と過去を知る者すべてにとって抒情文芸、あるいは諸賢の言うように、ドイツの独自の歌が我々の民族の精髄でもなければ、詩という花冠の第一の花でもないことは何よりも明らかである。なるほど純真さと誠実な教育の才は昔から生活のみならず書くことや文芸においても我々の特性であり、このことは我々がドイツの歴史、年代記、箴言、韻律、物語、格言などを知る基盤となるすべての世紀において現れているが、これまでの歌や我々が今なお提供することができるような歌については稀である。その原因が内部にあるにせよ外部にあるにせよ（通常は両方にあるのだが）、以前からドイツの竪琴は音が鈍り、民衆の声も低調で、ほとんど活気がなかった。**教訓詩と格言詩**の作品集はとても豊富にあるし、そしてまたそれほどでもない詩人たちにおいてもこの種の作品集のためにはそれなりの箇所が見出されるであろう。しかし本来の歌は鳴りやんでいるか、あるいは我々が糞尿や雑草を一緒に食卓に供しようとするのでもなければ、ドイツの**パーシー**[65]になることは惨めで哀れなことである。ただ残念ながら、本『民謡集』第一部が示したように、私にはこのような詩人たる気持ちも勇気もまったくなかった。――

本『民謡集』をざっと見ても明らかなように、そもそも私は**イギリスの**民謡から出発し、そこに戻ってくる。十年以上も前に『拾遺集』を手にしたとき、この作品が私をとても喜ばせ、私はそれらの翻訳を**試み**、我々の母語、それも詩句の終止形や抒情的表現の点で英語にとても似ている母語[66]に対して、同じようによく似た良い作品を提供できればと**望んだ**。ただ、私の意図はそれらの翻訳を刊行することではなかった（少なくとも私はそのために翻訳したのではない）。したがってまた私の意図は、それらの翻訳を通して我々の言語の古典主義的な神聖さや抒情的な荘厳さを濁らせることでも、あるいは或る批評家[67]が気のきいた表現をするように「あらゆる正しさの不足を自分の流儀として」示すことでもありえなかった。たとえ万一これらの作品が原著にあった状態のものであるべきだとしても、それらはもはや正確さ（この不適切な言葉が実際に実現されるべきだとしたら！）を持ちえなかった。正確さを追求すべきだとすれば、私は新たな別の作品を提供していたであろう。原作の中に、より多くの正確さがあった場合には私もまたより多くのことを表現しようと試みた。しかし正確さが原作の主音調を変え、そのため原作にそぐわなくなる場合には、正確さを犠牲にすることに何のためらいもなかった。それらの原作を思うとおりに、つまりもはや誰も原作を認識できないくらいにまで翻訳し、美化し、彫琢を加え、形を変え、理想化することは各人の意志に任されている。しかしながらそれは**その人の**やり方であって**私の**やり方ではない。読者には選択の自由がある。これと同じことは**シェイクスピアからの歌**[68]についても言える。これらの歌は十年以上も前に翻訳されていたが、私はより良い翻訳者の機先を制したり、競い合うべきであったにもかかわらず、そうはしなかった。これらの歌は私のために作られていた。ただ、民謡をめぐる惨めな金切り声が自分自身の影を追い回す状況[69]に私は不機嫌となり、それが何の他意もなく、民謡であるとかないとか自分が考えているものを私にそのまま尊大さもなく提示させるに至ったのである。

このこともまた私が本『民謡集』の第二部の音調を変え、あちらこちらでいくつかの作品を、それも、これは誰も私に実証してくれる必要はないが、明らかに民謡ではないし、決して民謡にもなりえないと思われる作品を提供した理由である。私が残念ながら第一部において目にしたのは、立派な野の花が白い紙という庭の花壇に置かれ[70]、礼儀正しい読者[71]によって、たとえその花がそうしないように懇願したとしても、もっぱら飾り花や皇帝の花として嫌というほど眺められ、折り取られ、ばらばらにされる運命にある場合、それは何とみすぼらしい姿を形作るかということである。かつて**歌**と**濫読**はただ**飾り立てる**ために必要なものとしてしか理解されていなかった。それゆえ私はこの第二部において心やさしい読者や批評家をできるだけ寛大に扱い、イギリスのバラッドからは僅かしか提供しなかったし、それにまたこれらにむしろ歴史上の諸作品を加えた。しかもそこではパーシーやマレー[72]などその価値に何の問題もないものを選んだ。私が提供しようと考えていたその他のもの、たとえばあのお粗末な**殺人や冒険の物語**[73]は、不幸なことに再び**私のやり方**ではあらゆる正確さが不足したまま翻訳しかねないので、正確さを期する読者のことを考えて提供しないこととした。

スペイン語の歌からも私は少ししか提供しなかった。というのも、純朴なスペインのロマンセの翻訳ほど困難なものはないからである。歴史を語る長い詩が流れを下ると、二行ごとにarで終わり、それによってスペイン語では壮麗かつ快適に大気中で響きやむのであるが、どうか誰かがこのようなものを我々の言語の中に移し置いてくれるよう切に望みたい。繰り返しておくが、ロマンセと歌についてはそれらから学ぶべきものがまだ多くあり、我々にとってそこではおそらくヘスペリア[74]のすべてが栄えている。私はイタリア語以外にイベリア[75]の言語ほど愛らしくて抒情的な花冠を編む近代語を知らない。しかもこの言語はイタリア語よりもさらに豊かに響く。我々の父祖たちはこの言語に心を配り、父なるオーピッツは「太陽がその灼熱の光線を……」というヒル・ポーロの素敵な交互歌唱を自ら翻訳している。[76]**クロネク**はスペイン語を愛し、そこから花を取り出し、それは彼のいくつもの非常に優れた詩の中で憂鬱なまでに甘美な香りを漂わせている。[77]**ケストナー**によって翻訳された次の小さな歌[78]は、ジル・ブラースが塔から歌われ響いてくるのを耳にしたものである。

ああ、楽しみに満ちた年月は
疾風のように流れ去る。
しかし苦悩に満ちた瞬間は
苦痛によって永遠のものとされる――

この周りには百合の何という香りが漂っていることか。このように花々や甘美な果実にあふれた小さな林苑は正しく認識されず、[79]遠い荒れ野で花咲いているのだ。――

イタリア語からは私は僅かの歌しか提供しなかった。イタリア人の短編小説は偉大な巨匠であるボッカチオ、プルチ、アリオスト、スカンディアーノ[80]によってすでに書かれ、その頂点で輝いている。ダンテはたしかに彼らの偉大な民衆詩人であるが、本来それほど抒情的ではない。

この第二部に他のどのような作品が隠れているかは本文全体が示してくれる。それらは「民謡」というきわめて謙遜な名称で現れる。それらはすなわち文芸それ自身である以上に文芸の素材のようなものである。ただほとんどの場合、私にはそれらがどこにあるか、あるいはどこから私のところにやって来たのかがもはや分からなかった。それらの著者もしくは祖国の名は挙げられていないが、これはそもそもこれらの控え目で貧相な詞華集の蒐集者――尊敬すべき神父氏の罪ではない[81]。私は本『民謡集』が、たとえそれがどれほど多様な場所や時代に由来するにせよ、その美点についての賞賛や感謝は一言も求めないし、同じくまた

――それが恐ろしい野生の熊から
蜂蜜の木から生まれるにせよ[82]

あるいは、生身のアポロンの鳩や白鳥[83]からのものであるにせよ、どのような非難も批判もお断りする。私の唯一の願いは、私が提供したいと思ったものについて読者がよく考えてくれて、せめてなぜほかでもなくこの作品が提供されたかということについて耳を傾けてくれることである。思うに、素材を完成された作品と見なしたり、割れた金属をそれが偉大な母の胎内から生まれたかのように刻印された高価な貨幣と見なしたり、あるいは貧相な野の花や森の花をソロモン王もしくは、いくらか私以上のものである抒情的な批評家が自分自身を飾る王冠と見なしたいと考えることは叡智でもなければ芸術でもない。

最後に、私が何をもって歌の本質と考えているかを是非とも述べておきたい。それは絵画のようにいくつかの感じのよい色彩を合わせたものでもない。また私は輝きや洗練が歌の唯一で主要な完全性であるとも思わない。完全性とは、貴婦人の美しい化粧机のように華麗な作品であるソネットやマドリガル[84]など私が制限や例外なく歌と呼びたい一つの分野のものであって、種々の歌の第一にして唯一の分野のものではない。歌の本質は歌うこと

であって、描くことではない。歌の完全性は情念あるいは感情の**抑揚による動き**、それも**旋律**という古くからの的確な表現によって示される動きの中にある。もし歌にこの完全性が欠けているならば、その歌は音調も、詩的な転調[85]も、さらには転調の落ち着いた歩みや進展も持たないことになる。また歌が形姿や種々の形象、さらには種々の色彩の組み合わせや感じの良さをどれほど持っているにせよ、それはもはや**歌**ではない。あるいは前述の転調が何か或るものによって破壊されたり、慣れない改良者が一方では絵画的な構成要素を、他方では形容語句の感じの良い色彩などを挿入して、その色彩のもとで我々がその瞬間に歌い手の音調から、あるいは歌の抑揚から一瞬でも飛び出し、美しいが固くて栄養のない色彩の粒を噛むならば、歌うことも、歌も、喜びも消え去ってしまう！　これに対して歌の中に**旋律**が、それも良い響きで十分に保持された**抒情的な**旋律があれば、たとえ内容自体が意味のないものであっても、歌は存続し、歌われるのだ。そしてこれまで粗悪な内容のものに代わって、より良い内容のものが採択され、さらに積み重ねられても、歌の**魂**、詩的な音の調子、旋律だけは残った。また良い旋律の歌にいくつかの明らかな欠点があっても、それらの欠点の姿は見えなくなり、劣悪な詩節も歌われない。それでも歌の精神はもっぱら魂の中に作用を及ぼし、感情を合唱に向けて喚起する。この精神は不滅であり、作用を及ぼし続ける。歌は**魂**の耳をもって**聴かれる**べきものであって、**見られる**べきものではない。しかもその耳は、個々の音節をもっぱら数えたり測ったり吟味するものではなく、響きを追い続け、その中で泳ぎ続ける耳である。泳ぎを妨げるどんなに小さな岩も、たとえそれがダイヤモンドの岩であれ、魂に逆らうものである。この魂と精神は、歌い手に代えて**自ら**を差し出すどんなに精緻な改良も、無数の歌い手と彼らの無数の歌を一緒くたに扱い変形させる改良も何一つ知らなかった。手工業のすべての親方や職人にとって改良がどれほど好ましいもので、また彼らが改良によってどれほど多くを**学ぶ**ことができるにせよ、歌い手や歌の子たちにとって改良は

——まったくの純然たる仕立屋の冗談であり

鋏の痕跡を持っているが
――響き渡る自然の
偉大で充溢した心の痕跡はもはやまったく持たない。

翻訳においても最も困難なことは、この音調つまり外国の言語の**歌の音調**を移し置くことであるが、それは我々の言語と外国の言語の岸辺で難破したいくつもの歌や抒情的な乗り物[86]が示しているとおりである。歌自体をそれが原語で歌われるように提示することが不可能な場合、その歌を、それが**我々の中で**響き渡るように忠実に把握し、しっかりと保持しながら提示する以外に方法はない。しかし二つの言語と歌い方のあいだの、また著者と翻訳者のあいだの揺れはいずれも耐えがたいものである。耳はただちに揺れを知覚し、物を言うことも黙ることもできずに、不自由な足を引きずって歩く翻訳者という使いの者を嫌悪する。[87]本『民謡集』の主要な関心はそれゆえまた個々の歌と歌の音調と旋律をとらえ、忠実に保持することでもあった。ただそれが全巻を通してうまくいったかどうかは別の問題である。とはいえこの「序言」は少なくとも多くの作品の**内容**を弁護してくれるかもしれない。というのも、本『民謡集』の目的は内容ではなく、その音調であり旋律であったのだから。それがうまくいったときには、音調は外国の言語から我々の言語へと純粋かつ適切に響き移っている。そうなれば、翻訳された歌において、たとえ原典の歌の言葉が残っていなくとも、すでに内容は提示される。しかしそのような場合でも常に勧められるのは、切り刻まれた古い歌よりも、新しくてより良い歌を提示することである。新しい歌にあっては、たとえ古い歌の旋律によってのみ魂が奪われるにせよ、内容に関して我々は完全な支配者なのだ。古い歌を改良しようとしても、我々はほとんど**何の旋律も持たない**まま、もっぱら縫い繕うだけである。このような理由から私は古い歌にほとんど、あるいはまったく手を加えなかった。――――他人の意見は否定しないが、以上が歌の本質についての私の考えである。そしてどの若者にも、かつて**躍動**[88]についてなされたように、歌の**旋律**についても口角泡を飛ばして議論する自由は与えられている。私はここで反駁も理論化もするつもりはなく、本『民謡集』の利用と内容の理解に役立つことを詳説し、準備したいのだ。

＊1　たとえここが適切な場ではないにせよ、我々の言語ではほとんど正しく認められていない贈り物、すなわちホメロスの後歌[89]を賞賛してもよいだろうか。もっともこれはホメロスの友人や歌手仲間によるものではなく、彼のために長い間ずっと竪琴を抱えていた誠実な従者によるものなのだが。それはボードマーによるホメロスの翻訳[90]である。もちろんこれは従来のどの翻訳にも見られないくらい原典の歌との比較に苦しめられている。しかしそれでも原典の歌を忘れてこの翻訳を目で読むのではなく耳で聴くならば、そしてまた時として誰の耳にも明らかな誤り、すなわち「ホメロスは断じてそのようには歌わなかった」と耳に語りかけるあれこれの誤りを人間として赦すならばどうだろうか。――このことを差し引いても、人間によるどんな仕事にも見られるように、そしてもちろんホメロスの翻訳についても何かを差し引かねばならないとしても、私にはこの翻訳のどの頁にも自らの老父と何年も同じ屋根の下に暮らし、誠実に仕えた人間が認められると思われる。我々みなにとってと同じくオデュッセイアは特にこの人間にとっていっそう親しいものであり、多くの歌のどれをとっても優しく親密なものなのだ。――もっともこれは私の考えであるだけでなく、何年も取り組んだこの作品への些細な感謝のようなものでもあり、その楽しい仕事はあらゆる感謝を超えて報いてくれるものである。もちろん異なる意見も、将来の優れた翻訳もこのことを妨げるものではない。

＊2　第一部、二六六頁以下[91]。

＊3　エックハルト[92]の『東フランク王国の歴史への注釈』第二部、九四八頁、シルター[93]『古代ドイツ語辞典』第一部を見よ。ランベック[94]の教示によれば多くはウィーンの図書館にある。

＊4　シルター、第二部。

＊5　事実関係を明確にするために私は我々の学識ある批評家たちのために次のこと、すなわちオーピッツはこれを作ったのではなく、発見し、初めて刊行したということを指摘しておく[95]。これはオーピッツの版のほかにシルターの第一部とボードマーの残念ながら完成に至らなかったオーピッツ作品集に見られる。

＊6　エックハルト『東フランク王国の歴史への注釈』第二部、八六四頁。

＊7　マイボム『ゲルマンの歴史』。

＊8 トリラー『ザクセンの王子誘拐』二三二、二三五頁。

＊9 ハイム『ヘンネベルク年代記』第三部、二七七―二七九頁。

＊10 一八五頁。

＊11 二二八頁。

＊12 五八七頁。プフェッファーコルン『テューリンゲンの名物』四五八頁。同様にゼンケンベルク[96]の『法および歴史選』第五部にはホーエンクレーン城征服の歌が掲載されている。シャーメル[97]の『ナウムブルク市郊外のザンクト・ゲオルゲン修道院の記述』二六頁における騎士ゲオルクの歌や、アルビヌス[98]の『マイセンの山岳年代記』四七頁等における鉱夫の素朴な歌も参照。

＊13 ローゼンプリュート[99]によるもの。ラインハルトの『フランケン地方史論考』第一部および第二部を参照。

＊14 シェットゲンおよびクライズィヒの『古文書補遺』第五部、一一四―一一六頁。

＊15 第一部、一二一〇頁。

＊16 九二頁、b。

＊17 第二部、三八三頁。

＊18 『ヴォルフェンビュッテル図書館からの論考』第一部。

＊19 たとえばヴォルフェンビュッテル在住のシャルハンゼンによる三つの美しい新しい歌。ブラウンシュヴァイク在住の公爵ハインリヒの敗北の歌。一五四六年の戦士のための軍歌。ザクセン在住の公爵モーリッツの新しい歌。モーリッツ公爵の真の歴史。ヴィッテンベルク市を引き受けるようにとの領主たちへの警告。ライプツィヒ市の包囲からの皇帝の侵略。将軍モーリッツがなぜ皇帝を戦争によって圧倒しなかったかということの公爵自身による弁明。

＊20 パウリーニ[100]『哲学的休息時間』七一七頁。ヒルシャー[101]『主の喜びによって』一六九〇年。同『謝肉祭および復活祭の時期に引き裂かれた迷信のために[102]』ドレスデン、一七〇八年。私はボヘミアの学者たちの諸論考においてこの歌の開始部分を、この歌についての論考とともにボヘミア語で読んだように思う。

＊21 ラザロと金持ちの物語[103]。ほとんどの福音書等。

＊22 フロインツベルクの領主がパヴィア近郊での戦いの後で自ら作った歌で、その後アーダム・ライスナー[104]が自分を称賛するために替歌にした。内容は、私は努力も苦労も決して惜しまなかったというもので、この歌は彼の物語[105]の後ろにも掲載されている。この歌はルターに「宮廷の歌」を作る機会を与えたように見える。ちなみにルターの歌はこれよ

り約二年後のもので、これと同じ旋律を持っている。

＊23 ランベックがウィーンで刊行した『皇帝叢書』(106)では四二一番から四四〇番まで多くのドイツの騎士および恋愛の詩が挙げられているが、それらはマクシミリアン一世の直接閲覧用図書に属し、彼がとても愛したものであった。しかし歌の内容は何一つ伝えられていない。より詳細な情報を得るに値しないとでも言うのだろうか。

＊24 第二部、一五三、一五七頁。この貴重な歌、すなわち

君が愛について何一つ聞きたくないのならば
君はそれを自由な不自由と呼ぶがよい――
ああ、君はまだ苦しみを知らない。

年老いているがまだ処女であること、などを。

という歌(107)は私には高貴なコリンドンの名のもとにずっと周知のものであったが、『抒情的詞華集』の中に「ハイラスは妻を求めるが、しかしハイラスは妻を持とうとしない」などという歌を見つけるまで私は一瞬たりともこの歌を記す気にはならなかった。実際この歌は本当に古典主義的なまでに美しいに違いない。

第二部　第一巻

1　漁師の歌

ドイツ語

ゲーテによるもの。この歌は旋律とともにゼッケンドルフ男爵[1]の『民謡および他の歌』第一部に掲載されている。

水はざわめき、水はふくらむ。
一人の漁師が水辺に腰をおろし
のんびりと心静かに
釣り針の方を見ていた。
そのまま水音に耳を傾けていると
満々たる水が上に向かって割れ
激しく動く水からざわざわと
一人の水に濡れた女性が現れた。

女性は歌いながら漁師に話しかけた。
「あなたはなぜ私の子どもたちを

人間の知恵と人間の術策でもって
死の灼熱へと釣り上げるのですか。
ああ、もしあなたが小さな魚たちにとって
水底がどれほど心地よいかをご存知で
そのまま水底に降りてきてくだされば
あなたは初めて健康になるでしょう。

愛する太陽は、そして月は
水中で元気にならないでしょうか。
太陽と月も波の中で息づきながら
二倍にも美しくこちらに顔を向けないでしょうか。
深みのある空は、水で浄められたその青色は
あなたの気持ちを動かさないでしょうか。
水に映るあなた自身の顔つきも
あなたを永遠の露の中へと誘わないでしょうか。」

水はざわめき、水はふくらむ。
水は漁師の素足をからめとる。
最も愛する女性に挨拶するときのように
彼の心は憧れで満ちあふれた。

女性は彼に話しかけた――彼に歌いかけた――
すると彼の身には次のようなことが起こった――
女性が漁師を引っぱると彼は沈んでいく。
そして彼の姿はもはや見られなかった。

英語

2　愛の谷

ダーフィー[2]の『バラッド集および歌集』第三巻、四九頁から。そこではこの歌は旋律とともに見出される。

おお、私にとって神聖で
かつて神性であった愛の谷よ！
おお、神聖な、神聖な木
我々の最初の誓いの場。
そこでは頬を赤く染めながら
はにかみながら
彼女の心が甘く溶けて
言葉と眼差しにおいて何という愛が流れ出たことか！

コリンナの甘い誓いは
ああ、そよ風のように儚いものだった！
彼女はもはやその木を
我々の最初の愛の場を知らない！
お世辞や戯れが
彼女を誘惑して私から引き離した。

ああ、行ってしまった！
浮気な女の子はここからいなくなった。

その子の小さな花は谷にあって
いつもいつも嘆き悲しんでいる！
木の中のナイチンゲールよ。
私の人生の夢を悼んでくれ——
クークーと啼いてくれ
貞節なコキジバトたちよ。
私の嘆きの中の溜め息よ。
私の不実な女の子がここでかくも甘く私を悲しませたのだ。

3　曙光の歌　　フランス語

アンリ四世に帰せられるほど非常に有名な歌で、『可憐で滑稽な歴史恋愛詩集』(3)一七六七年、一〇九頁に掲載されている。

来たれ、曙の女神アウローラよ！
そしてヴェールをとって
私に汝の深紅の顔を見せてくれ。
汝の光と輝きは
ああ、それでも私に
私の深紅の女の子を描いてはくれない。

彼女の甘く
天上の口づけは
アンブロシア(4)で満ちている。
彼女に口づけする者は
ネクタル(5)の露と
神々の精神を享受する。

彼女の白鳥のような容姿は
葡萄の木のようにすらりとして
ひたすら上に向かって漂う。
遠くにある
朝空の星々のように
彼女の眼は私に輝きかける。

彼女の美しく
優しい響きに
ナイチンゲールは耳を傾け、そして黙する。
林苑と木々は
夢のように
鳴りやんだ滝のところに立っている。

花々は芽吹き
彼女の優しい歩みが揺れ動くところに
ずっと注がれる。
愛の童神キューピッドは
彼女が語り愛し生きるところで
鎖を巻きつける。

すべての悩みは
日々彼女の眼差しを見るために
喜びとなる。
さまざまな美徳と優美さは
彼女のまわりで戯れ
彼女の中で抱きあう。

一つのロマンセ
フランス語

4　伯爵夫人リンダ

この美しいロマンセはモンクリフ(6)によるもので、ドイツ語でも非常に愛されている「マリアンネの妹」のような作品。『可憐で滑稽な歴史恋愛詩集』二七頁。

汝ら心優しき者たちよ、私の声と息が途切れないならば
私の悲しみの歌に耳を傾けるがよい——
高貴な伯爵夫人リンダの心を襲った
あらゆる苦悩、悲嘆、苦痛に満ちた歌に。

美と魅力と美徳が彼女に幸福を与えていたならば
彼女は生の何という幸福を享受すべきだったろうか！
かの高貴なオロスマン伯爵の妹である彼女は
ああ！　邪悪このうえない夫の妻でもあった。

その夫の伯爵が自国では威厳において
誰にもまして低劣であったということではない。
しかし美徳と分別の点では誰よりも低劣であった。
ああ！　美徳と分別はリンダの手にあったのだ。

それゆえ伯爵はすぐに夫人を塔の城に幽閉した。
そこで彼女は生涯ずっと夫に囚われた状態となった。
彼女には騎士も淑女も紳士も、さらには
小姓も世話されず、すべてが欠けていた。

夫人の侍女のことを考えてみるがよい。
この侍女は彼女の主君その人であった。
彼は料理人とパン焼き職人として昼も夜も彼女のまわりにいて
自ら寝床を整え、その飼い鳥に餌を与えた。

嫉妬が真の愛にとって苦痛ならば彼女には何と悲しいことだろうか——
それでも我々はまだ彼女に同情を捧げねばならない。
だが愛のない嫉妬、それも臆病な冷たさから生まれた嫉妬は
おお、三倍も呪われるべきものなのだ！

これほどまでの美人が自分に貞節では決してありえないと
この愚かな主君は考え、そのために彼女を苦しめ
昼も夜も悪魔の眼差しで監視することはもちろん
眠ることも、まどろむことも恐れるありさまであった。

事実かつて夢の中で不実な妻を目にした彼は
夢から覚めると、おお神よ、どれほど彼女を殴ったことか！
彼女は日頃の生活においても何一つ持っていなかった。
たとえば彼女の好きな小犬も、小鳩も。

荒れた生活においては小犬も小鳩も
彼には恋仇、そう、恋仇となった。
これらを妻から奪い去った彼は言う。「奥方よ、そこの動物の
何に接吻しておられるのかな、その恋人氏は何というお名前かな。」

彼女は断腸の思いだった。或るとき一人静かに森を歩いていると
熊と狼と野生の豚がやって来た。
それらは素直におとなしく家畜小屋までついてきた。
見よ、それが今や彼女の仲間の家なのだ。

彼女はそれらに手ずから優しく餌を与え
それらも同情をもってそれぞれ彼女の声を聞き分け
あたかもこう語るかのように彼女を愛した。
「ご主人さま、是非とも一度われわれ畜生に目を向けてください！」

すると何ということだ！　日ごとに熊が
人間になるにつれて伯爵は熊になり
ついには畜生たちの小屋までが彼を苦しめるに至って
彼は妻に畜生たちを見ることを禁じる。

そして見よ、王から一通の書状が届いた。

おお悲しいかな、それは伯爵を妻と料理番から離して王のもとへ呼び寄せるものであった。

「伯爵殿、宮廷へ、伯爵殿、すぐに戦争へ！

王を守り、王に名誉と勝利を与えよ。」


ああ、不幸の手紙よ！　おお、辛い苦痛に満ちた日よ！

妻から引き離された伯爵は、もはや彼女の歩哨でもない。

「さあ、この塔の中に入るのだ、私の可愛い人よ。

その中でおまえは敵や空腹から守られている。

この穴を通しておまえに食事が運ばれる。
さあ、愛する人よ――」伯爵はその夜、彼女のそばで眠る。
不幸な運命よ！　ああ、七年も子どもすら抱いていなかった
彼女が子を宿すようになるとは。

ああ、哀れな女性よ、帰ってきた夫が汝の女の子を見たら
本当にいったいこれからどうなるのだろうか——！
その可愛い女の子、それも悲嘆と苦痛の中で
今やかくも愛すべき優しい時を汝に作ってくれた女の子は。

伯爵は帰って、それも予定よりも早く帰ってきて
家に飛び込み、狂ったように部屋に駆け込む。
母は他の母親たちと同じように子を膝にのせ
抱きしめて泣き、可愛い子に接吻する。

伯爵は蒼白のまま立ち、凝視し震えている。
ああ、神よ、子と母に慈悲を！
伯爵は短剣を抜き、言葉も苦痛もなく
それを我が子の胸に突き刺す。

「礼儀も名誉も恥じらいも貞節もない女よ。
神に身を委ねるがよい！　おまえの人生は終わったのだ！」
そして伯爵は立ち、歯ぎしりし、虎の怒りでもって
短剣、それも子の血が滴る短剣を高くかざす。

夫人は何も聞かず何も見ず、苦痛のうちに
哀れな乳飲み子を胸にかき抱き、子がうめくのを目にし
子の消え去ろうとする小さな魂を
自分の口と子の口を重ねて自分に引き寄せようとする。

これを冷ややかに見つめるとはいったいどのような虎の心なのか。
伯爵はこれを見ながら妻の美しい胸に短剣を置く。
すると突然、塔の中で大きな音や叫び声がする。
これらの叫びや音はいたるところから嵐を呼び起こす。

城全体が今や騒然となる。
それは何とあの勇敢なオロスマンではないか！
彼は後になって自分の高貴で愛する妹が
どうなっているのかを聞き、知ったのだ。

主人殿は急に立ちすくみ、短剣を納めて妻に言う。
「立て！　大広間に行くのだ！
そして奥方よ、何も気づかれないように静かにして
金と絹で華麗に身を飾るのだ。

兄上が〈いったいどうしたのだ〉と尋ねたら
〈おお、兄上、大丈夫です〉と言うのだ。
兄上が〈おまえの騎士や従者はどこだ〉と尋ねたら
〈ちょうど今日は狼狩りに出ています〉と言うのだ。

〈おまえの女官たち、おまえの司祭はどこだ〉と尋ねたら
〈ちょうど今日、巡礼に出ました〉と言うのだ。
〈おまえの侍女はどこだ〉と聞かれたら、こう言うのだ。
〈川で私のために糸を漂白しています〉と。

兄上が〈おまえの夫はどこだ、どこで彼に会えるのだ〉と尋ねたら
〈夫はすぐに宮廷に出向かねばならなくなったのです〉と答えるのだ。
〈おまえの子は、おまえのたった一人の子はどこだ〉と尋ねたらこう言うのだ。
〈子をお与えになった神がすぐにご自身のもとに連れていきました〉――」

だがオロスマンはすぐに決然とドアをたたき
必然ともいうべく寝床の下に伯爵氏を見つける！
「妹はどこだ、私の妹をここに連れてこい！」
「ああ、兄さん、もう私をお見忘れですか――」

「どうしたのだ、妹よ！　このような姿を目にするとは。
震えながら立ち、こんなに蒼白になって！」
大声で彼女は言う。「兄さん、私はもう死ぬほど具合が悪いの。」
そして小声で「ああ、私はここで地獄の束縛を受けています。」

「どうしたのだ、妹よ、おまえの侍女はどこだ。
おまえの女官たちはどこだ。私のところに連れてきなさい。」
大声で彼女は言う。「今日は巡礼に出ています。」
そして小声で「兄さん、私の心の苦しみを察してください。」

「どうしたのだ、妹よ。おまえの騎士や小姓はどこだ。
ここではその誰にも会えないのか。」
大声で彼女は言う。「今日はみな狩に出ています。」
そして小声で「兄さん、どんなに私は苦しめられていることでしょう！」

「どうしたのだ、妹よ。おまえの夫はどこだ。
彼は姿を見せないし、私を出迎えもしない！」
大声で彼女は言う。「ちょうど王が彼を呼び寄せたのです。」
そして小声で――ああ、彼女は不安げに溜め息をつく。

「どうしたのだ、妹よ。私の察するに
おまえは苦しみの半分を私に隠している。
凶暴で野蛮な伯爵は夫たるに値しない。
おまえという宝の価値に気づかないのだから――」

兄は伯爵を見やり、寝床の下から引きずり出し
剣を抜いて高くかかげる――
妹は剣を持つ兄の腕の中に飛び込む。
「兄さん、やめてください！　彼は私の夫なのです。

私はひどく苦しんでいますが憎んではいません。
夫を許してください――彼はこれ以上に私を殺さないでしょう！」
「いや、妹よ、だめだ！　彼は万死に値する。
暴君よ！　死んで神の許しを乞うがよい！」

臆病で凶暴な伯爵は倒れたが
彼の血はリンダの流れる涙によってなお敬われた。
しかし誰もが恥辱と恐怖をもって彼の名を呼ぶ。
家での暴政が幸福な結末を迎えることはないのだ。

5　川辺の少女

出典は不明。ドズリー(7)の詩集によるものと思われる。以下の番号において原典が挙げられていない場合は、それは蒐集者にも分からなかったからである。

風がざわめき、さらさら音をたてる小川で
リラは花のもとに腰をおろし、泣き、言った。
「花よ、なぜ咲いているの。西風よ、なぜ吹くの。
小川よ、なぜさらさら音をたて私から立ち去るの。

私の愛する人、その人はここで私の心に花咲き
波のように爽やかで、そよ風よりも愛すべきものでした。
おお、そよ風よ、どこに向かって吹くの。
おお、愛の花よ、あなたは咲き終わらねばならないのね！」

胸の奥底から彼女は花束をもぎ取り
溜め息をつき、魂は泣きつくす。
おまえはなぜ波の中に泣くのだ。なぜ風の中に溜め息をつくのだ。
おお、少女よ、風も波も生も消え去るのだ。

流れは戻らず、西風は吹きやむ。
花は枯れ、青春は過ぎ去る。
少女よ、流れと西風に花を与えよ。
立ち去らない愛など愛ではないのだ。

6　ぶどう酒礼賛

ジーモン・ダッハによるもの。(8) ハインリヒ・アルベルトの歌集、続巻、第一部二五番。

ぶどう酒こそが我々を愉快にし
不機嫌を抑圧する飲み物であり
我々の精神を苦痛から
解き放ってくれ
楽しく振る舞わせてくれる。
この飲み物は我々に
心の奥底を開示してくれ
乞食を王侯にさえしてしまう。
我々はこの飲み物によって
大胆かつ新鮮になり
血を渇望せざるをえなくなるほどだ。

この飲み物の甘い液体は
ふだん口数の少ない者たちに
語る力を与えてくれる。

我々も貧しい者たちに
慈悲を示そうではないか。
我々を苦しめるものに怒ったり
それを誹謗するくらいに
勇敢であろうではないか。
芸術とすべての好意を
三倍の三人の姉妹[9]に
与えようではないか。

だから我々もいつ自分の心に
この飲み物が注がれるかが
すぐに分かるのだ。
それはちょうど
ペガサスの川[10]が
我々に向かって流れ寄せるようなものだ。
またこの飲み物は
自然について激しい論争を好む
詩人であろうとする。
ただこの詩人は
神の高尚な事柄を語っているだけなのだが。

おお、ぶどう酒よ。
私も今や自分の頭が
汝の贈り物によって熱くなってくる。
舌は歌い
魂は跳びはね
足は駆け出そうとする。
さあ！ このグラスによって
今や私はもっと近く
汝に照準を定めよう。
汝、ドイツの血よ
忠実で堅固で立派なものよ！
ひとつ私に踊りの曲を奏でてくれ！

7　踊りの歌

ドイツ語

イタリア語から。フレミングによるもの。(11) メルゼブルク版、一六八五年、五〇三頁。

さあ踊ろう、さあ飛び跳ねよう！
本当に官能の喜びに満ちた獣の群れは
シャルマイ(12)の響きに合わせて踊る。
緑の大地で踊る羊飼いと獣の群れは
雄ヤギと子羊が愛らしく格闘するときには
喜ぶにちがいない――

さあ踊ろう、さあ飛び跳ねよう！
本当に星々は求婚者のように
明るいヴェールをまとって光り輝く。
音の出る環が響かせるものを求めて
星々は天空で
言い知れない混沌とともに踊る。
さあ踊ろう、さあ飛び跳ねよう！

本当に雲の速い流れは
暗い朝とともに生まれる。
雲はたとえ黒くて暗くても
暖かい空気が歌うことを求めて
愛をこめて踊る。

さあ踊ろう、さあ飛び跳ねよう！
本当に波は風と同じように
愛しあいながら絡みつき
すぐにもつれあう。
なまめかしい空気が
波を岩の割れ目へと押し流し
満ち潮の歩みは飛躍しながら
ニンフ(13)たちの滑らかな舌のように踊る。

さあ踊ろう、さあ飛び跳ねよう！
本当に多数の色とりどりの花は
その露にぬれた髪に
熱っぽい西風が当たるときに
いわばそれが踊りであるべきかのように

愛らしい輝きを与える。——

さあ踊ろう、さあ飛び跳ねよう！
ずっと走り続けよう！
本当に我々は踊ることを通じて
種々の美しい事柄についての技巧を学ぶのだ。

8　踊りの中のアモル[14]

ハインリヒ・アルベルトの歌集[15]、第三部二二番を見よ。

ドイツ語

若い人々よ、我々は君たちを
踊りへと呼び出す。
さあ！　同時にもう我々の合唱隊が
みな演奏している。
踊りたいと思う者は
ここに入るがよい。
踊り飽きて満足できるまで
踊るがよい。

しかし有名な子どもアモルが
ここでもまた
広大な世界で
姿を現したことと
多くの茶番を行うアモルが
君たちに苦悩をもたらし

困窮状態に置くときに
喜ぶことを知るがよい。

アモルはあちらこちらと歩くだろうから
彼の姿をしっかり認めるがよい！
君たちの目の中でおそらく
彼は見えるようになる。
その中でこの迅速な射手は
弓を引き絞り
瞬時の稲妻のように君たちを
まったく気づかないうちにとらえてしまう。

アモルは唇の上で
しばしば発見され
君たちのところにも
思いがけず忍び込んでくる。
甘い言葉で彼は
君たちをとにかく
気づかれないまま狡猾に
苦悩の中に陥れる。

どんな美人との握手も信じてはならない。
彼こそが握手する者なのだ。
彼は自分の姿をしっかりと隠し
多くの人を徹底的に苦しめる。
そのため美人の恩寵を受けるという
希望に導かれても
彼女は手さえ触れてくれない——
それがアモルの技巧だったのだ。

こうして彼はその矢によって
君たちを恋愛状態に置くのだが
彼は笑って、すぐに
おやすみと言うだろう。
よく見るがよい、どのように、どこで、いつ
君たちがいったい助けを得るかを。
傷ついて横たわる者は
彼に悪意を持つであろう。

英語

9　愛の苦しみに抗して

ダーフィーの『歌集』第三巻[16]。

何と幸福で至福な者であろうか。
自ら自身を所有し、自分に好ましく有益なものを
他人から借りず、愛の魔力に耳を貸さず
呻きや渇望によって愚かな人間にならない者は。

この者は渇望の眼差しにもいっさい執着せず
依存や心配からも身を引いている。
さまよい歩いてばかりの小心者は
最後には捕えられ、もはや飛ぶことはない。

さまざまな危険と戯れ遊ぶだけの者は
束縛を感じると最後には溜め息をつき
運命を呪い、愚かさが彼を縛りつけた鎖に
傷ついたまま手を巻きつける。

軽やかなカメレオンは空気によって生き(17)
小鳥は笛が呼びかけるところへと飛んでいった。
蝶は小さな光のまわりを飛び
炎の中に落ちて、もう飛ぶことはない。

君たちは神アモルが力強く偉大であると賞賛するがよい！
そもそも本当に一人の囚人が彼から解き放されたのか。
自由を自ら獲得することは愚か者にはとにかく困難であり
自由を再び獲得することに賢者は努める。

10　いくつかの小唄

フランス語

最初の歌はフェヌロン[18]、第二の歌はキノー[19]によるものだが、第三の歌は出典不明[20]。

（1）

少女よ、いつか君は君自身が
君に苦しみを与えたことが分かるだろう！
嫌悪と後悔は
　艶ごとの道を歩む。
君は愛想よく見えようとするが
　本当はそうありたくないのではないか。
少女よ、何百もの芳香が君に振りかけられても
君はその一つさえも得ることはない。

（2）

君、愛する草よ、ここが昨日
私とリラが腰をおろしていた場所だ。
見るがよい、まだその草が下にあり
なびき、彼女に寄り添うさまを。

立て、立つのだ、君、愛する草よ。しかし
君の上に誰が腰をおろしたかを明かしてはいけない！

（3）

羊の群れと自分の心を守ること。
　羊飼いよ、それはあまりにも難しい！
狼と自分自身に命令すること。
　この両者を節度の内に保つよう努めねばならない。
最愛の者よ、私の心を守ってくれ。
　私は羊の群れの味方なのだ。

11　花に寄せて

ドイツ語

この優しい歌は、ほとんど忘れ去られた詩人リスト[21]によるもの。リスト『詩的な舞台』二六七頁を見よ。

天が汝を美しく飾り
太陽が汝の衣を縫い
汝が黄金と絹を見せびらかすことに
私の小さなバラは喜んで耐えることができる。

蜜蜂が汝に繰り返し接吻し
病人たちが汝を誉めざるをえず
医者たちが汝を治癒力のあるものと呼ぶことを
私の小さなバラは喜んで告白するかもしれない。

なぜならあらゆる同じ事柄においては
その素晴らしさは汝を嘲笑しかねないからである。
花々のなかで汝に匹敵するものはない。
創られたものはこの花に屈せざるをえない。

汝の衣はたちまち消え去る。
汝のあまり役立たない色や
諸力は破滅に向かい
それらはまたしばしば死への手助けもする。

話すことのない愛すべきものは何の役に立つのか。
簡単に散る花とは何なのか。
小さなバラが心を抑えることがないのと同じく
歌うことのできない飾りとは何なのか。

天空で美しいと思われるもの。
花々が克服できるもの。
ナイチンゲールに技巧が屈しないもの。
真珠の形態と同じもの。

友情を賦与されたもの。
美徳によって心を元気づけるもの。
最も美しいものから価値を奪ったもの。
これらが小さなバラを完璧なものにする。

12　春の争い

ドイツ語

ローベルト・ロベルティーン[22]によるもの（アルベルトの歌集、第三部一二番を見よ）。このあまり知られていない詩人はジーモン・ダッハの友人で、前述の歌集にはいくつもの良い作品が見られる。

汝、すべての愛らしさの父
我々の季節の宝石、おお、春よ。
大地に広くあまねく
汝の最も美しい花々を撒き散らすがよい。

汝の色とりどりの鳥の群れに
無数の歌でもって世界に挨拶させるがよい。
汝の太陽にさらに明澄に
心地よい光を射させるがよい。

汝は最も美しいものではない。
なぜなら汝のどの輝きも
バラの花の形をしたものの顔が
汝の太陽をはるかに越えて輝くところでは暗くされるからだ。

そして汝の太陽の声の響きが
一つの歌に従おうとするとき
汝のナイチンゲールは黙り込み
あらゆる技巧を恥じざるをえない。

その愛らしさによって汝が最も光り輝くバラは
蒼ざめて干からび
自らの頬の新鮮な生命からは
ずっと遠ざかっている。

汝の手にしている形象は
私をバラへの愛へと駆り立てるものを示すことができない。
なぜなら汝のまわりではすべてが地上的なものにすぎず
精神を欠いた状態にあるからだ。

バラの精神、それは美徳の明るい輝きであり
自らを行為と語りの中で示す。
そして天がその贈り物を賞賛するのは
もっぱら汝においてであることをバラの精神は証明している。

13 ナイチンゲールの争い

中世末のくずれたラテン語

エアハルトの[23]『パルナッソスのバラ園』シュトゥットガルト、一六七四年、一一二から。そこには悪くはないドイツ語翻訳が添付されているが、原典の歌自体には及ばない。このエアハルトは実際に十分知られる価値がある。詩作の素質には欠けていなかったが、残念なことに本作品のラテン語や初期のドイツ語の詩が示すように、彼はイエズス会士のバルデ[24]を模範として教育されたに違いない。

黄金の春が、四季の王子が
　再び姿を現した。
野原の芝が再び
　エメラルドのように萌えはじめる。

蜜蜂の群れはトランペットを吹くように
　陽気に演奏しはじめる。
蜜蜂の勤勉さと厳格な方法を前にしては
　怠け者は赤面せざるをえない。

鳥たちの音、そして森の歌は
　死者たちをほとんど鼓舞しない。

鳥たちはあたかも音符からのような
　飾りをもって汝に歌いかける。

しかし、おお、ナイチンゲールよ
　どんな響きも汝の響きには勝てない。
汝の舌が飛び跳ねるとき
　すべてのものは退かざるをえない。

鶏が朝の時を告げるまえに
　汝はもう啼きはじめる。
汝、森を美しく飾るものよ。
　私はこのことを見逃しはできない。

さあ、戦いを始めよう。
　ひとつ今日は賭けて歌おうではないか。
私が負けても汝の勝ちは
　私に必ず名誉をもたらすであろう。
汝だけが女王でなければならず
　森という礼拝堂を統治しなければならない。

たとえどれほどの作曲家であろうと
　汝ほど素晴らしくは作曲できない。

オルフォイスの演奏が冥界の支配者プルートの
　光り輝く国でとても気に入られるならば
オルフォイスは自分の妻を心身ともに
　次の機会には手に入れたことであろう。

それからテレウス[25]が汝の妻とその姉を
　残虐な行為へと揺り動かしても
汝の声は野生の虎たちの
　激怒をも静める。

しかし彼がどのようにして汝から
　舌を奪えるかを私に教えてほしい。
汝がどれほど素晴らしく歌い、どれほど愛らしい音を出すか
　私にはほとんど信じられないほどだ。

夜にもう誰も起きておらず
　星だけが輝くとき

汝はとても悲しげに嘆くので
　私も汝とともに泣きたいほどだ。

こだまとなった美少女エコーの響き
　そして反響は汝の嘆きを倍加させる。
彼女だけが汝を慰める者となろうとしているが
　それは汝の苦悩を運び去るのを助けるためだ。

汝の嘆きの歌はそれでも
　私が心から信頼する女性の前で
リュートを手に取り、美しい歌を
　長く演奏するよりもずっと美しく響く。

ときに汝は滑らかな喉を通して
　声を外に導き出しはじめる。
ときにその声は曲がりくねるが
　上手に愛らしく装飾音をつけることができる。

ときに汝は不明瞭な歌い方をし、自由に外に出るし
　さえずることもできる。

ときに汝はゆっくりと歌い、再び
　弱々しい声で嘆きはじめる。

ときに力強いテノールが高く昇るが
　再び落下せざるをえない。
それから汝は正確な音程で、また
　山や谷が響き渡るほど優しく繊細に歌う。

特別な勤勉さと素晴らしい方法でもって
　汝は声を抑制し
思うがままに大きくも静かにも
　高くも低くも歌うことができる。

木々の飾りは汝のために驚く。
　汝は石を動かすことができるのだ。
あのオルフォイスも黙り込み
　竪琴をもう鳴らそうとはしない。

おお、オルガン弾きよ、汝を賞賛する声も消え去る。
たとえすべての音栓を開いて鳴らしたとしても。

吹き鳴らすような響きも止み、ねずみのように黙り込む。
　オルガンは鳴りやまざるをえない。

おお、ナイチンゲールよ、汝の高貴な声は
　トランペットよりも美しく響く。
汝の甘い合唱は
　ツィンバロン[26]やフルートのさらに先を行く。

リュートの響きも汝の歌には
　はるかに及ばない。
どれほど上手なツィター弾きも
　汝のさえずりには屈服せざるをえない。

さあ、歌い続けるがよい、慈悲深いものよ。
　誰も汝が歌うことを妨げないであろう。
ずっと歌い、休まずに歌うがよい。
　誰も汝の心を乱すことはないであろう。

もう私は屈服する、勝利は汝のものだ。
　私はもう逆らわない。

私はこの歌にすっかり飽きた。
　リュートはもうやめよう。
指はもう速く動かないし
　もっぱら強張ったままだ。
私はもう演奏できない。というのは
　もう堪忍袋の緒が切れたからだ。

14　フランスの古いソネット[27]　十三世紀のもの

シャンパーニュの伯爵でナヴァラの王であったティボーによる。[28]モネ『フランス詩選集』第一巻、一頁に掲載されている。

ああ、貴女のことを忘れられればよいのに！
貴女の美しく本当に愛らしい性格
眼差し、優しそうな唇も！
できるなら私は立ち直りたい！

だが、ああ！　私の心は、私の心はそれがまったくできない！
とにかく気が狂うほど貴女が欲しいのだ！

そして貴女のまわりを漂い歩くことは
勇気と生命を与える。
私は決して退くことはない！――

ああ、どうして私は貴女を忘れられようか
貴女の美しく本当に愛らしい性格

眼差し、優しそうな唇も！
私は二度と立ち直れないほうがいいくらいだ！

15　愛の道

英語

第一部はパーシーの『拾遺集』によって知られている。[29] 第二部はダーフィーの『バラッド集および歌集』第五巻、三四頁に、より長い形で掲載されている。ここには最良の詩節だけが抜粋されている。

第一部

山の上に
　波の上に
墓の下に
　泉の下に
川と海の上に
　深い谷間の小道に
断崖の上に、丘の上に
　愛は道を見出す！

火の虫[30]がいない
　すき間に、折り目に
ハエも忍び込まず

蚊も飛ばず
逃げ出しもしない
　ほら穴に、裂け目に
愛はやって来て勝利を収め
　道を見出すであろう！

語るがよい、アモルは決して
　怖がる必要のない子どもだ、と！
逃亡者だ、盲目だといって
　いつも彼を笑うがよい！
そして彼を閂《かんぬき》で閉じ込め
　日の光から逃がすがよい。
錠と栓を通っても
　愛は道を見出す。

フェニックスと鷲が
　汝らのもとで身をかがめるとき
竜と虎が愛想よく
　身をかがめるとき
雌ライオンがとらえた獲物を

逃がすとき
愛がやって来て、勝利を収め
　道を見出すであろう。

第二部

愛が結んだ
　ゴルディオスの結び目[31]を
死すべき者の手が
　断ち切れるのか。
汝らはなぜ苦労し
　狡猾な目的を思い浮かべるのか。
汝らが始めることを通じて
　愛は道を見出す。

そしてこの道が封鎖され
　見誤られ
その名が封印され
　二度と挙げられなくとも
優しい風よ

私に向かって吹き
私に知らせをもたらし
　この道を私にもたらしてくれないか。

汝、愛するものが山のはるか向こうにあり
　海のはるか向こうにあっても
私は山を通って歩き
　海を泳いで渡るであろう。
汝、小さな愛がツバメであり
　小川で生まれるならば
私、小さな愛もツバメであり
　汝の後を追って生まれるだろう。

16 友情の歌

ドイツ語

ダッハ（アルベルトの歌集、第二部一〇番）による。彼の誠実な言語からしても、知られ愛されるに値する。

人間にとって最も自然で
ふさわしいことは
自分と同等な者と
絆を結ぶべきときに
誠実さを示し
友情を保持できることである。
心、口、手でもって
退かないことを自らに課するがよい。

弁舌が我々に与えられているが、
それは我々が人間から遠く離れて
一人で自分自身のためにだけ
生きるようにならないためである。
我々は自分自身に問いかけ
良い忠告に目を向け

我々を困惑させる苦悩を
互いに嘆きあうべきなのだ。

孤独を隠す喜びを
作れるものは何か。
友人たちに語られるものは
二倍の笑いを与える。
心から語る者は
自分の苦悩を忘れることができる。
ひそかに自らを苦しめる者は
日々自らを食いつぶさねばならない。

神は私の魂が愛するものであり
すべての前に立っている。
それから私に心から自己を与えてくれる者も
私は仲間にしたい。
これらの盟友とともに
私は苦痛と困窮を嘲笑し
地獄の底まで行き
死を突き破るのだ。

17 人間の幸福についての嘆きの歌

プライアー[32]の詩によるもので、きわめて自由に翻訳されている。[33]

おお、愛すべきリュートよ、人間は長く生きて
深い悩みに巻き込まれれば巻き込まれるほど
真の苦悩をやわらげるために自ら妄想にふけり
快活であることができるのだ。

おお、愛すべきリュートよ、形象と妄想こそが
我々にはすべてなのだ！ 我々は驚いて形象を見て
自ら思い描いた少女ピグマリオン[34]のように
これを本当に気が狂ったように抱きしめる。

我々は信じることができる。ああ、行儀や分別もなく
我々は風や波に向かって航行し
至福のうちに自らを欺き
かくも幸せに錯覚を起こしたという行為を笑い飛ばす。

白髪の愚か者よ。かくも多くの時間を
汝は苦労と苦悩でもって手に入れ
つねに苦痛の終わりを望んできたが
それは今日ではなく明日になるだろう。

人間は朝が来て、昼、夜になっても
いつもずっと心配のうちに目覚めたまま
朝に亡くなるまで
再び朝という時が来るのを望んでいる。

歌え、愛するリュートよ、鷹の高みから。
そうしてのみ我々は常に幸福なのだ。
我々には所有ではなく獲得が望むべきものであったし
飛躍の中でそちらを見つめている。

おお、汝、愛と甘い妄想と名誉が
私の生をそちらに誘ってくれていなければ
私は生の重荷を振り払って
とっくの昔に墓の中に横たわっているだろう。

18　月桂冠

フランス語

自由な翻訳。原典は不明[35]。

甘美で優しい愛にとって
月桂樹の冠とは何なのか。
　月桂冠が三たび永遠なものであり続けるとしても
　甘美で優しい愛にとって
どのような名誉の輝きも虚無なのだ。

神々のすべての息子のなかで
かつて誰がアポロン神のようであったか。
　すべての美しい者のなかで最も美しい者アポロンは
　心においても音調においても優しく
勇気と誇りと知恵に満ちている。

見るがよい。すべての神々が
彼の美徳を嫉み——彼を天から追放する。
　神々の嫉みはアポロンから

天上のさまざまな喜びを奪うが
それらは野原にも咲き誇っていないだろうか。

草原で、緑の谷で
彼は楽しみ、歌い、幸福をもたらす。
　神々の広間にいたときにもまして
　彼の心はそこで初めて
神に向けて魅了される。

愛することを彼は学ぶ！　学ぶのだ、愛することを！
だが優しく、しかも幸福にだろうか。誠実な愛よ。
　汝はいつ幸福だったのか。
　間もなく汝は涙によって曇らされ
それから不幸のうちに死んだ！

秘かに彼が勝ったと思い込むやいなや
内気にも妖精ダフネ(36)はそっと頰を染めながら
　逃げ出し、自分の愛する者に
　寄り添おうとする。
神々よ、ああ、すると彼女は硬直する。

恐ろしいほど彼女は硬直する――彼の腕は
その冷たい木に巻きつく。
ああ、彼がまだ優しく暖めてくれればよいのに！
まだ一人の神が同情してくれればよいのに！
しかし、ああ、神はほとんどささやきもしない。

呼び起こされるのは溜め息だろうか
誠実な愛、それは汝にとって
　揺れ動く枝なのだ！　ああ、これらの枝は
恐ろしいほど揺れ動く――心の鼓動を伴って！
ここで鼓動しているのは死の不安なのだ。

彼女は木だ！――おお、木よ、どうか私に
慰めと甘い安らぎを吹きかけてくれ。
　ここ汝の神聖な近くで
　私が楽しみ、出かけるとき
おお、木よ、私に元気を吹きかけてくれ。

こう彼は嘆くが、彼の荒廃した心は
いっそう不安になった。

おお、若者よ、なぜおまえはずっと留まっているのか。
甘美な歌い手よ、汝は木に向かって嘆くが
汝の苦痛を嘆いても無駄なのだ。

そしてアポロンは名誉の軌道を
今やいっそう明るく歩み
　ムーサたちの審判者、
英雄、予言者、医者、詩人となり
再び天へと向かった。

皆に賞賛され、すべての賢者
すべての地域に知られ
　若者の模範であり、老人には
　何と賞賛されることか！
アポロンこそすべて――もうよかろう！

彼は祭りにでも、冠にでもなく
しばしば自分の木に忍び寄った。
　可愛い木よ、ここに私は住みたい！
祭りの代わりに、冠の代わりに

私に青春の夢を与えてくれ。
私を花冠で飾ってくれ。
干からびて粗野でもいいが甘美な花冠が
　私のダフネをその形姿のままに私に与えてくれ！
　美しく優しく柔和なダフネを
青春に輝くダフネを。

私を花冠で飾ってくれ。そして見るがよい。
愚か者たちが目にしたのは慣例だけであった。
　ダフネは彼らには存在しなくなった——
　哀れで蒼白で干からびた愚か者たちは
消えゆく月桂樹を手にしただけであった。

干からびた月桂樹よ！　三たび永遠なものであり続けるとしても
どのような愛、どのような月桂樹
　どのような花冠なのだ。
　どのように甘美で優しい愛なのだ。
あらゆる名誉の輝きは無なのだ。

19　愛へ急ぐ

ドイツ語

オーピッツによる。[37] ドイツ語の最も美しい歌の一つ。ラムラーの『詞華集』では手を加えられて掲載されている。

ああ、最愛の人よ、急ごう。
　時は来た！
留まっていても私たち二人の
　ためにならない。

高貴な美しさという贈り物は
　一歩一歩と飛び去っていく。
私たちが持っているものは
　すべて消え去らざるをえないのだ。

頬の美しさは色あせ
　髪は白くなる。
眼の輝きは失せ
　胸は氷となる。

珊瑚の可愛い唇は
　形がくずれ
雪のような手は衰え
　そして汝は老いてゆく。

だからこそ今を楽しもう。
　青春の果実を。
私たちが年月の逃げてゆくのを
　追わざるをえなくならないうちに。

君が自分自身を愛するときには
　私も愛しておくれ。
君が与えるものを私にも与えておくれ。
　さもなければ私も美しさを失ってしまう。

20　結婚の幸福　　英語

有名な原詩はパーシーの『拾遺集』[38]、ドズリーの『選集』、クーパー[39]の『趣味に関する書簡』などに掲載されている。

さあ、愛よ！　どのような不満にも
　私たちから至福の安らぎを奪い去らせないようにしよう。
愚か者の心配が私たちを苦しめたとしても
　神の楽園は閉じられることはない。

たとえば伯爵たちが貴族の称号でもって
　私たちの血を変容させるように。
私たちはより良い名誉の中で輝き
　真に高貴であり――有能なのだ！

私たちの名前をただ挙げるだけの者にも
　その名前が甘く優しく響いてほしい。
そして多くの高位の者には名誉が
　黄金以上のようなものであると告白してほしい。

そして私たちに幸福でありたいという自分の意志が
　より重い財宝を与えてくれなくとも
私たちは貧困の極みの中に
　節制の中に満足を見出す。

季節が繰り返し廻るたびに
　私たちには祝福が十分に与えられる。
少ない願いに多くのものが
　少ない労力に大きな喜びが。

こうして私たちは喜ばしい歩みをもって
　手に手をとって一生たがいに愛を競いあう。
甘い安らぎが私たちの小屋を
　可愛い子どもたちが私たちの寝床を飾る。

それぞれが私の膝にからみつき
　君を私のところに優しい歩みの中で
まわらぬ舌の中で再びもたらしてくれるならば
　君も私もどれほど嬉しいことか。

かくて私たちには遠い歌のように
　生の夕べが穏やかに忍び寄る。
君は君の女の子たちの中で再び愛し
　私は私の男の子たちの中で新たに咲き誇る。

英語

21 編み物をする少女(40)

ダーフィー『バラッド集および歌集』第三巻から。

「ねえ、可愛いフュリス、小鳥たちの
　甘い歌が聞こえないのかい。
小鳥たちは歌いあい答えあう。
　するときみの答えは私から逃げ去る。」――
　フュリスは一言もしゃべらず
すわって編み物をした。
すわって静かに編み物を続けた。

「きみの目には愛の神がいて
　ぼくを魅了して盲目にする。
きみの心の中ではその神が
　無垢の子のようにまどろんでいる。」
　フュリスは一言もしゃべらず
すわって編み物をした。
すわって静かに編み物を続けた。

「かくも多くの日、かくも多くの年
　ぼくは一人寂しくきみに忍び寄った。
ぼくはきみのどんな言葉もどんな眼差しも
疑ってはいけないのだろうか。ああ！——」
　フュリスは無言で立ち上がり
行って編み物をした。
行って静かに編み物を続けた。

22　こだま

スペイン語

ヒル・ポーロの『ディアナ』ロンドン、一七三九年、第五巻、三一二頁から。この詩は『スペインの文芸界』第四巻にも掲載されている。

小川沿いの静かな牧草地で
　動物たちは目を濡らして歌った。
フュリス(41)は自分の苦悩と
愛の陰鬱な喜びを嘆いた。
　しかしフュリスは歌い返した。
「羊飼いよ、私はあなたが分からない!
羊飼いよ、ああ、私は信じられない。」

「愛」彼は歌った。「愛だけだ。
　どのような報酬もぼくはもう望まない。
たとえきみの眼差しがぼくに留まらなくても――
きみの心がぼくを追い払っても――
　ずっとぼくはきみを本当に愛してる!」
「羊飼いよ、私はあなたが分からない!

羊飼いよ、ああ、私は信じられない。」
「きみなしでぼくは生きられない
きみなしの生は死と同じだ。
それでもぼくは自分を委ねよう。
七度も委ねよう。
可愛い羊飼いよ、きみの命令に」——
「羊飼いよ、私はあなたが分からない！
羊飼いよ、ああ、私は信じられない。」

「きみに会えないとは何という苦しみ。
きみに会えないとは何という新たな痛み！
いつもぼくはきみの牧草地を捜すが
しかしきみはぼくを避けようとする。
近づくことも、きみから遠ざかることもできない。」
「羊飼いよ、私はあなたが分からない！
羊飼いよ、ああ、私はあなたを愛している。」

23　心と眼

中世のラテン語から

項目も多く、有益な作品集であるカムデン(42)の『ブリテンに関する遺跡』ロンドン、一六三七年、第四巻、三三五頁から。

心と眼のあいだのひどい不和を
　まだ知らない者は
自分がしばしばなぜかくも愚かに
　泣き、感情が燃えるのかをまだ知らない。

嘆きながら心は眼にこう語る。
　私の苦痛はおまえのせいだ。
門の番人であるおまえが
　自ら敵を呼び込んでいるのだ。

甘い死の使いであるおまえが
　私にすべての苦痛をもたらしているのだ。
ああ、それでもおまえは自分の罪を
　涙の海でもって洗い流しはしない。

ああ、私はおまえを引き抜いてでも
　自ら地獄と出会う方がましだ！[43]——
おまえもまた私の最も敬虔な喜びや
　後悔の中に毒を混ぜる。

眼は心にこう反論する！
　おまえの訴えは不当なものだ。
私がすべての四肢のようでないとすれば
　おまえが君主で、私が召使いだというのか。

おまえが私を遣わすこともなしに
　私がおまえに甘い苦悩をもたらしたろうか。
おまえの手の指図もなしに
　私は敵の友人だったろうか。

おまえが命令したとき
　私は最愛の略奪に対して自らを閉ざさなかったろうか。
私は何千回もおまえに安らぎを与えたのに
　おまえは私に一度もくれなかったではないか。

罪は心から芽生えるが
　眼は罪を心の中に持ち込まない。
おまえの苦痛に責任があるのは
　私の視野に毒を入れるおまえなのだ。

このように心と眼は争うが
　両者の罪はこの争いにある。
心よ、汝は悪の源泉であり
　眼よ、汝は悪の契機なのだ。

24　修道院の歌

ドイツ語

テューリンゲンの民間伝承から。スイスの方言ではいっそう完全で、おそらくまたずっと良い[44]。しかし前者のほうが分かりやすいので、こちらを掲載することにした。『リンブルク年代記[45]』には次のように始まる修道女の歌も掲載されている。

私を修道女にした男に
神は破滅の一年を
そして私には黒い外套を与えた。
その下には白いスカートを……[46]

修道院に入ることこそ
この世で最も素晴らしい喜びなのだ。
私は宗教的な生活を送るために
修道院に身を捧げた。
おお、愛よ、私は何ということをしたのか！
おお、愛よ、愛よ。

朝、教会に行くと私は
一人でミサを歌わねばならない。

そして私が「父に栄光」と歌うとき
私の恋人がいつも心の中にいる。
おお、愛よ、私は何ということをしたのか！
おお、愛よ、愛よ。

すると私の父と母がやって来て
二人だけでお祈りをする。
二人は美しい服を着ているが
私は修道服で立っていなければならなかった。
おお、愛よ、私は何ということをしたのか！
おお、愛よ、愛よ。

晩、眠りに行くと私は
一人だけの小さな寝床を見出す。
すると私は思う。神よ憐れみ給え、と！
ああ、恋人が腕の中にいれば。
おお、愛よ、私は何ということをしたのか！
おお、愛よ、愛よ。

25　音楽の魔力(47)

パーシー『拾遺集』第一巻、一八一頁から。

耳が聞こえないという苦痛が魂をさいなみ
　荒涼とした霧が魂を包み
魂が不安げに慰めを求め
　つねに感情を抑制するとき
音楽は天上の響きとともに
魂を霧の谷から救い上げてくれる。

私たちの心が喜びの中を泳ぎ
　すぐに喜びに我を忘れ
音楽が興奮状態の心をとらえ
　穏やかに我に返らせるとき
心は愛と苦痛の中で溶け合い
私たちを天の神の前にいる状態にする。

天では音響の飲み物が

英語

現世の巡礼者の渇きを癒す。
天では賛歌が
　私たちを不死の花冠で飾る。
星々は歓喜の歩みの中で
喜んで賛歌を歌う(48)。

おお、天の恵み、おお、慰めの飲み物よ！
　現世の疲れた巡礼者に対する贈り物よ。
汝は私たちの地上の苦しみを和らげるために
　高みから降りてきたのだ。
私の小舟が迷ったとき
航行する私の導きの星であってくれ。

26 希望の歌

ヤーゲマン[49]の『イタリア詩選集』第二巻、四一八頁から。

イタリア語

希望、希望、いつも緑だ！
貧しい者にすべてが欠け
彼からすべてが消え去り、すべてが彼を苦しめるとき
汝、おお、希望よ、汝は彼を元気づける。

たとえ友、喜び、威厳、財産という幸福のすべてが
我々から奪われたとしても
希望が我々に楽しみを与えてくれるならば
幸福の荒い鼻息も無益なだけだ。
希望、希望、いつも緑だ！
貧しい者にすべてが欠け
彼からすべてが消え去り、すべてが彼を苦しめるとき
汝、おお、希望よ、汝は彼を慰める。

海の大波がうなりをあげるとき

セイレーン[50]の群れが歌うとき
希望は大水を静めることができ
　船乗りを導いて危険から通り抜けさせる。
　　希望、希望、希望
　汝、おお、希望よ、汝は彼を導く。

汝、おお、甘い希望よ。
　農夫は喜んで汝のために種をまき
汝を信頼し、彼が汝に委ねたものを
　喜んで刈り取る。
　　希望、希望、希望
　汝、おお、希望よ、汝は彼を慰める。

国を失った者
　現世で束縛されている者
奴隷となるためだけに生まれた者
　これらすべての者が汝に歌いかける。
　　希望、希望、希望
　汝、おお、希望よ、汝は彼を慰める。

生命の木が干からびると
最後の開花も過ぎ去ろうとする！
そのとき汝、希望はこの病む者に歩み寄り
彼に根がまだ緑であることを示す。
希望、希望よ。

絶望にあって、戦いの中にあって
すべてが消え去り崩壊しても
汝は高貴で正しい者の側に立ち
彼に別の世界へ行くように合図をする。
希望、希望よ。

27　嫉妬深い王(51)

『拾遺集』第二巻、二一三頁を見よ。

クリスマスの寒い冬
　会食が始まったとき
王の宮殿に
　多くの勇敢な騎士が到着した。

女王は城の塁壁越しに
　野原を見渡した。
すると青年貴族のウォーターズが
　谷を下って駆けてきた。

彼の伝令兵はこちらに向かって走り
　彼の騎兵がその後を駆けてきた。
まばゆい黄金を豊富にちりばめた外套が
　風と暴風雨よけであった！

そして馬の前方では黄金が輝き
後方では銀が光っていた。
青年貴族ウォーターズが乗る馬は
風のように速く駆けた。

「いったい誰ですか」と一人の騎士が言った。
（女王に彼は言った。）
「我々の方に駆けてくる
あの美しい青年貴族は誰ですか。」

「たしかに多くの騎士や女性を
私はこの目で見てきました。
しかしあの青年貴族ウォーターズほど
美しい者を一度も見たことがありません。」

そこで王の嫉妬が爆発した。
（とにかく王は大変怒っていた！）
「彼が三倍も美しかったとしても
私はおまえにとってそれ以上のものでなければならないのだ。」

「どの騎士でも、どの女性でもなく
　あなたこそがこの国の王なのです。
スコットランド全土において
　誰一人その王に匹敵する者はいません。」

しかし女王が何を言おうと——何をしようと
王の怒りはまったく静まらなかった。
彼女の語った二つの言葉のために
青年貴族ウォーターズの血が流れた。

人々は彼を連れ去り
　無理やり鎖で手足を縛った。
人々は彼を連れ去り
日の光が見えないようにした。

「暴風雨のときでさえも私は
　スターリング[52]の城に駆けつけました。
しかし一度として私は
　このように鎖で手足を縛られたことはありません。

暴風雨のときでさえも私は
　スターリングの城に駆けつけました。
しかし一度として私は
　暗くて深い塔の中に入れられたことはありません。」

人々は彼を死の丘へと
　無理やり連れ去った。
そして人々は馬と小姓を
　死の丘へと無理やり連れ去った。

そして女王が何を言おうと――何をしようと
　王の怒りはまったく静まらなかった。
彼女の語った二つの言葉のために
　青年貴族ウォーターズの血が流された。

28　マレーの殺害(53)

スコットランド語

前掲書、第二巻、二二一頁。

おお、高地よ、おお、南方の地よ！
　汝らに何が起こったのだ！
高貴なマレーが打ち殺された。
　私は二度と彼に会えないだろう。

おお、汝に災いあれ！　汝ハントリー(54)に災いあれ！
　汝はかくも不実で偽善的で大胆だ。
彼を我々に返してくれ。
　汝は彼を殺害したのだ。

競争においても格闘においても
　彼は美しい騎士であった。
我々のマレーはいつも
　冠を頭上にいただいていた。

武芸においても球技においても
　彼は美しい騎士であった。
それが高貴なマレーであり
　いたるところに花があった。

舞踏においても弦楽器演奏においても
　彼は美しい騎士であった。
ああ、あの高貴なマレーが
　女王の手に落ちるとは。

おお、女王よ、汝は美しいマレーが
　谷を駆けるのを目にする前に
城の塁壁越しに
　ずっと見ているであろう。

29　小川の歌[55]

ドイツ語

一人の旅人が悲しげに川べりに腰をおろし
流れる波を目で追っていた。
干からびた花輪が彼の頭を飾っていた。
「旅人よ、枯れた葉をまとって
何をそんなに悲しげに眺めているのか。」

若者よ、時間の小川を流れ下る
生の波の墓を私は覗いている。
生はここで沈み込んだが
二つの小さな波を溶け合わせた。
すると第三の波が流れ出した。

若者よ、時代の大きな空間の中で
私たちはこうして漂っているのだ！
人間の行為の縁取りは
滑らかな平面を流れ去る。
かすかな風がこの縁取りを吹き飛ばしたのだ！

若者よ、人間の生は弱々しく
時代の小川へと滴り落ちる。
時代は回り、最初の波のまわりで壮麗に湾曲する。
見るがよい。第三の波は
何と沈黙することか。

沈んだ気分で私は旅人のもとにぽつねんと坐り
さざ波が流れ
しずくが小川に沈むのを見ていた。
波の輪は後を追うように沈み
涙が私から流れ出た。

若者よ、おお、汝の名声の涙は気高く滴る！
愛らしく美しく
生の血は朝早く笑う。
そして見るがよい、早まった花輪を！
色香の失せる様子を！
若者よ、私は汝と同じように
気高い愚か者よ、祖国を求める情熱に燃えていた。

私は闘い、そして生きた。
しかし私が求め、手に入れたものは
枯れた葉であった。

若者よ、おお、見るがよい。わらくずが
川の中を流れて行く。壮麗に
泡が流れて行く。
宝石は沈んだ。
あの丘の風は空虚な歌をヒューヒュー歌っている。

　悲しげに私は小川を見おろし
　涙は名声の墓の中に滴り落ちた。
「汝、愛する旅人よ。
いったい何が幸福を、安らぎを与えるのか。」
　私は小川の胸に沈み込んだ。

若者よ、おお、小川の中に汝を見るがよい。
私は喜びをもって友人の中に
魂と心の一致した自分を見た。
かすかな風が我々を、形象と友人を分けたのだ！

しかしその風も吹き飛ばされた！

若者よ、おお、小川の中に汝を見るがよい。
私も愛することの中に喜びをもって自分を見た。
甘美な空想よ！
生は滴り、形象は
そして幸福と愛は流れ去った！

若者よ、私は苛酷な苦労へと逃げたが
時として、ああ、苦労は私を欺く。
私は多くの気高い心を見守った。
兄弟の忠実さをもって——だが兄弟の苦痛をもって
私はこうした心が沈んで行くのを見た！

沈み絶望した気分で私は見てとった。
「名声の墓、美徳の墓、生の墓よ。
おお、汝が私のものでもあれば！
黙した安らぎが
汝の深淵の中にあれば！」

若者よ、おお、愚か者よ。汝は
魂の怒りのどこに安らぎを見出すのか。
我々はみな小川を下らなければならない。
私という若者に苦労を与えたものは
今や私に元気を与えてくれる。

上流の注ぎ出るところで
流れが雲の中へと流れるところで
そこで人が泣くのは生の時間のためではない。
すべてを忘れ去ることの海を越えて
何一つとして来世へと滴りはしなかったのだから!

若者よ、現世の流れから
喜びを飲み続けるがよい!
私は自分を元気づける飲み物を汲み
善良な神に感謝を述べ
来世へと巡礼する!

こうして老人は小川から蘇った!
彼は自分の花輪を若者の頭に巻きつけた。

花輪は花開き
そして小川の歌は
若者に知恵を語り続けた。

30 夕べの歌

ドイツ語

これら最後の二つについては、この索引の五行目への注釈を見よ。[56]

そしていつか魂が
　この夕べの花のように閉じるとき
魂のまわりのすべてが
　生の光と名声の黄昏となるとき
そして魂の最後の眼差しのまわりに
　魂の冷たい影が現れるとき
おお、若者よ、汝もまたこの花のように
　ひどく泣くことであろう。

汝の優美な青春の体液が
　荒涼とした空気の中に
吹き出されたとき花はしぼみ
　生の力は永遠に濫用され
そして汝の最後の眼差しのまわりで
　すべてが汝を後悔させ無色にするとき

おお、若者よ、汝には慰めを渇望しながら
　死ぬこと以上の何かが残される。

いったい神の偉大な全能は
　起こったことを起こらないことにするだろうか。
そしてこの全能は深い苦悩をも静め
　見ることを自ら恥じるだろうか。
そしてあらゆる行為の萌芽は
　かくも深く隠されたまま成長し続けないだろうか。
誰が私に新たな忠告を
　さらには青春の朝を与え、もたらしてくれるのか。

そして優美な眠りよ、汝がその忠告をもたらし
　新たな青春の朝を与えてくれるのだ。
汝こそが元気づける飲み物、影の安らぎ
　あらゆる不安を取り除いてくれるものであり
死の兄弟なのだ！　おお、存在と非存在は
　何と美しく接していることか。
私の夕べの涙は朝早く
　何と新鮮に輝くことか。

そして死んだ後——それは我々にとって
　陶酔のまどろみの後のようであろう。
生の苦悩と痛みと後悔と悲しみは
　消え失せ、眠り込む。
おお、死よ。おお、眠りよ！
　汝を創り出した者、人類のために至福を創り出した者よ。
私の上に汝の眠りの衣を広げ
　私を安らぎへともたらしてくれ。

いったい我々の生の時とは
また我々の喜びの時とは何だろうか。
それは苦労の渦であり
　甘美な苦悩の嵐であり
永遠の陶酔状態なのだ！
　優美な眠りよ、新たな喜びの食事に向けて
また今日の私に起こるすべてのことのために
　私に元気の皿を与えてくれ。

第二部　第二巻

以下のいくつかの歌についての情報

（1）　エストニアの歌について[*1]

「私は収穫期に野原で草刈り人夫たちに出会ったとき、いたるところで或る野卑な歌を耳にした。それはこれらの人々が仕事をしながら歌うものであった。そして私は或る説教師から、韻を踏まない古い異教の歌が、それも彼らから取り去ることのできないような歌がまだいくつもあることを知った。」（ヴェーバー[(1)]『変化したロシア』七〇頁）ケルヒ[(2)]の『リーフラントの歴史』には一つの古い恋の歌が見本として掲載されている。また何人かの学者はリーフラントの歌の最初に頻繁に出てくる「イェルー」〈Jörru（George）〉という名前からこれらの民族の出自がエルサレムにあることを証明した。その歌とはおおよそ次のようなものである。


「イェルー、イェルー、行ってもいいかしら。」

「おお、愛する人よ、今日はだめだ。

昨日、来てくれればよかったのに。

今は僕の回りに何人も人がいる。

でも明日、朝早く
　すらりとした愛する小枝よ。
心配なく来られるなら
　僕は一人でいるよ。

コフキコガネが朝早く
　冷たい露の中でブンブン音を立てるなら！
愛する人よ、僕は君のところへ跳んでいく。
　わかってるね、あの緑野だよ。」

「彼らの楽しみのほとんどは歌うことと音楽にある。歌うことはそもそも女性のものであり、結婚式では特別な女性たちが歌うことになっている。しかし飲み物が喜びを全体に広げるやいなや男性も加わり、声を合わせる。野良仕事や祭りのときには娼婦たちでさえそのどぎつい歌によって喜びを全体に広げているのが聞かれる。いくつかの民族は良い声と歌うことへの多くの生まれながらの才能を持っているが、エストニア人はそれらをラトヴィア人よりも多く持っている。エストニア人はすべての歌をもっぱら斉唱で歌うが、通常は二つの合唱に分かれて歌うので、一つの集団が先に歌う行は二つ目の集団によって繰り返される。彼らは多種多様な歌と旋律を持っている。多くの結婚歌ではそれぞれの行に Kassike と Kanike という二つの言葉[3]が付け加えられる。これらの言葉はおそらく現在では何の意味も持たないが、語源学によれば「可愛い子猫」とか「可愛い雛鶏」と翻訳されうるものであろう。ラトヴィア人は最後の音節をとても長く延ばし、通常は二つの声部で歌うため、何人かはこれに加えて一種の男性低音（バス）でうなり声をあげる。これら二つの民族に共通する、多分とても古い楽器はバグパイプ[4]であろう。彼らはこれを自ら作り、二つの声部に分けて拍子に合わせながら大変巧みに吹き鳴らす。」

（フーペル[5]『リーフラントとエストニアの地誌学的報告』第二巻、一三三頁）


彼らの箴言は自分たちの習俗や生活様式に由来している。[*2] それらの多くはエストニア人とラトヴィア人に共通しているが、その大多数は前者のものである。いくつか実例を挙げよう。


バグパイプを愚か者の手に与えるがよい。彼はそれを二つに粉砕する。

犬は毛並ではなく歯をよく見て大切にするがよい。

湿った土地に水はいらない。つまり悲しみにくれる人たちをこれ以上悲しませるなということだ。

誰も私を上着の端をつかんで引きとめない。つまり私は誰にも何ら借りはないということだ。

誰が貧しい人たちに結婚式に来てくれと頼むだろうか。

黙したもの（動物）は、分別のない者が背負わせるものを引っぱらねばならないだろう。

自ら下僕であれ。しかし他の下僕も下僕として敬うがよい。

金持ちの病気と貧乏人のビールは広く知れ渡る。

必要に迫られると雄牛も井戸に飛び込む、等々。


「多くの民族は即興で生まれる文芸への大きな愛着を持っており、もっぱら歌うことに向けて詩作する。これは未開の諸民族にあっては詩と音楽が不可分であることをあらためて証明するものである。集まった人々の前で詩人が即興で一つの詩句を歌って聴かせると、聴いている全員がただちにそれを繰り返す。多くの無意味な言葉がその中に現れることは容易に見てとれる。これらの民族は自分たちの歌においていくつもの辛辣な嘲笑を持ち出すが、そうでなくても彼らによってあらゆるあだ名が織り込まれたこれらの嘲笑からはドイツ人も誰一人として逃れられない。一つの領域がいかに痛烈に他の領域を貫いていることか。彼らが最も激しく攻撃するのは、結婚式の祝宴において倹約を表明する人々である。彼らはまた恥じらいも涙も顔に出すことをほとんど抑えない。彼らの歌は概して韻を持たない。エストニア人は意味の伴わない言葉を行末に置くが、彼らはそれらをいくつかの歌においてそれぞれの詩句に付ける。宴会において彼らは気前のよい主人を讃えて歌を作る。即興で生まれた歌をドイツ人は完全に理解できない。というのも、これらの歌には非常に乱暴に扱われた言葉がいくつもあるからだ。しかし何度も聴くうちに最後には歌の内容が分かるようになる。」（フーペル前掲書、第二巻、一五七、一五八頁を参照）

（2）ラトヴィアの歌について[6]

「Singe, dseesma」[7]これは歌うこと（Gesang）、歌（Lied）である。私には dseesma という後者の言葉が古代のラトヴィア人に知られていたかどうか分からない。現在この言葉は、宗教の場での教会歌を示すために広く使用されている。しかし Singe という言葉はラトヴィア人が世俗の歌に付与する名称である。彼らの詩には韻律があるが、男性韻[8]は特別であり、それは昔も今も彼らの教師である自然によって証明される。彼らの文芸と音楽がもっぱらである。同じ種類の単語が二度、相前後して置かれることが彼らにあってはすでに韻と呼ばれる。たとえば或る愛の歌ではこうなっている。

Es, pa zellu raudadamas[9]
gahju, tewi mekledams

これは優れた韻である。彼らは「国の歌」すなわち特定の祝典などの機会に歌われるものを除けば、ほとんどの詩を即興で作る。これらの詩はイギリスの野卑な流行歌に見られる風刺的で時には悪意のある機知をも含んでいる。これに対して彼らの愛の歌は、恋に落ちた憂鬱を提供しうるあらゆる優しさを持っている。彼らは小さくても印象的な副次的事情や心の最初の単純な動きを巧みに持ち出す術を心得ているので、彼らの歌はひどく心を揺さぶるのだ。ただ彼らの言語にはそのための力が大いに備わっているにも関わらず、彼らの歌には女性韻[10]がない。このことは当地の宗教の場での翻訳された教会歌によって証明される。彼らの音楽は粗野で十分に洗練されていない。彼らは歌詞を歌う一人か二人の少女を選び、他の者はたとえばバグパイプの低音部のように一つの音だけを保つ。本来の女性歌手の声は三度音程を超えない。そしてこの単調な演奏は歌詞が終わるまで続く。それから低音奏者は基本音から八度音程を取り、こうして歌は終わる。」(『リガ学芸寄稿[11]』一七六四年、第一二巻を参照)

謎(Mihkla)。本当の機知を駆使しながら分別のあるところを見せるという楽しい作業は、ラトヴィア人のもとでは大いに知られていて日常的なことであり、彼らの祖先たちのもとではもっと知られていたかもしれない。我々はすべての古代の民族がこのような気晴らしを大変好み、多くの古代の著作家が実際に種々の謎をその狙いどおりに提供してきたことを知っている。それゆえ次のことを知っている読者、すなわち表現の中に真の意味を隠すべき場合にどれほどの注意深さが求められるか、表現と隠された意味のあいだに齟齬が生じないようにどれほどの精確さが要求されるか、そして表現と隠された意味のつながりを聞き手が即座に理解できるようにどれほど表現の選択に気をつかわねばならないか、ということを知っている読者であれば、無知で教育も受けていない民族がこうした本当の機知を、それもきわめて理性的な国民の誉れとなるような機知をいくつも示していることを目のあたりにしてきっと驚くであろう。これらの民族は自らのあらゆる真の特性を有する謎をそれぞれ持っている。いくつかの謎は古代の全盛期の特徴を示しており、それゆえ彼らの祖先から彼らのもとに到達したのであろう。一つ実例をお見せしよう。

ケシの実の頭

私は芽を出す！　私は芽を出すと、大きくなった。
私は大きくなると、少女になった。[*3]
私は少女になると、若い女性になった。[*4]
私は若い女性になると、年老いた女性になった。[*5]
私は年老いた女性になると、初めて眼を手に入れ[*6]
この眼を通して自分で這い出た。[*7]

ラトヴィア人は[(12)]詩への克服しがたい愛着を持っており、私の母もラトヴィア人の言語がほとんど詩であるということに異論はなかった。「彼らの言語は小さな卓上呼び鈴のように響き、それに対してドイツ語は教会の鐘のように響く」と母は言っていた。また母は、どんなに野卑なラトヴィア人でも嬉しいときは予言するか、詩句の形で語るということを否定できなかった。――

ラトヴィア人はまだ英雄歌の痕跡を残していると主張する者は多いが、私の父はこれら多くの者に次のように異論を唱えている。「彼らの言語の精髄、つまりこの国民の精髄とは羊飼いの精髄である。彼らが冠を授けられるべきだとすれば、それは干し草の冠、あるいはせいぜい穀粒の冠であり、こういったものこそが彼らにふさわしい。思うに、英雄たちは北方が本拠であり、そこで彼らはより厳しく、そしてほとんど毎日その気候や風土と闘わねばならない。ラトヴィア人もこうした素質を持ちえるであろう。しかしその特徴はどこにあるのか。――

ただ少なくとも自由や名声のための土台が彼らの中にあったとしても、彼らは今のように快適であり続けるだろうか。クールラント[13]では自由と隷属が同居している。――」

　私の父はラトヴィアの言語の偉大な芸術家ではまったくなかった。しかし或る言語をその全範囲において理解する者は、誰にもまして正しいことが言える。父が断言するには、自分は英雄歌の足跡を見つけ出したことは一度もないが、ラトヴィア人のはるかに遠い祖先がすでにこうした歌を歌っていたという証明は発見した、ということだ。父は問う。「いったい歌わなかった民族はどこにいるのか。」父は優雅な小唄の（彼の呼ぶには）「穀物の束」を集めていた。私は父の残した翻訳を所有しており、これを伝えることができる。そしてまた牧師のヨーハン・ヴィシュマンのドイツ的でないオーピッツ[14]も決して中断されるべきでない理由も伝えることができる。[*8]私はこの「束」を手中にしていなかったならば、クールラント人ではなかった私の父の判断について上訴することを勧めるであろう。しかし実際これらの小唄には農民としての優しい本性とこの民族固有の何かが支配している。なお翻訳は私の父のやり方に従う。（ヒッペル『上昇線を描く生涯』第一部、七二、七三、七四頁を参照）

（3）　リトアニアの歌について

　ここでリトアニア語という洗練されず見下されている言語に魅力を帰そうとすることについて読まねばならないとは多くの読者にとって不愉快なことであろう。しかしながらこの言語にはギリシア語の愛らしさがいくらか備わっている。何度も使用される縮小形、それにこれらの縮小形では多くの母音が l, r, t という文字と混ぜ合わされることが、この言語をポーランド語における多くの耳障りな三つの子音の連続した積み重ねよりも愛らしいものにしている。このことは特に素朴な少女のために案出されたダイノス[15]と呼ばれる歌あるいはあらゆる種類の機会に作られた頌歌によって証明される。（ルーイヒ『リトアニア語の考察』七四、七五頁を参照）

（4） グリーンランドの死者の歌について

同行する男たちは埋葬の後に死者の家に赴き、静かに腰をおろし、両腕を膝で支え、頭部を両手の間に置く。一方で女性たちはうつ伏せになり、全員で静かにすすり泣く。それから父あるいは息子、あるいは最も近い親戚にあたる者が大きく泣き叫ぶ声で死者を悼む語りを行い、その中で死者のあらゆる美点に言及し、一節ごとに大きく泣き叫ぶ。このような嘆きの歌の後で女性たちは全員が一つの音調で泣き叫び続けるが、それはまるで五度音程をすべての半音階を通って音を震わせて演奏するかのようである。時おり女性たちは声を止めるが、本来の喪中の女性はそのあいだにいくつかの言葉を述べる。男性たちはもっぱらすすり泣く。

グリーンランド人の文体あるいは語り方は誇張されたものでも大げさなものでも、あるいはアメリカのインディアンに認められるようなオリエント風の装飾過剰なものでもなく、まったく簡素で自然なものである。他方で彼らは好んで比喩を用い、それにまたあまり回りくどい言い方をしない。しかし彼らは一つの事柄をより明瞭にするために何度も反復するかと思えば、その一方で非常に簡潔に語るため、彼らの中では互いに容易に理解できるが、外国人は何年も付き合った後でもほとんど理解できない。

彼らはまた比喩による多種多様な言い方や諺を持っており、呪文を唱える巫術者は隠喩に富んだ表現、あるいはしばしば通常の意味とまったく反対の表現を用いるが、それはこれらの巫術者が自分の語りを学識あるものと思わせたり、神託の宣告への対価を要求するためである。こうして巫術者は石を「大きな硬さ」、水を「柔らかいもの」、母を「袋」と呼ぶ。

彼らの詩では韻も音節の長短も使われない。彼らはもっぱら短い文しか作らないが、それらは詩句の一定の拍子や終止形に従って歌われる。そしてそれぞれの文のあいだには何度か繰り返される amna ajah ajah hey! [16] という言葉が合唱によって歌い出される。（クランツ[17]『グリーンランドの歴史』より）

（5）　ラップランドの歌について

それは「美しい花嫁」と呼ばれる。歌の内容は以下のとおりである。

恋する男は愛する女性を何度も訪ねる。彼女のもとへ向かう途中で彼は道のりの退屈さを紛らわせるために喜んで愛の歌を歌う。二人はほとんどこのような歌を歌うが、それは一定の旋律のものではなく各自が最良のものと考えるようなものであり、またいつも同じものではなく、歌っているあいだに各自に最良のものと思われるような常に別のものでもある。（シェッファー『ラポニア』二八二頁を参照）

＊1　そこにはラトヴィアの婚礼歌も見られる。

＊2　グーツレフ(18)の『エストニア語文法』の後ろには多量の、部分的にはとても機知に富んだ謎々や諺が引用されている。

＊3　少女の花輪のような形をしたケシの花。

＊4　ケシの花は蒼白くなり枯れ、葉も女たちが頭にかぶる布を垂らすように垂れるため。

＊5　花がすっかり落ちたため。

＊6　ケシの殻の中の種。

＊7　種がケシの種穴から転がり落ちる。『リガ学芸寄稿』一七六四年、一二、一三号を見よ。

＊8　おそらく私より多くの人がドイツ的でないオーピッツ氏のみならず穀物の束を見たいと望むだろう。

1　いくつかの婚礼歌

エストニア語

これらエストニアとラトヴィアの歌は『リーフラントおよびエストニアの地誌学的報告』の著者[19]の好意によって生まれた。したがってこれらの歌の原典への忠実さは保証されるが、各詩節の美しさには保証は不要である。ここで重要なのは歌の抽象的理想ではなく、或る民族の歌が持つ偽りのない真の特性だからである。ここに私が提供したのは、その証拠として多数の歌から精選したものだけである。

着飾りなさい、少女よ。急ぎなさい、少女よ。
かつてあなたの母を飾ったもので
着飾りなさい。
かつてあなたの母が身につけたリボンを
身につけなさい。
頭には苦悩のリボンを。
額には心配のリボンを。
母の坐ったところに腰をおろし
母の歩んだ道を辿りなさい。
泣いてはいけない。おお、少女よ。
花嫁衣裳のまま泣くと
一生涯あなたは泣くことになる。[*1]

ありがとう、少女よ。美しい少女よ。
あなたは貞節を守り
立派な体つきになった。
陽気な姉妹たち、美しい姉妹たちが
今や婚礼に向かう。
父にも恥にならない。
母にも恥にならない。
兄弟にも恥辱の帽子をもたらさず
姉妹にも恥辱の言葉をもたらさない。
ありがとう、少女よ。美しい少女よ。

若い少女よ、おいで。おお、少女よ！
おや、あなたは部屋で何を聞いているの。
壁の後ろに恥ずかしげに立ち
小さな隙間を通して聞き耳を立てている。

若い少女よ、おいで。おお、少女よ。
親類と知り合い
友人を迎え入れ
姑を敬い

義理の姉妹に手を差し伸べ
姑や義理の姉妹はみな
銀の帽子の中にいる——
若い少女よ、おいで。おお、少女よ。

愛しい人、可愛い花、輝く少女よ。
私があなたの父に仕え
私があなたの母に仕えるとき
あなたは私のものだ。
愛しい人、可愛い花、優しい少女よ。
まだ私は自分自身に仕えねばならない。
私はまだあなたのものではない。

＊1　あるいは他の歌と同じく終わりは次のようになっている。
　額の前には心配の帯！
　頭のてっぺんには悲しみの布！
　武装せよ！　外は明るくなる！
　武装せよ！　外は夜が明ける。
　さあ、橇《そり》よ、走れ！
　さあ、橇の滑り木よ、踊れ！——

2　専制的支配者に対する農奴の訴え

エストニア語

もう少し縮めると、この歌はもっと美しくなるだろう。しかし縮めるべきではない。あえぎうめく民衆の絵空事ではなく現実として感じられる状況から生まれる真の溜め息は、そのあるがままの形で響くべきであろう。

娘よ、私は仕事を見捨てない。
イチゴの低木を見捨てない。
ヤーン[*1]の土地を見捨てない。
あの悪いドイツ人から逃げるのだ。
あの恐ろしく悪い主人から。

貧しい農民、彼らは
杭のところで血が出るまで鞭打たれる。
貧しい農民は鉄の足かせをはめられる。
男たちは鎖をガチャガチャさせ
女たちは門戸を叩き
卵を手に入れ
贈り物を手袋の中に持った。

腕の下ではめんどりが鳴き
袖の下ではハイイロガンが鳴く。
荷車の上では小羊がメーと鳴く。
我々のニワトリは卵を産む。
どれもドイツ人の深皿のためだ。
可愛い羊は斑点のある自分の子羊を産むが
その子羊もドイツ人のために串焼きにするためだ。
我々の雌牛は最初の子牛を産むが
その子牛もドイツ人の畑のためだ。
可愛い馬は元気な子馬を産むが
その子馬もドイツ人の橇《そり》のためだ。
母は可愛い一人息子を持っているが
その子もドイツ人の杭にされる。

煉獄が我々の生活なのだ。
煉獄あるいは地獄が。
黒こげに焼いた火のライ麦パンを農場で食べ
しくしく泣きながら杯を飲み干す。
火のパンを火つけ棒で焼き
中身には火の粉を入れ

皮の下には細い枝を入れるのだ。

農場から解放されれば
私は地獄から帰還し
狼の口から帰り
ライオンの喉から戻り
カワカマス[20]の奥歯から逃れ
黒い犬の噛みつきから解き放たれる。

おい、もう噛みつかないでくれ。
まだらの小犬よ。それにおまえもだ、黒犬よ！
おまえたちのためのパンならあるぞ、犬たちよ。
手の中のは黒犬のため
腕に抱えたのは灰色の犬のため
ふところにあるのは小犬のためだ。

＊1　ヨーハンの、彼女の夫の。

3　婚礼の歌

ギリシア語

ここにギリシアの歌を混ぜ入れたのは、これの前と後の歌の野蛮さをギリシア人の魂によって和らげるためである。最初の歌はブルンク[21]の『詩文集』第一巻、一一六頁に掲載されている。

神々の女王、愛よ！
そして人間の強さである汝、欲情よ。
生の番人である汝、婚礼の神ヒュメナイオスよ！
ここでの響きは汝らを歌い
私の歌も汝らを歌う。
ヒュメナイオス、愛、欲情よ。

若者よ、見るがよい、汝の乙女を！
彼女を誘うがよい。追いたてられたヨーロッパヤマウズラのように
彼女が逃げないように。

ヴィーナスの友、おお、ストラトクレス。
おお、ストラトクレス、[22]ミリラの友よ。
汝の可愛い妻をよく見るがよい。

何と美しいことか！　何と輝いていることか！
すべての花の女王は
バラとミリラなのだ。
すべての少女の女王なのだ。
太陽のように汝の花嫁の寝床は輝く。
ミルテ[23]だけが汝の庭を花盛りにする。

心の調教者、アモルよ！
山々の頂を屈服させる者よ。
汝のニンフたちの戯れから離れて来るがよい。
アフロディテの戯れから離れて来るがよい。
見るがよい。私は汝の足元にひざまずく。
七賢人の一人クレオブルスの願いを聞き
彼の愛に微笑みかけるがよい[24]。

4　花嫁の歌

リトアニア語

『文学書簡』[25] 第二部、二四一、二四二頁によって知られているが、ここではルーイヒの『リトアニア語の考察』七五頁における原典の韻律に従っている。この韻律と古いドイツの歌の韻律との美しい融合は『ヒポコンドリスト』[26] 第二版の第一部、一一八頁に掲載されている。

私は夫の母に言った。
真夏になる前にはこの家を出る、と。

「お母さん、女の子を一人だけでも探すがいいでしょう。
糸紡ぎの女の子でも、織り子の女の子でも。
私は白い小さな平布を十分に織り
細い小さな紐を十分に織りました。
私は白い小さなテーブルを十分に磨き
緑の小さな庭を十分に掃きました。
私はお母さんの言うことを十分に聞き

今はまたお父さんの言うことにも耳を傾けねばなりません。
私は畑の草を熊手で十分に掃き清め
いくつもの熊手を十分に手にしました。」

おお、緑の花ヘンルーダの可愛い花冠よ。
おまえはもう私の頭の上で若芽を出すことはないだろう!

緑の絹の私のお下げ髪よ。
おまえはもう太陽の輝きの中で輝かないだろう。

おお、私の愛する髪、亜麻色の髪よ。
おまえはもう吹く風の中でなびくこともないだろう。

私は自分の母を訪ねよう。
もう花冠ではなく嫁としての縁なし帽子をかぶって。

おお、私の縁なし帽子、薄手の縁なし帽子よ。
おまえは吹く風の中でなおも音を立てることだろう。

そして私の縫い物道具、色とりどりの縫い物道具よ。
おまえは月の光の中でなおも鈍く輝くことだろう。

緑の絹の私のお下げ髪よ。
おまえは垂れ下がり、私に涙させることだろう。

私の小さな指輪、黄金の指輪よ。
おまえは小箱に入ったまま錆びることだろう。

5 愛する女性のもとへの旅

ラップランド語

クライストの模作によってよく知られた歌[27]で、原典はシェッファー[28]の『ラポニア』に見られる。これはフィンランドの大変有名な熊の歌で、ゲオルギ[29]はこれをロシア諸民族による種々の模作という形で翻訳している。原典に従った形では、テルナー[30]編の『フィンランド人の起源と宗教』四〇頁に掲載されている。クライストによる蛇を食う野蛮な人間の歌を私はもっぱらモンテーニュ(『随想録』第一巻、三〇章)から知った。北アメリカ人の歌についてはサガール[31]の『ヒューロン旅行記』に十分な情報があり、旋律も存在する。ただ本来の完全で独特の歌を私は知らない。

太陽よ、最も明るい光をオラ湖に投げるがよい!
私はすべてのトウヒの頂に登りたい。
とにかくオラ湖さえ目にできれば。

私はトウヒの頂に登り、私の愛する人の方を見た。
花々のもとで今その人はどこにいるのかと。

私はトウヒの枝を、若くて新しい枝を切った。
トウヒのすべての小枝を、緑の小枝を切った。[32] ——

もし私に君のもとへ飛んでいける翼が、カラスの翼があれば
オラ湖に向かう雲の流れに従うことだろう。

しかし私には翼が、カモの翼もない。
足が、アヒルの足があれば私を君のもとに連れていってくれるのに。

君はもう何日も何日も待った。
君の最も素晴らしい日々を。
君の愛らしい眼でもって、君の優しい心でもって。

そして君がたとえ私から遠く逃げても
私は君をすぐに取り戻す。

鉄の鎖や編まれたお下げ髪よりも強くて固いものは何か。
こうして愛は我々の感覚にからみつき
意志と思考を変える。

子どもの意志は風の意志であり
若者の思考は長い思考なのだ。

私はそれらすべてに耳を傾けたいと思った。——
私は道から、正しい道から逸れたのだ。
私は一つの結論を持っており、それに従いたい。
私には分かっている。私は正しい道を見出す。

6　ギリシアの歌の断章

サッフォー[33]へ

ブルンクの『詩文集』第一巻、五六、五七頁。これらの歌はここでは以下の断片の弁明として掲載されている。

愛する母さん。私は自分の織物を
織ることができません。
一人の美しい子どもが私を苦しめるのです。
邪悪な愛が私を苦しめるのです。

月はもう沈みます。
七つ星も沈みます。
真夜中です！――時はもう過ぎ
哀れな私はまだ一人ぼっちです。

ああ、体をばらばらにする邪悪な愛が私を苦しめるのです。
愛らしくも厳しく歌うのは会うことのできない鳥です。
最愛のアッティス[34]、あなたはかつて私にとても冷たかった。
あなたの心はアンドロメダ[35]にのみ向けられていた。

おお、乙女の純潔。おお、乙女の純潔。
おまえは私から離れてどこへゆくのか。
私はもう来ない、私はもう来ない。
私は二度とおまえのところには来ない。

愛する夕星よ。
おまえはすべてを運んでくる。
ぶどう酒も喜びも友人も
母には赤子も運んでくる。
だが私には何を運んでくるのか。

来るがよい、おお、キュプリス[36]。おまえの
満ちあふれた黄金のネクタルの杯をもって
その杯をこれらの優しい子どもたちと
私の友人とおまえの友人にも差し出すがよい。

おまえは死んで横たわり
誰もおまえのことを考えないだろう。
誰もいつの時代にも考えないだろう。
なぜならおまえはピエリン[37]のバラに

一度として触れなかったからだ。
おまえは目立たず死の住処《すみか》へと
行かねばならないだろう。
そして暗い影の群れの中では
誰もおまえに目を向けないだろう。

7　ラトヴィアの歌[38]の断章

（1）

「愛する太陽よ、何をためらっているのだ。
どうしてそんなに昇るのが遅いのか。」
「あの丘の向こうで私はためらい
みなしごたちを暖めているのだ。」

（4）

愛する太陽よ、おまえはただ
我らの住居の割れ目を通して輝いているだけなのか。
我ら五人のほかにはもう
結婚式に招かれている客はいないのか。

（8）

主人の従僕には何が欠けているのか。

彼が誇り高く頑固でなければ
彼は主人の鞍にすわり
主人の拍車と馬を持っているのに。

(10)

私は自分の息子の娘を
或る若い紳士と結婚させたいと思った。
私は葦《ヨシ》に自分の小舟を結びつけ
カラスムギに自分の子馬を結びつけた。(39)

(11)

私は丘に登り
黄金の少女たちの方を見回した。
少女たちは群れをなしてやって来て
みな丘の周りで飛び跳ね
いくつもの美しい歌を歌い
手にリンゴの花などを持っていた。

(13)

私の馬は音を響かせながら馬勒《ばろく》をつけられ
私は竪琴の弦を響かせながら
馬と遠くへ駆けた。
音を出し
跳び歩いた。
遠くで私は少女たちを見た。
花のように美しく、バラのように新鮮だった。
一人淋しく暮らす若者よ。
おまえには苦悩と心労しかない。
若者よ、恋人を手に入れるがよい。
そうすれば生の喜びはおまえのものだ。

8　春の歌

ラトヴィア語

来たれ、おお、来たれ、ナイチンゲールよ。
来たれ、汝の暖かい夏とともに。
さもないと私の愛する若い兄弟たちは
種まきの時期が分からないだろう。

愛する母よ、溢れるほどの蜂蜜を持つ
蜂たちもすべてのものに
蜂蜜を与えるわけではない。
しかし夏は皆にパンを与えてくれる。

父たち。父たちは道を切り拓く。
子ども。子どもはその後をついてゆく。
神の意志によって人間が
どうか人の道に従うように。

息子よ、汝はその白い足で大地を踏み渡り
速歩で駆け抜けることを避けるのか。

息子よ、汝はすべてを歩き抜いて
汝の花嫁を連れ帰らねばならない。

太陽がまだ花嫁であったのは
昨日のことではなく、ずっと以前からであった。[40]
最初の夏が生まれたのは
昨日のことではなく、ずっと以前からであった。

9　牢獄でのエリザベスの悲しみ　英語

イギリス人最後の芸術的な時代における最も温和で自然な詩人であるシェンストンによるもの。ドズリーの『詩集』第四部、三三三頁から。

汝らは聞きたいか。エリーゼ[*1]が
　高慢で尊大な姉(41)のために
辛い涙を余儀なくされたとき
　牢獄の中で悲しみの歌を歌った様子を。
快活な少女たちは牢獄の見張りの周りで
　ふざけながら遊んでいた。
ああ、高貴な人間がふだんは嘲笑するものを
彼女は今どれほど羨むようになったことか。

「安らぎの谷に生まれたのに
　誰がその谷を去ろうか。
誰が王冠や紫衣を求めて
　宮廷の黄金の広間へ押しかけようか。
財宝からと同じく悪意からも遠く離れ

静かな愛と友情に優しい彼女を――
ああ、愛を措いて何が彼女を
　黄金以上のものを喜ぶ彼女を喜ばせることができようか。

貧しい羊飼いたちよ。汝らは
　王族たちの幸福をいつも羨んでいる。
なぜなら王族たちは木綿ではなく金を
　それも心の悪意ある縄である金を身にまとっているからだ。
だが愛は黄金の太陽のように
　汝らを暖め、汝らにとても優しく輝き
汝らの胸に勲章の帯や星の上に
　小さな花を描く。

見るがよい。向こうでその少女が歌いながら
　自分の羊の群れを安らぎへと向かわせている様子を。
新たに芽生えるセイヨウサクラソウは
　彼女に挨拶し、耳を傾ける。
地上のどの女王がかつて
　これほど喜ばしく見渡し歌ったことか。
ああ、宝石を身にまとわされると

どの心もこれほどには脈打たないし歌いもしない。
私もまた汝らとともに生まれていたら。
一人の少女もその谷で生まれていたら。
束縛もなく、牢獄もなければ
私は自由の広間を走り回るだろう。
断崖や丘をよじ登り
愛、喜び、戯れを歌うだろう。
私の王冠は野に咲く小さな花となり
私の国は羊飼いの心となろう。」

＊1　後の一五五四年のウッドストックの監獄におけるエリザベス女王。

10　健康に寄せる歌

英語

同じくドズリーの『詩集』第五部、二一頁から。この歌は特に韻律と音調のゆえにここに提供した。さらに刊行者はこう告白する。[42] すなわち、イギリス詩という分野、それも索引の言葉、たとえば夜、不幸、孤独、健康、メランコリーなどに寄せて偉大な頌歌、賛歌、歌謡が作り上げられ、最も日常的な常套句が色を添えてこれらに塗り重ねられ、形容詞が詰め込まれ、詩節に合わせて注ぎ出されるような分野は、私の趣味ではない、と。この仕事は詩でもなければ抒情的旋律でもないし、アレゴリーでもなければ論文でもない。それでも称賛されるドズリーの『詩集』の大部分はこの種の作品から成り立っている。

健康、天の子よ！
汝、最善の賜物の源泉よ。
ここから我々に祝福、喜び
安らぎが甘美な流れとなって伝わる。

私が汝を怒らせる原因は何か。
すべてが汝を本当に喜んで享受し
感謝しながら呼吸する場所となる
小さな小屋を汝が見捨てるとは。

汝が私から逃げ出してからは
生も楽しみも消え失せ
どのような植物も私には咲こうとしない。
そして私はもう枯れている――

最善の若さの緑の中で
汝はまだ私の友人であり
生の果実でもって私を喜ばせ
私に花盛りをもたらすものであってほしい。

汝は自由な土地を愛する。
私は谷や高地を通って汝を探す。
汝を呼吸し、汝を見るために
どこへ、どこへ、向かったのか。

私は冷たい海に潜り
汝の姿があらゆる波の中で
流れ出るところで泉水を飲み
そしてますます喉が渇く。

ああ、私が汝を享受したとき
私にはどの朝もいかに新しく
汝の善意のふところで
私はいかに新鮮かつ自由に呼吸したことか。

おまえはどこにいるのか、至福の時よ。
私はいったいすべての世界で何を見つけたのか。
それは私がおまえに償うものなのだ。
おお、生の喜びよ。

おお、汝が私に戻ってきて
私の心が再び新鮮に脈打つならば
私は幸福と名誉の戯れを笑い
もっぱら汝に仕えよう。

朝早い露の祭壇で
私は熱心で純粋な手で
日ごと汝に私の心の担保である
祈りと愛を捧げよう。

そして勤勉と節制を
祭壇の右と左に捧げよう。
無垢と喜ばしい生の時間が
私の味方となるようにしよう。

11　栗色の少女

スコットランド語

この有名で愛される歌は、あの繊細で優しいプライアーが「ヘンリーとエンマ」という詩へと作り変えたものであり、プライアーの『詩集』第二巻と『拾遺集』第二巻、二一六頁に掲載されている。

嘘であれ真実であれ、こう明言される。
「女の貞節を信じる者は自分をひどく欺き
後に来る多くの悔恨によって
　大きな罰を受ける。」
こう世間の人々は語るが
もし気が向けば次の話に耳を傾けてほしい。
それも誓って愛に報いてくれる
　栗色の少女の話に。

真夜中に少女の恋人が
　そっと戸口にやって来た。
さあ、早く開けておくれ。
　ここの誰かが目覚めないうちに。
少女は急いで戸を開ける。

「僕はここを出なくてはならない。
裁判官から死の宣告を受けるために。
ぼくはきみに別れを告げる。
ぼくはすぐに人里離れた森に行かなければならない。
さもないとぼくの身は破滅だ。」
「おお、何ということ！　そんなことをしてはだめ！
私もいっしょに行きます。」
「時の幸福とは何だろうか。
時は愛を苦難に変えるのだ。」
「おお、愛する人よ。そんなことをしてはだめ！
私たちを隔てるのは死だけよ。」
「きみは来てはいけない！　どうか言うことを聞いて
僕一人で行かせてくれ。
きみに森がどのような場所か分かるかい。
おお、愛する者よ！
霜と雪、渇きと苦悩の中に
空腹と恐怖と苦痛の中に
愛するきみを連れてはいけない！

ここに留まって心を静かにしていておくれ。」

「いいえ、愛する人よ、一人で行かないで！
私はあなたと一緒にいなければならないのです！
あなたがいなくなったら、私はどこに安らぎを見出すのでしょうか。
私にどのような人生が残されるのでしょうか。
霜と雪、渇きと苦悩の中にも
空腹と恐怖と苦痛の中にも
私を心配させるものは何一つありません。
私を導いて私の心を静めてください。」

「ああ、愛する人よ、ぼくは一人で行かねばならない。
ここに留まり、ぼくを信じてくれ。
時がすべての苦悩を静めてくれる。
時がきみの苦悩を必ず静めてくれる。
街の人々の
槍や剣のように鋭い舌は
きみが逃げたことを知ったら
どんなにきみを辱めることを言うだろうか。」

「いいえ、愛する人よ、留まることなどできません。
時は私を慰めてはくれません。
　やって来るその日その日が
新たに心の苦しみを私にもたらすのです。
　街の人々、鋭い舌
彼らによる辱めが私に何の関係がありましょう。
最愛の人よ、緑の森が私たちを守ることができるなら
その森に来てください。」

「森は人里離れて寒く
危険に満ちている。
　ぼくの手が弓矢を引いたら
きみはきっと震えるだろう！
　ぼくが捕えられたら、きみも縛られ
きみはぼくと一緒に苦しむ。
　そして苦難の後には辛い死が続く。
だからきみにここに留まるよう忠告するのだ。」

「いいえ、愛する人よ、愛だけが
危険の中でも安心を生み出すのです。

本当に愛は女に男の体と
　男の心を与えるのです。
あなたの手が弓矢を引くとき
　私はあなたと自分のために聞き耳をたて
苦難にも死にも抗い
　自分とあなたの身を守ります。」

「人里離れた森は
盗賊や動物のための住処《すみか》だ。
　どんな屋根も壁も天の屋根のように
木の葉のようにきみを護れない。
　きみの小屋と部屋は洞窟と木で
きみの寝床は冷たい雪だ。
　きみの冷えた葡萄酒は水で
きみの慰めは空腹の苦しみだ。」

「緑の森が私とあなたには
自由の住処です。
　あなたについていく私にどんな屋根が必要でしょうか。
あなたに当然のことは私にも当然のことです。

あなたの硬い手は
盗賊や野獣と戦い
　食べ物や飲み物を調達してくれ
そして甘美な泉が生涯にわたって私に湧き出ます。」

「おお、そんなことはありえない！
　この絹の巻き毛も下ろさねばならない！
きみの服も膝から下で切り刻まれねばならない。
　きみは二度と姉妹やお母さんに
顔を見せることはないのだ。
　女の人は熱くもなれば冷たくもなる。
さようなら、ぼくは行かねばならない。」

「さようなら、お母さん、私は何としても
　自分の愛する人と行かねばならないのです！
喜びの広間にいる姉妹たちも皆さようなら。
　私はもう広間に入ることはありません。
見て、朝の光が射す様子を！
　さあ、愛する人よ、危険から抜け出しましょう！
服とか女の喜びとか

髪が私に何の関係がありましょうか。」

「それでは言おう。気をしっかり持って誠実に
もう一つの話を聞いてほしい。
緑の森には
ぼくの情婦が住んでいる。
ぼくは彼女を愛しているし
ぼくも自分より年上の彼女をきみ以上に愛している。
そしてその森を女との争いのない
安らぎの場所に選んでいるのだ。」

「あなたの情婦を緑の森で
ずっと情婦のままにしておいてください。
私はあなたにも彼女にも従い
彼女の言葉に耳を傾け
あなたを愛し、そして
(たとえそれが百以上あっても)
甘美な義務で自らを鍛えたいと思いますし
愛の誠実な束縛に背くつもりもありません。」

「おお、ぼくの最愛の人よ。きみの中には
　うわべのきらびやかさも心変わりもない！
ぼくが出会うすべての人間の中でも
　きみはぼくにとって貞節な女性だ。
きみには自由で快活であってほしいが、そうではないのだ。
　ぼくは呪縛されつづけはしない。
深く悲しまないでほしい。ぼくは貧しくなどない。
　ぼくは或る国の伯爵なのだ。」

「どうかそのままでいてください
　あなたと一緒にいる女性がずっと女王なのです！
不実な男たちの気持ちほど
　何度も思いがけず揺れ動くものがありましょうか。
あなたは決して揺れ動きません！　そして遅かれ早かれ
　私はあなたのものになるつもりです。
古くても新しくても私はあなたに貞節で
　あなただけを永遠に愛します。」

12　田舎の歌

スコットランド語

ダーフィーの『歌集』第三巻、二三七頁から。そこにはイギリス風のやり方に従って多くの、部分的にはひどく濫用されたパロディーが見られる。旋律はとても田舎風で素朴である。

〈羊飼いの女〉　私は朝早くから
　夕方まで花のもとで
小羊の番をしています。
　心配や悩みを隠しながら
　あちらこちらで
　小羊が鳴きます。
いたるところに喜ばしい響きが広まり
　純潔もいたるところにあります。
おお、何と幸福に自由に喜ばしく
人々は田舎で暮らしていることでしょう。

〈羊飼いの男〉　野原で朝早くから
　ぼくは夕方まで
父の家畜の番をしている。

心配や悩みを隠しながら
　あちらこちらで
　家畜が鳴いている。
いたるところに喜ばしい響きが広まり
　安らぎもいたるところにある。
おお、何と安らいで自由に喜ばしく
人々は田舎で暮らしていることだろう。

〈羊飼いの女と男〉　朝、夜が明ける前に
　露がまだきらめくとき
私は自分の恋人を失うことはない。
　それも朝のようにほのかに輝く恋人を。
あなたが私に接吻する。
ぼくはきみに接吻する。
静かな谷がずっと広がり
　いたるところに愛がある。
おお、何と幸福に自由に喜ばしく
人々は田舎で暮らしていることだろう。

13　死者の歌

グリーンランド語

クランツの『グリーンランドの歴史』第一部から。

今は誰もいないおまえの席を見なければならないとは何と悲しいことか！
母はおまえの服を乾かそうと虚しく努めている！

見るがよい！　私の喜びは暗闇へと向かい、山の中に隠れてしまった。

以前は夕方になると私は出かけ、幸せだった。私は遠くまで眺め、おまえの帰って来るのを待っていた。

ほら、おまえが帰って来た！　おまえは勇敢に舟を漕ぎながら若者や老人ともども帰って来た。

おまえは手ぶらで海から戻ってくることは一度もなかった。おまえのカヤック(43)はいつもアザラシや鳥で一杯だった。

おまえの母は火を起こし料理をした。母はおまえが手に入れ、料理されたものの残りを他の者たちに取り分けてやり、自分も一切れもらった。

おまえは遠くからスループ型帆船(44)の赤い三角旗を見つけて叫んだ。「商人が来る。」

おまえは海辺に走り、帆船の前方の部分をつかんだ。

それからおまえは母が脂身を取り除いておいたアザラシを取り出し、その代償に肌着と、矢にする鉄を手に入れた。

しかしこれも昔のこと。おまえのことを思うと私の臓腑(45)は煮えたぎる。

おお、私も他の人たちのように泣くことができれば、自分の苦しみを和らげられるのに。

私は何を望むべきなのか。今の私には死さえも心地よいものとなっているが、いったい誰が妻や子どもの世話をするのか。

私はもうしばらく生きることにしよう。しかし普通の人間にとって喜ばしいものを断念することが私の喜びとならねばならないのだ。——

14　ダースラの弔いの歌[46]

オシアンより

コラの娘よ、おまえは眠っている！
おまえの周りではセルマ[47]の青い流れも黙り込んでいる！
この流れはトゥルティルの幹の最後の枝であるおまえの死を悲しんでいる！

いつおまえはその美しさの中で蘇るのか。
エリン[48]で最も美しい少女よ！
おまえは墓の中で長い眠りについている。
おまえの朝日は遠い！

二度と、おお、二度と太陽は現れず
おまえの墓に向かってこう呼びかけることもない。
「目覚めよ！　目覚めよ、ダースラ！
春がもう来ている。
風がそよいでいる！
優美な少女よ、緑の丘には花々が咲いている！
森には芽吹く若葉がもくもくと芽を出している！」

永遠に、永遠に！　さあ、太陽よ。
コラの少女の前から退くがよい！　彼女は眠っている！
二度と彼女はその美しさの中で蘇ることはない！
我々はもう二度と彼女が愛らしく歩き回るのを目にすることはないのだ。

15 フィランの幻影とフィンガルの盾の響き(49)

オシアンより

小さな森にあるレゴ湖(50)から霧が立ち昇る。
その側面は波によって青くなっている。
天の太陽の鷲の鋭い目の上方で
夜の門が閉じられるとき

大きな川ララのずっと遠くを
雲が暗く低く流れる。
蒼白い盾のように雲の前を
夜の月が泳ぐように動く。

雲や月とともに古《いにしえ》の死者たちは
川の中ほどで消えゆく形姿をすばやく捕える。
これらの形姿は音で一杯の夜の暗い顔の上で
息をするごとにするりと抜ける。

それらは微風の上を忍び歩きながら
高貴な者たちの墓に向かって天の霧を

死者の霊のいる灰色の住居へと集めると
竪琴から死者の歌を憧れる気持ちが降りてくる。

――――――――――

木のもとにある荒れ地から響きが――
王のコナル(51)が近づく――
すぐにもう灰色の霧が青いルバル川の岸辺にいる
フィランの周りにたなびく。
悲しげに王は嘆きのうちにひざまずく。
霧が射し込む中で身をかがめて。
やがて一吹のそよ風が彼を包みこむ。
するとあの美しい姿が再びやって来る。
彼だ！ ゆっくりと沈むような眼差しで
川霧の中に巻き毛をひるがえして。

周りは暗い！
軍勢はまだ夜に縛られて眠っている。
王のいる丘では戦火も消え
王は盾に護られて一人安らっている。

闘いに思いを馳せる目はなかば閉じられている。
そこにフィランの声が王の耳にささやきかける。

「クレイトの夫は眠っているか。
死んだ私の父は安らぎのうちにあるか。
私は雲が折り重なる中で忘れられ
夜に縛られ孤独のままだ。」

「なぜおまえは私の夢の只中に現れるのか、と
フィンガルは言い、すぐに起き上がった。
私におまえが忘れられようか、息子よ。
レトラン(52)の戦場でのおまえの火のような闘いぶりを！
輝く鋼《はがね》に身を包んだ強者《つわもの》たちの闘いも
おまえの闘いぶりに比べれば王の魂には入ってこないのだ。

彼らの闘いはこの王の目に映らない。稲光のように
夜の中を歩み、泳ぎ去ってしまうのだから。
私は眠りの中で愛するフィランのことを思う。
すると魂の中には怒りが沸き起こる。――」

王は槍をつかみ
盾に打ちつけ、これを鳴り響かせた。
闇の中で盾を高くかかげながら
血まみれの闘いを宣告する。——

山のそれぞれの側では
死者たちが風にのって逃げ去った。
多くの曲り道のある谷を通って
深淵からの声々が泣いている。

盾をたたくと、もう一度
軍勢の夢の中で闘いが起こった。
争いは激しさを増し
眠りの中で軍勢の魂は高貴なフィランを燃え上がらせる。
青い盾を手にした戦士たちは闘いへの士気を高める。
しかし軍勢は逃げまどい、厳しい闘いが鋼の鈍い光の中で
なかば隠されたまま軍勢の前に立ちはだかる。

闘いの響きがふたたび沸き起こったとき
断崖から鹿が突進してきた。

荒れ地で鳴くカラスたちの声が聞こえてくる。
微風にのってそれぞれの声が。
丘のアルビオンの氏族はゆっくりと立ち上がった。
それぞれが上に向かって、微光を放つ槍を手にとった。
しかし沈黙が軍勢に戻ってきた。
彼らはモーヴェン王国の盾に気づいたのだ。
眠りが戦士たちの目の上にやってきた。
闇は谷の中で重苦しいものとなっていた。

――――――

おまえの闇の中ではどんな眠りもおまえにはやってこない。
丘の上のコンモールの青い目の娘よ。
サルマッラは盾の打ち合う響きを耳にする。
彼女は真夜中に立ち上がる。
彼女の歩みは剣の王アタに向けられる。
「彼女の強い魂は王を怖がらせることができるのか。」
彼女は確信のないまま立ち、目をそらした。
天空は星々が燃え立たんばかりであった。――

彼女は盾の打ち合う響きを耳にする。
彼女は歩き、止まり、盾で身を支える。
一頭の子羊が声をあげるが、その声は沈み込む。――
彼女は鋼で光り輝く盾を目にする。
盾は燃え立つ星々へと微光を放つ。――
彼女は闇の中に巻き毛のフィランの姿を見た。
その姿は天空の息吹の中を立ち昇った。――
彼女は恐れのうちに歩みの先を変えた。
「波の上のエリンの王は目を覚ました！
おまえは王の眠りの夢の中にはいない。
剣の上のアイニスヴィーナの娘よ。」

響きはさらに硬くなった。
彼は身をこわばらせ、兜が下を向く。
川の岩壁が響き
夜の夢の中でこだまする。
カトモルはこれを木の下で耳にする。
彼は愛する少女が山の
ラブハルの岩壁の上にいるのを目にする。
星の赤い光が駆ける者たちの

流れる髪のあいだを通ってほのかに光る。

「誰がこんな夜の中をカトモルのところへ来るのか。
夢の暗い時間の中を彼のところへ
微光を放つ鋼に身を包んだ戦争の使者だろうか。
おまえは誰だ、夜の息子なのか。
私の前に立つおまえは姿を現しつつある王なのか。──
死者という昔の英雄たちの叫びなのか。
驟雨の雲たちの声なのか。──
エリンの戦死を警告しながら音を立てる雲たちの。」

「私は戦士でも夜の時のさすらい人でもなければ
闇の雲たちの声でもなく
エリンの戦死を警告するものだ。
おまえには盾の響きが聞こえるか。
夜の響きを目覚めさせるのは死者ではない。
おお、波の上の王アタよ！」

「戦士よ、響きを目覚めさせるがよい！
竪琴の響きがカトモルには声なのだ！

おお、暗黒の天の息子よ、私の生は
私の魂に火をつけることで喪に服することではない。
音楽は微光を放つ鋼に身を包んだ戦士たちには
夜の丘の上では遠いものだ。
意志の固さを誇る氏族である戦士たちは
それから自らの光の魂に火をつける。
臆病者たちは恐怖にとらわれ
快楽の微風の谷に暮らしている。
そこでは山の霧の裾が
青く流れる川から立ち昇る。──────」

16　昔の歌の思い出

オシアンより

最後の二つの作品はマクファーソンによって提供された「タイモーラ」からの原典の翻訳の試みである。刊行者（なぜならこの翻訳は刊行者によるものではない[53]ので）はオシアンに関するこうした試みの成果として注目に値するいくつかの注釈を持っているが、紙幅の関係でここでは提示できない。

弦をかき鳴らせ、おお、歌に精通したアルピンの息子よ。
慰めは微風に乗ったおまえの竪琴の中に住んでいるのか。
悲しむ者オシアンの上に微風を注ぐがよい。
すると霧がこの者の魂を包み込む。

私は自分の夜におまえ吟唱詩人に耳を傾ける。
弦に触れるがよい、震える弦に。
物悲しい気持ちにオシアンは喜びを与える。
自らの暗く悲しい時代において。

緑の茨よ、霊たちの丘の上で
おまえは夜の声の中で頭を動かしている。
私はおまえの音を感じない。

霊たちの服はおまえの木の葉の中でざわざわと音を立てない。

渦巻く嵐の中の微風に乗って
死者たちもしばしば歩む。
月が東から泳ぎ出るとき
蒼白い盾は天を通って動く。

ウリンとカリルとラオノ(54)
老年を前にした日々の過ぎ去った声たちよ。
私はゼルマの闇の中でおまえたちに耳を傾ける。
歌の魂を高揚させるがよい、と言うのを。

歌の息子たちよ。私はおまえたちに耳を傾けない。
雲たちのどの住処《すみか》におまえたちの安らぎはあるのか。
おまえたちは竪琴をかき鳴らすのか、陰鬱な竪琴を。
夜明けに包まれて
太陽は音を響かせてどこに昇るのか。
波頭を青く染めて。

17　幸福と不幸

スペイン語

ゴンゴラ[55]の『抒情的ロマンセ』三三八頁から。

おお、アルキーノは何と悲しく歌うことか。
グアルディアナ川[56]のアムフィオン[57]は。
生の短い幸福を歌うことか。
生の長い不幸を歌うことか。

魂の吹き込まれた黄金のツィターの弦を
彼は力強くかき鳴らした。
山が彼とともに嘆き
波が彼とともに泣くようにと。
「短い生よ！　長い希望よ！
　虚しい幸福と絶えない不幸よ！」

彼は歌った。「幸福とは
朝焼けが目覚めさせた花だ。
ああ、その花は太陽の光の中で沈み

夕方早くには枯れてしまう。」

そして山は嘆き返し
波は彼とともに泣く。
「ああ、その花は太陽の光の中で沈み
夕方早くには枯れてしまう。」

「不幸は丈夫なオークの木であり
その山とともに絶えることがない。
時から時へと運命はその木の
硬直した緑の髪を梳いてやる。」

そして山は嘆き返し
波は彼とともに泣く。
「時から時へと運命はその木の
硬直した緑の髪を梳いてやる。」

「心臓に矢の刺さった鹿のように
我々の生はあっというまに過ぎ去る。
カタツムリのように希望は

生の飛び去った後をゆっくり這っていく。
　短い生よ！　長い希望よ！
　　虚しい幸福と絶えない不幸よ！」

そして山は嘆き返し
波は彼とともに泣く。
「短い生よ！　長い希望よ！
　虚しい幸福と絶えない不幸よ！」

スペイン語

18　嘆く漁師

前掲書、三三二頁。

荒々しい波に抗う
高い岩壁の上に
昼と夜が立ち
その側面を差し出している。

そこに一人の貧しい漁師がすわり
彼の網は砂の上に置かれていた。
彼は幸福にも喜びにも
花嫁にも見捨てられていた。
　おお、何と悲しく彼は嘆いたことか！

自分の下には波が
後ろには岩壁が
周りには風が
自分の歌の中へ呻き声をあげる、と。

「甘美で憎い愛よ。
汝はどこまで逃げようとするのか。
汝は岩よりも固く
風よりも軽くあろうとするのか！」
　おお、何と悲しく彼は嘆いたことか！

「忘恩の徒よ、汝が
この岸から逃れて一年になる。
汝が逃れて以来この岸は荒れ果て
私の魂のように荒れ狂っている。

生が私から失われるように
私の網は手から滑り落ちる。
波が岩を割るように
私の心は岩場で砕ける。」
　おお、何と悲しく彼は嘆いたことか！

「陸と大波を越えて
どんなに速い略奪にも急ぎ追いつき
どの逃亡者をも素早く捕まえる者。

おお、愛よ、軽やかな鳥よ。
汝にとって翼は何の役に立つのか。
汝にとって矢は何の役に立つのか。
翼が汝からいつも逃げ
矢が私からすべてを奪うとすれば。」
　おお、何と悲しく彼は嘆いたことか！

自分の下では波が
後ろでは岩壁が
周りでは風が
自分の歌の中へ呻き声をあげる、と。

19 短い春

スペイン語

同じく前掲書、四〇三頁。すべてゴンゴラの『抒情的ロマンセ』ブリュッセル、一六五九年、四頁から。原典との相違については誰も心を悩ませないように望む。なぜならゴンゴラをそのあるがままにドイツ語で刊行するには我々自身がスペイン語で書くゴンゴラ[58]であらねばならないだろうからだ。これらの作品のいくつかはヤコービ[59]による散文への翻訳においてよく知られ愛好されているが、私にとって重要だったのは特にロマンセの韻律と音調である。

春はずっとは続かない。少女たちよ
春はずっとは続かない。
時が汝らを騙すことがあってはならない。
若さが汝らを欺くことがあってはならない。
時と若さは本当に可憐な花から
花冠を編む。

春はずっとは続かない。少女たちよ
春はずっとは続かない。
我々の年月は足早に逃げていく。
そして盗人の翼とともに

汝ハルピュイア(60)は
我々の食卓を汚すべく再びやって来る。

春はずっとは続かない。少女たちよ
春はずっとは続かない。
生の鐘がまだ朝を告知すると
汝らが信じるならば
それはすでに夕べの鐘であり
汝らの喜びに終わりをもたらすものなのだ。

春はずっとは続かない。少女たちよ
春はずっとは続かない。
喜ぶがよい。汝らが喜ぶことができるあいだは。
愛するがよい。汝らがまだ愛されるあいだは。
老齢が汝らの黄金の髪を
すぐにも銀色に輝かせないうちに。

20　銀の泉

トマス・カリュー[61]、三四頁から。

清楚で初々しい可愛い少女よ。
　君はあの男が喉をからからにしながら
元気づける飲み物を求めて
　冷たい泉に向かうのを見たかい。
すっかり渇ききった彼は泉に向かって膝を曲げ
「女神よ、女神よ」と泉に呼びかけた。

そして女神が甘美な飲み物でもって
　彼の渇きを癒したとき
そして彼が新たに生気づけられ力に満たされ
　女神の足元にくずおれたとき
彼は眠り込んだ。何の感謝もなく。
すると一つのゆるい歩みが彼を運び去った。

おお、少女よ、泉は何と清らかで

英語

無垢で、新鮮で、美しいことか。
ああ、汝が他の者を喜ばせるとき
　汝自らが涙の泉であるということを
汝の運命としないように。
汝の身に起こさせないように。

21　愛における自由

ドイツ語[*1]

オーピッツやフレミングらが散逸して失われた詩を見つけ出し集めてくれたらという願いが沸き起こったのも一度たらずのことではない。ここにある歌はオーピッツによるものの一つで、推測するに彼がプロイセン滞在中に作り、アルベルトによって作曲されたものである。後者の『歌曲集』第三巻、一六番を見よ。願わくはこの歌にもっと多くの良い歌が続かんことを。

何がこのように身をゆだねるよう私を強いるのか。
囚われのまま生きねばならないことはいったい語るに値するのか。
一羽の鳥が自由な空の中にいることを望むと
ただちに金と銀の中に閉じ込められる。

今の私は自分の欲するものを愛し、自分の愛するものを欲する。
そして目下先延ばしにしていることが自分から何一つ逃げ出さないことを知っている。
私は昼を夜にし、夜を昼にする。
そして自分が自らの主人で召使いであってよいことを誇示している。

立ち去れ、立ち去れ、汝、隷属よ。汝に見出されるのは
欠乏を伴う善であり、すぐに消え去りうるものであり

恩寵と混ぜ合わされた憎悪であり、不快をもたらす快楽であり
休息のもとでの仕事であり、私を束縛する自由だけだ。

だがヴィーナスは違う。私は彼女を何度も誉め広めてきた。
私に幹だけしか与えられていないならば
ただちに私に感覚と意志と眼を付け加えてほしい。
私に値するような木を正しく見てとるために。

＊1　オーピッツの作品ではあるが、彼の詩集には見あたらない。

22　寓話の歌

『美しく世俗的で貞節なドイツの歌の見本(62)』八折版を見よ。

ドイツ語

かつて或る深い谷で
カッコウとナイチンゲールが
親方の地位をめぐって
歌で競い合うことになった。
技巧によってであれ幸運によってであれ
この地位を獲得した方には
賞品を与えようということになった。

カッコウは言った。「もし君がかまわないなら
僕が審判者を選びたいのだが。」
そしてロバの名を挙げた。
「ロバは二つの大きな耳を持っているので
よりよく耳を傾けて
正しいことを認識できるのだ！」

さてロバに事情が話され、審判権が与えられると
ロバはこう言って仕事を始めた。
君たち、歌いたまえ！
ナイチンゲールが可愛らしく歌い終えると
ロバは言った。「君の歌は私には判定しがたいし
理解もできない。」

カッコウもまたいつもどおりに鳴きはじめた。
「クックック、クックック！」
そして中に巧みに笑いを入れた。
ロバにはそれが気に入った。
ロバは言った。「すべての権利において
審判を下そう。

君はよく歌った。ナイチンゲールよ！
しかしカッコウは立派に聖歌を歌い
その中で巧みに拍子を守っていた。
このことを私は自分の高い知性に従って言うのだ。
そして国全体がこれを認めてくれるならば
カッコウよ、君に勝利を与えよう。」

23　野なかのバラ

口頭による伝承から。[63]

少年は小さなバラが咲いているのを見た。
野なかの小さなバラを。
見るとそれはとても瑞々しく美しかった。
少年は立ちどまり、それをじっと見て
甘美な喜びに包まれた。
　小さなバラ、小さなバラ、赤い小さなバラ
野なかの小さなバラ！

少年は言った。「僕は君を折るよ
野なかの小さなバラ！」
バラは言った。「私はあなたを刺します。
あなたがずっと私のことを思っているように。
私はされるがままでいたくないのです。」
　小さなバラ、小さなバラ、赤い小さなバラ
野なかの小さなバラ！

ドイツ語

それでもその乱暴な少年は
野なかの小さなバラを折った。
バラは抗い、そして刺した。
それでも少年は享楽のあまり
苦しみを忘れてしまった。
　小さなバラ、小さなバラ、赤い小さなバラ
　野なかの小さなバラ！

24　唯一の愛すべき魅力(64)

ドイツ語

おお、少女よ。美しさではない。
　美しさが我々を幸福にするのではない！
太陽、つまり天使の顔は
　これを覗き込む者を盲目にする。

おお、少女よ。汝の晴れ着ではない。
　汝の晴れ着が我々を幸福にするのではない。
孔雀はその愚かで空虚な虚飾の中で
　鮮やかな色彩に陰影をつけている。

才覚の矢、尖った矢は
　心を深く打つことが稀である。
矢は瞬時に通り過ぎ
　時として苦痛を与える。

すべてを征服する唯一の力を

私は知っている。
おお、少女よ。その力が汝を助けてくれれば！――
その力とは自然！　自然なのだ！

デンマーク語

25　北方の魔術(65)

北方のドブレフェルト(66)に
戦士たちの軍団があった。

そこには多数の戦士がいたが
インゲボルク女王の十二人の兄弟がすべてであった。

一番目の者は戦闘用馬車を上手に操り
二番目の者は轟く大河を止める。

三番目の者は魚のように潜り
四番目の者の食卓には何一つ欠けてはいない。

五番目の者は黄金の竪琴をとても繊細に奏で
それを聞いた誰もが踊ったほどである。

六番目の者は角笛を大きく吹き鳴らし
それを聞いた誰もが恐れ、そして戦《おのの》く。

七番目の者は地下を行くことができ
八番目の者は波の上で美しく踊る。
九番目の者は森の動物たちを縛りつけ
十番目の者は眠気に負けることがまったくなかった。
十一番目の者は草の中にいる伝説の竜を縛りつけ
それ以上のこともすべてできた。
十二番目の者はとても賢い男で
遠くで何が始まったかを知っていた。
私は本当にこう断言する。
彼らのような者はもはやこの地上にはいない、と。

26　水の精(67)

デンマーク語

「おお、私によい助言をくれる母よ。
私はどのようにして美しい少女を手に入れるべきでしょうか。」

母は水の精のために水から馬を、さらには
馬勒《ばろく》と鞍までも作り上げる。

母は水の精に立派な騎士の身づくろいをさせる。
そして彼はマーリエンキルヒホーフ(68)に乗り入れる。

彼は馬を教会の扉に結びつけ
教会の周りを三回から四回歩いた。

水の精が教会の中に入ると
大人も子どもも彼の周りにやって来た。

司祭がちょうど祭壇の前に立っていた。
「何ときらきら輝く騎士が現れたことか。」

美しい少女は密かに笑う。

「おお、そのきらきら輝く騎士が私の方に来てくれれば！」

彼は椅子を一つ二つ越えて近づいて来た。

「おお、少女よ。私に信義と忠誠を約束してください。」

彼は椅子を三つ四つ越えて近づいて来た。

「おお、美しい少女よ。私と一緒に来てください。」

美しい少女は彼に手を差し伸べる。

「私の忠誠はあなたのものです。私はすぐにあなたについていきます。」

二人は結婚式の一団とともに外に出て
嬉しげに心おきなく踊った。

二人は踊り続け、岸辺にやって来て
二人きりで手を取りあっていた。

「待ってください、美しい少女よ。馬を私に渡してください。

とても愛らしい小舟を持ってきましょう。」

そして二人が白い砂の上に来ると
すべての舟が岸に戻ってきた。

そして二人が海峡にやって来ると
美しい少女は水底へ沈んだ。

ずっと長いあいだ陸地で人々は
美しい少女が水の中でどのように叫んだのか聞かなかった。

汝ら乙女たちよ。できるかぎりの助言を与えてあげよう。
水の精との踊りに出かけてはいけない。

27 魔王(69)の娘

デンマーク語

前の二つとともに『戦士の歌』から。私には他人の手を経て伝えられた。

オールフは自らの婚礼に人々を招こうと
夜遅くに遠くへと馬を駆って廻っている。

妖精たちが緑の野で踊っている。
すると魔王の娘がオールフに手を差し伸べる。

「ようこそ、オールフ殿、何を急いでいるのですか。
この踊りの輪に入って私と踊りましょう。」

「私は踊るわけにいかないし、踊りたくもない。
明日の朝は私の婚礼なのだ。」

「さあ、オールフ殿、こちらへ来て私と踊りましょう。
黄金の拍車を二つ、あなたに差し上げますわ。

真っ白な練り絹のシャツも
私の母が月の光でさらしてくれますわ。」
「私は踊るわけにいかないし、踊りたくもない。
明日の朝は私の婚礼なのだ。」
「さあ、オールフ殿、こちらへ来て私と踊りましょう。
山と積んだ黄金をあなたに差し上げますわ。」
「山と積んだ黄金をもらわないわけではないが
踊ることは認められも許されもしないのだ。」
「ではオールフ殿、どうしても私と踊ってくれないのなら
疫病神がおまえに取り憑くようにするわ。」
魔王の娘はオールフの胸をぐっと突いた。
これほどの痛みを彼は感じたことはなかった。
蒼白になったオールフを魔王の娘は馬に乗せ、言った。
「さあ、愛する花嫁のところへ帰るがいい。」

そしてオールフが家の戸口まで来ると
母親がその前で身を震わせて立っていた。
「ねえ、息子よ、言っておくれ。
どうしておまえはこんなに蒼白いんだい。」
「蒼白くならずにおられましょうか。
私は魔王の国へ踏み入ったのですから。」
「ねえ、息子よ、本当に愛しく良い子よ。
いったい花嫁には何と言えばいいのかい。」
「こう言ってください。息子は今、森にいて
馬や犬の調教をしています、と。」
次の朝まだ夜も白まぬうちに
花嫁は婚礼の客たちとやって来た。
花嫁と客たちは祝いの蜜酒や葡萄酒を持ってきた。
「私の花婿オールフ殿はどこにいらっしゃるのですか。」

「オールフは今、森に行って
そこで馬や犬の調教をしています。」
花嫁が深紅の覆いをまくり上げると
オールフは横になったまま死んでいた。

28　ラドスラウス[70]

まだ空では曙の光と朝の星が
ほとんど輝き出さず
ラドスラウス王も眠っていたとき
一羽のツバメが王に歌いかけた。

「王様、起きてください。あなたの運命が良くなかったのは
あなたがここでずっと横になって
朝までのんびりと眠っているからではないでしょうか。
リカもコルバウもコタール[71]の平地もあなたから離れ
ケッティネンの岸辺から
海へと落ちてしまいました。」

ラドスラウスはこの声を聞くやいなや
息子に呼びかけた。
「起きるがよい、愛する息子よ。
私と一緒にあらゆる方面から兵を集めるのだ。
リカもコルバウもコタールの平地も我々から離れ

ケッティネンの岸辺から
海へと落ちてしまった。」

キアスラウスは父の声を聞くやいなや
急いで大群の兵を集める。
若い歩兵やダルマチアの
電光石火の騎兵を。

キアスラウスに父は最後に貴重な助言を与える。
「キアスラウスよ、核となる兵を連れて
クロアチア人と勇敢に戦うのだ。
太守のセリミールが屈服するように天と運がおまえに味方するならば
どの都市もどの土地も焼いたりしてはならず
捕えた奴隷も売ってはならない。——
おまえの高貴な母が生まれた土地である
コルバウとリカを治めるがよい。
私はコタールの広大な平地に打って出て
ケッティネンの岸辺から海へと向かい
それらを抑えるが、荒廃させるつもりはない。」

さて王の戦士たちはそれぞれの方向に出かけ
二つの戦隊は馬上で陽気に
競って楽しげに歌い合い
冗談を言いながら酒を飲む。

すると間もなく太守セリミールの軍勢は
風のように追い散らされた。
しかし父の助言を忘れたキアスラウスは
いくつかの都市を焼き討ちにして
立派な宮城を掠奪し
残酷なことに大人も子どもも
自らの剣の切っ先の犠牲とし
捕えた奴隷を自分の軍隊に贈り与えた。

　　　　　　ラドスラウス王は
すぐに自らコタールの平地を征服していた。
しかし、おお、何たる不運！
王の軍隊が王に反逆したのだ。
それは王が息子キアスラウスのように
自分の軍隊に立派な宮城や

教会や祭壇を掠奪したり
コタールの娘たちを凌辱したり
哀れな奴隷を売ることを認めなかったからだ。

王の怒った軍隊は王から冠を奪い
キアスラウスを王と宣告する。
キアスラウスは王となるとすぐに
高位の者から貧しい者まで
貧しい者から高位の者まですべてに呼びかけた。

「私の父を捕えて差し出す者あるいは
父の白髪の頭を私に差し出す者は
私の国で二番目の地位につけてやろう。」

奴隷のミルティンはこの話を聞くやいなや
十二人の戦士を集め
コタールの平地の周辺で
ラドスラウス王を捜して捕えるか
その白髪の頭を差し出そうとする。

しかし一人の優しい岩壁の女神が
ベビ山地の高い頂から声を上げた。「ラドスラウスよ！
悪い運命があなたを呼び寄せました。
十二人の戦士があなたを捕えようと近づいています。
奴隷のミルティンがその首領です。
ああ、老いた父よ。悪い運命の時間の中で
あなたは息子をつくった。
あなたの白髪の頭を狙う息子を。」

不幸な気持ちでラドスラウスは
友人でもある女神の声を聞き
急いでコタールの広大な平地から逃げ去り
青い波の下で助かるべく海へと向かう。
そして王は波のふところに飛び込み
最後に一つの冷たい岩をつかんでよじ登る。
しかし、天よ、いったい誰が恐怖を伴わずに
海上の冷たい岩の上にいる老人の
呪いの言葉を聞いたろうか。

「おお、愛する息子キアスラウスよ！

どれほど私はおまえを授かるようにと天に頼んだことか。
しかし天が私に与えてくれたおまえは
恐ろしいことに父の命を求めているのだ。

おお、私から遠ざかるがよい！
私が唯一かつて愛した息子よ！
深い海が私をたちどころに
冷たい岩から呑み込むように
おまえも呑み込まれるがよい。
おまえの上の太陽は光を失い
天は怒りに震え、雷鳴と稲光とともに口を開け
大地は怒りに震え、おまえの骨を食べるがよい。
おまえの息子や孫がおまえの後には一人として残らず
幸運もおまえに従うことのないように。
おまえは戦争に行くのだ。
おまえの妻は間もなく弔いの衣で身を包み
おまえの父は一人おまえの後に残らねばならないのだ。
自らの老いた父ラドスラウスの死を渇望する
無慈悲な息子であるおまえに
おまえのダルマチアは赤い葡萄酒も白い穀物も

与えることなど決して許さない。」

苦痛に満ちた王がなおもこう嘆き
涙で冷たい岩を洗ったとき
帆を揚げた一艘の小舟がやって来た。
中には高貴なラテン人[72]たちが乗っていた。
老王は彼らに天と月と太陽にかけても
自分を舟に乗せてラティウムの岸まで
連れていってくれるよう何度も何度も懇願する。
高貴な心をいだき、天を恐れるラテン人たちは
王を舟に乗せて自分たちの国へと連れていった。
ラドスラウス王はローマに向かい
そこに迎え入れられ、新たに結婚し
ペトリミールという名の息子を得た。
その息子は高貴なローマ人の血を持つ者と結婚し
スラブの王パウリミールをつくった。

29　美しい女通訳

モルラックの物語

前の歌と同じく『モルラックの習俗』および『ダルマチア旅行記』の著者として有名な僧院長フォルティスの未公刊のイタリア語原稿からのものである。この原典の表示は虚構ではなく真実である。

グラーヴォ(73)を越えたところでバーシャ・ムスタイは敗れた。
そして高い壁の周りで彼の貴族の多くは没落した。
さてトルコ人たちは夜にグラーヴォの領主ニコロの家で
食事をしているとき、新鮮な水を求めた。
しかしニコロの美しい娘のほかには
誰もトルコ人の言葉が十分に分からなかった。
娘は母に呼びかけた。
「ねえ、お母さん、立って！
ここにいるトルコ人は新鮮な水を求めているの。」

母は立ち上がり、水を持ってきた。
みな飲んだが、若者ムーザは飲まなかった。
彼は母に頼みながら言った。「高貴なご婦人よ、
天の恵みがあなたがたにありますように！

おお、どうかあなたの娘さんを
私の誠実な妻に下さい。」
「バーシャの兵隊さん、ご冗談はいけません。」──母は言う。
私の娘はもうずっとあの誇り高いジャンコの甥のゼクロと結ばれています。
ゼクロは娘に赤い絹製の三着の並外れて美しい服と
純金製の三つのブローチと
三つのダイヤモンドをくれました。
それはきらびやかなものなので
その輝きのもとで夕食もとれるし
真夜中でも真昼のように
十頭の馬に蹄をつけることができるほどです。
ですから、おお、兵隊さん、娘はあなたと結婚などできはしません。」

若者はこの言葉を聞いて悲しげに腰をおろし
もはや何も話さず、夜もずっと目を開けていた。
そして長い夜が終わり朝になると立ち上がり
ふらつく足取りでバーシャの兵営に向かい
沈んだ声でこう言った。「高貴なバーシャよ
あなたの広大な国があなたに恵んだあらゆる美人の中に
この世のものとも思えない

若くて美しい女がここに一人います。
我々の言葉も十分に分かるその女は
グラーヴォの領主ニコロの娘です。」

そこでバーシャはその領主を呼び寄せ
親しげにこう言った。
「ムーザの言うことは本当なのか。
あなたの娘は並外れて美しくて愛らしいのか。
その娘を私の妻にくれる気はないか。」

態度も変えずに気高い父は言った。
「私の娘は美しく、優しく、そして可愛いのです。
しかし娘は花嫁になるべく
あの誇り高いジャンコの甥のゼクロと結ばれています。
ゼクロは娘に赤い絹製の三着の並外れて美しい服と
純金製の三つのブローチと
三つのダイヤモンドをくれました。」
　　　バーシャは親しげに言う。
「よかろう！　さてそれではニコロよ

その美しい娘と花婿を私のところに来させ
娘が私と花婿のどちらを選ぶか
はっきりさせようではないか。」

　　　　この話を聞いて
領主は不吉な感情に襲われ
家に帰るとすぐにヴォイヴォッドの甥である
ゼクロ[74]に一枚の白い紙片を送る。
「若者ゼクロよ、バーシャはおまえから
美しい花嫁を奪おうとしている。
急いで私の居城に来るのだ！
そして一緒にバーシャの兵営に行こう。
明日にも娘はどちらを選ぶか言わねばならないのだ。」

若者はその紙片を読むやいなや
最も速く走る馬に鞍を置き
三百人の家来とともに
夜遅くまでに領主のところにやって来る。
夜もまだほとんど明けきらないうちに

花嫁と花婿はバーシャの兵営に向かう。
二人がバーシャの前に進み出ると
そのトルコ人は甘い言葉で娘に言う。
「さあ、美しい娘よ。誰と行きたいか選ぶがよい。
ゼクロと行くか、どうだ、それとも
バーシャの夫人と呼ばれたいか。」
　　　　　　　　　　　　すると娘は
（こうするように母に教えられていたのだが）
即座に答える。「おお、ご主人様
私は赤い絹をまとってゼクロと行くよりも
緑の草の上にあなたと一緒にいたいと思います。」

怒ったゼクロは声を上げた。
「これが私にあなたが神かけて誓った
あなたの忠誠であり、あなたの魂なのか！
裏切り者め。金の贈り物をただちに返して
どこへでも行きたいところへ行くがよい。
さあ、手を出すのだ。」
欺いた娘は贈り物を返すために手を差し出した。
しかし一匹の毒蛇がその手に噛みついた。

ゼクロは自らの鋭利なサーベルで
不実な娘の右手を切り落としてバーシャに言った。
「ご主人様、あなたにはまだ幸運が残されています。
この右手は私に与えられたものですが、どうか残りをお取りください。
それぞれが自分の取り分を持つのです。」

歯ぎしりしながらバーシャは叫んだ。
「大胆な若者よ、おまえはこんなことをあえて
私の謁見の間でやろうとするのか。
おまえが生意気なだけでなく勇敢ならば
若者よ、決闘だ、外に出ろ！」
そして若者は喜んで決闘に向かった。
二人は従者を伴って平地まで馬で駆けた。
しかし運はバーシャに逆らった。
若者は鋭利なサーベルでバーシャと鞍を切り裂いた。
ひどい裏切り者である娘よ。これが汝の不実の結果なのだ。

30　領主の食卓

ハーゲク[76]の『ボヘミア年代記』冒頭部分を見よ。

緑の荒れ野で
十二人の高貴な領主の真ん中に坐っているのは誰か。
賢明なクロクの賢明な娘で
ボヘミア国の女領主リブッサ[77]が
裁きのために坐り、思念し、裁くのだ。

今しかし彼女は金持ちのローツァンに
厳しい判決を下す。
そしてこの金持ちは激怒して立ち上がり
槍で三度地面を叩き、こう叫ぶ。

「我々ボヘミア人は何と悲しいことか、勇敢な男たちよ。
我々は一人の女に抑圧され欺かれている。
それも髪の長い短気な女に――
女に仕えるくらいなら死んだほうがましだ。」

リブッサの穏やかな心は
これを聞いてもちろん深く傷つく。
彼女はずっと国の母で、あらゆる善と正義の
友人であったのだから。
それでも彼女は微笑み、優しく語る。

「汝らボヘミア人は何と悲しいことか、勇敢な男たちよ。
温和な女が汝らを愛し裁くのだから。
汝らは男を領主とし
敬虔な鳩ではなくハゲタカを持つべきなのだ。」

そして美しく静かな怒りに満ちて立ち上がって言う。
「明日は私が汝らを呼び出す日です。
汝らの欲しがるものをあげましょう。」

誰もが
押し黙り、深く恥じ入って立っていた。
誰もが彼女の誠実さと母の愛と叡智に
どれほどひどく報いたかを感じとっていた。
しかし告知はなされたのだ。

そして誰もが明日を、男の領主を渇望しながら
それぞれ散っていく。

ずっと長いあいだ多くの金持ちの領主たちは
リブッサの裁きの手と支配権を狙っていて
装飾品やお世辞や高価な金品や家畜で
彼女の心を動かそうとしていたが
リブッサは断じて裁きの手と支配権を売ろうとしなかった。
さて彼女は誰を選ぶのだろうか。
身分の高い者は誰も熟睡できず明日を待ち望む。

明日が来た。予言者リブッサは
まだほとんど一睡もしないまま
自分の高い神聖な山にいて
女神のクリンバ[78]に尋ねると
ついに女神は語り、国の未来を明らかにする。

「立ちなさい！さあ、リブッサ、山を下りなさい。
山の裏側のビラ川[79]の岸辺にいる汝の白馬が
汝の夫となり一族の父となるべき

領主を見つけるであろう。
その男は二頭の白い雄牛とともに
一族の杖を手に、せっせと働き
鉄の卓で食事をしている。
急ぐのだ、娘よ、時は待ってくれない。」

女神は黙する。そしてリブッサは急ぎ
ボヘミア人を集め、王冠を地面の上に置き
こう語る。

「立ちなさい! さあ、ボヘミア人よ、勇敢な男たちよ。
山の裏側のビラ川の岸辺にいる私の白馬が
私の夫となり一族の父となるべき
領主を見つけるであろう。
その男は二頭の白い雄牛とともに
一族の杖を手に、せっせと働き
鉄の卓で食事をしている。
急ぐのだ、子らよ、運命の時は待ってくれない。」

ボヘミア人たちは急ぎ、王の冠と外套

そして白馬を持ってきた。
すると風のように速く白い鷲が彼らの上を舞う。——
山向こうのビラ川の岸辺には馬が立っており
畑を耕す一人の男に向かっていななく。
ボヘミア人たちはひどく驚いて立っている。
男は思索しながら歩き
二頭の白い雄牛たちとともにせっせと耕し
右手には細い杖を持っている。

彼らは大声で男に〈お早う〉と言った。
しかし白い雄牛を動かす男には聞こえない。
「今日は、見知らぬ人よ。
あなたは神々の寵児で我々の王なのです！」
彼らは男に歩み寄り、外套を肩にかけ
王冠を頭に載せる。「おお、あなたがたは私に
ずっと最後まで畑を耕させてくれればよかったのに！」
男はなおも言う。「あなたがたの国に
害を与えるつもりはありません。——
しかし今は急な運命の時なのです。」
そして男は杖を地面に突き刺し

白い雄牛たちを犂《すき》から解き放った。
「さあ、来たところに戻るがよい！」すると突然
白い雄牛たちは走り出し、あの近くの神聖な山へと向かった。
塞《ふさ》がっていた山からは腐った水が湧き出たが
それは今も湧き出ている。
地面に刺さった杖は突然に緑になり
その上では三本の枝が生えた。
誰もがみな驚いてこれを見ている。
そして思索家のプルツェミュズルは
（これが彼の名前だ）犂を裏返し
ポケットからチーズとパンを取り出し
みなに地面に坐るよう命じ
鉄の犂の上に食べ物を置く。
「汝らの領主とともに食事をとるがよい。」

誰もが運命の言葉の真実であることに驚嘆する。
彼らは眼の前に鉄の卓があり
杖が緑になるのを見たのだから。
そして、おお、何という奇蹟か。

三本の枝の二本がすぐに枯れ
三番目の枝が花を咲かせるのだ。
とうとう誰も黙っていられなくなるが、犂で耕す男は言う。
「友人たちよ、驚くことはない。
これらの花は私の王の一族なのだ。
多くの者が支配し、また干からびることとなろう。
一人の者だけが王であり、花を咲かせるだろう。」

「しかし
御主人様、あの鉄の特別な卓は何のためですか。」
「どの卓で王がいつも食事をするのか
君たちは知らない。鉄が王であり
君たちは王のためにパンを耕作する雄牛なのだ。」
「しかし御主人様、あなた様は本当にせっせと耕しますが
怒って耕作をやめることはないのですか。」
「おお、もし私に耕作をやめることができたとしても、そして
リブッサが君たちをもっと遅く私のところに送っていたとしても
(と運命は語るのだが)
君たちの国に甘美な果実が欠けることは決してないだろう。
山には私の雄牛たちがいるのだ。」

こう言って男は立ち上がり、美しい白馬にまたがった。
白馬は地面を蹄でかき、勝ち誇る。
男の靴は菩提樹の樹皮であり
靭皮《じんぴ》(80)で手縫いされていた。
そしてボヘミア人たちは彼に領主の靴をあてがう。
「どうか」と白馬の領主は叫ぶ。
「どうか菩提樹の樹皮で作られ
靭皮で手縫いされた私の靴をそのままにしてほしい。
私の息子や孫たちが自分の父である王がかつて
どのように歩いていたかが分かるように！」
男は靴に接吻し、ふところに隠した。

そして男とボヘミア人たちは馬で駆ける。
男はとても慈悲深く分別ある話し方をするので
彼らは男の長い服の中にほとんど神を見ているようであった。
そして男とボヘミア人たちがリブッサの宮廷に着くと
彼女とその侍女たちはもちろん
彼を領主と呼んでいた人民も彼を歓迎した。
そしてリブッサは彼を自分の夫に選び
二人で立派に快活に長く統治し

卓越した法と権利を与え、いくつもの都市を建設した。
そして杖は花を咲かせ、靴は思い出の品であり続け
犂(81)の水平刃も
プルツェミュズルとリブッサの存命中は休むことはなかった。

――――――

悲しいかな、ああ、悲しいかな。
杖は干からび、粗末な靴は盗まれた。
そして鉄の卓は金の卓となっている。

第二部　第三巻

この巻の冒頭には『リンブルク年代記』[1]からの抜粋が置かれるべきであろう――一三三六年から一三三九年まで[2]ドイツではどのような歌が口笛で吹かれ、歌われたのか、どのような親方がそれによって頭角を現したのか、どのような女性たち、あるいは機会のためにそれらの歌は詩作されたのか、また歌うことはどのようにしていつも或る時代や地方に流行する衣服とともに変化したのか。そして「いつ男性の上着が胸の上のところで細かな折り目や房飾りをつけられ、帯のところまで前方に開けられたり、あるいは女性たちが二十四もしくは三十の縁飾りのある長い上着を着たり、そして前方で足の方までボタンがつけられた長い外套や帽子を持っていたのか。それも前と後ろにもさまざまな布から作られたギザギザをつけたり、薄い毛皮あるいは多彩な毛皮で内張りされた、ひさし状の突出部を持つ帽子を持っていたのか、など」。さまざまな歌や曲がドイツの諸地方において常にいたるところで流行の衣服に従って変化したということ。「実際これまでいくつもの長い歌が歌われた、等。そこでは親方たちがいくつもの新しい歌を作った、等。こうした状況はまた口笛遊びとともに変わっていき、音楽の中でもさまざまな歌が現れていたが、昔の音楽は今始まったものほど良くはなかった。というのも、その地方で五年もしくは六年前に良い笛吹きであった者は歌を隠したか、逃げたりしたからである。」これについては種々の実例が伝えられている。こうしたものを読むことが我々の時代にとってたとえ有益で教訓になるとしても、残念ながらこの冒頭部分に置くには長すぎるので、別の誰かが自由に使えるように、私の念頭にある年代記の表題をここに掲げることで我慢したい。それは『リンブルクの暦』と呼ばれるもので、ローネ[3]にあるリンブルクの街と支配者たちの年代記の断片である。そこにはこの都市と周辺の領地や都市の建設、歴史、習俗の変化、衣服、音楽、戦争、結婚、高位の一族の没落、豊年と凶作の年など著者自身が体験したことが十分に書き込まれている。

またこれには他の刊行された年代記に見られないほど多くのことが書かれており、こう記されている。「今あらゆる歴史の古書好きに特に愛され、気に入られる書物が草稿の形で刊行された。それは〈私は喜びと仕事を見つけた〉というもので、一六一七年にゴットハルト・フェーゲリン[4]のもとで許可を得て印刷された。」

1　ヴォルスパ[5]

あるいは北方の巫女。彼女は自分のすべての姉妹と同じように世界の始まり、世界の構造、死と苦悩の起源、さらには最後の時と事物の破壊を古代の伝承から予言の口調で告知している。

翻訳者は不遜にも、これとこれに続く北方の、部分的には非常に不明瞭で誤解される作品に原典批判的な翻訳を提供しようとは思わない。これは翻訳者が自ら（それも北方の吟唱詩人による詩がまだ何一つ鳴り響いていなかった数年前に遡り）これらの有名な作品についてどのように考え、自ら理解するために翻訳したかの見本にすぎない。これをより良いものにできる者は是非そうしてほしい。『ヴォルスパ』についてはレゼニウス[6]による二つの非常に異なる四折版が使用されるが、前者では『ヴォルスパ』だけが、後者では後期の『エッダ[7]』の後に『ヴォルスパ』が置かれている。

みな黙するがよい、聖なる存在たちよ！
ヘイムダル[8]のすべての子どもたちよ！[*1]
私は万物の父の秘密を語ろう。
私は太古の世界の伝承を聞いたのだ。
私はまだ巨人たちや原住民が、そして何年も前に
伝承が私に語ってくれたことを知っている。

私は九つの世界と九つの天を知っている。
そしてその下には地が休らっていることを。

巨人イメール[*2]が生きていた原初の時代には
まだ砂も、海も、風もなく
下には地も、上には天もなかった。
広大な空所があったが、どこにも草はなかった。

ブルの息子たち[*3]が大地を持ち上げ
ミドガルド(9)を大きな広間へと建造する前に
太陽は広間の石の上で輝き
地面も緑の葉で色づいていた。[*4]

南からの太陽は月を右に向かって
夜の門の向こうにかけた(10)。
太陽はまだ自分の広間を知らなかった。
月はまだ故郷を知らなかった。
星々は自分の場所を知らなかった。

そこで支配者たちは自分たちの椅子に向かった。

聖なる神々は協議した。
神々は夜と夜明けと
朝と昼に名を与え、一年を分けた。

――――――――

エーシル[11]たちは
イダ[12]の野に集まり、像を彫り出し
家を建て、鍛冶場を作り
金鋏みや黄金の器具を鋳造した。[*5]

神々は居城にあった石で楽しく遊び[13]
誰も黄金をめぐって争わなかった。――
ところがそこに巨人の乙女が二人[14]やって来た。
二人は巨人の国生まれの屈強な女だった。

屈強で立派な三人のエーシル[15]は
家に帰り、岸辺にアスクとエムブラ[16]が
まったく動かず、力もなく
疲れて横たわっているのを見出した。[*6]

まだ息もなく、まだ言葉もなく
まだ理性もなく、顔かたちもなかった。
息はオーディンが与え、言葉はヘーニルが
そして理性と顔かたちはロキが与えた。

――――――

私はそこに白い雲で覆われた天の木
エッシェ・ユグドラシル[*7](17)が立っていることを知っている。
その木から露が谷に落ち
木は永遠に緑のままウルド[*8](18)の泉の上にそびえている。

そして木の下にある湖から
叡智の乙女たちが立ち昇った。
一人目はウルド、二人目はヴェルザンディ
三人目はスクルドであり、盾に文字を刻んだ[*9](19)

乙女たちは人間たちに掟を定め
死すべきものたちに運命を用意した。――
女予言者は知っている。地上では人間が

最初に死ぬことがどこから始まったかを。
黄金として人間は勢いよく動いて来て
黄金としてオーディンの広間に燃え入る。

邪悪なグルヴェイグ[*10]は三たび焼き殺され
三たび蘇り、今も生きている。
彼女は行く先々で自らを黄金[*11]と呼ぶ。
彼女は神々の技巧を冒瀆し
魔術師となり、今も魔術を行っている。
邪悪な女神であるが、皆の役に立っている。

そこで神々は自分たちの席に向かった。
聖なる神々は協議した。
エーシルに報復すべきか[20]
あるいは全員で協議を行うかを。

オーディンはその場に出ず、矢を投げる。[21]
それは人間が最初に死ぬことであった。
エーシルの壁は崩壊していた。
ヴァニル神族[22]の軍勢は原野を踏み荒らした。

女予言者はヘイムダルの歌[*12]を知っている。
天の聖なる木のところで密かに
彼女は叡智の濁った流れがオーディンの目から
音を立てて滴るのを見る[(23)]。
汝らはこれ以上のことを知っているか。

彼女が外で坐っていると老人すなわち
神々の賢者[*13]がやって来た。彼女は賢者の目を見つめる。
賢者は言う。汝は私に何を尋ねるのか、私に何をさせようというのか。
私はよく知っています、オーディンよ。あなたの目はどこにあったのか。
大きな泉の中に、ミーミルの泉の中に。
ミーミルは毎朝早くオーディンの目から叡智の飲み物[*14]を飲む。——
汝らはこれ以上のことを知っているか。

軍勢の父[*15]は彼女に指輪と黄金と
豊富な技巧と魔法の杖を与えた。
彼女は遠く遠く世界を見る。
汝らはこれ以上のことを知っているか。

彼女は遠くからヴァルキューレたち[*16]がやって来るのを見る。
身を飾ったヴァルキューレたちは好戦的な一族に向かって駆ける。
盾を持つのはスクルドで、スコグルは他の武器を持っている。
グンヌール、ヒルドゥール、ゴンドゥルは槍を手にしている。
（私が名を挙げたのはオーディンのノルンたち(24)で
戦場での死者を選ぶために遣わされる）

――――――

私はオーディンの息子で勇敢な戦士バルドルを
どのような運命が待っているのかを見た(25)！
女予言者は原野に立っていた。
細いヤドリギはバルドルの死に向かって
次第に大きくなった。[*17]

私が目にしたものはヤドリギになった。
深い悲しみと不幸。ホドルは矢で
バルドルを射た。夜にはバルドルの弟が生まれた。
兄の仇を討つために。――

バルドルの殺害者を火あぶりにするまで
弟は手も洗わず、髪も梳かさなかった。
黄金の広間にいた母ヘルツェライトは心を痛めた。
ヴァルハラの番人は激しく泣いた。

――――――

女予言者がフン族の森の中で見たのは
策略と、ロキが隠されて胸に悲しみを抱いていることと
彼の横にいる妻シギュンの醜い姿であった。[*18]
汝らはこれ以上のことを知っているか。

女予言者はエイテル谷の東からの流れを見た。
泥だらけで濁って[26]その流れは導かれる。
彼女はまた沈みつつある山の上では北に向かって
シンドリ[27]の黄金の広間を、そして暖かい地方では
もう一つの広間であるブリメルの城を見た。[*19]

彼女は死の岸辺にある広間を目にする。
太陽からは遠い広間を。北に向かっていくつかの門があり

窓を通して毒が滴る。——
蛇の骨から広間は作られている。

彼女はそこで重い流れの中を
誓約違反者たち、暗殺者たちが歩いて渡るのを見る。
他人の婚姻の貞節を惑わす者たちを。
そこでは地獄の竜が死者たちを齧《かじ》り
そこでは地獄の狼が男たちを貪《むさぼ》り食う。
汝らはこれ以上のことを知っているか。

——————

東に向かって鉄の原野には
一人の女巨人が坐り、狼たちを抱いている。
巨人の怒りで月を呑み込む
最も邪悪な狼を彼女は抱いている。[*20]

死にゆく者たちの生に飽きて
その狼は神々の座を血の中に沈める。
太陽は夏の只中にあって黒く、嵐が吹き渡る。

汝らはこれ以上のことを知っているか。

――――――

丘に坐り、竪琴を鳴らしていたのは
女巨人の羊飼いで陽気なエッグセル[28]であった。[*21]
そのとき彼の前にある木の頂で
深紅色の雄のクロライチョウが鳴く。

アスガルトでは黄金に梳《くしけず》った雄鶏が鳴き
オーディンの英雄たちの目を覚まさせる。
奈落では灰色の雄鶏が
地の下のヘラの広間で鳴いた。

女予言者はさらに多くを見、さらに多くを知る。
神々の夕べのことを。彼らの没落のことを。

――――――

兄弟は戦い、兄弟を殺す。

血の友人が兄弟の血の絆を裂く。
苛酷な時代。姦通が行われる。
鉄の時代。盾が砕かれる。
嵐の時代。狼の時代。
地上では誰も他の者を容赦しない。

地は呻き、ミーミルの息子たち[*22]は
平然と遊んでいる。するとヘイムダルは
自らの鳴り響く角笛をとり、高らかに吹く[29]。
オーディンはミーミルの頭を求める。

世界の木は震える。巨人は解き放たれた。
トネリコは身震いする。背の高い木が！
ガルム[30]は地獄の門で恐ろしい唸り声をあげる。
鎖は断ち切られ、狼は解き放たれた。

東方からのフリュム[31]が軍勢を伴ってやって来る。
ヨルムンガンドは大いに憤激して海の中をのたうちまわる。
鷲は鋭く鳴き、屍をかみ裂く。
船[32]は解き放たれた。

東からの船、ムスペル[33]の住人たちは
舵をとるロキ目がけて漕ぎ寄せる。
彼らは狼を伴い、憤激してやって来る。
ビスレイプ[34]の弟がその先頭にいる。

さてエーシルはどうか。妖精たちはどうか。
巨人たちの国は轟音を立てて鳴り響く。
小人たちは洞窟や深淵で溜め息をつく。
深淵を歩く者たちは尋ねる。何処へ行くのか、と。

火炎を手にした南からのモール[35]がいる。
彼の剣は光り、人を殺すために研がれている。
岩は轟音を立てる。巨人の女たちは不安げにさまよう。
人間は死に、天は裂ける。

ああ、フリーン[*23][36]にはまた別の苦痛が襲う。
オーディンは狼と闘うべく出かける。
モールと闘うのはベリ[37]の打ち倒した者だ。
そこではフリッガの夫が打ち倒されている。

オーディンの美しい息子が歩み出る。
狼、つまり巨人の子と闘うために!
剣をこの怪物の心臓めがけ、喉もと深くに突き刺し
父の復讐を果たす。

オーディンの力強い息子が歩み出る。
この勇敢な愚者は狼と闘う。
彼は勇敢にミドガルドの蛇(38)を打ち負かした。
人間はすべて世界を去る。

太陽は黒くなり、地は沈む。
天からは美しい星々が逃げる。
火は全世界を通じて荒れ狂う。
火は天まで燃え至り、天は崩れる。

女予言者は見る。すると新たに
海の大きく開いた深い口から地が緑となって昇る。
海は流れ落ち、鷲は逃げる。
鷲は今や山で魚を捕まえる。

エーシルはイダに集まり
破壊された古い世界のことを語り
古い会話を、オーディンの伝承を思い返す。
今、成就された伝承を。

彼らは草の中にオーディンの
ルーン文字が刻まれた黄金の銘板を見出す。
畑はまだ種の蒔かれていない状態にある。
悪は過ぎ去り、バルドルはそこにいる。

ホドルとバルドルはオーディンの居城で
共に暮らしており、ヘーニル[39]もそこにいる。
二人の兄弟の一族は天空に住んでいる。
汝らはこれ以上のことを知っているか。

――――――――

女予言者は黄金の宮殿を目にする。
天の砦である太陽よりも明るい宮殿を。
そこには善い者たちが永遠に住むであろう。

永遠に無限の財を享受するであろう。――

(そこに黒い竜が飛んで来る。
竜は最も奥深いニダの山地からやって来る。
竜は地獄の翼の上に死体を運ぶ。
竜は原野の上を飛び、もはやいない。[*24])

＊1 自然の被造物。
＊2 その骨から世界が生まれた巨人。『エッダ』第三話、および第四話を見よ。
＊3 地球という建造物の建築者たち。『エッダ』第四話を見よ。
＊4 『エッダ』第六話を見よ。
＊5 この節はいわば黄金時代を内容としている。『エッダ』第七話を見よ。
＊6 人間の創造。『エッダ』第五話。
＊7 世界樹。第八話。
＊8 過去、太古の時代。
＊9 過去、現在、未来。『エッダ』のこれらの話はどれも叡智と美しい創作に満ちている。
＊10 黄金に相当する。
＊11 黄金、あるいは実際に価値のある物。
＊12 自然の番人の歌。『エッダ』で最も美しい歌の一つ。
＊13 オーディン。同じく叡智に満ちた創作。
＊14 他の典拠によると、彼がオーディンの目に毎日、蜜酒を注ぎかけるときに。
＊15 同じくオーディン。女予言者は時には一人称で、時には三人称で語る。
＊16 死者を選ぶ女性たち。遠い運命を見通すことが最も深い叡智である。神々の誰一人として知らなかったことさえ予見

したことがこの叡智の頂点である。

＊17　この美しい伝承については第一二話と第二八話を見よ(40)。

＊18　第一六、一七、三〇、三一話を見よ。

＊19　第九、一六、三一、三三話。

＊20　第一六話。

＊21　ここから世界の没落に関する美しい伝承が始まるが、それは最も精緻で華麗な特徴に満ちている。

＊22　言うまでもなく叡智の息子たち。ガルムは地獄の犬であり、ヨルムンガンドは大海の大蛇である。リュムとスルトは巨人である。ビスレイプの兄弟はロキである。第三二話と第三七話が『エッダ』の注釈である。

＊23　災いを防ぐ女神。彼女はここでベリの征服者でありフリッガの夫であるオーディンが死の危険の中にあるのを目にする。ヴィダルとトールはオーディンに復讐する息子たちである。前者は狼を倒し、後者は地球に巻きついていた蛇を倒す。──新たな世界ではオーディンはいないが、善人のバルドルなど彼の美しい息子たちがいる。旧世界で互いに殺したり復讐したりした者たちは、新世界で平和に共存している。

＊24　これはスカンディナヴィア文芸の明らかに最古の詩の試みであり、私もこれを最古の伝承の断片であると思うが、おそらく最良の配列で集められてはいない。『ヴォルスパ』の種々の版も詩節をあちらこちらで移し変えたり、増やしたり減らしたりしてきた。その大部分が明らかに『ヴォルスパ』や他の伝承の神話学的注釈である、いわゆるスノッリのエッダ(41)もまた独自の道を歩み、私が敢えて言わなくとも、あちらこちらで異なる配列をとるに至った。いずれにせよ、この北方の女予言者の声は、きわめて注目に値するものであり、私にはいわば北方の神話と文芸の女神、それも最も年長で過去を司るウルドの声のように思われる。

ペルーの歌

2　雨の女神に寄せて

私の所有していない『旅行全記[42]』の一部から。

一杯になった水甕を手にした
美しい女神、天の娘よ。
だが汝の兄弟はその甕を割ってしまう。
雷鳴が轟き
稲妻が光るようにと！——

美しい女神、天の娘よ！
それから汝は我々に雨を与えてくれる。
穏やかな雨を。だが汝は時として
雪や霰《あられ》も撒き散らす。
なぜなら世界霊すなわち
世界神のビラコッチャ[43]が
汝にそうするように委ねたからだ。

（オーディンはその死んだ女に魔法によって予言を強要し、
自らの一族の苛酷このうえない不運を知る。）　北方の歌

3　女予言者の墓[44]

バルトリン[45]『古代デンマーク人の習俗』から。ここからは六番目の作品も採られた。

英雄たちの最高位にあるオーディンは立ち上がり
スレイプニル[46]に鞍を置き
ヘラの砦まで駆けおりた。
そこに地獄の犬[47]が彼に向かって来た。

その前胸部は血にまみれ
貪欲な口と歯列も見えた！
犬は喉元を裂くように開き
魔法の父に向かって吠え続ける。

オーディンは駆けつづけ、地は揺れた。
彼は高いところにあるヘラの砦にやって来たが
さらに東へ地獄の門に向かって駆けた。
彼は気づいた。そこが女予言者[48]の墓だった。

オーディンは彼女に死者を目覚めさせる魔法の歌を歌い
北方を見やり、ルーン文字を並べ、魔法をかけた。[49]
彼は問い、言葉を求めた。
ついに彼女は自分の意志に反して起き上がり
死者の声を語って聞かせた。

「その男は誰だ。私はその男を知らない！
その男は私の安らぎを妨げに来るのか。
私はここで長いあいだ雪に覆われて横になっていた。
しかも雨と露にぬれて
ずっと死んだままなのだ！」

「私は戦士ヴァルタムの息子ヴェグタムだ！
おまえが私に地獄の世界について教えてくれるなら
私はおまえに自分の世界から教えよう。
地獄で黄金に覆われた玉座にふさわしいのは誰か。
地獄で黄金に飾られた寝床にふさわしいのは誰か。」

「バルドル[*1]を待っているのは甘い飲み物だ。
純粋な蜜だが盾に覆われて見えない！

不幸が待っているのはエーシルの一族だ。
私は自分の意志に反して語っている。どうか休ませてくれ！」

「まだだ、女予言者よ。私はおまえに問いたい。
私がすべてを知るまでは、私はさらに知りたい。
誰がバルドルを殺そうとしているのかを。
そしてオーディンの息子の命を奪うのかを。」

「ホドル(50)こそが自分の兄弟を我々のもとに送り
オーディンの息子の命を奪うのだ。
私は自分の意志に反して語った。どうか休ませてくれ。」

「まだだ、女予言者よ。私はおまえに問いたい。
私がすべてを知るまでは、私はさらに知りたい。
誰がホドルに殺害の報復をし
バルドルの殺害者を火刑に処すのかを。」

「リンドは西方の国でオーディンに
一人の息子(51)を産んだが、その子は
生まれたその夜にもう武器を手にし

手も洗わず、髪も梳かさず
バルドルの殺害者を火刑に処した。
私は自分の意志に反して語った。どうか休ませてくれ！」

「まだだ、女予言者よ。私はおまえに問いたい。
私がすべてを知るまでは、私はさらに知りたい。
そこで泣いていて、天に向かって苦痛のために
ヴェールを投げる乙女たちは誰かを。
それだけを語れば、休ませてやろう。」

「おお、あなたは私が思い込んでいたような
ヴェグタムではなく最高の戦士オーディンその人だ！」
「おまえは女予言者のヴォーラ[52]ではなく
むしろ三人の巨人の母[53]なのだ[*2]。」

「さあ、もう帰るがよい。オーディンよ。
おまえ以外には誰も探索しには来ないことを自慢するがよい！
ロキ[*3]が解き放され[54]、黄昏が訪れ
神々が没落し、世界が崩壊するまでは。」

＊1　オーディンが最も愛し、誰からも愛される息子。
＊2　彼女は彼に不幸を告知したため。
＊3　悪魔としてのロキ。

4　歌の魔力[55]

いわゆる『ルーンの章』で、『古いエッダ』の三番目の作品にあたる。私にはこの不明瞭で開始部分でおそらく損われた作品には、神秘的な要素はそこに見られる他の多くの要素よりもずっと少ないと思われる。中国人や他のあらゆる古代民族にあっても、彼らが野蛮から礼儀へと移行したときには歌もこのように配列され、身分や心情の動きに従って記録された。それゆえこの作品は一種の詩的な目録であるかもしれない。それはちょうど『後のエッダ』におけるように最初の部分に続く部分がそれを目的とするのと同じである。

私は知っている。自分が九夜にわたって
オーディンに（そして彼は私に）身を捧げ
風が吹き荒れるなか、木に自らを吊り
根のことは誰も知らないその木の上で自らを剣で突き刺した[56]ことを。

そのさいパンも飲み物も私を養ってくれなかった。
苦痛とともに私は倒れ
ルーン文字を見出した。
苦しみながら私の体は再び倒れ伏した。

フライアの有名な息子のボルタル[57]から

私は九つの大きな歌を学んだ。
そして歌う技術に満ちた
高貴な蜂蜜酒[58]を飲んだ。

すると私は賢くなり、大きくなり
幸福になった。言葉が言葉を生み
行為が行為を生んだ。

おまえもまたルーン文字を見出すだろう。
しるし、強大なしるし、偉大なしるしを！
神々の長老が案出したしるしを！
神々が作り、オーディンが彫ったしるしを。

オーディンはエーシルの、ドゥワリンは妖精の
ダインは小人の、アスヴィド[59]は巨人のルーン文字を
そして私もいくつかのルーン文字を彫った。

知っているか、どのようにしてルーン文字を刻み込むことができるかを。
知っているか、どのようにしてルーン文字を解くことができるかを。
知っているか、どのようにしてルーン文字を試すことができるかを。

知っているか、どのようにしてルーン文字を教えてもらうことができるかを。
知っているか、どのようにしてルーン文字を送り出すことができるかを。
知っているか、どのようにしてルーン文字を呼び戻すことができるかを。
なぜなら、あまりにしばしば呼び戻すより、送るほうが良いからだ。

私は歌を知っている。誰も知らない歌を。
王の娘も、戦士の息子も。
歌の一つは助けと呼ばれる。それはおまえを助けるだろう。
苦痛において、悲しみにおいて、あらゆる困難において。

私は二番目の歌を知っている。それを薬として
必要としているのは人の子たちだ。

私は三番目の歌を知っている。
私が困難に直面したとき、敵を束縛するために
敵の剣と杖を鈍らせ
杖が何もできなくするため(60)に。
私は四番目の歌を知っている。
戦士たちは私に敵の一味を投げつけるがよい。

私はその歌を歌い、自由にさすらい歩く。
鎖は私の足元で引き裂かれる。
手かせは私の手から抜け落ちる。

私は五番目の歌を知っている。敵によって大胆にも
放たれた矢が飛んでいるのを見ると
私はそれを自分の眼差しによって
飛んだ状態のままで阻む。

私は六番目の歌を知っている。一人の男が
私を魔法で傷つけ、怒りで刺激するとき
私は自分でなくその男が
不幸に見舞われるようにその歌を歌う。

私は七番目の歌を知っている。家が燃え
炎が広がるのを見ると
私は魔法を歌い、炎を鎮める。

私は八番目の歌を知っている。人間のあいだに憎悪が始まると
困窮はすべての人に降りかかる。

私はそれを歌い、ただちに悪を封殺する。

私は九番目の歌を知っている。嵐の海で
自分の船を救う必要に迫られると
私は風を鎮め、海を鎮める。

私は十番目の歌を知っている。
女魔術師たちが風の中を馬で駆けるとき
私は彼女たちの駆ける道から、彼女たちの進路を目の力で逸らせる。

私は十一番目の歌を知っている。古い友人たちを
戦線に送るとき、私は武器に魔法をかける。
すると彼らは力強く戦いに向かう。
そして無事に帰る。いつも無事に。

私は十二番目の歌を知っている。首を吊って死んだ者が
木にぶら下がっているのを見ると、私はルーン文字をしるす。
するとその男がやって来て私と話す。

私はまた別の歌を知っている。私が優しい子どもに

水をかけると、子どもはどんな戦いにおいても
武器や剣によって倒れることはないだろう。

私はまた別の歌を知っている。さまざまな民族の名前を
エーシルとアルフェの違いを
私はおまえたちに言うことができるが、これができる者は少ない。

私はまた別の歌を知っている。これをティオドレイが
デリングの門の前[61]で歌った。エーシルには勇気を
アルフェには力を、オーディンには叡智を与えるために。

私はまた別の歌を知っている。最も高貴な少女の
愛と恩寵を私は享受したい。
私はそのことを歌い、白い腕の少女の
気持ちを変え、彼女の心を操る。

私はまた別の歌を知っている。その少女は決して
私を見捨てないという歌を。ロドファーヴニル[62]よ。
汝はそれらの歌を知っているか。それらは汝に役立つ。
学ぶことは有益であり、知ることは必要である。

私はまた別の歌を知っている。それを私はどの少女にも
女にも教えていない。それを知っているのは一人だけだ。
最良の歌、これを私は自分の妹
それも自分をその腕に抱きしめてくれる
妹にだけ教える。

こうしていくつもの高尚な箴言は
宮殿の中で歌われる。
それらは人の子たちにはとても必要なものなのだ。
(そしてそれらは人の子たちには必要なものでない。)
それらを歌った者に幸福あれ！　それらを教える者に幸福あれ！
それらを学ぶ者に健康あれ！　それらを聞く者に幸福あれ！——

5　エドワード(63)

パーシー『拾遺集』第一巻、五七頁から。

おまえの剣は、どうしてこんなに血で赤いのか。
　エドワード　エドワード。
おまえの剣は、どうしてこんなに血で赤いのか。
それにおまえはとても悲しそうじゃないか。おお。
おお　私は自分のハゲタカを殺したんです。
　母さん　母さん。
おお　私はハゲタカを殺したんです。
かけがえのない自分のハゲタカを。おお。

ハゲタカの血はこんなに赤くない。
　エドワード　エドワード。
ハゲタカの血はこんなに赤くない
息子よ、正直に言ってごらん。おお。
おお　私は赤毛の馬を殺したんです。
　母さん　母さん。

おお　私は赤毛の馬を殺したんです。
　誇り高く忠実だったあの馬を。おお。

おまえの馬は老いぼれて役に立たない。
　エドワード　エドワード。
おまえの馬は老いぼれて役に立たない。
　おまえは何か別のことで苦しんでいる。おお。
おお　私は父さんを殺したんです。
　母さん　母さん。
おお　私は父さんを殺したんです。
　私の心はそれでとても苦しいんです。おお。

それでおまえはどう償うつもりなんだい。
　エドワード　エドワード。
それでおまえはどう償うつもりなんだい。
　息子よ　さあ言っておくれ。おお。
この地上に私の足が休めるところはありません。
　母さん　母さん。
この地上に私の足が休めるところはありません。
　私は海を越えてゆくつもりです。おお。

それでおまえの家屋敷はいったいどうなるのだい。
エドワード　エドワード。
それでおまえの家屋敷はいったいどうなるのだい。
こんなに立派で美しかったのに。おお。
そのままでよいのです。いずれ崩れ落ちるのですから。
母さん　母さん。
そのままでよいのです。いずれ崩れ落ちるのですから。
二度と目にしたくはありません。おお。

それでおまえの妻と子はいったいどうなるのだい。
エドワード　エドワード。
それでおまえの妻と子はいったいどうなるのだい。
おまえが海を越えてゆくのなら。おお。
世界は広いのだから妻と子は物乞いをすればいいんです。
母さん　母さん。
世界は広いのだから妻と子は物乞いをすればいいんです。
私は二度と妻と子に会うことはありません。おお。

それでおまえは母さんをどうするつもりだい。
エドワード　エドワード。

それでおまえは母さんをどうするつもりだい。
　息子よ　言っておくれ。おお。
あなたなんか呪われて地獄の火に焼かれればいいんだ。
　母さん　母さん。
あなたなんか呪われて地獄の火に焼かれればいいんだ。
　だって私をそそのかしたのは母さんなんだから。おお。

（寂しい墓洞窟にいる一人のさすらい人[65]の顔。そこで彼は
ヴァルキューレたちが動き回るのを見た。）
北方の歌

6　死の女神たち[64]

周りは矢の雲々で暗くなり
大規模な戦いになる。血の雨が降る！
すでに彼女たちは戦士たちの、真っ赤な血に染まった
傷口の肉片を槍に結びつける。
ラントヴェル[66]の死へ。

彼女たちは人間の腸の組織を織る。
人間の頭部がそれにぶら下がっている。
血の滴る槍を彼女たちは突き通し
武器と矢を手にしている。
剣でもって彼女たちは勝利の糸を撚《よ》り固める。

彼女たちはやって来る。抜いた剣で織るために。
ヒルト、ヒオルトリムル、サングリダ、シュヴィプル[67]が。
槍は折られ、盾は砕かれる。
剣は鳴り響き、甲冑は音を出す。

「さあ、戦いの織物を織ろう！
この剣はかつて王が手にしていたものだ。
外へ、外へ、軍勢に向かって
我々の仲間が武器を手に戦っているところへ！――

さあ、戦いの織物を織ろう！
外へ、外へ、王に向かって真っすぐに！」
グドゥルとゴンドゥル[68]はすでに
盾が血で真っ赤になっているのを見て、王を覆った。

「さあ、戦いの織物を織ろう！
戦士たちは武器を鳴らす。
我々は王を倒れさせたくはない！
ヴァルキューレたちが生と死を支配する。

間もなく国々を統治することになる民族は
これまで荒涼とした岸辺に住んでいる[69]！
勇敢な王には死が近づいている。
すでに伯爵[70]は矢の犠牲になっている。

そしてアイルランドは悲しみの中にあるだろう。
勇敢な者は誰も決して忘れない。
織物は完成した。戦場は血にまみれている。
国々を戦争の廃墟がよろめき歩いている。

あたりを見回すのは恐ろしい。
血の雲が空を飛んでいる。
我々の声がことごとく黙り込むまえに
空は戦士たちの血で赤くなっている。

若い王のために我々はなお
多くの勝利の歌を歌う。我々の歌に幸いあれ!
これら勝利の歌を聴く者は学び
それらを戦士たちに歌って聴かせるがよい。

さあ! 馬に乗って抜き身の剣を手に
ここから立ち去ろうではないか。」

7　チェヴィーの狩[71]

英語

『拾遺集』第一巻、一頁を見よ。この作品はイギリスの有名な最古のバラッドである。これはまた翻訳においても、或る程度は原作の調子を保持するべきだとしても、とても流麗とは見えないもの[72]であった。『スペクテーター』[73]が解釈する『チェヴィーの狩』はすでに、より後の模作であり、パーシーが示すように、大多数の作品にあってはこの、より古いものにひどく劣っている。――私にとって残念なのは、エリザベスの時代より前のパーシー[74]も、あるいは北部における反乱[75]もここに提供できなかったことである。というのもこの物語詩があまりにも長かったからである。前者における粗暴な豪勇と同じく、後者においてはきわめて特別な誠実さが支配している。両方とも悲しいくらい哀れにさせる。

ノーサンバランド出身のパーシーは
　神に誓いを立てた。
チェヴィオットの丘で
三日のあいだ狩をする、と。
騎士のダグラスに対抗して。
　そしてたとえ狩の相手が誰であろうとも。[76]
チェヴィオット全土の丸々と太った鹿を射って
　連れ去りたい、とパーシーは言った。

「神に誓って！」と騎士のダグラスは言った。
「あの男に狩などさせるものか。」

そこにヴァニルブロウ(77)からパーシーがやって来た。
彼とともに力強い一群も
ゆうに千五百人の大胆な射手も
三つの地域からやって来た。

それは月曜の朝
チェヴィオットの丘で盛大に始まった。
まだ生まれていない子どもまでが嘆く！
それはもう大変悲しいことになった。

駆り立てる者たちは森を通って駆り立てる。
鹿を呼び起こすために。
射手たちは体を曲げてそらした。
弓は大きく湾曲し、矢がガチャガチャ音を立てて放たれた。
それから鹿たちは森を走り回る。
あちらから、そしてあちこちへと。

グレイハウンド(78)は茂みや木々のあいだを嗅ぎ回った。
　獲物に跳びかかるために。

それは月曜の朝早く
　チェヴィオットの丘で始まった。
午後の一時間で
　百頭の鹿を捕えていた。

射手たちは戦場で鹿の死を周りに吹き鳴らし
　すぐに獲物を運び集めた。
獲物が仕留められたことを知らせる角笛が吹かれると
　パーシーがやって来て、倒された獲物を見た。

彼は言った。「今日ここに私が来たのは
　あのダグラスの言葉のためだ。
だが私にはよく分かっていた(そして断言した)
　彼は私に会いになど来ないだろうと。」

するとノーサンバランド出身の従者の姿が
　そして最後にダグラスの姿が認められた。

騎士のダグラスが近づいてきた。
　彼とともに大軍勢も。

矛槍《ほこやり》(79)と槍と剣をもって
　あたり一面に広がっていた。
おそらく全キリスト教徒といえども
　これほど大胆な心臓と手の部下たちを持っていない。

ゆうに二千人の槍部隊であったのは
　決して間違いではない。
彼らはティヴィダル周辺の
　トゥイード川(80)に沿って生まれた。

「獲物はそのままにしておけ。」パーシーは言った。
　「汝らの弓を取るのだ。
汝らの母が汝らを産んで以来
　今のように弓を必要としたことは一度もない。」

馬に乗った頑丈なダグラスは
　自分の軍勢の先頭を駆けた。

彼の武具は灼熱の銅のように輝いている。
　これほど勇敢な男はいなかった。

彼は言った。「おまえたちはどこの家臣なのか。
　あるいは誰の家臣なのか。
ここはすべて私の猟区だが
　誰がおまえたちに狩をする権利を与えたのか。」

これに真っ先に答える
　男はパーシーであった。
「我々は自分が誰であるとか
　誰の家臣であるとかは言いたくない。
しかし我々はこの森で狩をしたいのだ。
　おまえの家臣やおまえに逆らっても。」

チェヴィオット全土の丸々と太った鹿を射って
　連れ去りたい、とパーシーは言った。
「神に誓って！」と騎士のダグラスは言った。
　「あの男に狩などさせるものか。」

それから高貴なダグラスは
　パーシー卿に言った。
「これらの無実の家臣を殺すことは
　重い罪となろう。

パーシーよ、おまえはこの国の伯爵で
私はおまえと同じ身分の者だ。
我々の家臣はここに置いたままにして
　二人だけで闘おう。」

パーシーは言った。「私がこれに〈否〉と言うならば
　神よ、私を罰したまえ！
さあ、豪胆なダグラスよ。
　私は自分の魂にかけてこう誓おう。

イングランド、スコットランド、フランスでも
　女は私のような男を一人も産まなかった。
どうか私に神と幸運の加勢があるように！
　誰も私に先駆けることは許さない。」

するとノーサンバランド出身の従者が歩み出る。
　ウィザリントン(81)がその名前であった。
彼は言った。「南イングランドで私に言わせたいのですか。
　ヘンリー王(82)の恥辱となることを。

あなたがた二人は富裕な伯爵ですが
　私は田舎の貧しい従者です。
その私に自分の指揮官が闘うのを見て
　恥辱と不名誉に満ちて立っていろと言うのですか。
私が武器を手にしているかぎり、誓ってそんなことはしません。
　心臓も手も戦いに欠かすつもりはありません。」

その日、その日、その恐ろしい日は
　さらに多くの血にまみれることになった。
ここで第一の歌は終わる。
　しかしただちに私は続けて歌おう。

第二部

イングランド人の弓は引き絞られていた。
　彼らの心は十分に勇敢だった。
彼らの発した第一矢は
　ゆうに百四十人のスコットランド人を倒した。

スコットランド人の中にダグラス伯爵がいた。
　勇敢すぎるほどの軍司令官であった。
それは彼が苦悩や傷を打ち倒した
　至るところで神かけて証明される。

誇り高い軍司令官のダグラスは
　自分の軍勢を三つに分ける。
軍勢はそれぞれの持ち場で
　強力な長槍を手に突入した。

しかし我々イングランドの歩兵部隊によって
　彼らには多くの深い傷が負わされた。
多くの豪胆な戦士が打ち倒されて死んだが

彼らはそのことを誇りに思わなかった。

イングランド人は弓を置いて
輝く剣を抜いた。
恐ろしい光景が展開され
それは甲冑をも照らし出さんばかりであった。

立派で堅固な甲冑と鎧《よろい》を通して
気迫のこもった顔が打ちかかり、突進した。
大胆で向こう見ずな多くの者が
ほとんど自らの足元で倒れ込んだ。

最後にダグラスとパーシーが
激しく相対した。
二人はミラノ産の剣[83]でもって
熱く、激しく闘った。

二人は本当の戦士であった。
雹《ひょう》の粒がぶつかり合うように
二人の甲冑からは血が飛び散り

雨のように滴り落ちた。

「待て、パーシー。」ダグラスは言った。
「私の言うことを信じてくれ。
おまえをスコットランド王ジェイムズのところに連れて行き
同地の伯爵の地位に就けてやろう。

おまえを自由の身にする身代金を払ってもだ。
どうか私の言葉を受け入れてくれ。
なぜならおまえは私が打ち負かした者の中で
最も勇敢な男だからだ。」

「絶対に断る。」パーシー卿は言った
「おまえに対する私の最初の言葉は
かつてスコットランドの女が産んだ男に
私は決して屈しないというものだ。」

と同時に一本の矢が屈強な射手から
相手に瞬時に飛んできた。
矢はダグラス伯爵の胸骨の

奥深くに命中した。

肝臓と両肺を貫いて
鋭い矢は彼に突き刺さった。
そのため彼は生が終わるまで
次の言葉しか話せなかった。
「闘え、闘え、私の勇敢な家臣よ。
私の命は消えてしまった。」

パーシーは剣に身をもたれかけ
ダグラスから血の気が失せるのを見ていた。
パーシーは死にゆく者の手をとって言った。
「おまえを失うのは悲しい!

おまえの命を救わんがために私は三年にわたって
自分の国を喜んで分けようとしてきた。(84)
おまえほどの心臓と手の具わった男は
北の国のどこにもいないからだ。」

一人のスコットランドの騎士がこのすべてを見ていた。

彼はヒュー・モンゴメリーという名前であった。
彼はダグラスが倒れるのを目にし
　頑丈な槍を手にした。

彼は足の速い馬にまたがり
　百人の射手を突き抜けて走り
まったく立ちどまりもせずに
　ついにパーシー卿のところに辿りついた。

彼はパーシー卿を一突きにしたが
　それは致命的なものであった。
丈夫な木でできた頑丈な槍で
　彼はパーシーを刺し通した。

突き出た槍の先端からすると
　その槍は一メートル以上あった。
ここに倒れた二人の男ほど
　国を立派に治める者はもうどこにもいなかった。

ノーサンバランド出身の一人の射手は

パーシー卿が倒れるのを見た。
射手は弓を手にしていた。
　弓は決して見かけ倒しではない。

一メートル近くの矢を彼は
　力いっぱい引き絞った。
彼はモンゴメリー目がけ矢を射る。
　それは十分に鋭く重いものであった。

モンゴメリーを射た一矢は
　強い力で命中した。
矢についた白鳥の羽根からは
　彼の心臓の血が流れていた。

もう誰も逃げようとはせず
　それぞれが戦いへと走った。
浮彫り細工で飾りつくされた剣を手に
　みな互いに力いっぱい打ちかかった。

戦いは夕べの祈りの前に

チェヴィオットで始まった。
そして夜の祈りの鐘が鳴っても
　終わりにはまだ程遠かった。

みなようやく月あかりのもとで
　互いの手に触れることができた。
みな互いに激しく闘ったが
　立っていられる者もいれば、そうでない者もいた。

千五百人の射手のうち
　イングランドに帰り着いたのは五十二人で
二千人の槍部隊のうち
　スコットランドに帰り着いたのは五十五人であった。

他の者はみな打ち倒されるか
　起き上がることもできなかった。
まだ生まれていない子も嘆き悲しむ。
　この悲惨な嘆きの物語を。

パーシー卿とともに打ち倒されていたのは

ヨハン・フォン・アッゲルストン
敏速なロジャー・ハートレイ
　勇敢なヴィルヘルム・ヘロン

豪胆なゲオルク・ロヴリ
　名声ある偉大な騎士で
富裕なラフ・ラグビ。
　彼らはみな一緒だった。

ウィザリントンを失って私の心は悲しい。
　彼はとても豪胆で勇敢だった。
足を打ち砕かれた彼は
　膝で体を支えてまで闘った。

ダグラス伯爵とともに打ち倒されていたのは
　ヒュー・モンゴメリー卿と
大胆なダヴィッド・レウダール。
　そして彼の妹の息子も倒れていた。

ダグラス伯爵とともにカール・フォン・マレーも倒れていた。

彼は自らが足蹴にされることも厭わなかった。
地元のヒュー・マクスウェル卿も
　ダグラスとともに死んだ。

朝早く彼らは白樺とハシバミの
　棺台に載せられ、運び去られた。
多くの未亡人が泣きながらやって来て
　夫たちを運び去った。

トゥイード川は泣くだけ泣くがよい。
　ノーサンバランドも激しく嘆くがよい。
ここに倒れた二人の軍司令官は
　この国境をもう目にすることもない。

エディンバラに向かう使者が
　スコットランドの王のもとに到着した。
「王の辺境伯ダグラスは打ち倒されたそうです。
　チェヴィオットの丘で打ち倒されたそうです。」

王は絶望して手をひどくよじって

叫んだ。「ああ、何と悲しいことか！
これほどの軍司令官はこの
スコットランド全土でも見出せない。」

ロンドンに向かう使者が
ヘンリー王のもとに到着した。
「王の辺境伯は打ち倒されたそうです。
チェヴィオットの丘で打ち倒されたそうです。」

「神が彼の魂とともにあらんことを！」
ヘンリー王はただちに言った。
「私は彼のような軍司令官を自分の国で百人は持っている。
だがパーシーよ、私の生きているあいだに
汝の復讐を果たすつもりだ。」

我々の高貴な王は
神に王としての復讐を誓った。
王はハンブルトンで
パーシーの復讐戦を行った。(85)

三十六人のスコットランドの騎士が
　一日で打ち倒され、武具だけがなお
光り輝くグレンダール[86]では
　戦場にまったく人の気配はなかった。
これがチェヴィオットの狩であった。
　こうして挑発は怒りとなった。
オタバーン[87]の戦いの場を
　老人たちは今なお指し示す。

8　ルートヴィヒ王[88]

ドイツ語

最古のドイツの歌。シルターの『古代ドイツ語辞典』。

一人の王を私は知っている。
その名をルートヴィヒという。
彼が神に喜んで仕えるのも
それが報われるからだ。

子どものとき彼は父を失い
それが彼をひどく苦しめた。
神は彼に特に目をかけ
自ら育て上げた。

神は彼に優れた従者を与えた。
そしてこう言った。
ここフランケンを
ずっと支配するがよい！

それから彼は玉座を
兄のカルロマン[89]と
分け合う。
何の思い込みもなく。

それは終わりを告げた。
神は彼が種々の苦労にも
耐えられるかを
試そうと思った。

神は異教徒に
王を襲わせ
彼のフランク人を
異教徒に仕えさせた。

フランク人は敗れ去った！
異教徒が選び出されたのだ！
異教徒に不快な生活をもたらす者は
軽蔑され退けられた。

泥棒であった者は
そのことを享受し
自分の城砦を手に入れ
その後は貴族となった。

その者は嘘つきであった。
その者は盗賊であった。
その者は裏切り者であった。
そしてそのように振る舞っている。

王は襲われ
王国は混乱させられた。(90)
キリスト教徒は憤激し
この報復に苦しんだ。

あらゆる困難を知った神は
これを憐れみ
ルートヴィヒ王に
急いで進み来るよう命じた。

「私の王、ルートヴィヒよ。
私の臣民を助けるのだ！
ノルマン人が彼らを
非情なまでに征服したのだ。」

それからルートヴィヒは言った。
「主よ、そのようにします。
あなたが命ずることは
死さえも私を妨げることはありません。」

ルートヴィヒは神に暇《いとま》を告げ
宣戦布告の旗を掲げ
フランケンの地を
ノルマン人と戦うべく駆けていく。

彼は神に感謝し
神を待ち望み
言った。「おお、私の主よ
我々は長いあいだあなたを待ち望んでいます。」

それから善人ルートヴィヒは
勇気をもって言った。
「安心するがよい。
困難にあって私を助けてくれる仲間たちよ。

神はここへ私を送られたのだ！
私が汝らを導くように
決断するかどうかは
恩寵が私自身に示してくれよう。

汝らを解放するまで
私は自ら骨惜しみはしない。
神のすべての臣下が
私に従ってくれることを望む。

現世での我々の生には限りがある。
それを決めるのはキリストだ。
キリストは我々の骨を待っている。
そのことを自覚しておくがよい。

急いで神の意志を
成就させようとする者は
健やかに暮らす。
私がそのことに対して神に報いるならば
神はその中にあり続け
私はそのことに対して神の臣下たちに報いる。」

そこでルートヴィヒは盾と槍を手に取り
急いでこちらへ駆けてきた。
彼は本当に自らの敵に
報復したかったのだ。

間もなく彼は
ノルマン人を見つけた。
「神に称賛を！」彼は叫んだ。
彼は自分の願望を目にした。

王は勇敢に馬を駆り
よく響く歌を歌った。
そして皆も歌った。

主よ、憐れみたまえ、と。

歌が歌われ
戦いは始められた。
戦うフランケン人の頬には
血が光っていた。
しかしルートヴィヒほどの
報復を行った者はいなかった。

彼の感覚は
勇敢かつ大胆であった。
一方の敵を打ちのめし
他方の敵を突き刺した。

彼は敵の手に
より苛酷な苦痛の
飲み物を贈った。
敵は命からがら逃げ出した。

神の力を讃えよ！

ルートヴィヒが勝利を得た。
すべての聖人に感謝を述べよ！
戦いの勝利は彼の手に帰した。

おお、ルートヴィヒ王は
何と神聖になったことか！
彼は勇敢であったが
それは必要であると同じくらい困難であった！
自分にふさわしい人々のもとにある彼を
主なる神が護らんことを！

9　アルハマ[91]

スペイン語

『グラナダの内戦』四六三頁、および『ロマンセ歌集』一九三頁以下を見よ。

グラナダの街を悲しげに
ムーア人の王[92]が通り過ぎる。
エルヴィーラの門から
ビヴァランブラの門まで。
「おお、私の愛しいアルハマよ！」

王のもとにアルハマが
行方不明になったとの手紙が届いた。
王は手紙を床に投げつけ
配達人を殺した。
「おお、私の愛しいアルハマよ！」

王はラバから降りて馬に乗り
アルハンブラまで行った。
ラッパを吹き鳴らさせ、銀のツィンク[93]を響かせた。

「おお、私の愛しいアルハマよ！」

グラナダのヴェーガ[94]でこれを
すべてのムーア人が聞いたとは。
これを聞いたすべてのムーア人は
多数の群れをなして集まった。
それから戦争のラッパが鳴り
それが彼らを血まみれの戦いへと呼び出す。
「おお、私の愛しいアルハマよ！」

そして皆が集まると、一人の老人が言った。
「王よ、あなたは我々を呼び出された。
何のために我々を呼び出されたのですか。
これは戦争に向けての響きでした。」
「友人たちよ、知っておいてほしい。
私はアルハマを失ったのだ！
おお、私の愛しいアルハマよ！」

長く白い髭を生やした
老祭司長が言った。

「おお、王よ。あなたは正義の報いを受けているのです。
あなたはこれほどひどい運命に遭っても当然なのです。
あなたはアベナーマル一族(95)を殺しました。
グラナダの華である彼らを。
さらにあなたはコルドバという富裕な街から
外国人を追い出しました。
それゆえ今アルハマを失ったのと同じように
間もなくあなたの王国を失うでしょう。——」
「おお、私の愛しいアルハマよ!」

第二部

「ムーア人の指揮官、ムーア人の指揮官!
白っぽい髭を生やした老人よ。
汝を縛れとの王の言葉だ。
なぜなら汝はアルハマを引き渡したからだ。

そして汝の首を刎ね
それをアルハンブラに置いて
見るものを震えさせよとのことだ。

なぜなら汝はアルハマを引き渡したからだ。」

老人は表情を変えずに言った。
「騎士および貴族の皆さん。
私は義務を疎かにしなかったと
どうか王にお伝えください。

私は遠くアンティクエーラ(96)にいて
王の意志に従っていました。
私は十四日間の罰を請い求めましたが
王は私に三十日間を与えました。

私がアルハマを失ったことは
私の魂を深く傷つけています。
王が国土を失ったとしたら
私は名誉と名前を失い
妻と子どもを失い
私の娘を失いました。

グラナダの華である娘は

キリスト教徒によって私から奪われました。
私は百ドブラ[97]もの金貨を差し出したのに
百人みながこれを軽蔑しています。

私はひどい答えをもらいました。
私の娘はもうキリスト教徒であり
私の愛するファティーマは
アルハマのマリアであると。」

10　戦争の歌(98)

エストニア語

もう戦争の知らせが響き渡った。
もう敵への宣戦布告もなされた。
我々の中から戦争に行く者は誰か。
最も若い弟、最も偉大な兄だ！
最高の帽子、最も美しい馬
最も誇り高い馬、最もドイツ的な鞍も！――

急いで私は弟の武具を整えた。
彼の武具を整え、彼に教えた。
愛する弟よ、善良な弟よ。
前に駆けてもいけない。後ろに留まってもいけない。
なぜなら敵は最前列の者を打ち殺し
そして最後列の者を打ち殺すからだ。
戦いの真ん中に加わるのだ。
旗手のそばを離れてはいけない。
なぜなら真ん中が家に帰れるからだ。

弟は家に帰ってきて
父の部屋の扉の前に行った。
「父さん、来てください。私が息子だと認めてください！」
父は来たが、息子だと分からなかった。

母の部屋の扉の前に行った。

「母さん、来てください。私が息子だと認めてください！」

母は来たが、息子だと分からなかった。


兄の部屋の扉の前に行った。

「兄さん、来てください。私が弟だと認めてください！」

兄は来たが、弟だと分からなかった。


姉の部屋の扉の前に行った。

「姉さん、来てください。私が弟だと認めてください！」

姉は来たが、弟だと分からなかった。


何によって私は彼が弟だと分かったのか。

短い服によって弟だと分かった。

ぼろぼろのマントによって弟だと分かった。

「愛する弟よ、善良な弟よ。
さあ、私に戦争のことを話しておくれ!
戦争ではどのような生活なのか言っておくれ。
女は可愛いか。妻はかけがえのないものか。」

「愛する姉さん、優しい姉さん!
埃まみれの服を脱がせてください。
短剣の血を洗い流してください。
その後で姉さんに戦争の話をしましょう。

戦争では女は可愛いくないし
女も妻もかけがえのないものではありません!
戦争で可愛いのは抜き身の短剣です。
戦争で可愛いのは
兵を戦いから救ってくれる勇敢な馬です。
好ましいのは敵の短剣と打ちかわし
敵の手から武器を奪うことなのです。」

11 戦いの歌

ドイツ語

『ジッテヴァルトの幻影』[99]第四部、一一四頁から。兵士たちの年季奉公契約書が登場するところでも、強い詩句と強い言語に満ちている。ただ残念なのは、全体が八十節もあることだ。この詩においても言語的に卓越した箇所のために、より弱い箇所を無視せざるをえない。近年この種の非常に多くの詩[100]が刊行されている状況であるが、以前はずっと少なかった。

「さあ、勇敢に立ち向かえ、私の戦士諸君よ。
騎士らしく打ちかかれ。汝らが命を受けた祖国のために
倦むことなくその命を差し出すがよい。
それが有用であるということなのだ。

汝らの心と目を情熱の炎で燃やすがよい！
みな一緒に力を合わせるのだ！
臆病や恐れで仲間をおびえさせてはならない！
ましてや隊列から逃げ出して混乱を起こしてはならない。

剣が使えなくなったら、声で闘うがよい。
もう叫べなくなったら、目で怒るがよい！

自らの流す血が十分に報われることを願いながら
剛勇果敢に敵どもを打ち破るがよい。

賞賛を得る方法を各自で考えるがよい。
軍人としての体格や姿勢のまま死に
自らの持ち場を守り、自らの足で立っていたという賞賛を。
そして歯を食いしばり、口元をしっかりと結ぶがよい。

自らの傷がすべて賞賛に値するように
前面の胸部に受けてよいが、後背部に受けないように。
自らの死においてさえ死が自らを飾り
その顔にまだ真剣さと生命が感じられるように。」

このように専制君主から逃れて生きようとする者は
自らの命を自ら進んで放棄しなければならない。
死を望む者だけが、思い切って死に赴く者だけが
勝利を手にし、それから命を獲得するのだ。

さあ、元気を出そう、汝ら勇敢な兵士たちよ。
汝ら、今なおドイツの血をもって

汝ら、今なお溌剌とした勇気をもって
活気を与える者たちよ。偉大な行為を求めるのだ！
汝ら同郷人よ、汝ら国の従僕よ、立つのだ！
汝らが勇敢に討ちかからず
勝利の凱旋もしなかったら
国も自由も失われてしまう。

ドイツ人として立派に生まれた者は
欺いたり嘘をついたりせず
正直さも誠実さも
信仰も自由も失わなかった。
ドイツ人として尊敬に値する者は
大胆かつ勇敢で怯《ひる》むことなく
自由のために剣を手に
死と危険の中に勇んで飛び込む。

それから彼が敵に打ち負かされ
命を奪われても
彼は名誉と賞賛を自分のものとし
まったく敗れてはいないのだ。

このような死は彼にとって重いものではない。
なぜなら彼の良心が死を和らげるからだ。
そして彼はこのように自らの血を流すことによって
賞賛と名誉を手に入れる。

彼の名声と栄誉はいつの時代にも
国じゅうのあらゆる人の口から鳴り響く。
彼の生は死を通して知られる。
なぜなら子孫たちが彼のことを歌うからだ。
高貴な自由は
彼が祖国に遺した果実なのだ。
しかし不実な者は逃げることによって
ひどく軽蔑され憎まれる。

このように生きることと死ぬことは
誠実なドイツ人にとって同じことなのだ。
死と勝利は美しくて豊かなものだ。
この両方を通じて彼は安寧を得ることができる。
これとは逆に逃亡者と裏切り者からは
すべての感謝が逃げ去り

彼らには悪臭とともに
「呪われた悪人め！」という叫びがついてまわる。

さあ、さあ、汝ら敬愛するドイツ人よ。
ドイツの握りこぶしで、大胆な勇気をもって
専制君主の暴威を抑えるのだ！
頸木《くびき》と手かせと鞭を打ち砕くのだ。
専制君主が称号や愚行を賞賛し
自慢する様子は克服しがたいものだ。
専制君主の群れは無益な苦労の末に
打ち倒され、間もなく姿を消すがよい。

さあ、専制君主たちを襲撃するのだ！
彼らの兵団は恐れに震え、ばらばらになる！
邪悪なことは長続きしない。
だから彼らはもう逃げることしか考えないのだ。
彼らの軍勢は大きいが、信仰は小さい。
彼らの武器は立派だが、良心は傷ついている。
さあ元気を出そう。彼らは葉っぱのように震え
もうすぐ根絶やしにされるだろう。

さあ、専制君主たちに討ちかかるのだ、愛する同胞たちよ！
苦労は大きいが、勝利や戦利品はひどいものではない。
そして正々堂々と振る舞うことが
すべての成員を元気づける。
おお、ドイツの心と手よ。
専制君主と悪人を罰するがよい。
こうして汝は自由と祖国を
救い出すであろうし、そうしなければならないのだ。

12　相手にされなかった若者[101]

バルトリンから。マレによる翻訳に倣ってマレ風に。

私は船でシチリアを回っていた。
そこには我々男たちがいた！
褐色の船は我々男たちの願望に従って
急いで進んでいた！
そう私も望んだし、私の船にも
ずっとそのように進んでほしかった。——
しかしそれでもロシア人の少女[102]は
私を相手にしてくれなかった。

トロンハイム[103]付近で大きな戦いがあった。
当地の軍勢は我々よりも大きかった。
我々の仕掛けた会戦は
恐ろしいくらい血に満ちたものであった。
王は戦いで死んだが
私は何とか逃げのびた。——

しかしそれでもロシア人の少女は
私を相手にしてくれなかった。

四つの漕ぎ手の席には
我々十六人が坐っていた。
海の嵐は怒り狂い
船は水中に沈んだ。
我々はみな嬉々として水を汲み出した。
いつもこうあるべきだろう。
しかしそれでもロシア人の少女は
私を相手にしてくれなかった。

私は芸術を尊重することができる。
勇敢に闘い
優雅に騎乗し
上手に泳ぎ
スキーもできるし
投擲も船漕ぎもできる。——
しかしそれでもロシア人の少女は
私を相手にしてくれなかった。

少女も未亡人も！――
遠く東の国にいるときに
我々は激しい戦いを仕掛けた。
そこで私は早くから街に突進し
わくわくしながら武器を使った。
そこにはまだ我々の痕跡が残っている――
しかしそれでもロシア人の少女は
私を相手にしてくれなかった。

弓状の海岸に生まれた私は
敵の船をしばしば
海の断崖にまで追いやり
人間から遠く離れた海を
舵一本で耕してきた。
しかしそれでもロシア人の少女は
私を相手にしてくれなかった。

13　婚礼の歌(104)

ラテン語

カトゥルス、すなわち翻訳するより美化するのがずっと容易な詩人から。

少年たちの合唱　さあ！　夜になった！　汝ら少年たちよ、立つのだ！　天空では
長く待ち望まれた星がもうその光り輝く頭をもたげている。
露のしたたる食事を出すがよい！　時は来た！　時は来た！　それからすぐにも
花嫁がやって来て、婚礼の神ヒュメナイオスの声が響くことになろう。
婚礼の歌を。おお、ヒュメナイオスよ！　婚礼の歌を。来たれ、ヒュメナイオス。

少女たち　乙女たちよ、汝らは少年たちを見ないのか。さあ、彼らに向かって行こう！

夜の使者(105)が天の松明を揺らしている。

本当だ！　汝らは少年たちがもう戦いに備えて武装しているのが見えないのか。

無駄に武装しているのではない！　歌における勝利は彼らのものとなろう。

婚礼の歌を。おお、ヒュメナイオスよ！　婚礼の歌を。来たれ、ヒュメナイオス。


少年たち　兄弟たちよ、我々に勝利のシュロの葉が与えられたのは簡単なことではなかった。

見るがよい、乙女たちがそこで思案しながら歌を探し求める様子を。

彼女たちは無駄に思案しているのではなく、最も美しいものを探し求めているのだ。

たしかに最も美しいものを。というのも彼女たちは魂全体で努力しているからだ。
だが我々はあちこちさまよい、目と魂がばらばらだ。
彼女たちが勝つのは本当に正しいのだ。勝利は努力を欲するのだから！
さあ、今こそ兄弟たちよ。おお、歌に向けて魂を集中させよう。
乙女たちはすぐにも始める。すぐにも応答が鳴り響かねばならない。
婚礼の歌を。おお、ヒュメナイオスよ！　婚礼の歌を。来たれ、ヒュメナイオス。

少女たち　ヘスペルスよ、天にはきっと汝より恐ろしい星がきらめいている。
その星は母親の腕から花盛りの娘を奪い取り
彼女をしっかりつかんでいる腕から引き離し
燃えたぎる少年に純潔な少女を与えることができるのだ。
征服された街にいる敵たちは何をこれ以上厳しく始めることができようか。
婚礼の歌を。おお、ヒュメナイオスよ！　婚礼の歌を。来たれ、ヒュメナイオス。

少年たち　ヘスペルスよ、天には汝より優雅な星がきらめいている。
その炎の星は誠実な愛の絆を今やしっかりと結び
男たちや両親を結びつけた絆[106]を結ぶが、汝の祝福の目がこれを見るまでは
結び目を締めることができなかった。
神々は我々にこの幸福な時間以上のものを与えることができるだろうか。
婚礼の歌を。おお、ヒュメナイオスよ！　婚礼の歌を。来たれ、ヒュメナイオス。

少女たち　ヘスペルスよ、ああ、妹たちよ。汝という盗賊は我々から
遊び友だちを奪い去った。どのような監視も無駄に汝を誉めるだけであり
仲間の泥棒を隠したり、汝が別の名で再び現れるとき[*1]は
自分が隠していた連中の正体を自ら暴露するのだ。

少年たち　ヘスペルスよ、少女たちに耳を貸さないように。彼女たちの非難はでっちあげだ。
彼女たちが非難するのは彼女たちの心が密かに熱望していることなのだ。
婚礼の歌を。おお、ヒュメナイオスよ！　婚礼の歌を、来たれ、ヒュメナイオス。

少女たち　垣根で囲まれた庭の花がひっそりと咲き始め
草を食む歯や犂《すき》によって傷つけられず
雨と太陽によって育て上げられ、心地よいそよ風によって
穏やかに織り上げられるようにと、子どもたちも少女たちも望んでいる。
しかしその花が最も繊細な指によって折られるやいなや
ああ、子どもたちも少女たちもその花をもはや欲しいとは思わない。
乙女も同じだ。まだ咲き誇っていれば彼女たちの愛も
純粋なままだ。しかしその優しい花が衰えると
ああ、子どもたちも少女たちもその花をもはや愛することはない。

少年たち　荒れた原野で葡萄が地面に落ちるように

梢《こずえ》と根が黒い土の中で絡み合うまでは
元気な葡萄は芽を出すことも伸び上がることもない。
農夫も草を食む雄牛も葡萄のつるに敬意を払わない。
しかしそれが雌雄の結合する楡《にれ》の木に巻きつくと
農夫も草を食む雄牛もこれに大いに敬意を払う。
乙女も同じだ。自分の親の家で寂しく年をとる。——
しかし成熟した婚姻の絆を結ぶと
男も両親も彼女に大いに敬意を払う。

乙女よ、逆らってはいけない。このような男と争うことは
正しくない。彼に汝を与えたのは汝の父だ。また父と一緒になって
彼に汝を与えたのは汝の母だ。それでも汝は両親に従わねばならない。
汝の若さの花。汝はそれを自分のものと思うかもしれないが、自分のものではない。
全体としては汝の父のものであり、汝の母のものであり
第三の部分が汝だけのものなのだ。それでも汝は両親と争いたいのか。
両親は汝を朝の贈り物[107]とともに娘婿に与えるのだ。
婚礼の歌を。おお、ヒュメナイオスよ！ 婚礼の歌を、来たれ、ヒュメナイオス。

＊1　明けの明星として。

14　船出する新郎新婦　　スペイン語

ゴンゴラ『作品集』三四四頁による。

高く上がる白い水しぶきの中を
四つの異邦人のガレー船[108]が飛ぶように進んでいた。
それらの船は一艘の小さなガレオン船[109]の舳先《へさき》を
速い船足で懸命に追いかけていた。

幸福な新郎新婦を乗せたその船は
波をくぐり抜けて喜ばしげに航行していた。
新郎はマジョルカの貴族で
新婦はとても美しいヴァレンシア女性であった。

愛に優しく祝福されて
二人はマジョルカを目ざす。
そこでは祝祭が催され
愛の故郷が目にされるからである。

そしてオールを漕ぐ手も静まり
波も穏やかになればなるほど
風もいっそう心地よいものとなり
帆も愛の中でざわざわと音を立てた。

海が最も奥深く狭まったところで
二人はただちに自分たちが囲まれていることに気づく。
あらゆる方向から二人を目がけて
尊大な敵のマストが迫ってくる。

略奪欲に駆り立てられたマストは
またぞっとするような恐怖感を煽る。
真珠の粒のような優しい涙をこぼしながら
その可哀そうな女性は懇願する。

「優しく愛らしく爽やかなそよ風さん。
あなたがフローラ[110]の寵児ならば
あなたへの最初の接吻を思い出して
私たちの愛を救ってください。

神々の全能とともにあるあなたが
この小さな船に激怒するならば
どうかその怒りを海の砂に投げつけてください。
あたかもその怒りが百の岩塊であるかのように。

そして神々の菩提樹とともにあるあなたに
善良な人間たちが懇願するならば
どうか可哀そうな海の破片を
王の軍団から救ってください。

あなたが猛禽の爪から
一羽の白鳩を救うように
どうか私たちの愛の帆を
盗賊たちの手から救ってください。」

そしてオールを漕ぐ手も静まり
波も穏やかになるにつれて
風はいっそう速く吹き
二人を愛の故郷へと運ぶ。

スコットランド語

15　花嫁の飾り

ラムジーの『常緑樹』第一巻、二一三頁。

愛する女性が私を愛し
　私に誠実で優しくありたいなら
私は彼女の生涯を通じて
　美しい花嫁の飾りで彼女を喜ばせたい。

名誉は花嫁の頭を包む
　小さな帽子であってほしい。
用心しながらリボンを包み込み
　自由を飾り付ける帽子で。

花嫁の繊細な体を
　包む亜麻布は
貞節な鳩の胸の周りを流れる
　純潔であってほしい。

花嫁の小さな胴着はすらりとした節制と
　規律と堅い忠誠であり
その中での若々しい体の成長は
　穏やかな勝利のしるしであってほしい。

花嫁の小さな上着は礼儀と
　尊厳によって美しく織られ
そこでは上品さと謙遜が
　あらゆる襞《ひだ》の中を漂っている。

誠実さは花嫁のベルトであり
　日々新しく美しくあらねばならない。
花嫁の小さな外套は
　風に抵抗するための謙遜である。

真珠の飾り(111)は花嫁の首飾りであってはならない。
　このことを花嫁は自覚すべきである。
愛の最も美しいバラは
　母の胸の上で咲き誇る。

希望の緑と無口なスミレの
　華麗さに取り囲まれるところでは
私に小さな忘れな草が
　小さなスズランから笑いかける。

それらのあいだを穏やかに
　リボンの紐が流れてゆき
花嫁の胸の内に優しく
　冷静さと落ち着きを与える。

勤勉と善意の網が
　花嫁の手を包み込み
偽の針の兜は
　黄金の抵抗であってほしい。[112]

こうして花嫁は好意と恥じらいを
　花嫁の靴下留め[113]と結びつけ
天使のように美しく幸福に
　自らと私を変えてほしい。

16　当然の不幸[114]

前掲書、二〇四頁以下。

スコットランド語

自分が自らの主人であるという
類いまれな幸福を神によって与えられたものの
この幸福をまったく嬉しく思わずに
偽りの輝きの中でのみ喜んで
高位の偉そうな人間であろうとする者は
幸福な人間の従僕にしか値しない。

貧しい少女と結婚して
静かに幸福に生きられるのに
日々太陽と月を台無しにする妻と
たえず言い争いながら
金持ちの悪魔の道を歩む者は
このことを永遠に悔やむに値する。

自然によって喜びと快楽と

柔らかな愛へと形成され
肉欲の胸にすがりつき
弱さ、心痛、苦悩をしゃぶり
年老いてなお若い女と結婚する者——
おお！ 何と悲しいことか！

自然によって健康な体と
丈夫な腕を与えられた者は
自らの楽しみのために
医者の努力を選び
朝な夕なにこの努力の助けを借りる——
この者はそれを墓の中まで持ってゆくがよい。

しかるに神によって健全な感覚を与えられながら
それがまったく無駄に与えられた者がいる。
この者は愚かさという労苦にすがりつき
愚者の技術を求めて苦労しながら歩く。
すなわちいつか尊大な人間になるための技術を——
たとえそれが学者先生の養老院においてであっても——

17　心配

イタリア語

フォルテグエリ[115]の『優れた詩人の誠実な詩文』ベルガモ、一七五〇年、第二巻、二六四頁。

友よ、心配すべきは
どのような屋根のもとで暮らすかということだ。
その屋根のもとでもっぱら保護され
楽しく自由に幸福に暮らし
不安な朝にも
恐怖と希望の中を漂わなくてもすむように――

合唱　それこそ宝だ！　しかし大波の上では
宝は引き寄せられて来ない。

私が川から
輝く澄みきった水を飲んで
そのとき自分が幸福だと思うならば
私はあの贅沢三昧に暮らす金持ちのように
一滴の葡萄の汁を求めて

黄金の鎖をつけて足を引きずってまで歩かない――
合唱　友よ、空虚な弱い光を信頼してはいけない。
黄金の鎖はつねに苦痛を与える。

素晴らしいのは、高邁な心を感じとり
幸運と闘うことができ
時には幸運から勝利を手に入れ
決して幸運にしりごみせず
茨の中を掘り進むことだ。
さあ、太陽の自由な眼差しを目ざそう!――
合唱　友よ、決して幸運に身を屈してはいけない。
すなわち、神々のもとに昇ってはいけない。

しかし、たとえ幸運が打ち負かされたとしても
恋愛の神アモルに屈する者は
誰もまだ生命を失っていない。
いったい安らぎを見出した者はいるのか。
愚者の足元にひれ伏す者は

傷をもってのみ報われることができる。

合唱　盲目な子どもは自分の盲目な仲間に
後悔と束縛でもって報いる。

18　乞食の歌[116]

スコットランド語

『拾遺集』第二巻、五一頁。スコットランドの王ジェイムズ五世によるもの。

陽気なポールはこの地の野原を越えて
何日もかけて私のところにやって来て言った。
「優しい娘さん、哀れな乞食を
どうか泊めてください！」
夜は寒く、その男はびしょ濡れだった。
我々のところで彼は火に向かって腰をおろした。
彼は私の娘の肩を嬉しげにじろじろ見つめ
陽気に語り、歌った。

そして「おお」と彼は言った。「もし私がかつて
この地にやって来た時と同じくらい自由であれば
どれほど私は陽気で快活であり
ためらいもしないことでしょうか！」
そして彼は愛情を示し、娘はそれに応えた。
しかし母親には二人のあいだで

しかもとても本当に親密に
何が起こったのか、ほとんど理解できなかった。

そして「おお」と彼は言った。「お父さんの帽子のように
あなたが黒くて汚くても
私はあなたをそのまま背負って
一緒にここを出るでしょう！」
そして「おお」と彼女は言った。「私が天の高みから降ってきた
雪のように白くて美しく
奇麗な服を着た貴族の女性であっても
一緒にここを出るでしょう！」

こうして意見が一致した二人は
雄鶏が鳴く前に起きた。
二人は戸を閉め、そっと慎重に
野原を越えて行った。
朝早く年老いた母は起き上がり
長めの服を着て、それから
召使いたちのベッドの方に小走りして
その乞食を手探りで探す。

そして母が乞食のベッドの前に来たとき
寝わらは冷たく、乞食はいなかった。

「おお、もし彼が我々から娘を盗んだとしたら何と悲しいことか！」

そして母は手揉みし、叫んだ。

あらゆる荷箱の方に誰もが走った。

しかしどの箱も大丈夫だった。

「よかった！」母は一人で踊る。

「私は悪人を泊めることなど決してしない。」

そして今や何も欠けているものもなく
すべてがその場にあったので
母は言った。「私の娘のベッドへ急いで
すぐに娘を呼び寄せてちょうだい！」
女中が娘のベッドへと駆けつけたが
ベッドは冷たく、娘はいなかった。
「おお、もし彼が娘を盗んだとしたら何と悲しいことか！
あの乞食男と逃げたのだ。」
「ああ、何ということ！　馬を出せ。ああ、何ということ！　走れ！
とにかく全力で娘をつかまえて！

そして男を縛り首にして、娘を火あぶりにして！——
乞食の悪人め！」
人々は馬を駆り、または走った。
母は立腹のあまり我を忘れ
手も足も動かせず
乞食男をののしりつづける。

そうこうするうちに野原を越えたところでは
娘と男が谷のあたりで仲良く腰をおろしていた。
二人は誰にも気づかれずにいて
チーズにナイフを入れていた。
そのチーズは二人にとってそれはそれは美味しいものだった。
男は娘を絶対に見捨てないと誓った。
「あなたを見捨てることは何と心が痛むことでしょう。
私の愛する乞食さん。」

「おお、私があなたと一緒だとお母さんが知ったなら
どれほど怒り、あなたをののしることでしょう。
〈私は二度と乞食の悪人を
泊めることなどしない〉と。」

「愛する人よ」彼は言った。「でもあなたは若くて
乞食の言葉を話すこともできない。
貧しい乞食の私についてくることに
あなたは満足できるのですか。」

「糸を紡いだり織ったりしてパンを手に入れ
糸を紡いだり織ったりして決してあなたに苦労させません。
この愛する生活を通して死ぬまでずっと
おお、私は乞食のあなたを導きます！
そして足を動かし、膝を折り
はちまきをして頑張ります。」
そして二人は言う「ああ、一緒になろう！
そして楽しく生きよう――おお！[*1]」

*1 この作品がここに挿入されたのは道徳のためでなく陽気な音調のためであることは容易に考えられる。これを作ったとされるスコットランドの国王陛下には道徳はさほど重要ではなかったに違いないのだろう。道徳を重視する者は第二部を作り、そこで陽気な夫婦を困窮させ、母のもとに帰らせ、認めてもらえるようにして、さらに良いと自ら思うものにするがよい。ここでは今あるものだけを提供したいと思う。

19　司祭の結婚のために[117]

『私の目的は広い道を進むこと』の著者ウォルター・マップ[118]（カムデンの『遺跡』三三三頁）によるもの。この歌がドイツ語の文字にあってあまりにも自由であると思われないように私は望む。というのも、『ウルフの記憶すべき聖句』におけるラテン語の文字、そして（私の思うに）フラキウスの『教会の堕落を罰する種々の美しい詩』においてさえこのことが見出されるからである。そのうえ詩節の半数は削除され、他の詩節は苦労してとにかく自由に翻訳されている。マップの詩についてのさらなる情報はライザーの『歴史上の詩人と中世の詩歌』七七六頁等にある。

善良なプリスキアヌス[119]も尊敬されない！
Sacerdos[*1]という単語でさえ、もう正しく語形変化されない！
前はhic[*2]とhaec[*3]と呼ばれ、そのように実行された。[120]
今はこう言われている。哀れなhicよ！　haecは追放される。

残念だ！　このように神の教会はいつも苦しまねばならない。
神が自らまとめて与えたものを人間は分けてはならない。[121]
神が創造にさいして語ったことを神は人間と教会の両方に語ったのだ。
「汝らを大きく増やして、世界に喜びを増やすがよい。」

しかし今の悲惨と悲しみは立ち去らねばならない。
たとえそれらが我々に優しく振る舞っても、愛人たちとは別のものだ！
おお、教皇イノセンティウスよ。[122]あなたは御自分が
我々の生を半分に引き裂いたことの償いをしなければなりません。

イノセンティウスよ、あなたは無垢を愛するか。
しかしあなたは若くして享受したことを他人にはもはや与えないし
自分が若くして行ったことは老人にしか許さない――
教皇イノセンティウスよ、神がそれを許してくれるよう願うがよい。

アダムの生涯とは何だったのか。息子や娘を作ったことだ！
そして旧約聖書はこのことを自分のものとしており
新約聖書もこの古い盟約を曲げるつもりはない。
それはローマ教皇や王や預言者も証言している。

使徒パウロは高いところへと心を奪われた。
彼が三つの天において見たものを誰が目にとめたか。[123]
そして彼が我々を再び近づけるとき何と言うか。
「誰もが」と彼は言う。「自分の妻を持ち、その間を裂かなかった。[124]」

私もパウロの言葉と良い贈り物のもとにとどまった。
「愛する兄弟たちよ、人が妻を持つのは良いことだ。
誰もが自分の妻を持ち、妻から元気をもらい
そしてどの司祭も自分の妻を持つのは良いことだ。」

しかし貧しい司祭がまず隣人の家の
娘や姪や女性の客にしてもらうよう頼むことは
困難であり、好ましい習慣でもないと私は思う。
愛する紳士たちよ、これは困難であり、好ましい習慣でもない。

だからこそ教皇よ、我々を苦境から救ってください。
主の祈りを我々が二人ですぐにも唱えられるように。
司祭と女性司祭が私の代理となり
私の重い罪のために主の祈りを唱えてくださるように。

＊1　Priester 司祭。
＊2　der 指示代名詞「この」の男性形。
＊3　die 指示代名詞「この」の女性形。

20　獄中の歌[125]

英語

『拾遺集』第二巻、三二一頁。『文芸年鑑[126]』に掲載されたあれこれの作品がここで再び公表されることは正当と思われるだろう。公表される箇所はそれらの作品に対して正当であり、それらの作品はこれらの箇所に対して正当である。

愛が楽しく自由に揺れ動き
　この鉄格子の中へするりと入り込み
愛する少女を私のもとに運んでくれ
　彼女が私の周りを元気に飛び跳ねるならば
そして彼女の絹の髪が私に絡みつき
　彼女の眼差しが私をとらえて放さないならば
空を飛ぶすべての鳥よりも
　私は自由なのだ。

私の周りでなみなみと注がれたグラスが
　歌と大声の冗談とともに進み
私たちのバラが新鮮に咲くならば
　私たちの心も生き返る。

不機嫌、怒り、悲しみが手を携えて
　水中に身を沈めても
ずっと深い海にいるすべての魚よりも
　私は自由なのだ。

私がこの籠の中で
　クロウタドリのように大声で鳴くだけでよいならば
王が私に残した痕跡は
　どれほど優しく温和で恩寵に満ちたものか！
王は何と善良であり、偉大であるべきことか！
　もし王のように歌うならば――
砂漠に吹くどのような嵐よりも
　私は自由なのだ。

石、土手、壁は投獄しない。
　どのような鉄格子も幽閉しない。
一つの霊が無垢で落ち着いた調子で語る。
　ここをおまえの宮殿にしてやる、と。
心が自らを快活で平静で
　自由で元気だと感じるならば

天国のすべての天使よりも
私は自由なのだ。

21　苦難と希望

1
汝ら神々よ、悲しいことに私は苦難と心痛を
生の導きの女性としてずっと手にしてきた！
外面からも内面からも不安を感じる私は
いつ世界の戯れの中で落ち着きを得るのか。

2
汝ら神々よ、嬉しいことに汝らは私に苦難を与え
希望の愛の接吻でもって私を元気づけてくれる。
外面からは苦難が私を前に押し進めてほしいし
内面からは希望が私の前身を成就させてくれる。

或る対話[127]
ギリシア語より

1
シジフォスの岩は我々の労苦だ。
それは重いまま上がり、より重くなって落ちる。
イクシオンの輪[128]、それはたとえ我々と希望が雲でもって
戯れるときも我々の心の中で燃えている。

2
大地の種まきは我々の短い労苦だ。
種は簡単に沈み、元気に芽吹く。

新鮮な緑のように我々の希望は芽吹いてほしい。
花が咲くともうすぐ果実になる。

1

秋は生と森の葉を落とす。
そして冬の霜は汝の希望であるだろう。
春は森と希望とともに再びやって来て
甘い苦難はすべての歌によって歌われる。

2

汝らナイチンゲールよ、甘い苦痛を嘆くがよい。
汝らコキジバトよ、愛をささやくがよい。
汝ら蕾よ、労苦の甘い努力の芽を出させるがよい。
汝らヒバリよ、希望の春の生を歌うがよい。

1

こうして私は生を喜び
苦難において慰められ、希望において幸福でありたい。
たとえバラのあいだに時として棘があったとしても
私は自分のバラの棘を折りたいと思う。

22　春の宮殿

ゴンゴラ『作品集[129]』。

アウローラのすべての娘と
庭のすべての花は
希望をいだきながら
王のバラを待ちつつ立っていた。

そして王のバラは威厳をもって
緑の玉座の上で開花した。
王の緋衣の周りには
棘の鋭い見張りが立っていた。

そして王のバラは愛らしく下を見やった。
バラは愛によって形作られている。
そして花はみな身をかがめながら
無言の畏敬をもってバラに挨拶する。

スペイン語

バラの美しさに驚く花もあり
バラの善意を愛する花もあり
バラの恩寵を求める花もあり
バラの魅力を何百もの花が羨む。

これらすべてのものであるアモルは
これらすべてが好きになり
これらすべてからその甘さを奪い
棘だけをもって報いる。

無礼な蜂たちはブンブンやって来て
バラの胸を欲しがる。
しかしバラの一瞥がその泥棒を追い払い
貞節な胸を閉ざしてしまった。

ナデシコは羨ましそうに立っている。
（生まれながらの王女である）
ジャスミンはその白い新鮮さ自体が
ヴィーナスを装っている。

泉のほとりのスイセン(130)は
もはや自分ではなくバラだけを見ている。
そして無垢のユリは
愛の涙の中で思い焦がれている。

ヒヤシンスとアネモネ
そしてバラの宮廷の花たちと
匂いもなくかさかさした
チューリップはしかし
これ見よがしに気取って歩く。——

誰もが立ちながら、バラが誰を
友人に選ぶかを待っている。
そしてバラは物静かなスミレを選ぶ。
あらゆる花の中で最初に生まれたこの花を。

スミレは草の中に身を隠し
そこにいてもう前から匂っている
それも早春の活力とすべての姉妹の
希望の匂いを放っている。

花たちの王の楽園にある
月桂樹の森では間もなく
喜びのあまりナイチンゲールが
歓呼の声をあげて鳴き始める。

そして緑の春の中で
この宮殿が戻ってくるたびに
羊飼いの少年少女たちは
もっぱらスミレとバラのことを歌う。

23 比べられないもの(131)

『拾遺集』第二巻、三一二頁。

英語

汝、夜の星たちの小さな軍勢よ(132)。
　汝は我々の探求する眼差しに
きらめき以上に数を見えるものにする。
汝ら、空間を持たない群れよ。
汝らは太陽の光と比べると何なのか。

汝ら、野山にある早咲きのスミレよ。
　汝らはその美しい緋色の衣をまとって
自然において最初に生まれたものとして
自分の周りのものを冷淡なまでに嘲笑する。
　バラが目覚めたら、汝らは何なのか。

汝ら、森の中の小鳥たちよ。
　汝らはとても豊かで元気な響きでもって
自然の歌い手たらんとして

自分の小さな心がいつも渦を巻いている。
汝らはナイチンゲールに対して何なのか。

こうして私の少女は美しい女性たちの[133]
輪の中に足を踏み入れ、女王となる。
最も美しい女性が彼女に賞を与える。
　愛らしさと明朗な感覚によって
愛が彼女を女王にしたのだ。

24　蝶の歌(134)

ドイツ語

可愛くて、軽やかで、風のような
蝶よ。
花の上を漂い
露と花だけで生きている
花そのもの、空を飛ぶ葉である汝は
バラのどのような指によって
また誰によって緋色に染められたのか。

汝の衣をかくも多彩にし
汝を朝の匂いから織り上げ
汝に数日間の命しか与えなかったのは
風の精なのか。
汝の小さな魂と心は
私の指のあいだで脈打ちながら
死の痛みを感じとっている。
さあ逃げるがよい。おお、小さな魂よ。

元気で自由であるがよい。
未来の私の在りようの形象であってくれ。
私という地上の幼虫が
また汝のように微風であり
そして匂いと露と蜜の中で
すべての花に接吻するように。

25　ヴィルヘルムの亡霊(135)

『拾遺集』第三巻、一二六頁。

一人の亡霊がグレートヒェンの部屋の前にやって来た。
　多くの悲しみと嘆きをもって！
そして錠前を押して向きを変え
　悲しげに呻き声をもらした。

「これは私の父フィリップなの
　それとも私の兄弟ヨーハンなの
それともまたスコットランドから来た
　私の恋しいヴィルヘルムなの。」

「君の父フィリップでも
　君の兄弟ヨーハンでもない！
スコットランドから来た
　君の恋人ヴィルヘルムだ。

スコットランド語

おお、可愛いグレートヒェン。おお、愛するグレートヒェン
　お願いだから私に話しかけておくれ。
グレートヒェン、私が君に与えた
　言葉と忠誠を私に与えておくれ。」

「あなたの言葉と忠誠を私はあなたに与えない。
　あなたが愛の接吻とともに
私の部屋に入って来るまでは
　二度と絶対に与えない。」

「私に君の部屋へ来いというならば
　私は現世の人間ではない。
君のバラの唇に接吻せよというならば
　私は君に死の接吻をすることになる。

おお、可愛いグレートヒェン。おお、愛するグレートヒェン
　お願いだから私に話しかけておくれ。
グレートヒェン、私が君に与えた
　言葉と忠誠を私に与えておくれ。」

「あなたの言葉と忠誠を私はあなたに与えない。
　あなたが花婿の指輪とともに
私を教会の墓地に連れていってくれるまでは
　二度と絶対に与えない。」

「しかし教会の墓地に私はすでに横たわっている。
　さらに遠く、海を越えて!
グレートヒェン、君に逢いにここまで来たのは
　私の亡霊なのだ。」

彼女は自分の百合の手を外に出し
　急いで彼に手を差し伸べる。
「さあ、ヴィルヘルム、私の貞節の言葉を受け取り
　永遠の眠りについて。」

彼女は着ているものを投げつけた。
　一部は膝から下へ。
そして長い冬の夜のあいだじゅう
　彼女は亡霊につき従った。

「ヴィルヘルム、あなたの頭の部分にまだ場所はあるかしら。
それとも足の部分にまだ場所はあるかしら。
それとも脇の部分にまだ場所はあるかしら。
私がするりとあなたの中に入り込めるような場所は。」

「グレートヒェン、頭の部分にも足の部分にも
どこにもその場所はない。
脇の部分にもない、グレートヒェン。
私の棺は狭くて細い。」

すると雄鶏が鳴き、時を打った。
夜が明けたのだ！
「グレートヒェン、もう君と別れ
去らねばならない時が来た！」

もはや亡霊がグレートヒェンに語りかけることはなかった。
そして深く呻きながら
亡霊は夜と霧の中に消え去り
彼女を一人ぼっちにした。

「おお、私の愛する人よ、行かないで。
あなたのグレートヒェンがずっと呼んでいるのよ。」——
彼女の頬は涙で濡れ、体ごとくずおれた。
そして目を開けることもなかった。

26　氷上の踊り(136)

ドイツ語

我々はどよめき渡る海や銀の結晶の上を
あちらこちらへと漂い歩く。
鋼《はがね》が我々には翼で、空が屋根であり
大気は神聖で、我々の後を漂い流れる。
　兄弟たちよ、こうして我々は楽しい気持ちで
　鉄の強さに支えられて人生を滑っていくのだ。

汝、黄金の家よ。誰が汝を上に湾曲させたのか。
そして大地を我々のためにダイヤモンドで覆ったのか。
そして我々に鋼のつかの間の火花を与えたのか。
天の広間で踊り、漂うために。
　兄弟たちよ、こうして我々は楽しい気持ちで
　天の広間で人生を漂っていくのだ。

そこでは太陽が靄《もや》に包まれていた！
そこでは山々から蒸気が立ちのぼり、太陽の姿が漂っている！
そこでは太陽が沈み、そして見よ、月だ。

月は何と銀色に輝き、我々の上や下にあることか。
　兄弟たちよ、こうして我々は楽しい気持ちで
　月と太陽を通って人生を歩んでいくのだ。

さあ、顔を上げて見るのだ。その天の海では
火花が燃え、我々の周りの霜の中でも燃えている。
天上に太陽を差し込んだ者は
下界を霜の花で覆ったのだ。
　おお、兄弟たちよ、こうして我々は楽しい気持ちで
　星々の原野で人生を滑っていくのだ。

その者は我々に広々とした風通しのよい広間を作ってくれた。
我々が大河の上に立ち、遊びながら漂えるように。
そして我々が困ったときには鋼の足を与え
霜の中にあれば温める心を与えてくれた。
　おお、兄弟たちよ、こうして我々は鉄の気持ちをもって
　大河と深淵の上で努力しながら人生を歩むのだ。

そこに女神がやって来るが、それは一羽の白鳥であり
優しい波の上を上に下に漂う。
姿かたちはユノ[137]のようで、膝はバラ色である。
微風が女神を感じとり、そして運ぶ。

月の薄明かりの中で、無言の踊りの中で
彼女のヴェールはどれほど流れ、彼女の花冠はどれほど揺れることか！
優しい星々は彼女を包むヴェールと
花冠へと沈んでいった。

女神は漂い去るが、そのとき鋼を鳴り響かせた。
すると星々は天の広間で音を響かせ歌った。
そのとき彼女の姿は赤みを帯び
何処とも知らず、銀の微風に包まれた。

27　花嫁の踊り(138)　ドイツ語

ジーモン・ダッハによる。アルベルトの『音楽の南瓜小屋』続巻、ケーニヒスベルク、一六五一年から。

踊れ、汝、我々の足に
法則を与える者よ。
手を握ることや好意的なおしゃべりや
冗談や親切を愛する者よ。
我々の感覚、目、耳は
次第に高められ
汝の寝床はいわば呼び出されるように
堂々と姿を現す。

春における木々が
花で重くなっているように
鳩が輝くように
戦争の軍隊のように
汝は見られねばならない。
踊れ、汝が心を動かされ

仲間を乙女たちのところに
連れていくように。

さあ、新年の頃に
一緒になろうとしている
この高貴な二人を
満足させ
踊りの中でのように
二人の問題が進むようにするがよい。
愛と笑いだけがいつも二人の周りに
あるようにするがよい。

これに加えてシャルマイ[139]と
トランペットを奏で
できるだけ汝の列に
加わるがよい。
満足できるよう生きるがよい。
世界、時間、死など
すべてがそれぞれの
踊りを踊るように。

ドイツ語

28　宮廷の歌

ルター『アルテンブルク版作品集』第五巻、一六六二年、八〇四頁を見よ。

思いあがって
人生という軌道で
小さな車輪を
きれいに回せる者は
勝手に回すがよい。
あらゆる人間の
間違いや誤りを見出す者は
今や皆から最もちやほやされる。
　あるいはもう宮廷の上部に向かっているか
　あるいは宮廷で最もうまくやっている。

質素に生きようと考える者や
敬虔かつ正しく真理をもたらす者は
本当に笑われ嘲られ屈辱を受け
生涯にわたって他人の従僕のままだ。

お世辞を魔法の杖のように使えば
多くの子どもは大きな財産
黄金、恩寵、贈り物
賞賛、名誉を得るし
他人を蹴落とせば
自分は高いところに駆け登る。
こうして世の中は今も上がったり下がったりする。

このようなことができない者は
宮廷に上がっても
逃げ出すだけだ。
報いとなるのは
軽蔑と嘲笑だけだ。
おべっか使いと
嘲笑する者が
今も宮廷では最も出世するのだ。

ルター

29　春の歌

イタリア語

キアブレラ[140]によるもの。ヤーゲマン[141]の『選集』第二巻、四七五頁を見よ。

雪は融け、花の群れを連れて
　春がやって来る。
茂みと木は若くて緑で
　以前と同じように咲き誇っている。
山からの流れは荒々しい水の落下によって
　もはやざわざわと音を立ててはいない。
流れは岸辺で忍び寄る結晶となって
　さらさら音を立てる。

永遠がこの地上にあるかどうかは
　年月と日々の歩みが示している。
今は沈む太陽も
　明日は再び昇る。
昇るものは落ちる。落ちるものは
短いあいだに再び昇ってくる。

しかし一度沈んだ人間は
　二度とこの世を目にすることはない。

何が人間のこの地上での財産であるかを
　人間は自分に保証できるのか。
クロト(142)が昨日紡いだものを
　ラケシスが今日切り離さなかったか。
がらくたと霧の上に築かれた
　おお、悲惨さよ。おお、虚弱さよ！
不確実さの中に確実な愚行に向けて
　死を妄想するとは！

夢だけが、夢という幸福だけが
　この地上での我々の取り分なのだ！
生きることは苦労であり、ああ、それは
　誤って射られた矢のように過ぎ去る。
おお、汝、天の住処《すみか》よ。
　私の永遠の知性よ。
この世での疲れたよそ者よ。
　私は汝らに向かって手を伸ばす。

誰が私に翼を与えてくれるのか。
　ああ、誰が私をこの地上から揺り動かし
病んだ精神に新たな勇気と
　新たな力を与えてくれるのか。
よかろう。地上のどのような思想も
　おお、心よ、おまえの中には芽吹かないのだ！
今こそ堅固なものを見やり
　天に向けて思索する時なのだ。

30 夕べの歌[143]

ドイツ語

クラウディウスによるもの。この歌がここに置かれているのは数のため[144]ではなく、どのような内容のものが最良の民謡であり、そうあり続けるだろうかを示唆するためである。歌集は民衆の聖書であり、慰めであり、元気を回復させる最良のものなのだ。

月が昇った。
金色の小さな星々は
　天に明るく澄んで輝いている。
森は黒く静かだ。
野原からは白い霧が
　奇跡のように立ち昇る。

世界は何と静かなことか。
そして薄明の覆いの中で
　かくも優しく心地よいことか！
世界は静かな部屋のようだ。
汝らはそこで日々の苦悩を
　睡眠によって克服し、忘れ去るべきなのだ。

汝らは月がそこに出ているのが見えるか。
月は半分しか見えないが
　それでも丸くて美しい。
我々が心安らかに笑って楽しむ
多くの事柄もおそらくこのようなものなのだ。
　というのも我々の目がそれらを見ることはないからだ。

我々誇り高い人の子は
空虚で哀れな罪びとであり
　まったく何も知らないのだ。
我々は虚空で織物を紡ぎ
多くの技芸を求めながら
　目標からさらに遠ざかる。

神よ、我々に幸福を見させ給え。
はかないものを頼らせないようにし給え。
　空虚なものを喜ぶことがないようにし給え。
我々を純朴なものにして
汝によってこの地上で子どものように
　敬虔で快活なものにし給え。

これでもう刊行者にとって民謡は十分すぎるほどである。序言では刊行者がどのようにして民謡に辿り着き、それによってどのような目的を持っていたかが語られている。しかしまさにこれらの種々異なる手段や目的からもありえないのは、あらゆる時代からの、あらゆる民族についてのすべての作品が等しく優れているということと、それらの作品がとりわけ本『民謡集』を一息で読み進めようとする一人の読者あるいは批評家の一律で杓子定規な尺度に従って等しく優れているということである。分別のある者であれば誰もがそれぞれの作品をその現場で考察し、その作品がそれ自体で存在するもの、そこにあるべきもの[145]と見なすであろう。すなわち誰もが一息で読み進めたり、目まいを起こしそうになりながら民族から民族へと熱中したりせず、あちらこちらで自分の気に入らないものがあっても、その作品をそれにふさわしい他の者に委ねるであろう。さらに私の思うに、まったく注目に値しない作品はここでは取り上げられていないし、我々の詩作品の多くの枯れ枝が他の地域のこれらの貧相な露の雫から引き出しうるような効果について長々と歓談しようとするならば、私はとても雄弁になりうるだろう。しかし私はそのことを読者や弟子に、それも以前からの私の孤独な年月に及ぶ労苦や楽しみや気晴らしを利用し、役立てようと強く望む読者や弟子に委ねたい。

　早くから私は抒情歌の歴史[146]のための資料を集め始め、それに役立つものを拒否したこともない。この枝もまた今回の作業に必要なものであった。しかしおそらく最後に刊行されたか、あるいは断じて刊行されるべきでなかったようなものを最初に刊行するように私を強制したのは、偶然という微妙な意識であった。いずれにせよ民謡について語るにはそれにふさわしい時があり、もはや語らないためにもそれにふさわしい時がある。私にとって今は後者の時であり、何年にもわたって私は自ら民謡というこの神聖さを奪われた名称[147]に十分に耳を傾けてきた。それゆえ私はこのことで満足しよう。そして当初の目的がほとんど達成されていなくとも、民謡という私本来の孤島がまだ私の目の前で青い海の女神テティスのふところで漂っていられるならば、それで良しとしよう。マントヴァ[148]人のムーサが私にこう呼びかける。

何かもっと崇高なものについてを歌おう。
誰もがみな灌木や背の低い御柳《ぎょりゅう》の木で喜んでいるのではないのだから。

さあ、この呼びかけによって元気に生きるがよい。私の拙劣[149]ではあるが誰にとってもより良い民謡たちよ。[150]

第二部および最終部の終わり

補遺

『歌謡における諸民族の声』（一八〇七年）に追加された作品

「3　聖母マリアに」のラテン語原典の歌詞による楽譜
旋律もヘルダーの採譜による
左側の楽譜下の文章については原注 1 を参照

エストニアの歌

1　男やもめ

愛する弟よ。おまえが言うには
人は妻なしで生き
結婚しないで死に
一人で踊ることができる！

弟よ。おまえはそのように生き
自分がまったく孤独だと気づいた。
そこでおまえは木から
可愛い妻を自分で作ろうとした。(1)
純情で色白で
姿勢が正しくすらりとして
老いることのない妻を。

愛する弟よ。妻には
三つのものが必要だ。
優しい心と
口の中の黄金の舌と

頭の中の好ましい分別が。

そしておまえは妻の像の
小さな顔に金メッキをし
肩に銀メッキをしようとし
その像を自分の腕の中に
一夜、二夜、三夜と抱き
金の顔が冷たいのに気づき
腕の下の彼女が硬く
銀の痕跡が恐ろしいのに気づいた。

愛する弟よ。妻には
三つのものが必要だ。
温かい唇、細い腕
そして愛に満ちた胸だ。

少女たちからおまえの妻を
それも我々の国から選ぶがよい。
あるいはおまえの足を
舟を漕ぐことや歩くことに向けるがよい。

おまえの小舟をドイツに向け
おまえの帆をロシアに向け
妻を遠くから連れてくるがよい。

2　死んだ花嫁を悼む[2]

タタールの歌

シュテラー[3]の『カムチャッカに関する記述』一七七四年。

輝く湖の上でおまえは死んだ。
今やおまえはアーングイシュという名の海鴨になったのだ。[*1]
おお、私はおまえの死ぬところを見られればよかったのに！
そうすれば私は波の上でおまえをつかまえ
すぐにつかまえ、死なせずにすんだのに。
いったい私はどこでおまえのような女性を見つければいいのか。
もし私にオオタカの翼があれば
雲の中へとおまえを追いかけ、地上に連れ戻すのに――

彼女とともに私は自分の命を失った。
私は悲しみでいっぱいになり、苦しみに押しつぶされ
森の中を行く。私は木々の樹皮をはぎ、食べ物としたい。
それから朝一番に目覚めた私は湖へと急ぐ。
私は海鴨のアーングイシュをつかまえたい。
私の愛する人が見えるか

私は再び彼女に会えるだろうかと
探るように目を周りにぐるりと動かしたい——

＊1　彼らは死者が海鴨になると信じている。この歌の理念はそれに基づいている。

3　聖母マリアに[4]

シチリアの船乗りの歌[*1]
ラテン語

おお、汝、聖なる女性
いと羨まれる女性
愛の甘美な母。
苦難において慰めてくれる女性
喜びの源泉
我らを助けたまえ、マリアよ！

＊1　イタリア民謡の最も美しい見本として、ここではシチリアの舟歌を、その簡素で穏やかな旋律と併せて歌える翻訳の形で掲載したい。

イタリア語

4　シチリアの小唄(5)

言っておくれ、おお、可愛い蜂よ。
こんなに朝早くおまえはどこへ急ぐのか。
まだどこの山頂でも夜が明けていない。
朝焼けの光が見えるだけだ。

まだ野原のいたるところで
夜露がきらめきながら震えている。
蜂よ、夜露がおまえの黄金の翼を
痛めないよう気をつけるがよい。

見るがよい。小さな花たちはどれもまだ
緑の蕾の中でまどろみ
まだ夢見ながら小さな頭を
自らの羽毛の寝床にぴったりと寄せている。
だがおまえは翼をとても急いで羽ばたかせる！
あくせくと自分の道を急ぐ！

言っておくれ、おお、可愛い蜂よ。
こんなに朝早くからどこを目ざすのか。

おまえは蜜を探しているのか。もしそうなら
おまえの翼を休ませるがよい。
私がおまえに蜜がいつでも見つかる
小さな場所を教えてやろう。

おまえは私のニーセを知らないのか
美しい目をしたニーセを。
彼女の唇からは本当に甘いものが
息とともに尽きることなく溢れ出る。

私が心から愛する女性の
美しい色をした唇の上に
蜜があるのだ、それも極上の！
さあ、可愛い蜂よ、吸っておくれ！

5 或る捕虜の歌[6]

スペイン語

美しい五月の月は心地よい。
微風が谷を吹き渡り
ヒバリが愛らしく歌い
ナイチンゲールも愛らしく歌う。

誠実な恋人たちが新たにまた
愛に身を捧げるというのに
哀れな私は牢獄の中で
一人悲しく過ごしている。

私にはいつ夜が明けるのか分からない。
私にはいつ夜になるのか分からない。
それでも或るとき小鳥がやって来て
私に朝を歌って告げてくれた。

しかし、ああ！ 意地悪な射手がその小鳥を撃ったのだ―
どうか神が彼を罰してくれんことを！

ああ、私の頭髪はほとんど
かかとにまで届きそうだ。

そして私の膝の毛は十分に
テーブル掛になりうるだろう。
そして私の指の爪は
鋭いナイフになりうるだろう。

もしこれが王の意志ならばー
その意志は私の仕える主君なのだ！
しかし牢番がこれを行うならば
その意志は嫌悪すべきものだ。

おお！　誰か私に小鳥を返してくれないか！
それがここで私と楽しく話せるような
ホシムクドリかナイチンゲールで
あればよいのだが。

それが女性たちに
私の愛するレノーレに

喜んで仕えるような小鳥であれば
便りを二人の間で運んでくれるだろうに。

その小鳥は私に彼女がいっぱい作ってくれた
料理を、それも鮭の料理ではなく
やすりや目打ちを隠した
料理を運んでくれるだろう。

鎖のためのやすりを
錠のための目打ちを—
このように彼は牢獄の中で歌った。
そして牢獄のそばでこれを聞いた王は
この捕虜を解き放った。

6　遠く離れた女性

スペイン語

聖なるイベロ[7]の銀色の波が
アウローラ[8]を見つめ、彼女の姿を輝かせた。
暗い茂みにいる内気なニンフたちは
アウローラを見つめ、するりと潜り込んだ。

岸辺では芽吹く花が活気づき
神々の微光の中で新たに朝を感じはじめた。
鳥たちは竪琴の舌でもって
神々の美しさを讃えて歌い、そして——黙り込んだ。

それから見るがよい。一人の少女が岸辺をゆっくりと歩き
月と星はそれぞれ離れ去った。
聖なるイベロの銀色の波が
アウローラを忘れ、彼女の姿を輝かせた。

盗賊のような目、愛らしい弓を
百合の瑞々しさ、まばたきする輝きを

愛らしい盗賊を、心配のヴェールで覆われて
涙の霧の中でまばたきする輝きを。

聞き耳を立てる岸辺に少女は腰をおろした。
アウローラは立ちどまり、歌に耳を傾けた。
「汝ら、聖なるイベロの銀色の波よ。
汝らは私が泣くのを目にし、私は汝らに向けて泣く。

私から遠いところにとどまり、私が泣いて求めるその人に
汝らはささやきかける、聖なるイベロの銀色の波よ。
おお、彼が私のもとにとどまってくれれば。
ただ、いつも彼は忘れてしまう、いつも夢の中で彼を目にする魂を(9)！

彼のところへ行くがよい、汝ら波よ。そして私がここで
汝らに歌ったことを彼に早く、そして嘆くようにささやいておくれ。
アウローラよ、警告する夢の中で、愛らしい夢の中で
彼に思い出させ、私の姿を彼に見せておくれ。

花冠を編む汝ら内気なニンフたちよ。
これらの花を受け取り、彼に花冠を与えておくれ。

おお、彼が私のもとにとどまってくれれば。
ただ、いつも彼は忘れてしまう。いつも夢の中で彼を目にする魂を。」

愛らしい朝を歌い讃える鳥たちは
沈黙し、この歌に耳を傾け、これを学んだ。
暗い茂みにいる内気なニンフたちは
花を手にして、するりと潜り込んだ。

アウローラは同情しながら深紅色の霧をつかみ
さまざまな夢を作り出し、自分の姿を作り出す——
それらの夢からそこにいた羊飼いが立ち上がり
彼女のもとに急ぎ、彼女の心へと沈み込んだ。

7　憧れ⑩

君なしでの時間や日々は
私にはどれほど長いものか！
私が見ることのできるものは
空虚で荒涼として不安なものだ。
我々の愛の神聖な森は
とても心地よく私を見たが
私には言葉を発せず曇っている。
なぜなら君がそこにいないからだ。

私は歩き出し
君の歩いた跡を探す。
我々の誠実な野原の
優美なブナのところで
私は君を自分のものと呼び
君が私の近くにいると思い
打ち沈み、そして泣く。
なぜなら君がそこにいないからだ。

フランス語

実際に私が遠くから
君の声の響きを耳にすると
おお、私の胸の中で
どれほど心が歌になることか。
君の優しい手が震えながら
私に触れるとき
君の唇の上で
私の心はさらわれる。

8　デスデモーナの歌[11]

フランス語から

一本の木のもとに、柳の木のもとに彼女は坐っていた。
苦悩に押しつぶされ、手を胸に押し当て
うなだれて、喜びからも永遠に遠ざかり
泣き、朝も晩もこう歌った。
「柳よ、みんな歌って！
　私の愛する優しい緑の柳
　　　　　　優しい緑の柳よ。」

川の澄んだ流れは柳とともに嘆きを感じとる！
その流れは柳の嘆きの響きに優しくささやく。
流れの途中にある岩は柳の涙によって柔らかにされ
途切れ途切れの溜め息の余韻をひく。
「柳よ、みんな歌って！
　私の愛する優しい緑の柳
　　　　　　優しい緑の柳よ。」

汝、垂れ下がる葉よ、愛する柳よ。

汝はどうして私の悩みに身を傾けるのか。
死装束の私の花冠になろうというのか。
あの人が私に誓ったこの場所で私は安息を見出す。
「柳よ、みんな歌って！
私の愛する優しい緑の柳
優しい緑の柳よ。」

私に忠誠を誓った不実な人よ、さようなら！
私はあなたに懇願した。「あなたなしで私に生きろというのですか。」
「おまえは自分の心を他の男に与えてもよいのだ。」
こうあなたは私に言いました。さようなら、永遠にさようなら！
「柳よ、みんな歌って！
私の愛する優しい緑の柳
優しい緑の柳よ。」

フランス語

9　バルトーの息子[12]

みな集まるのだ。おお、私は汝らを何と呼ぶべきか。
甲冑の下にも人間の心を感じとる汝らを。
死者の下でも汝らの腕は地面を掘り返し
恐怖とともに掘り返しながらもまだ泣ける汝らを。
汝ら高貴な魂たちよ。情の深さと勇敢さによって
二重に偉大な魂たちよ。
汝らの甲冑を収めるがよい。
私がより勇敢な人間性の悲しい運命を歌おう。
おお、この運命に涙を捧げるがよい。

キリスト教徒の軍勢が同胞の血を求めて
虎の怒りをもって武装した戦いにおいて
或る軍隊にいた一人の若い戦士が
神のように姿を現した。
甲冑の下にも彼の精神がほとばしり出ていた。
戦利品の死体から彼の歩みは測られたし
臆病者たちは鬼神のような彼から逃げ出した。

そして最も勇敢な者は彼を尺度として
自分の勇気を測り、大胆に進んだ。
軍司令官バルトーも進んだ。しかし、ああ
その若い戦士は倒され、勝利も何もかもが無に帰した。
勝利の戦いの真っ只中にいた勝利者バルトーは
その若者を忘れることができない。
彼を敵として倒した軍司令官は
自分の倒した相手を知り
畏敬の念をもって葬りたく思う。英雄として！
彼がもう運ばれてくる――
甲冑が脱がされる。しかし、ああ
敵の中に、英雄の中に、打ち倒された者の中に、ああ！
バルトーは自分の息子を見たのだ。

恐ろしい出来事だ。
父の周りでは同情の涙が絶えることはない。
ただバルトーは涙を見せず、蒼ざめて立っている。
すると死が
ただちに彼をとらえる。
彼はくずおれ、そのまま息子の上に倒れ伏した。

二重の恐ろしい出来事だ！
汝、父よ。汝は英雄としての名声でもって息子を殺し
息子は父の首を絞めて殺すのだ。

10　一つの格言[13]

ドイツ語

汝を神に委ね
困窮にあって強くあり
死を想い
貧者にパンを与えよ。

耐えて我慢し
誰も嫉まずに
戦いと争いを避け
時間を大切にせよ。

絆を保ち
口は固く
罪と悪い取得物から
身を守れ。

世界の虫けらから
身をもぎ離し

全力を尽くして
神を讃えよ。

喜びにおいても冗談においても
悩みにおいても苦しみにおいても
汝の気持ちと心が
上向きになるようにすること。

身を純粋に保ち
好んで一人であれ。
他人はそのままにし
自分を頼るがよい。

このようなことを愛し
その中で自己を訓練する者は
自己を曇らせることはなく
神に喜びを与える。

このとき以後
この者には至福の

多くの満足と喜びが
準備される。

ドイツ語

11　いくつかの格言(14)

何かを知っている者は黙り
元気な者はそのままでいるがよい！
何かを持っている者は保持するがよい！
不幸はそうでなくてもすぐにやって来る。

――――――――

敬虔であるということは美しい衣装であり
多く身につければつけるほど、よく似合う。

――――――――

多く追いかけたが獲物は少ない。
多く耳にしたが理解は少ない。
多く目にしたが記憶は少ない。
これらが三つの無駄な仕事である。

庇護のない支配
利益のない富
正義のない裁判官
怠け者と詐欺師
実りのない木
規律のない女性
徳のない貴族
恥知らずな若者
わがままな子ども
役に立たない奉公人
しみったれた料理皿
人はこれらなしでも済ますことができるだろう。

——————————

話すな、耐えろ、避けろ、我慢しろ。
自分の苦労を誰にも嘆くな。

——————————

神に落胆するな。
神の助けは毎日やって来る。

ドイツの伝説[*1]

12　領主の石[15]

農民　非常な名誉の中で
旗と軍旗を誇示しながらやって来る者は誰か。
なるほどその者の服や帽子や靴
それに手にしている牧人の杖はみすぼらしく
前へと追われる耕作馬は痩せこけ
黒い牛も肉が落ちている。
しかしその者の後ろにいる者は何と輝かしく
兜や立派な羽根飾りや
甲冑や剣を身につけ
そして大地を踏みつけ見下す速い馬とともに
何と胸を張っていることか。
土地の使者　親父さん、見てごらん。土地の新しい領主がやって来る。
農夫　彼が土地の領主だというのなら
私はこの自分の畑にある石の領主であり
家と子どもたちの父であり
自分の汗によって
手に入れたパンの領主だ。——

彼が土地の領主だというのか。
正しい裁判官で
幸福と子どもたちの自由の促進者だというのか。
信仰の庇護者で未亡人と孤児の父だというのか。
土地の使者　彼はそうなるだろう。
農夫　子どもの幸福のために
今のように貧しいままでいるための
勇気や徳が彼にはあるのか。
また子どもの権利のために
痩せこけた耕作馬と
肉の落ちた黒い牛によって暮らし
それに満足しなければならないというのに。
土地の使者　そのとおり！　彼はそうなるだろう。
農夫　それならば、彼がこの私の石を
どうやって手に入れるのか。
彼の正しさを実際にまず見せてもらおう。
領主　六十ペニヒの銀をおまえにやろう。
そして馬と牛と私の服
私の帽子、私の靴もおまえにやり
おまえの家と畑も自由にしてやろう。

農夫　ならば私はあなたに裁判官席と領主の座のための石を与えよう。
そして自分に必要なものを反逆ではなく
善意によってのみ手に入れる者を
正しい裁判官、新しい領主としよう。
土地の使者　土地の領主よ。さあ、あなたの裁判官席に着いて
剣を抜き、それを北と南に、東と西に振るのです。
あなたが自分の周りに住む子どもたちの
保護者や養育者、自らの信仰の庇護者
すべての未亡人と孤児の父となり
これらの者が東と西と北と南から
あなたに呼びかけるとき
疲れた様子を見せたくないならば
これを行い、誓ってください。
領主　私はこれを天に誓い、この私の剣を
東と西と北と南に振り
自分の周りに住む子どもたちの
保護者や養育者、自らの信仰の庇護者
すべての未亡人と孤児の父となり
あらゆる側からこれらの者が私に呼びかけるとき
岩塊と領主になるようにしよう。

これが本当となるよう、あらゆる側から
神の加護がありますように！
民衆　父よ、そうならんことを！

＊1　ケールンテンの伯爵を要職に就けるために、太古の時代から一四一四年に至るまで伝えられていた方法。領主の石はクラーゲンフルトから遠くないところにあり、農民はグラーゼブルクの生まれであった。

ボヘミアの伝説[*1]

13　山から来た馬[16]

地に輝いて見えるのは
月と太陽、美しい金と銀。
それらは華麗にきらめき現れ、美しく装い
生や健康だけでなく
すべてを払ってもよいくらい素晴らしい。
それらは有無を言わせず我々を魅了するが
貧乏人だけが敢えてそれらなしで済まそうとし
金持ちはそれらを手にすればするほど益々欲しくなる。

さてボヘミア国の公爵クルゼゾミュスルは金持ちだった。
彼の土地は山々のあいだにあり
山々は彼のために木々、金と銀を芽生えさせた。
そして川は金の粒を注ぎ出し
貧乏人たちがそれらを洗い、年貢として彼に支払った。

しかし彼は山の腹をより深く掘り
太古の母なる大地から臓腑[17]を取り出す。

分捕った金と銀は彼自身よりも重かった。
彼は山を自分の偶像のために掘り崩す。
しかも彼が金と銀を手にすればするほど
それだけいっそう足りなくなるのだ。
土地や畑は耕作されないままだ。
恐ろしい地底へと送られた人民はみな
地面を掘り返し、領主に向かって溜め息をもらす。
だが領主は大地の腹深いところのどこで
人民の溜め息を聞くというのか。

しかし天が人民に耳を傾ける。

そして天は突然、領主の心のように
青銅と鉄からできたものとなる。
雨が降らないのだ。干からびた大地からは
空腹が蒼白く残忍なまでに立ち昇り
大勢の貧しい人々の首を絞め
彼らを大地の腹深くに埋葬する。
すると空腹で死にそうな貧しい人民の群れは
荒れ狂って領主のもとに押し寄せる。

「父よ、どうか我々の子どもたちや我々のために
パンを与えてください。我々は死んでしまいます！——
山ではなく畑を耕させてください。
穴ぐらではなく小屋に住まわせてください。
父よ、どうかあなたの子どもたちに耳を傾けてください！」
しかし人民に耳を傾けるのは
もうずっと自分の山に住み
しばしば彼らの困窮に同情した別の父である。——
この父は不思議な伝説に耳を傾けるのだ！

或る晩のこと
一人の貴族が歩いていた。彼はこの国の苦難を
心深く感じとり、領主のもとに足しげく通い
懇願するが、いつもうまくいかなかった。
貧しい人々を庇護し、暗闇の明るい星であった彼は
自分の最後のパンを仲間たちに分け与えた。
彼ホリユミユルツは悲しげに荒れ野を歩き
こうつぶやいた。「私はどこへ行くべきなのか——
貧困という自分の家に、それも
今や空腹と死の住処《すみか》となった

自分の家に帰るべきなのか
それとも——」

すると一人の老人が突然彼の前に立った。
その男は長身で白髪で、一頭の馬を従え
馬の目は稲妻のように光り輝き
鼻は火花を散らしていた。
その馬は白かった。老人は言った。
「汝、善人ホリュミュルツよ。この馬を連れていくがよい。
シェンニクがその名前だ！ 困ったときは
この名を呼ぶと汝を助けてくれよう。
だが今は急いで行き、山のすべての割れ目を埋めるのだ。
割れ目からは蒸気が天に向かって昇っているが
それは貧しい者たちには害毒なのだ。」——

こう老人は言うと、ホリュミュルツの眼の前で
山に入り、山は閉じられた。
馬は澄んだ目をしてそこに立ち、いななき
地面をひづめで掻いた。ホリュミュルツは震えながら
手綱をとり、親しげに馬をなでた。

「シェンニク、愛するシェンニクよ
おまえの名を呼んでいるのだ。どうか私を助けてくれ！」
彼がひらりと馬にまたがると、馬は風のように速く
金の山に飛んでいったが、突然いななき足踏みする。
すると何千もの山の精霊アルフェンや
小人たちが彼を助けにやって来る。
低い吠え声をあげて恐ろしい割れ目は閉じられた。

真夜中だった。天の月は明るく輝いている。
風の中の矢のように馬は駆け
ホリュミュルツを宮殿へと運んだ。
ほとんど夜明けと同時に彼は到着し
王の前に進み出る。
事を知らせに急ぐ彼の敵たちは
ようやく翌日に宮殿に到着する。
王の心を奪った恐ろしい敵に
禍いあれ！
ホリュミュルツの忠実な友たちは王のとりなしを願う。
「王様、ホリュミュルツは昨日ここに来ませんでしたか。
誰が四方八方へ飛んで行けるのでしょうか。

どのような男の手が一夜にして割れ目を埋めることができるのでしょうか。」
すべてが無駄だった！
「ホリュミュルツに死を！　明日ホリュミュルツに死を！」

朝が来る。その善人は自らの死を待っている。
そのときあの男の言葉が山から
稲妻のように彼の心を駆け抜けた。
「シェンニクがその名前だ！　困ったときは
この名を呼ぶと汝を助けてくれよう。」

ホリュミュルツは言う。「公爵様、死ぬまえに
どうか私の僅かな喜びと願いをかなえてください。
どうかもう一度私に生涯の友である私の馬を
この場所で乗り回させてください。」
公爵はこれを笑う。すべての門に閂《かんぬき》がかけられる。
今こそ、さあ、山を荒廃させた者よ。
おまえの愚かな願いがかなえられるのだ。

ホリュミュルツは不安げに馬小屋に向かう。
そこには澄んだ目をした彼の馬が悲しげに

じっと立っている。あたかもこう語りかけるかのように。

「私のことをお忘れですか。」

馬は彼を見やりながらいななき、彼に背を差し出す。

「シェンニク、愛するシェンニクよ、おお、私を助けてくれ！」

彼がしずかにこう言うやいなや
馬は空を舞い、門と門を飛び越え
彼を宮殿へと運ぶ。
そこでは何千もの善人が彼を歓迎し
女王蜂を追う蜂たちのように彼に従う。
しかしシェンニクは悲しげに立ち
だるそうに首をうなだれ、目は暗く光っている。
そして、おお、何という奇蹟か。馬が声をあげる。
「もしあなたが私を山に導いてくれなければ
私は死なねばならない。狼たちの餌食に
犬や猛禽のための死肉とならねばならない。
私の仕事は終わったのだ。」

急いで彼は馬を山へ連れて行く。

山が現れ、そこには老人が立っている。

馬は澄んだ目で喜ばしげに老人に向かっていななき
新たに若返る。 老人は彼に親しげに言う。
「為すべきことを行ったおまえに安寧を！
その報酬としておまえの息子たちに幸福が訪れよう。
そしておまえは国の救済者と呼ばれるだろう。
プシュミスワウ[18]が私の名前で、私はボヘミアの
第一の領主で、一族の父である。
この馬はリブッサ[19]の馬であり
その背中で彼女はしばしば自分の子どもたちを目にし
苦難から救ったのだ。」こう言うと老人は
馬を連れて山へ入っていった。

＊1　九世紀中頃のもの。

14 マダガスカル人の歌[20]

フランス語

「マダガスカル島は無数の小さな地域に分断されており、それぞれの地域が自分の領主を持っている。これらの領主は互いに絶えず武器を戦わせており、その唯一の目的は我々ヨーロッパ人に売れるような捕虜を作ることである。もし我々がいなければ、これらの民族は平和で幸福な暮らしができるであろう。マダガスカル人は器用さと分別を持ち、正直で客を手厚くもてなす。沿岸に住む人々は十分な根拠から余所者を信頼せず、すべての注意を払って契約を結ぶが、これは彼らの懸命さと精緻な精神が命じるものである。マダガスカル人は根っから陽気である。彼らにあっては男性は怠惰で、女性が仕事をする。彼らは情熱をもって音楽と踊りを好む。私は彼らのいくつかの歌を集めて翻訳したが、それらは我々に彼らの慣習や習俗についての理解を与えてくれるであろう。彼らは韻律を持たず、文学はより洗練された散文にほかならない。彼らの音楽は簡素で、穏やかで、いつも憂鬱である。」

（1）王

この国の王は何という名前か。―アムパナニだ。―彼はどこにいるのか。―王の小屋にいる。―私を彼の前に連れてゆけ。―おまえは手ぶらで行くのか。―そうだ、友人としてだ。―それでは中に入るがよい。

領主アムパナニに幸いあれ！―おまえにも幸いあれ、白い人間よ。私はおまえを十分にもてなそう。おまえは我々に何を求めているのか。―私はこの国をじっくりと見たい。―好きなように歩いて見るがよい。―だがもう影は沈み、夕食の時間が近づいている。

奴隷たちよ、地面にむしろを広げ、それをバナナの木の広い葉で覆うがよい。米、牛乳、熟した果実を食卓に供するのだ。行け、ネハレよ。私の娘たちのうち最も美しい子にこの余所者の世話をさせ、妹たちは踊りと歌で食卓を楽しませるのだ。

（2）　戦いの中の王

いったいどんな無謀な奴がアムパナニを戦争に駆り出そうとするのか。彼は尖った骨で先を強化した投げ槍を握り、大股で地面を歩く。その横には息子がつき従い、若いシュロの木のように山にそびえ立つ。嵐のような風よ、山のシュロの木を寛大に扱ってくれ。彼には多くの敵がいる。――アムパナニはその一人だけを探して見つける。勇敢な敵よ、汝の名声は輝いている。汝の投げ槍の第一投はアムパナニの血を流させた。しかし彼の流す血は報復をしないではおかない。――汝は死ぬ。そして汝の死は汝の戦士たちにとって恐怖の合言葉なのだ。彼らは自分の小屋に帰るが、ここにも死が彼らを追ってくる。燃え上がる瀝青《ピッチ》に火をつけられた村全体がもう灰になっている。

平安のうちに勝利者は引き返す。その前を追い立てられて行くのは、うなり声をあげる家畜の群、閉じ込められた捕虜たち、泣いている女性たちだ。無垢な子どもたちよ、汝らは笑っているが、汝らは奴隷なのだ。

（3）　王の息子の死を悼む歌

アムパナニ　私の息子は戦争で死んだ――おお、友人たちよ、汝らの首領の息子を悼んで泣いてくれ。――息子の遺体を死者たちの住処《すみか》に運んでくれ。そこでは高い壁が息子を守り、壁の上には魔よけの角とともに雄牛の頭が置かれている。死者たちの住処を避けるがよい。死者たちの憤激はひどく、復讐の念は恐ろしいものだ。私の息子を悼んで泣いてくれ——

男たち　敵たちの血が彼の腕を赤く染めることは二度とないだろう。

女たち　彼の唇が他の者の唇に触れることは二度とないだろう。

男たち　果実が彼のために熟すことは二度とないだろう。

女たち　彼が優しい胸で憩うことは二度とないだろう。

男たち　彼が葉の茂った木の下に横たわって歌うことは二度とないだろう。

女たち　彼の愛する女性に新たな誘惑の言葉がささやかれることは二度とないだろう。

アムパナニ　私の息子を悼む歌はもう十分だ。悲しみの後には喜びが続くように！　明日、息子が行ったところに我々も行こう。

（4）　白人を信じるな

岸辺の住人たちよ、白人を信じるな！　我々の父祖たちの時代に白人はこの島に上陸した。父祖たちは彼らに言った。ここは汝らの女性たちに作ってほしい国だ。正しくあり、善くあり、我々の兄弟となるがよい、と。白人は約束したが、彼らは砦を築いた。恐ろしい城砦がそびえ立ち、雷は青銅の深淵の中に閉じ込められた。彼らの司祭たちは我々の知らない一人の神を与えようとし、ついには従順と隷属を説いた。むしろ死んだほうがよかった！

殺戮は長く続く恐ろしいものだった。しかし彼らの放つ雷に抵抗しながら全軍勢を粉砕した我々によって彼らはみな滅ぼされた。白人を信じるな！

我々は新しく、より強く、より多数の暴君が自分たちの旗を岸辺に差すのを見た。天が我々に味方して戦ってくれた。土砂降りの雨、雷雨、有毒な風を天は彼らの上に送り、彼らはもういなくなった。そして我々は本当に自由に暮らしている。

岸辺の住人たちよ、白人を信じるな！

（5）ザンハルとニアング

ザンハルとニアングが世界を創った。おお、ザンハルよ！汝に我々は願いを向けない。いったいどうして善良な神に願うことができようか。我々はニアングの怒りを鎮めねばならない。

ニアング、邪悪で強大な神よ。我々の頭上でどうか雷を鳴らさないでくれ。海に岸を越えないように命じてくれ。成長している果実を寛大に扱ってくれ。実った米を枯らさないでくれ。我々の女性たちの母胎を不吉な日に開けないでくれ。母親に自分の老人を海に埋葬したいと望むよう強制しないでくれ！

おお、ニアング！ザンハルの善行をすべて台無しにしないでくれ。汝は悪人の統治者だ。悪人の数は十分に多い。善人を苦しめないでくれ！

（6）アムパナニ

アムパナニ　若い囚われの女よ、名は何というか。
ヴァイナ　ヴァイナです。
アムパナニ　ヴァイナ、おまえは朝日のように美しい。だがおまえの目から流れる涙の理由は何か。

ヴァイナ　おお、王様。私には愛する人がいました。
アムパナニ　その男はどこにいるのか。
ヴァイナ　おそらくまだ戦いのさなかです。逃げ出していれば助かっているでしょう。
アムパナニ　彼を殺すか逃がしたままにしておくがよい。私がおまえの愛する者となろう。
ヴァイナ　おお、王様。あなたの足を濡らす涙に免じてどうか憐れみを。
アムパナニ　何が望みか。
ヴァイナ　私の不幸な男は私の目と口に接吻し、私の胸でまどろみました。彼は私の胸の中にいて、何ものも彼を引きずり出すことはできません。——
アムパナニ　このヴェールを受け取り、おまえの魅力を隠し、立ち去るがよい。
ヴァイナ　私に彼を死者あるいは生きている者たちの中で探させてください。
アムパナニ　行くがよい、美しいヴァイナよ。涙の混じった接吻を奪うような人非人は死を免れないであろう。

(7)　木の下の王

昼の暖かさのなか、夕方の風が涼しさを運んでくるまで、木陰でゆっくりと憩うことは気持ちのよいものだ。汝ら女たちよ、近づくがよい！　私がこの木陰で休んでいるあいだ、汝らの沸き立つ響きで私の耳を喜ばせてくれ！　汝らの指がむしろを編んだり、米を狙う鳥たちを追い払うときの乙女の歌を繰り返してくれ！

私の魂は歌を愛している。踊りも私には接吻と同じくらい甘美なものだ。汝らの足取りをゆっくりと沸き立たせ、自ら楽しく真似るがよい。

夕方の風が吹き始め、月も山の木々をとおして微光を放つ。さあ、食事の準備をしよう！

（8） 王の怒り

美しいヤウナよ、どこにいるのだ。王が目覚め、おまえを求めて愛に満ちた腕を伸ばしているのだ。悪い子のヤウナよ、どこにいるのだ。

安らかで甘美な喜びをおまえは新しい恋人の腕の中で味わっている。急ぐのだ、可愛い子よ！ これがおまえの生涯で最後の喜びだ。

王の怒りは恐ろしい。――起きろ、急げ。ヤウナと彼女の愛撫を受けた不届き者を捕えるのだ！

何も身に着けずに鎖につながれた二人がやって来る。その眼差しには愛と恐怖が雑じっている。――

おまえたち二人は万死に値する。おまえたちに死を与えてやろう。

向こう見ずな若者よ。この投げ槍を取り、おまえの恋人を突き刺すのだ！

若者は身震いした。彼は三歩あとずさりし、両手で顔を覆った。優しげな少女は春の蜂蜜よりもずっと甘い眼差しを彼に向けたが、そこには涙をとおして愛がほのかに光っていた。王は怒ってその恐ろしい槍をつかみ、ヤウナを突き刺した。彼女はくずおれ、美しい目も閉じられ、最後の溜め息が死にゆく口からもれる。失意に襲われた恋人は驚愕の叫び声をあげる。私はその叫びを聞いたが、それは私の魂の中で反響し、彼を思うたびに私は恐怖に満たされる。すでに彼も死の一撃を受け、恋人の屍の上にくずおれる。

不幸な二人よ！ 仲良く眠るがよい。平安のうちに静かな墓の中でまどろむがよい！

（9）　非情な母

母が一人娘を白人に売るために岸辺に引きずっていった。

おお、私の母さん！　あなたの子宮が私を身ごもっていたのです。私はあなたの愛の最初の果実なのです。奴隷に値するどのようなことを私はしたのでしょうか。私は老いたあなたを楽にしてあげました。あなたに代わって畑を耕し、あなたに代わって果実をもぎ、あなたに代わって川の魚を追いました。あなたを寒さから守り、暑いときにはあなたを爽やかな陰のもとに連れていき、あなたが眠っているときは見張りをし、虫たちをあなたの顔から追い払いました。おお、私の母さん！　私がいなくなったらどうするのですか。あなたが私のために稼いだお金も娘を新たに産んではくれません。悲惨な状況の中であなたは命を失うでしょう。私の最大の苦痛は、私があなたを助けられないことです。おお、私の母さん、どうかあなたの一人娘を売らないでください！

虚しい願いであった！　娘は売られ、鎖をかけられ、船に連れていかれ、彼女の大切で愛する祖国を永遠に去ることになった。

（10）　不幸な日々

恐ろしいニアングよ！　汝はなぜ私の子宮を不幸な日に開くのか。

最初の子の顔に向ける母の微笑みは何と愛らしいものか！　しかしまさにこの母が産んだばかりの最初の子の命を奪うために川に投げ捨てる瞬間は何と恐ろしいものか！

無垢な子よ！　おまえの目にする日は不幸な日であり、これに続くすべての日々は、その悲しさを引きずったままなのだ。

もしおまえを生かしておくならば、醜さがおまえの頬の輝きを台無しにし、灼熱がおまえの血管を切り裂き、苦痛に囲まれておまえは大きくなるだろう。橙《だいだい》の果汁もおまえの唇の上で苦いものとなり、毒のある息がおまえの手が育てる米を枯らすであろう。魚はおまえの網の場所を探り当て、逃げるだろう。おまえの恋人の接吻も冷たく、何の甘味もないだろう。悲しげな無力感がおまえを彼女の腕の中で追いかけるだろう。

死ぬがよい、おお、私の息子よ！　何千回も死なずにすむように、一度死ぬのだ！

身震いするような魔力だ！　恐ろしいニアングよ！

15　彼の恋人に[21]

おやすみ、おやすみ、おお、少女よ。
　安らかに私の歌の中に。
真夜中になったら、おお、少女よ
　私がまた起こしてあげよう！

ペルーの歌

訳注

第一部　民謡に関する証言

(1) シェイクスピアのハムレット　『ハムレット』第一幕第三場。オフィーリアに対するレアーティーズの言葉。ヘルダーは民謡をオフィーリアになぞらえている。

(2) 『ザクセン法鑑』　ザクセン生まれの騎士アイケ・フォン・レプゴウによる中世最古の法律書。ヘルダーは六五―六八節および七三―七五節を翻訳している。この引用でヘルダーは自らの民謡構想の敵対者であった文芸批評家ニコライに対して自らの意図を主張している。第二部序言の訳注1も参照。

(3) 証言　以下の引用は、先の『ザクセン法鑑』と同じく、ヘルダー自身の民謡観を、先人たちの「証言」という法的な形式によって根拠づけようとしている。ただし、これらの「証言」は必ずしも原典の直訳ではない。

(4) モンテーニュ　『随想録』からの翻訳。ここでヘルダーは「民衆詩」(Volkspoesie) すなわち民謡が「技巧詩」(Kunst-poesie) と同等であることを主張している。

(5) ミルトン　『失楽園』第四歌、二三九―二四一行から。

(6) シドニー　イギリスの著作家。イタリアのルネッサンス文学に影響を受け、『詩の擁護』は英文学で最初の詩学書といわれる。ここでのヘルダーはパーシーの『古英詩拾遺集』(以下『拾遺集』と略記。なお『拾遺集』からの歌の番号の記載は、一・三・一七(＝第一部第三巻第一七番)という形で行う) 第一部の題辞から翻訳している。冒頭の「パーシーとダグラス」は英語の歌『チェヴィーの狩』の登場人物。この歌は『民謡集』(2・3・7) で翻訳されている。なお、ヘルダーが使用している『拾遺集』は第二版(一七六七年刊) である。

(7) アディソン　イギリスの著作家で政治家。道徳週刊誌『スペクテーター』を刊行。これは市民意識の形成を促し、ドイツ啓蒙主義の道徳週刊誌の模範となった。ここでもヘルダーは「民衆歌」(Volksgesang) という表現で、多数の人間によって大切にされる歌を賞賛している。

(8) ドーセット卿　イギリスの詩人。

(9) バラッド　イギリスの民衆的な物語詩。

(10) ドライデン　イギリスの詩人で批評家。

(11) セルデン　イギリスの政治家で法律家。古代研究者として古い文学を蒐集した。

(12) ピープス　イギリスの政治家で王立協会の会長も務めた。蔵書家としても有名で、多くのバラッドを蒐集した。

(13) シェンストン　イギリスの詩人で、バラッドを蒐集するパーシーに助言を与えた。

(14) ウォールトン　イギリスの著作家。

(15) ギャリック　イギリスの俳優で劇場支配人。またジョンソンのグループの一員として文芸界でも活躍した。

(16) ジョンソン　イギリスの詩人。

(17)ルター『卓話』 九六八番と五六〇三番(いずれもヴァイマール版全集における番号)による。来世と現世、あるいは精神と肉体の対比を語るこの卓話の最後の「充溢した……の競技者を」の部分には筋骨隆々の男性が潜んでいる。
(18)アグリコラ ドイツの神学者。
(19)グルック ドイツの作曲家。
(20)バーニー イギリスの音楽著作家。
(21)マーシャル卿 (本名ジョージ・キース)スコットランドの元帥で、プロイセンのフリードリヒ二世の友人。
(22)ルーイヒ 東プロイセンの都市インステルブルク(現在のロシアのカリーニングラード州の中央部にある都市)在住の牧師。
(23)『ダイノス』 ダイノスとはリトアニア語で、口頭で伝えられた世俗の歌のこと。婚礼歌のように、風習において確固とした役割を果たしていた。
(24)レッシング ドイツの著作家。
(25)『戦士の歌』 *Kjämpe-Viiser* のこと。1・2・14の前書きも参照。
(26)ゲルステンベルク ドイツの著作家。
(27)ルター この二行詩はルターの手になるものではなく、一七七五年にヨーハン・ハインリヒ・フォスがクラウディウスによる文芸誌『ヴァンズベックの使徒たち』(七五番)の中でルター作であることを示唆しながら公表したもの。
(28)続きはまた後で 「証言」の継続は実行されなかった。これについては第二部序言の冒頭を参照。

第一部 第一巻
(1)若い伯爵の歌 原典はゲーテが一七七一年にエルザスで蒐集した十二の民謡の一つ。ヘルダーはそれらから三つの歌(1・1・1、1・1・6、1・3・2)を『民謡集』に取り入れた。
(2)エルザスの……賛美歌である 以下、それぞれの歌に付された前書きはヘルダーによるものであり、*で示される注もヘルダーによる原注である。
(3)美しいローゼムンデ 原典は『拾遺集』(二・二・七)。このバラッドの根底にあるのは、イギリス王ヘンリー(ヘルダーによるドイツ語の読みではハインリヒ)二世とロザモンド(同じくドイツ語の読みではローゼムンデ)・クリフォードとの歴史上の関係である。ロザモンドは女王エレアノール(同じくドイツ語の読みではレノーレ)によって毒殺されたとされる。
(4)『新自由学芸叢書』 ここにラスペによる『拾遺集』のドイツ語訳が掲載されている。
(5)コレッジオ イタリアの後期ルネッサンス時代の画家。ここでは彼の作とされるドレスデンにある「懺悔するマグダレーナ」の絵を示唆していると思われる。
(6)ハインリヒ二世 ヘンリー二世は一一五二年にエレアノール・フォン・ポイトウと結婚し、一一五四年以降はイングランドの王。彼の恋人ロザモンド・クリフォードは一一七三年に亡くなった。
(7)息子 王位継承者ヘンリー(一一八三年没)は一一七三

年に父に対して戦いを起こす。

(8) 病んだ花嫁　訳注12で言及されるクロイツフェルトの詩。ちなみに1・1・5の前書きでも言及される『文献学者の十字軍』の著者で、ヘルダーやゲーテに多大な影響を与え、カントとも親密な交流のあったドイツの思想家ハーマンは、このクロイツフェルトの友人であった。ハーマンは一七七五年八月一四日にクロイツフェルトからの詩を次の文章とともにヘルダーに送っている。「これら二、三のダイノスは、貴兄の名声、あるいは貴兄が取り上げるに値するかどうか判断できないものです。」ヘルダーは「クロイツフェルトの三つの民謡を本当に感謝しています。私は民謡を蒐集するという計画をまだ放棄していないので、彼はそれぞれの新たな寄稿とともに私をとても喜ばせてくれます」と書いている。「ダイノス」については第一部「民謡に関する証言」の訳注23を参照。

(9) 少女の別れ歌　原典は前の歌と同じ。内容は、花婿は花嫁を慰めようとするが無駄である。花嫁は部屋に連れ込まれ、そこでは姑が邪悪な目で彼女を見つめ、ヘンルーダの花冠を彼女から奪う、というもの。バルト諸国の婚姻の儀式については2・2・4も参照。

(10) マヨラナ　この植物は次行のジャコウソウと同じく、香料として用いられるだけでなく、母乳に魔法がかけられて有害なものとなるのを防ぐとされる。またジャコウソウは出産を軽減し、夫の忠誠を守るとされる。

(11) 沈んだ婚約指輪　原典は同じくクロイツフェルトの詩。

(12) K.在住のP. K.氏　訳注8以降で言及されるケーニヒスベルクの在住のヨーハン・ゴットリープ・クロイツフェルトのこと。

(13) ドイツのピンダロス　ドイツの詩人クロプシュトックのこと。

(14) ヘンルーダ　前出のマヨラナやジャコウソウと同じように、ヨーロッパでは魔除けの植物とされる。

(15) 嫉妬深い若者の歌　原典は「若い伯爵の歌」(1・1・1)と同じくゲーテによる。

(16) アルカンソールとサイーダ　原典は『拾遺集』(一・三・一七)。登場人物のサイードとも呼ばれるアルカンソールはグラナダのアベナーマル一族というアラビア系氏族の出身であり、ベルベル人氏族の長である。サイードはアラビア語の男性名で「富」を意味し、他方サイーダはアラビア語の女性名で「幸福な女性」を意味する。相思相愛の関係にあるサイードとサイーダを主人公とする一連の歌における主題は、父の決めた花婿である別のアラビア人との結婚を強いられるサイーダと恋人サイードとの悲劇である。

(17) ムーア人の物語　ムーア人は七一一年から一四九二年にかけてスペインの広大な部分を支配したアラビアおよびベルベル起源のイスラム教徒の呼び名。この歌の舞台となるグラナダは、ムーア人による征服の後、カリフの支配地コルドバの一部を形作る。一二三八年以後は独立した王国となり、一二四六年以後はカスティーリア地方(スペイン中北部)の王たちに進貢義務を負うようになった。一四七六年に当時の王がこの義務を拒絶すると、カトリックの王フェルナンドは一四九二年にグラナダを占領し、ムーア人を全滅させた。アベナーマル一族はカトリックの王国に対して陰謀を企てたが、一四八五年に一族全員が虐殺されたとされる。アルハンブラ宮殿の広間は、その殺害の場所といわれる。

(18) ロマンセ　スペイン語に由来する概念でロマン語系の民衆言語で書かれた語り歌であり、イギリスの民衆的な「バラッド」に対応する。ロマンセが扱うのは主として歴史上の素材であり、キリスト教徒とムーア人の対立に由来するものが少なくない。ヘルダーの言及する三つの翻訳は以下のものに見出される。イギリスの神学者コリンズの『東洋の牧歌』、文芸誌『ハンブルク談話集』（第九巻、一七七〇年）、およびウルジヌスの『古英語と古スコットランド語文芸のバラッドと歌』（一七七七年）。

(19) スペイン語が原典である　十五世紀のグラナダにおける市民戦争を題材としたイータ作の歴史小説『グラナダの内戦』（一五八八年）。

(20) アンティクエーラ　グラナダの都市。

(21) 敵対関係の古傷　シェイクスピアの『ロミオとジュリエット』を想起させる。

(22) サイードとサイーダ　同じくイータの『グラナダの内戦』による。このロマンセはパーシーの『拾遺集』における翻案の原典でもあるが、パーシーはさらに語りとしての文脈も顧慮し、サイードという名前をアルカンソールに変えている。

(23) 比較のために添えられている　ヘルダーは自分のドイツ語訳を、読者がイータによるスペイン語の原典と同時に前述のパーシーの英語による翻案と比較しながら読むことを念頭に置いている。これについては拙論「ヘルダー『民謡集』における比較と翻訳」（日本ヘルダー学会『ヘルダー研究』第二〇号、二〇一四年）一―二五頁を参照。

(24) 原書の四五、五一、五三頁からのものであり　ヘルダーは『グラナダの内戦』の一六九四年版を使用している。

(25) タリファ　スペイン南部の都市。

(26) シドニア　スペインのアンダルシア州の町であるメディナ＝シドニアのこと。

(27) ロドモンテ　マッテオ・マリーア・ボイアルドの叙事詩『恋するオルランド』の登場人物。同書では「ロダモンテ」と呼ばれる。

(28) ヴェーガ　カディス湾近郊の都市。

(29) ヘレス　ヴェーガと同じくカディス湾近郊の都市。正式にはヘレス・デ・ラ・フロンテーラ。

(30) ガスル　この歌の主人公の男性の名前。

(31) 自分の色を見ることはできない　どの騎士もこの女性の恩寵を得るための馬上試合で闘わないため、この女性の色を身につけない、ということ。

(32) 愛の羽ばたき　原典は不明。「いつもいつも通る夜汽車～♪」の歌詞で知られる「夜汽車」の原曲。ヘルダーは最も好まれるドイツ民謡の一つをここで初めて公表した。

アルニムとブレンターノによる『子どもの魔法の角笛』（一八〇六年。以下『魔法の角笛』と略記。なお『魔法の角笛』からの歌の番号の記載は、一・二三二（＝第一巻第二三二番）という形で行う）はヘルダーの稿に従っている（一・二三一）。普及している旋律はライヒャルトが一八〇〇年に作ったものである。さらにはベートーヴェン、ヴェーバー、シューマン、レーガーなどが曲を付けているが、それほど普及しなかった。

（33）**不幸な母の子守唄**　原典は『拾遺集』（二・二・一三）所収のアンネ・ボスウェル女史の「悲しみの歌」。同書の注によれば、この歌の成立は一六四〇年頃とされる。ボスウェル女史はスコットランド北方のオークニー在住の主教の娘で、その愛人アレックス・エルスキンは一六四〇年に戦死したとされる。

（34）**ウルジヌス**　ドイツの法律家で文芸作品の蒐集家のアウグスト・フリードリヒ・ベーアのこと。なおラムジーはスコットランドのバラッド蒐集家。

（35）**ウルリヒとエンヒェン**　原典は『拾遺集』（一・一・一四）。一八〇六年の『魔法の角笛』（一・二七四）はヘルダーの稿に従う。これについてゲーテは書評でこう述べている。「青ひげの寓話（＝妻殺し）はより北方的な形において、しっかりと描かれている。」

（36）『魔法の角笛』では「あなたの眼はなぜそのように死んでいるの」と補われている。

（37）『魔法の角笛』では「それは私の母さんが小脇に抱えていたわ／そして自分の血で育てたわ」と補われている。

（38）**ホアン王**　カスティーリアのホアン一世（一三五八―九〇年）。訳注17にもあるように、カスティーリアの王たちは優勢な地位に基づいて、十一世紀以来イベリア半島のキリスト教諸帝国のもとで十五世紀末まで長引いたレコンキスタにおいて指導的な役割を引き受けていた。ムーア人の王国グラナダの支配者たちは一二四六年以来カスティーリアの王たちの主権を認めざるをえず、進貢義務があった。このロマンセの最後の部分に見られる求愛のアレゴリーは、コルドバ、セビリア、カディスといった帝国を、そしてついにはその富ゆえにずっと自立してきたグラナダをも支配下に置くというカスティーリアの王たちの絶えざる欲望を反映している。

（39）**アリハレス宮殿**　グラナダ郊外にある宮殿。ムーア人の居城で、アルハンブラよりも古い。

（40）**ドブラ**　昔のスペインの金貨。

（41）**プリューエル**　マドリードにあったデンマーク王国の公使館に派遣されていた説教師。

（42）**メスキータ、王のモスク**　コルドバにある大聖堂。「コルドバ・メスキータ」として有名。イスラム教のモスクとキリスト教の大聖堂が同居する珍しい建築物。

（43）『**ロマンセ歌集**』　この『ロマンセ歌集』（*Cancionero de Romances*）はスペイン最古のロマンセ集。一五四七年頃にアントワープで刊行され、その後も版を重ねた。

（44）**アルメリア**　グラナダの南東部のアルメリア湾に位置

している町。
(45) ダンファームリン城　ダンファームリンはスコットランドのフォース湾近くに位置する都市で、かつてはスコットランド王国の首都であった。なお、この歌の原典は『拾遺集』(一・一・七)。
(46) パトリック・スペンス卿　このバラッドのより完全な版によれば、スコットランドの王位継承者マルグレーテは、王アレクサンダー三世の死後一二八六年にノルウェーのパトリック・スペンス卿によって迎えにこられることになっていたが、スペンス卿がスコットランド北方のオークニー諸島で命を奪われてしまう。それゆえ、このバラッドの最初に登場する王、すなわちアレクサンダー三世が死にゆく者であることと、この遠征が国家護持のためであり、極度の緊急性を持っていたことは『拾遺集』のこの歌からは窺えない。その結果ヘルダーにとっては、スペンス卿が自らと部下とその一族を犠牲にする盲目の恣意という文脈が生じざるをえなかったと考えられる。
(47) アバーダー　フォース湾沿岸の地域。
(48) 五十尋　約九十メートル。
(49) 低地ドイツ語　「低地ドイツ語」とは、標準的なドイツ語を意味する「高地ドイツ語」に対して、ドイツ北部独特のドイツ語のこと。
(50) 愛する標準ドイツ語　政治や文化あるいは言語の点においてさまざまに分裂している当時のドイツに、まず言語の面から中心となるようなドイツ語を鋳造することが『民謡集』の目的の一つであった。「解題」を参照。
(51) アルベルト　ドイツの音楽家で詩人。ヘルダーのこの歌はアルベルトにあっては、ザームラント(＝バルト海に面する海岸地方。旧東プロイセンの一部)の方言で書かれ、ターラウの牧師の娘アンナ・ネアンダーとトレンペンの牧師ヨーハン・ポルタティウスとの結婚式のために作られた。ドイツ民謡の中でも有名となったこの歌は、『魔法の角笛』ではヘルダーの稿に字句どおり従っているが、最後の七節は省略されている(一・二〇二)。ちなみに『魔法の角笛』に収録されたこの歌について、ゲーテは書評で「本当に根底から真心に満ちている」と記している。この歌は『魔法の角笛』の短縮稿の形で大変人気のあるものとなり、ヘルダーの死後一八〇七年に刊行された『歌謡における諸民族の声』(以下『諸民族の声』と略記)にもこの形で取り入れられている。標準稿の省略版を基礎としたフリードリヒ・ジルヒャーの作曲がこの歌の普及に大きく寄与した。
(52) スカート　この衣服に言及することは十八世紀には下品なことと考えられた。
(53) 三つの問い　『憂鬱を晴らすための機知、笑い、あるいは丸薬』は、イギリスの詩人でバラッドの蒐集家ダーフィーの作品。難題を含む謎かけと、それに対する機知にあふれた答えが繰り返されるイギリスの伝統的なバラッドの一種。2・1・2、2・1・9、2・1・15および2・2・12も参照。ゲーテはこのテクストを少々変更して自らの歌入り芝居『漁師の娘』に取り入れている。『魔法の角笛』の「謎をめぐる謎」（二・四〇七）もこの歌に類似している。
（54）どこにあるのか分からない　第一巻の六一頁にある。
（55）ティッケル　イギリスの作家でバラッド詩人。なお、この歌の原典は『拾遺集』（三・三・一七）。
（56）他のところ　ドイツの文学研究者で著作家のエッシェンブルクによって翻訳された。さらにはウルジヌスの前掲書（訳注18）にも見られる。
（57）陽気な結婚式　日本では「小鳥の結婚式」という題で「みんなのうた」でも紹介されたドイツ民謡を想起させる。ここでは「陽気な結婚式」あるいは「小鳥の結婚式」という題とは裏腹に、大きなコウノトリのほかにオオカミ、ノウサギ、キツネという鳥以外の動物、すなわち鳥を狙う動物たちが紛れ込んでいる。
（58）ソルブ語　中世までエルベ川東岸地域に住んでいたスラブ系民族ボラビア・スラブ人の最後の残存者と見られているソルブ人の言語。同地域はドイツ人による東方植民の影響を受けて急速にドイツ化した。また、この地域のスラブ人は十八世紀にソルブ人と呼ばれるようになった。
（59）エックハルト　ドイツの歴史家。

第一部　第二巻

（1）少女とハシバミの木　その旋律が十六世紀以来知られているこの歌のテクストは口承に基づいている。『魔法の角笛』はヘルダーの稿に従っている（一・一九二）。
（2）バラを手折りに　若い男女の恋愛を表す古来の常套句。「野なかのバラ」（2・2・23）を参照。
（3）ハシバミ　ハシバミの木は、ゲルマンの地では太古からの魔法の木で、多くの宗教儀式上の関連を示すとされる。
（4）花冠　「処女」の比喩的表現。
（5）庭を失う少女の歌　原典は第一部第一巻の「病んだ花嫁」「少女の別れ歌」「沈んだ婚約指輪」（1・1・3―5）および次の「若い騎士の歌」「不幸な柳の木」と同じくクロイツフェルトと推測される。「庭」は前の歌の「花冠」と同じような意味を持っている。
（6）ヘンルーダ　第一部第一巻の訳注14を参照。
（7）傷を負った子どもの話　類似した内容のテクストの存在は十六世紀にすでに確認されている。このヘルダーの稿は『諸民族の声』では削除されたが、『魔法の角笛』では連作詩「重大な見張り」（一・三八六）の中に変更されて取り入れられた。
（8）泣いてくれる二人の女　葬儀の際に死者のために泣いてくれる若い女性のこと。
（9）五十尋　第一部第一巻の訳注48を参照。
（10）より新しい歌　『拾遺集』（三・三・一六）からのディヴィッド・マレットによるバラッド『マーガレットの亡霊』のこと。パーシーはこの箇所でこれを参照するように指示し、その翻訳をヘルダーは「グレートヒェンの亡霊」（「それはあの恐ろしい時のことだった……」）というタイトルのもとに七番目の歌に続くようにしたいと考えていたが、実現されなかった。なお「ヴィルヘルムとマルグレート」

の原典は『拾遺集』(三・二・四)であり、前の「ユダヤ人の娘」の原典は『拾遺集』(一・一・三)である。
(11)グレートヒェン　ゲーテの『ファウスト』におけるグレートヒェンとマルガレーテにも見られるように、グレートヒェンとマルグレートは同一人物であり、グレートヒェンはマルグレートの愛称。
(12)黄金の髪を櫛といている　この表現(Und ‹sie› kämmt ihr goldnes Haar)は、後のハイネの有名な詩『ローレライ』第三節第四行の表現(Sie kämmt ihr goldnes Haar)とほとんど同じものである。
(13)昼も夜も讃えることは決してない　ヴィルヘルムはたしかに心からグレートヒェンを愛していたが、結婚の約束をしていたわけではない、ということ。
(14)菓子やブドウ酒を分かちあう　埋葬の際の習慣。
(15)菩提樹　韻のために「棘のある野バラ」(a briar)に代えてLinde(菩提樹)となっている。
(16)ミロス・コビリッチとヴーク・ブランコヴィッチの歌『拾遺集』をドイツ語に翻訳したラスペは、民謡を求めるヘルダーの求めに応じて、この歌をおそらく一七七三年の六月に送っている。この詩の原作者はクロアチアの詩人でフランシスコ会修道士であったミオジッチであり、彼の『スラブ民話集』に収められている。古い歴史上の原典と口承による南スラブの英雄歌を基盤とするこの作品は、学識のない農民などに向けた民衆本として構想されたが、その意図は英雄的な出来事の表象によって南スラブ人の国民意識を強めることにあった(クロアチア再生の先駆け)。ヘルダーの『民謡集』では「ハッサン・アガの高貴な夫人の嘆きの歌」(1・3・24)を除いてすべての「モルラック」の歌はこの作者によるものであるが(2・2・28、2・2・29)、さまざまな形でヘルダーの手が加えられている。
(17)モルラック　「モルラック」という表現は、イストリア半島、北ダルマチア、および隣接する諸島のクロアチア人住民に関して、フォルティス(訳注18)が用いた名称である。
(18)フォルティス　イタリアの自然および文化研究者。
(19)ツレス島とオセロ島　ダルマチア地方にある島。なお、この書物の原題は『ダルマチア旅行記』である。
(20)一六二頁から　同書の一六二頁から一六八頁において、この歌はイタリア語の翻訳で発表された。
(21)領主ラザロ　セルビアの領主ラザロ一世は一三八六年にボスニア人、アルバニア人、ブルガリア人の助けを借りてトルコ人を撃退したが、第一六節で言及される一三八九年六月の戦いで命を失った。
(22)ミロス・コビリッチ　セルビアの貴族。一三八九年の戦い(訳注21)において、オスマン・トルコの支配者で太守ムラード一世に対して、後者がセルビア人をアムゼルフェルト(コソボの一地方)で制圧したときに暗殺計画を遂行した。
(23)ヴーク・ブランコヴィッチ　セルビアの貴族。伝説によれば、ブランコヴィッチは裏切りによってラザロの死の責任を負わされた。

(24) バヤズィト　ラザロの死んだ一年後に太守ムラードからセルビアに対する統治権を奪い取った。
(25) センタ　おそらく現在のユーゴスラヴィアの都市センタ（Senta）のことであろう。
(26) ノヴィ・パザル　セルビアの南西部にある都市。
(27) ヘルツェゴヴィナ　十五世紀以来ヘルツェゴヴィナと呼ばれるこの地域は、十四世紀にはボスニアとセルビア王国の一部であった。
(28) ゾロトゥルン　ベルンとバーゼルの中間にある都市。
(29) ターラー　十八世紀までの銀貨。ここでは傭兵としての手付金。
(30) 誠実な愛も裏切られる　この歌には、主人公の既婚の女性が、彼女からの愛を拒絶した恋人の誤った告発によって夫から離縁されたという背景がある。なお、この歌の原典は『拾遺集』（三・二・一二）。
(31) アーサーの玉座　エディンバラ近郊の丘。そのふもとには聖アントニウスの泉がある。
(32) 聖マルティンの市　十一月頃に催される市。
(33) シェイクスピアより　『尺には尺を』からの直接の翻訳ではなく、『拾遺集』（一・二・一四）に拠る。
(34) 朝の歌　フリードリヒ・ライルによって二節がさらに付加された翻案に曲を付けたフランツ・シューベルトの「セレナード」（D. 889）は特に有名である。ちなみに、このヘルダーの稿は『諸民族の声』では削除された。
(35) 第五幕第三場、第一幕第五場から　現在では第一幕第二場および第五幕第一場からの翻訳であるが、原典の直訳ではない。ヘルダーの関心は、もっぱら歌の持つ力にあるように思われる。
(36) 他のシェイクスピアの翻訳　ここで念頭に置かれているのはヴィーラントによる翻訳（一七六二―六六年）とニコライの『文芸および自由学芸叢書』におけるモーゼス・メンデルスゾーンの寄稿（一七五八年）である。
(37) 五尋　約九メートル。
(38) 魔歌　主題的には第二部第二巻の「魔王の娘」（2・2・27）およびゲーテの有名な「魔王」と関連がある。
(39) 原典の魔力は翻訳できない　この歌はゲルステンベルクが『注目作品に関する書簡』の第一および第八書簡で言及し、後者において四つの歌を翻訳・紹介している（『民謡集』第一部冒頭の「民謡に関する証言」も参照）。これらデンマーク語の『戦士の歌』に由来する歌をヘルダーは自らの翻訳で『民謡集』に取り入れた（1・1・14、2・2・25―27）。このヘルダーのテクストにはカール・レーヴェが曲を付けている（Op. 118, 2）。ヴィルヘルム・グリムもこの歌を『古代デンマークの英雄歌、物語詩とメルヒェン』（一八一一年）において翻訳している。
(40) ルーン文字　古代のゲルマン文字。比喩的には「神秘的な文字」あるいは「解読不能な記号」という意味もある。
(41) スカルド　九―十三世紀頃の北欧の宮廷詩人のこと。ゲルステンベルクは一七六六年に『スカルドの詩』によってこの種の詩に対する広範な関心を喚起していた。

(42) ヒッケス　イギリスの神学者で北欧研究者。
(43)『アイスランド伝承集』　十三世紀に書かれたこの伝承集はスウェーデンの学者オロフ・ヴェレリウスによって一六七二年に初めて編纂された。その主題は魔剣テュルフィングである。この剣は柄から引き抜かれると、剣の持ち主までも殺す。
(44) ヘルヴォル　アンガンテュルとスヴァフの娘で、ヘイプレクスの母である。
(45) スワフルラマ　次節以下で登場するヘルヴァルドゥル、ヒオヴァルドゥル、フラニ、アンドグリュムの息子たちやエイヴォルと同じくヘルヴォルを守ろうとしている氏族出身の英雄。
(46) オーディン　北欧神話における最高神。
(47) おまえの息子　ヘイドレクのこと。この伝承集の大部分は彼の運命を扱っている。彼は自分の兄弟を殺し、ロシアに逃亡し、ゴート人の王の娘と結婚し、この王を殺し、自ら王となるが、謎かけ競技においてオーディンによって負かされる。
(48) ハーコン王　ノルウェーのハーコン王(九一五頃—九六一年)は、ヴァルキューレたちによって、戦いの場、あるいはヴァルハラ(訳注54)に連れていかれるとされる。父の死後イギリスの王宮で青春期を過ごした後に自分の兄エリクをノルウェーから追放し、同地で交易と治安を促進したが、国民のキリスト教化に失敗し、エリクの息子たちによる侵攻の際に殺された。
(49) バルトリン　デンマークの学者。
(50) マレ　フランスの学者。
(51)『ノルウェーのサガ』　アイスランドの学者ストゥルルソンによって一二三〇年以前に書かれたノルウェーの王たちに関する歴史書『ヘイムスクリングラ』(『世界の環』)のこと。
(52) トール神　オーディンの息子で雷神。
(53) インガスの氏族　インガスはスウェーデン王家のユングリング家の始祖フライのこと。
(54) ヴァルハラ　オーディンが戦死者たちを迎える天堂。
(55) ゴンドゥルとスコグル　死とヴァルハラへの入城へと定められた英雄たちを迎えに行く女性。「死者を選ぶ女性たち」は盾を持つ乙女でヴァルキューレと呼ばれる。
(56) ビエルネルの弟　ハーコン王のこと。
(57) ハレイゲル　ノルウェーの戦士。
(58) ハルメイゲル　ベルゲンの戦士。
(59) テュルとバウガ　どちらも戦いに勝利をもたらす神。
(60) ストルダ　ノルウェーの西部。
(61) ゴンドゥル　ヴァルキューレ(訳注55)の一人。
(62) スコグル　同じくヴァルキューレ(訳注55)の一人。
(63) ヘルモーダとブラギ　ともにオーディンの息子たち。ヘルモーダは神々の使いで、ブラギは詩人たちの神。
(64) 狼のフェンリル　北方の神話によれば世界の没落の際に、それまで拘束されていた狼のフェンリルは鎖を引きちぎり、神と人間を絞め殺すとされる。

(65) アディル　六世紀のスウェーデンを統治した王。
(66) モルホーフ　ドイツの文学史家。
(67) 最後の詩節　モルホーフが『ドイツの言語と文芸の授業』第七章において叙事詩『ハンガリーの戦い』（一六二六年）から翻刻した戦争歌の第一一節である。『魔法の角笛』ではおそらくヘルダーの歌に刺激されて、モルホーフのテクストによる八つの節が掲載されている（一・二四五）。これについてゲーテは書評でこう記している。「これは平時や行進の際には心を高めるべく歌われるだろう。戦争や不幸が本当に近づいているときにはこのようなものは身の毛もよだつものとなる。」二十世紀前半に活躍したドイツの詩人ルドルフ・ボルヒャルトはヘルダーの稿を自らの選集『ドイツ文芸の永遠の蓄え』（*Ewiger Vorrat deutscher Poesie*, besorgt von Rudolf Borchardt. München 1926）に取り入れた。
(68) サンルーカル　カディス湾付近の町サンルーカル・デ・バラメーダのこと。
(69) ヘレス　第一部第一巻の訳注29を参照。サンルーカルの南東にある。
(70) 国土の平安を祈念して　具体的には「王たちの和平締結のゆえに」。すなわち、ボアブディル（ムハンマド十一世）のもとにあったグラナダ王国がフェルナンド二世アラゴン王とカスティーリアのイザベラ女王によって一四九一年から翌年にかけて占領され、それによってグラナダ王国がキリスト教のカスティーリアに最終的に併合された。
(71) アベナーマル一族　第一部第一巻の訳注16を参照。
(72) セグリスの一族やゴメレスの一族　いずれもアベナーマル一族に敵対する一族。
(73) 取り替えるよう命じる　ガスルが自分の槍を砕き、美しい色の服を取り替えることはリンダラハを納得させる。その後、彼女の誤解も解けて、彼女は自らを詫び、彼と婚約する。
(74) ツィンク　中世から十八世紀にかけて用いられたトランペットに似た管楽器。
(75) 彼女の花婿を殺したからだ　「サイーダの悲しい結婚式」（1・1・11）を参照。
(76) ガニュメデス　ギリシア神話における最高神ゼウスの酒杯の奉仕者として天上にさらわれた美少年。
(77) ユピテル　ローマ神話の最高神。ギリシア神話のゼウスにあたる。
(78) ウェステンランド　おそらくウェールズの中部に発し、イングランド西部を南東に向かってブリストル海峡に注ぐセヴァン川流域の地域であろう。追放されたケルト人の住むコーンウォールとデボンは魔術師の故郷とされる。なお、この歌の原典は『拾遺集』（一・一・六）。
(79) リトアニア語　「沈んだ婚約指輪」（1・1・5）へのヘルダーによる前書きを参照。
(80) 『美しく世俗的で貞節なドイツの歌の見本』　オランダの出版業者エルストによって刊行されたこの歌集の三一番。この歌集からはさらに二つの歌が『民謡集』に取り入れられている（1・3・10、2・2・22）。

第一部　第三巻

（1）カーライル　スコットランド国境の近くにあるイギリスのカンブリア州の都市。アーサー王をめぐるブルターニュ（フランス北西部の半島）の伝説圏においては円卓の騎士たちの所在地である。なお、この歌の原典は『拾遺集』（三・一・一）。

（2）外套　外套の試練という主題は中世の『アーサー王物語』（一二二〇年頃）に見られる。

（3）縮充工　布を製造過程で洗って密にする職人。

（4）森　イングランド南東部のサセックス州にあるエンゲルウッドの森。数々の伝説がある。

（5）傑出した歌　十六世紀以来伝承されてきた歌。ゲーテがエルザスで一七七一年に書き留めた十二の歌の一つ。ヘルダーはゲーテによって手が加えられた稿を、句読法を完全なものにし、語形変化を変えることによってさらにもう一歩、書き言葉のドイツ語へと変えている。『魔法の角笛』（一・二五五）に収められた稿は、このヘルダーの稿に従っている。これについてゲーテは書評で「立派で繊細で親密なロマンセの性質を持っている」と記している。

（6）鳥が……歌うように歌われる　今回の邦訳では伝えられないが、ヘルダーの翻訳は次の歌も含めて内容よりもむしろ音調、たとえば〈come hither〉〈Komm hierher〉に見られる母音の模倣や、韻律を正確に再現しようとしている。「音調」については第二部の序言を参照。

（7）農夫　抑圧され、権利もない農夫の社会的状況をヘルダーは鋭く意識化させる。

（8）メット　古代ゲルマン人の蜜酒。

（9）エーレ海峡　デンマークとスウェーデンを隔てる海峡で、北海とバルト海を結ぶ水路として有名。

（10）ヴィスラ川　ポーランドを北流してバルト海に注ぐ川。

（11）改宗者　キリスト教からイスラム教からの改宗者。なお、この歌の原典は『拾遺集』（一・三・一六）。

（12）サラセン人は……戦っている　トレドで最強とされたこれら四つのムーア人氏族のあいだで行われる格闘技は三十六日間続いた。

（13）ベルヒテン城　アラゴン州の都市サラゴッサ近郊の城。

（14）アトラント　古代ギリシア建築の梁を支える男像柱。

（15）愛　原典はエルスト（第一部第二巻の訳注80を参照）の『美しく世俗的で貞節なドイツの歌の見本』三〇番と一六一番。

（16）ルター　『旧約聖書』の「箴言」三一・一〇への傍注。

（17）シェッファー　ウプサラの大学教授でラップランド研究者。

（18）アテナイオス　エジプトのナウクラティス出身のギリシアの著作家。

（19）スコリオン　社交の場での酒飲み歌。大部分は匿名で伝承され、状況に応じた異文で歌われる。

（20）ハーゲドルン　ドイツの詩人。

(21) ノーズ　フランスの古典文献学者。ノーズの論文はハーゲドルンの『詩集』に結びついている。当該の詩は二三四、二五一および二四一頁に掲載されている。

(22) ミルテ　銀梅花＝地中海原産のフトモモ科の木。

(23) ハルモディオスと……贈ったように　ハルモディオスとアリストゲイトンは、アテナイの僭主ヒッパルコスを個人的な侮辱が原因で紀元前五一四年に殺害した。こうした個人的な理由にもかかわらず、そしてアテナイにおける僭主政治は五一〇年にようやく打破されたにもかかわらず、人々はこれらの若いアテナイ人を何百年にもわたって自由の英雄として記念碑やスコリオンの中で賛美した。

(24) 祝祭　四年毎に行われた全アテナイ人の祝祭。

(25) 願い　この歌もギリシア語の原典はアテナイオス。

(26) リベル　酒神ディオニュソスのラテン語名。その崇拝は古代ラテンの受胎の神リベルに重なっていった。ここではliber（自由な）との類似性によって、言論の自由、心配からの自由がこの名前とディオニュソスと共振している。

(27) 力を示した　ヘラクレスが分かれ道で苦労の多い道徳の道を選ぶ決断をした後の十二の行為と、ゼウスの息子たちカストールとポルックスの解放行為を示唆している。

(28) アイアス　テラモンの息子でトロヤ戦争におけるギリシアの英雄。

(29) アタルネウスの客人　小アジアのアタルネウス出身のヘルミアスのこと。彼のもとにアリストテレスは紀元前三四八年から三四五年まで客人として滞在した。

(30) 自由訳　原典は『拾遺集』（一・三・一一）。パーシーは作者としてウォットンを挙げている。ウォットンはバークシャーにあるイートン・カレッジの学寮長も務めた。この歌は詩集『ウォットン拾遺集』に発表された。「自由」という言葉からも分かるように、ヘルダーは自律や市民的勇気という個人的美徳に高貴な生まれの貴族という階級表示を割り当て、自律的な国家市民を貴族の正統的な後継者として特徴づける。

(31) 気高い勇気　生まれながらの貴族であるゆえの高貴さに加えて、勇気などの徳性による高貴さも存在するという後期中世以来の考え方。

(32)『作歌論』　著者はイギリスの文芸家で医師でもあったジョン・エイキン。しかし本来の原典は、ハーマンから送られてきた英語の詩であり、これにヘルダーは忠実に従っている。なお、この原典の詳細は不明である。

(33) 麝香草　民衆信仰においては催淫剤と見なされていた。ここではユリやバラが純潔や愛を示唆するのと同じように示唆的な役割を果たしている。

(34) ジョージ・ウィザー　イギリスの反君主制・反教会主義の著作家で、クロムウェルの支配下で陸軍少将として仕えたが、君主制の復古にあって長いあいだ投獄されていた。この詩「恋する男の決断」は牧歌詩『愛らしいアレテの女主人』から採られている。なお、ここでのヘルダーの原典は『拾遺集』（三・二・二二）。

(35) 三回目の翻訳　ヘルダーに先行する翻訳には実際には

次の三つがある。①ラスペ『新自由学芸叢書』第二巻の一（一七六六年）。②エッシェンブルク『ゲッティンゲン学芸年鑑』（一七七三年）。③ウルジヌスの前掲書（第一部第一巻の訳注18）。なお『諸民族の声』ではこの歌は削除されている。

（36）苦労して　ヘルダーは第四節を「苦労して」、すなわち「意図的に」翻訳しなかった。

（37）キジバトやペリカン　キジバトは夫婦間の貞節の象徴であり、自分の血で子を養うペリカンはキリストの自己犠牲的な愛の象徴である。

（38）聖アガーテ　シチリアの城代オクタヴィアヌスの支配下で二五〇年頃に自らの貞節のためにカターニアで殉教者として死んだ。

（39）音調　ヘルダーは原典にあるリフレインの原始的な〈Ding dong, ding dong, ding dong〉を洗練された母音の鐘の連続（Ruft: *sie ist tot! sie ist nun tot*）によって補っている。「音調」の重要さについては第二部の序言を参照。なお、この歌の原典は『拾遺集』（二・二・二七）。

（40）絵　死者の絵で墓を飾る慣習を示唆している。

（41）鉱夫の歌　ヘルダーの原典はドイツの学者ヴルピウスの『ザクセン選帝侯王子の誘拐』第三八章である。ヴルピウスは「老鉱夫が私に伝えるところでは、それは陽気な鉱夫の舞踊歌である」と記しており、ヘルダーによる副題はこれに由来する。この歌の下敷きになっているのは一四五五年の次の出来事である。カウフンゲンのクンツは個人的な恨みからザクセン選帝侯フリードリヒの十二才と十四才の息子アルブレヒトとエルンストを、かつて自分が家庭教師として働いていたアルテンブルク城から誘拐した。宮廷全体が婚約の祝宴を行っているあいだに彼は網梯子を使って寝室に入り込んだが、ボヘミアとの国境のグリューンハイン付近でクンツと仲間は捕えられる。その一週間後にクンツはフライベルクで処刑され、石に刻み込まれた彼の首は同地の市役所に運ばれる。十六世紀において「鉱夫の舞踊歌」は「山の調べ」（Bergreihen）とも呼ばれ、これはあらゆる種類の歌謡財産を示すものであった。鉱夫はその一団としての生活および仕事の形式や、産業や都市という性格から特に活気に満ちた音楽活動の生き生きとして動的な担い手集団となっていた。それゆえ「鉱夫の舞踊歌」が「輪舞」（Reihen = Reigen）という形で通常の流行の歌謡財産にまで拡大され、「山の連なりのように」（bergreihisch）一緒に舞踊や音楽に興じることが、一般的に根源的で規則化されない形で種々の旋律と接する方法であると理解されるのも不思議ではない。『魔法の角笛』（一・二九六）でも取り上げられたこの歌は主としてヘルダーの稿による。

（42）トリラー　ドイツの詩人。

（43）プライスナーラント　アルテンブルク周辺の、ザクセン選帝侯に属する地域。

（44）巣を作った　選帝侯の城が断崖の上にあったことを示唆している。

（45）満ち溢れていた　廷臣たちは一四五五年七月の婚約の

祝宴で同地に滞留していた。

(46) **跳ね上げられねばならなかった**　犯罪者の首を吊るために拷問の道具でもって絞首台に向けて跳ね上げること。原語の prellen には狩猟用語で「キツネを胴上げする」、すなわち「狩で捕えたキツネを、広げた布にのせて何度もほうり上げて殺す」という意味がある。

(47) **シュパンゲンベルク**　ドイツのプロテスタント神学者。

(48) **ハゲタカ**　ここで考えられているのは、テューリンゲンの公爵ヴィルヘルムの顧問アーペル・フォン・ヴィッツトゥームである。アーペルは自分の主人をザクセン選帝侯フリードリヒとの戦争に追い込み、自らも資金を提供して私腹を肥やそうとした。ちなみにここからの五行は、前の「ザクセンの王子誘拐」(1・3・19)の第三節、すなわち同じく「ハゲタカが……」で始まる節に戻る形をとっている。それが示唆しているのは、最終的に「報いを受ける」べきなのは「哀れな臣民」ではなく「領主自身」だということである。

(49) **貨幣を再び鋳造する**　一四四四年の貨幣新鋳造と貨幣価値の切り上げを示唆している。貨幣には磔にされたザクセン選帝侯の剣が刻印されていた。

(50) **彼らをなぞらえる**　中世においてキリスト教徒は法外な利子をとって金貸しをすることが許されていなかったので、彼らはしばしばユダヤ人を、暴利をとることが許される仲介者として利用した。

(51) **コキンメフクロウ**　その鳴き声から病人を死に誘う不吉な鳥とされる。

(52) **(歌う)**　これについては「デスデモーナの歌」(補遺8)も参照。

(53) **プロメテウスの火**　プロメテウスは火を人間に与えたが、そのためにゼウスの怒りにふれ、コーカサスの山に縛られた。

(54) **彼女の剣**　正義の女神ユスティティアの手にする剣を示唆している。

(55) **第三幕第五場**　現在では第一幕第一場と第二幕第四場。

(56) **翻訳不能である**　ヘルダーにとってシェイクスピアの翻訳にさいして特に重要なのは訳注58と訳注59に見られるように、意味よりも母音や子音の響きであった。

(57) **子ども**　シェイクスピアでは「道化」が歌う。

(58) **一滴の涙も、一滴の涙も**　Keine Trän', keine Trän' fließ: 主要母音は以下の原典の母音を模作している。〈Not a freiend, not a freiend greet.〉

(59) **ああ、千もの、千もの吐息が重苦しい**　Ach tausend, tausend Seufzer schwer: 主要子音は以下の原典の母音を模作している。〈A thousand thousand sighs to save.〉

(60) **第四幕第七場**　現在では第四幕第五場。

(61) **パーシー**　とりわけ『拾遺集』(一・二・一八)への示唆。パーシーはこう記している。「シェイクスピアの劇によって追い散らされたのは、古代のバラッドの無数の小さな断片である……編集者はこれらのいくつかを選択し、詩の連を少々補ってこれらを結びつけ、小さな話にまとめる誘惑にかられた。」

(62) そして最後に　次の歌へと関連づけられている。

(63) ローズマリー　貞操や記憶の象徴とされ、花嫁の飾りとして好まれた。

(64) ウイキョウ……ヘンルーダ　これらはどれも民間医療で薬用植物と見なされていた。

(65) 亜麻のように柔らかだった　このイメージの中には、死んだ父の思い出と失われた恋人（「彼の若々しい頭髪は亜麻のように柔らかだった」）の示唆が混じっている。古典古代の少年のトポス（puersenex-Topos）の響きがする。

(66) down-a で行が終わる　原語では〈You must sing a-down a-down, An you call call him a-down-a.〉となっている。

(67) フォルティス……を見よ　ヘルダーの直接の原典は、ドイツの詩人で翻訳家のヴェルテスが『モルラックの習俗。イタリア語からの翻訳』において匿名で刊行したこの歌のドイツ語訳にゲーテが手を加えたものである。ヴェルテスが使用したのは、第一部第二巻の訳注19で言及されたフォルティスの『ダルマチア旅行記』である。

(68) 私によるものではない　前注にあるように翻訳者はゲーテである。ヘルダーの『民謡集』第一部の番号付の計二十四の歌はこうして最初の「若い伯爵の歌」に始まり、この「ハッサン・アガの高貴な夫人の嘆きの歌」で終わるだけでなく、第二部の最初の歌もゲーテによるものである。このことは『民謡集』への若きゲーテの積極的な協力に対するヘルダーによるオマージュとも見なされよう。ちなみにゲーテ自身はヘルダーの『民謡集』から約五十年後の一八二五年に刊行した『セルビアの歌謡』にこの歌を収録している。なお、これについては高木昌史編訳『ゲーテと読む世界文学』（青土社、二〇〇六年）二四一頁以下に詳しい記述がある。また同書にはこの歌の和訳も収録されており、今回の翻訳に際して大変参考になった。

(69) ハッサン・アガ　「アガ」はトルコのかつての高位将校の称号。トルコによる支配を通じて導入されたイスラムの風習、すなわち女性がヴェールをかぶり、自分の夫の完全な支配下に入ることが女性に期待されるということは、この詩の理解に非常に重要なことである。

(70) 夫人は慎み深く　当時のイスラムの風習では、妻は夫からの要求に従ってのみ夫を訪ねることができる。しかしハッサンは、こうした風習に沿わない考え方を保持しているのかもしれない。というのも、自らの死を予期した彼の振る舞い方はどれも女性の感情の表出を前提としているからであり、それに対して女性の振る舞い方は風習に従って自分の感情を厳格に隠すことを前提としているように見える。

(71) イモツキのカディ　ダルマチアのスプリトの東方にある都市イモツキの裁判官。

(72) 贈り物ができるように　ダルマチアでは婚礼の行列の際に見物客に贈り物を分け与えることが普通であった。

(73) ドイツのパーシー　ラスペは『新自由学芸叢書』で『拾遺集』を論評した際に「ドイツのパーシー」の出現を促し

ていた。もっともヘルダーはラスペの要請を拒否してはいるものの、ヘルダーの『民謡集』はその三つの巻に分けられた配列、第二部に加えられた学術的な論文、そして外国の歌と母語のドイツ語による歌との混合、さらには古くから匿名で伝承された歌と新しい歌の並存によってパーシーの民謡集との類似性を有している。ただヘルダーは『拾遺集』の母語中心的な方向を取り入れようとはせず、民謡を「人間性の声」の証言集として考えている。すなわち、こうした声を歴史的に古い証言と新しい証言、外国の証言と自国の証言において、さらにはその人間学的普遍性と歴史的文化的差異において同時に響かせるという点においてヘルダーは「蒐集者」としてのみならず「翻訳者」としてもパーシーとは異なる新たな道を切り拓いたといえよう。

(74) この場を去ろう……変えることもできる　ローマの詩人ユヴェナリスの『風刺詩』三、二九行以下からの引用。アルトリウスは古代ローマの軍人で、カトゥルスは詩人。

(75) シェイクスピア『ヴェニスの商人』第五幕第一場。ジェシカへのロレンツォの言葉。この引用は、ヘルダーが『民謡集』に託した音楽の力あるいは重要性を明示している。ちなみにこの引用の最初の部分は『諸民族の声』の冒頭にモットーとして置かれている。

第二部　序言

(1) 混ぜ入れられた他の歌とともに　手稿段階でヘルダーは「他のさまざまな歌とともに多様さと説明に役立つ」(SWS 25, 311) と書いていた。この文章には二つの重要な点が含まれている。一つは『民謡集』に収録されたすべての歌が作品全体に多様性をもたらすだけでなく、それぞれの歌が相互に他の歌への注釈という機能を果たしている点である(「ザクセンの王子誘拐」(1・3・19) と「テューリンゲンの歌」(1・3・20) を参照)。そしてもう一つは、『民謡集』全体の構成が示すように、ヘルダーは『民謡集』に取り入れた作品すべてが当時の啓蒙主義的文芸批評家ニコライたちの考える意味での「民謡」、すなわち伝統的な規範詩学の観点からは低俗なものと考えられがちであった「民謡」と見なされないように読者に注意を促している点である。第二部冒頭のゲーテによる歌や、同じく第二部最後のクラウディウスの歌にも見られるように、同時代の若い詩人によって新たに創作された歌を「混ぜ入れる」ことによってヘルダーは「民謡」の概念を未来に向けた新たな文学概念としてさらに拡大しようと考えている。

(2) 良い事柄は二人あるいは三人の口の中にあり　「マタイ伝」一八・一六。「兄弟があなたに対して罪を犯したなら、行って二人だけのところで忠告しなさい。言うことを聞き入れたら、兄弟を得たことになる。聞き入れなければ、ほかに一人か二人、一緒に連れて行きなさい。すべてのことが、二人または三人の証人の口によって確定されるようになるためである」を踏まえた表現。

(3) 民衆的なもの　ここでヘルダーのいう「民衆的な」(volksartig) ものとは、当時の身分制社会における王侯貴族に対する一般庶民を意味するというよりもむしろ、類としての人間全体を意味している。事実また『民謡集』には王侯貴族も多く登場するが、ヘルダーにとって重要なのは、彼らも含めてすべての人間の本質に関わる事柄を、その外面のみならず内面からも描き出すことである。

(4)**リヌス……アンフィオン**　いずれも古代の神話上の音楽家たち。リヌスはアポロンとミューズの女神ウラニアの息子で、リズムとメロディーを案出し、ヘラクレスやオルフォイスなどを教えた。彼の歌はオルフォイスのそれと同じく事物、動物、人間に対する魔術的な力を持っていたとされる。リヌスはヘラクレスの物分かりの悪さを叱責したために自らのキタラ（弦楽器）とともに彼に殴り殺された。オルフォイスはアポロンとミューズの女神カリオペの息子で、エジプトの知恵を授けられ、文字、学問、技巧的な詩文、そしてキタラ伴奏の歌の案出者と考えられている。ファンタジアはすでにホメロスよりも前に『トロヤ戦争』や『オデュッセウスの物語』を詩作していたとされる。神ヘルメスは牧人の笛のみならず、亀の甲冑に弦を張ったリラ（七弦竪琴）を案出した。これら二つの楽器をアポロンはかなりの金額で彼から買い取った。ヘルメスはギリシアの案出神としてエジプトのトート神と同一視され、後者はそれからヘルメス・トリスメギストスと称した。このヘルメス・トリスメギストスは、文字やあらゆる学問と技芸の案出者と見なされ、彼から魔術、錬金術および「ヘルメス風の」文書が伝承された。ここでのヘルメスへの言及はおそらくギリシアのヘルメスよりも、ヘルメス・トリスメギストスに関連したものであろう。ムサイオスは紀元前五世紀あるいは六世紀のギリシアの詩人で、ヘクサメータ（六歩格）で書かれた小叙事詩の作者であり、伝承によればオルフォイスの弟子であった。アンフィオンは伝説上の歌手で、彼のリラはアポロン、ミューズたちあるいはヘルメスによって贈られたとされる。彼はこのリラを非常に巧みに演奏できたので、石も彼に従い、自ら組み合わさって七つの門を持つテバイ（ギリシアの古都）の壁となったとされる。

(5)**二十四の歌**　『イーリアス』と『オデュッセイア』にはそれぞれ二十四の歌がある。ヘルダーが自らの『民謡集』第一部の三つの巻で歌の数をそれぞれ二十四にしているのはこの数に基づいている。ちなみにホメロスを「民衆詩人」と見なすのはイギリスの学者ロバート・ウッドの『ホメロスの独創的な天分について』に遡る。

(6)**アリストテレスもが規範とした**　アリストテレスは『詩学』第二三章と第二四章で叙事詩の特性を記述しており、そこではホメロスが模範とされている。

(7)**ホメロスという愛すべき歩行者**　ホメロスは徒歩で都市から都市を回り、それぞれの広場で自分の歌を聞かせたとされる。

(8)**ヘシオドス**　紀元前八世紀にムーサたちの山ヘリコンの近くに暮らしていたとされる。

(9)**複製されたもの**　原語はKopien（＝copies）であるが、当時は現代のような複写機が存在しなかったので、書物の

「複製」は文字を書き写すことによって行われた。これに続く「それらの中に古代の歌や伝承が今なおかすかに透けて見える」という表現は、いわゆる「パリンプセスト」（重ね書きされた羊皮紙）の伝統を想起させる。

（10）羊飼い　ヘシオドスは『神統記』一―三四行において、ムーサたちの山ヘリコンのふもとで羊の番をしていたときにムーサたちから受けた霊感について記述している。

（11）ピンダロス　ギリシアの詩人。その力動的にして難解な詩風はヘルダーやゲーテに大きな影響を与えた。

（12）タンタロス　タンタロスは黄泉の国では首まで水に浸かっているが、水を飲もうとすると水はひいていく。彼の口の前にある果実についても同様である。ヘルダーにあってピンダロスの詩の模倣不能性が黄泉の国で永遠に喉が渇くタンタロスの形象に結びつくのは偶然ではない。ヘルダーはホラティウスの『書簡集』との関連ですでに一七六七年にピンダロスの翻訳不能性について語ったとき（『断想集』第二集「ドイツにおけるギリシア文学について」）、ピンダロスの原典から引用している。

（13）カトゥルスやルクレティウス　両者ともローマの詩人。

（14）盗み取る　ヘルダーの手稿では「盗み取る」（entwenden）の後に以下の文章が続く。「私はカトゥルスから一つの作品、すなわち「婚礼の歌」（2・3・13）を作ろうとしたが、明らかにこれは他のすべてのものと同じく翻訳したり、後について歌う（nachsingen）よりも容易に美化したり作り変えることができる。」（SWS 25, 317）

（15）バルデ　タキトゥスの『ゲルマーニア』第三章によれば、ゲルマン人は戦いの前に barditus すなわち、わめき声（Brüllen）を中空の盾の中に鳴り響かせ、その声の中では戦争の歌と荒々しいうなり声が混じりあっていた。バルデ（Barde）、すなわちケルト人の歌い手と詩人はガリア（今のフランス）においてはローマ化とともに姿を消したが、アイルランド、スコットランド、ウェールズにおいては十七―十八世紀まで名声ある地位を保っていた。

（16）最古の作品　『ルートヴィヒの歌』（Ludwigslied）のこと。2・3・8を参照。以下、ヘルダーによって『ルートヴィヒ王』と記される作品は、この『ルートヴィヒの歌』を意味する。

（17）オットフリートからのいくつかの断片　ヴァイセンブルクの修道士オットフリートの『福音書』のこと。同書は八七一年にルートヴィヒ・ドイツ王への献辞とともに古高ドイツ語で書き始められた。

（18）『アンノの歌』　十一世紀末に古高ドイツ語で書かれたこの作品はケルンの大司教アンノ（一〇七五年没）の生涯と活動を、創造と世界の歴史の救済計画の中へと組み入れている。オーピッツは一六三九年にそれまで行方不明だった手稿に従ってこの作品を刊行した。

（19）小さな断片　ヘルダーはエックハルトによって刊行された古高ドイツ語の『ヒルデブラントの歌』を念頭に置いている。最初の刊行者であるエックハルトは、七世紀に書かれ、それから八世紀の末にバイエルンで改変され、八五〇年頃にフルダの修道院で低地ドイツ語の方言を交えて書き上げられたランゴバルト族のこの英雄歌のテクストを、低地ドイツ語の散文物語の断片と見なし、これにラテン語の翻訳を付与した。グリム兄弟は一八一二年の自らの版において、この作品の複雑な言語および文学上の諸関連を明らかにした。

(20) マイボム　ドイツの歴史家で詩学者。

(21) 司教の犠牲　これはマイボムの誤解で、ヘルダーはそれを受け継いでいる。おそらく十四世紀に書かれたこの節はゲルマンの人間の犠牲について語っているのではなく、自らを神の「神聖な手」に与える、すなわち若くして死なねばならない若者を題材としている。

(22) 二つの輪舞歌　「ザクセンの王子誘拐」(1・3・19)および「テューリンゲンの歌」(1・3・20)のこと。第一部第三巻の訳注41を参照。以下のタイトルの列記はジャンルとしての歴史的民謡を初めて意識させるものである。

(23) シュパンゲンベルク　ドイツのプロテスタント神学者。なお、原注9で言及されるドイツの歴史家ハイムの著作は、シュパンゲンベルクの同名の著作の続編として構想されている。

(24) かなり長い歌　後にアルニムは一四三五年のマグデブルクの歌を、このヘルダーの言葉に従って短縮したうえで『魔法の角笛』(二・一〇七)に取り入れた。

(25) グラファイ　ドイツの法学者。

(26) ポマリウス　ドイツの年代記作者。

(27) ファルケンシュタイン　ドイツの歴史家。

(28) リンブルクの年代記　ヴォルフスハーゲン(2・1・24および第二部第三巻の前書きを参照)の『リンブルク年代記』には一三四九年というペストの年に、鞭打苦行者の宗派による歌の最初の詩句が記されている。ちなみに鞭打苦行者の宗派とは、十三世紀から十五世紀における俗人による宗教運動。そこでは贖罪のために、また一部は終末時の待望と一三四八年と四九年のペストとの関連で自らを鞭打つことが行われたが、これは一四一七年のコンスタンツ公会議によって禁止された。鞭打の歌は贖罪の実行中に歌われ、今日なお中世の宗教的な民謡に数えられる。

(29) プフェッファーコルン　ドイツの歴史家。

(30) ラインハルト　ドイツの歴史家。

(31) シェットゲン　ドイツの歴史家、神学者で文献学者。

(32) クライズィヒ　ドイツの歴史家。

(33) メンケ　ドイツの歴史家。

(34) レッツナー　ドイツの歴史家。

(35) ブーフホルツ　ドイツの歴史家。

(36) 取り入れていたであろう　アルニムは一八〇六年の『魔法の角笛』ではこの歌を示唆するにとどめていたが(一・三四九)、低地ドイツ語という形にもかかわらず一八〇八年の版にはヘルダーによって言及された原本に従ってこの歌を取り入れた(二・一二四)。

(37) 『ナイチンゲール』　この表題を持つ歴史的な詩はフランクフルトで一五六七年に刊行された。そこではいわゆる

「グルムバッハの争い」すなわち領主制に対する帝国直属騎士制の最後の反乱（一五四八―六七年）が敗者の視点から描かれている。

（38）こうしたことは非常によく見られる　特に歴史的な民謡にあっては新たな旋律や詩節形式が案出されるのではなく、古い旋律（音調）の上に新たなテクストが作られることも稀ではなかった。これによって、より早い作成、聞き手におけるより早い習得と、元歌の後について歌うこと、そして何よりも同じ旋律を持つ歌のさまざまな内容のあいだでの注釈連関が可能となった。ヘルダーがここで記述しているのは「中世における聖職者による俗謡の本歌取り」（コントラファクトゥーア）のことである。

（39）狩人が忠実に解釈されている　『魔法の角笛』では世俗的な稿「真面目な狩人」（一・二九二）と宗教的な稿「天使の挨拶」（一・一四〇）が再現されている。後者についてゲーテは「キリスト教の神秘を人間の、特にドイツ人の感情へと導く快適で、もっぱらカトリック的な方法」と述べている。ちなみにこの段落で二度にわたって言及される「民謡集」とは、ニコライによって刊行された『美しく本物で愛すべき民謡に満ちた繊細な小さい年鑑』のこと。

（40）キリストの二人の受難者の新しい歌　宗教改革期の一五二三年にブリュッセルでローマ教皇側の異端審問官ヤーコプ・ファン・フークストラーテンによって火刑に処せられた二人のアウグスティヌス派修道士ヨハネスとヘンリクスを扱う歌。

（41）引用されたように　ヘルダーはすでに「オシアン論」で二節ほど引用している。

（42）本『民謡集』に載せることにした　2・3・28の歌。

（43）アルベルス　ドイツの詩人でプロテスタントの神学者。ルターの弟子でもあった。彼の賛歌には『教皇パウロ三世による新たなテ・デウム』『パスキリウスとマルフォリウスの対話』『いくつかのイソップ寓話』などがある。

（44）ミンネ歌人　ミンネ（中世騎士の女性に対する奉仕的恋愛）を歌う歌人。

（45）シュヴァーベン時代　歴史的には一四八八年に結成され、一五三四年に解消されたシュヴァーベン地方の都市・騎士および諸侯の同盟の時代。文学史的には中高ドイツ語の時代。ともに十八世紀スイスの文芸批評家であるボードマーとブライティンガーには『シュヴァーベンの時代からのミンネザング集。百四十人の詩人を含む。リューディガー・マネッセによる』という著作がある。

（46）他の箇所で示される　ヘルダーの『古代と中世における諸民族の習俗に与える文芸の影響について』（一七七八年）第三章「中世と近世における文芸についてどのような変化が生じたのか。そしてこの変化は現在どのような作用を及ぼしているのか。」（SWS 8, 395–401）

（47）年代記　第二部第三巻の前書きおよび訳注28を参照。

（48）過去の歌の朗読会　小規模あるいは大規模な集まりにおける朗読は、必ずしも詩人自身によらなくとも、ヘルダーの時代には社交と公論形成の重要な形式であった。

(49) 私の構想には入ってこない　ゲーテもこうした見解を『魔法の角笛』書評において「この書物がミンネ歌人のへたくそな歌、大道歌の俗悪さ、職匠歌人の平凡さに極力気をつけるよう願いたい」と繰り返している。
(50) ヘーフェル　ドイツの法学者。
(51) ニュルンベルク　ヘルダーが示唆しているのは、十六世紀に民衆のあいだで普及していた歌と印刷物であり、それらはしばしばニュルンベルクで印刷されていた。
(52) マネッセ　チューリヒの都市貴族で文芸の促進者。
(53) 何人かの賢者　以前にヘルダーが刊行を企てた「古い民謡」を批判したニコライやラムラーを指している。ここでは特に「無垢な」自然こそが「民謡」の主題であると主張するニコライを皮肉っている。
(54) フランスの小唄　「いくつかの小唄」(2・1・10)を参照。
(55) ツァハリア　ドイツの詩人。
(56) ボードマー　実際ボードマーはヘルダーの『民謡集』が刊行された数年後に『古英語と古シュヴァーベン語のバラッド』を出版し、『魔法の角笛』の原典の一つとなった。
(57) レッシング　ヴォルフェンビュッテルでの図書館員というレッシングの多忙な仕事がヘルダーの念頭にある。
(58) アントン　ドイツの法学者で歴史家。
(59) ザイボルト　ドイツの文献学者で民謡の蒐集家。
(60) フィッシャルト　ドイツの詩人。ラブレーの『ガルガンチュアとパンタグリュエル』をドイツ語に翻訳した。
(61) 連禱　先唱者の唱句ごとに会衆が応答する祈禱形式またはその唱句。フィッシャルトによる連禱においては陽気な酒飲み歌が丸ごと、あるいは部分的に引用されている。
(62) 楽しい歌と民謡の小さくて繊細な年鑑　ニコライの編纂した民謡集を指している。
(63) 叢書　これもニコライによる文芸誌『一般ドイツ叢書』。
(64) 『ジッテヴァルトの幻影』　ドイツの詩人モッシェロッシュの作品。2・3・11の歌も参照。
(65) ドイツのパーシー　第一部第三巻の訳注73を参照。ここではいくらか謙遜の念が含まれている。
(66) 英語にとても似ている母語　ドイツとイギリスの言語、思考様式、文芸の類似性は、当時の強大なフランスの文化帝国主義からドイツ文学が離れる際のトポス的論拠となっている。ヘルダーによる論文集『ドイツの特性と芸術』(一七七三年)にはオシアンとシェイクスピアを表題にしたものがあり、「古い民謡」へのいくつかの序言を一つの論文にまとめたものは「中世英独詩芸術の類似性」(一七七七年)として発表され、『民謡集』の導入および予告となった。ドイツの詩人で文芸批評家のラムラーに対する以下の批判は、こうした背景のもとに読まれるべきである。
(67) 或る批評家　ラムラーのこと。『抒情詞華集』第二部(一七七八年)の序言においてラムラーはヘルダーの民謡構想を明らかに否定しながらこう述べている。「そもそも時代から時代へと選び抜かれた若干数の人間を真の傑作で楽しませる余暇と器用さを持つような詩人が、自由な選択によって大多数の人間の劣悪な趣味と関わりあうことがあるだろうか。慈悲深い大地の果実を享受すべく生まれた数多くの民衆は、可憐な恋愛を歌う押韻詩句、あるいはまた殺人事件や幽霊物語を自分たちに提供してくれる利発な頭脳の持ち主をいつの時代にも自分たち自身のあいだに見出すが、より繊細な趣味を持つ詩人ならば自分の仕事をこうした民衆の気に入るように価値の低いものにする必要などないであろう。」(S. XXIIf.) このラムラーの序言は擬古典主義的な批評基準を回りくどく説明しており、それらの基準のもとで彼は外国の詩人も含め自らの詩集に取り入れた詩を彫琢し、刈り込み、修正したといえる。

(68) シェイクスピアからの歌　1・2・11—13、1・3・3—5、1・3・21、1・3・23の歌。ヘルダーにおけるシェイクスピアとの取り組みは特にハーマンとの交流が始まったケーニヒスベルク時代に遡り、その最初の痕跡は「頌歌論」(一七六四年)に見出される。一七六〇年代以降のシェイクスピア翻訳については一七七〇年十月二十八日のメルク宛書簡が語っている。「私はここ数日私の書いたものを引っ掻き回し、その中に私がかなり前にいくつかの非常に美しい古いイギリスのバラッド、それも大部分はシェイクスピアから翻訳した紙の寄せ集めを見出しました。……英語で書かれたそれらの作品は、韻律、祖母から聞くような押韻、童話のような音調の点でそれぞれが独自の特性で傑出しており、特にこれらの点が見られる箇所は驚くべき効果を持っており、しかしそれゆえまた翻訳不能でもある。だからこそヴィーラントもそれらをほとんど翻訳しなかったし、したとしてもひどく歪めてしまった。」

(69) 状況　訳注62で言及したニコライの『年鑑』における誹謗に関連している。

(70) 花壇に置かれ　第一部の題辞(シェイクスピア)を参照。

(71) 礼儀正しい読者　ここにはニコライたちへの皮肉が込められている。

(72) パーシーやマレー　2・3・7と2・1・28の主人公。

(73) 殺人や冒険の物語　『拾遺集』(「コウリン卿」(一・一・四)と「ロビンフッドとギスボーンのガイ」(一・一・八))の歌。

(74) ヘスペリア　アトラスの娘たちヘスペリーデの伝説上の庭。彼女たちのためにヘラクレスは、アフロディテに捧げられたリンゴを取ってきた。ヘスペリアは「夕べの国」として特にスペイン(ホラティウス)とイタリア(ヴェルギリウス)にとって「約束の地」の意味で用いられる。ヘルダーの翻案『シッド』(一八〇五年刊行)はここで示唆された約束の実現である。

(75) イベリア　スペインの古称。

(76) オーピッツは……翻訳している　スペインの詩人ガスパール・ヒル・ポーロの牧人小説『恋するディアナ』からオーピッツは羊飼いの交互歌唱「アルシーデとディアナは交互に歌う」を翻訳している。

(77) 漂わせている　クロネクはドイツの詩人。『著作集』第二巻ではスペインの詩人カスティレーヨに倣った二つの詩

「幸福とアモル」と「リュダ」を載せている。

(78) **ケストナー……小さな歌**　ケストナーはドイツの数学者で詩人。フランスの小説家ルサージュの『ジル・ブラースの物語』第九巻第五章にはスペイン語の四行詩が引用されており、これをケストナーは自らの『雑録集』第二巻においてドイツ語に翻訳した。

(79) **イタリア語からは**　2・1・26、2・3・17、2・3・29の歌。

(80) **ボッカチオ……スカンディアーノ**　ボッカチオは『デカメロン』、プルチは『巨人モルガンテ』、アリオストは『狂えるオルランド』、スカンディアーノ（＝ボイアルド）は『恋するオルランド』の作者。

(81) **神父氏の罪ではない**　厳格な神父と皮肉られたラムラーの『抒情詞華集』の暗示。

(82) **それが……生まれるにせよ**　ドイツの神学者で著作家リーバーキューンの詩『薬』の詩句「新聞熊は何と恐ろしいものか。もしそれがヘリコンの山から来るならば」のもじり。「熊」とはここでもラムラーを念頭に置いている。

(83) **アポロンの鳩や白鳥**　死の間際に歌うとされる白鳥はアポロンにとって神聖なものである。アフロディテの神聖な鳥である鳩はアポロンと結び付けられることは稀である。むしろヘルダーが考えているのはアナクレオン派の歌であろう。そこでは鳩がアナクレオンと舞踊家バテュロスのあいだの愛の使いとしての役割を果たしている。

(84) **マドリガル**　中世では民衆的な歌のジャンルに属していたマドリガルは、ペトラルカ風の文芸の影響のもとで洗練されて簡素で牧歌風の愛の文学となった。

(85) **詩的な転調**　音楽の和声学において楽曲内部での調の持続的変化を示す「転調」（Modulation）という表現は、「音調」というときCのように個々の音ではなく、C-Durのように調全体を理解することを求めている。ここでのヘルダーはこれを比喩的に、それもヘルダーが抒情的なものの分野を規定するこの重要な箇所において用いている。すなわちそれは、彼が歌というものを古典古代以来の特定の性格および特定の心の動きと結びついた旋律の（たとえばドーリア調は勇敢で、フリギア調は無気力、というふうに）一つの音調において作曲された音楽作品のように理解していることを示している。重要なのは、この修辞的で、かつ習得可能な手段の使用によって、聴き手における魂への作用を目ざす音楽上の実践が、ヘルダーにとっては抒情的なものを比喩的に規定するのに役立っていることである。ヘルダーはまた歌を生み出す「必然と単純な欲求」を問題とするが、しかしこの必然の表現が歌になるのは「抑揚による動き」「感情」「旋律」「音調」「転調」、そしてこれらの「落ち着いた歩みや進展」が歌の中で実現されて初めてのことである。それゆえヘルダーは、民衆あるいは庶民によって歌われる歌のみを「民謡」と考えるニコライに対して、後者から「賤民の歌」（Pöbellieder）を分離し、ゲーテなど同時代の詩人の作品を自らの『民謡集』に取り入れる。

(86) **乗り物**　本序言の第六節における船の比喩、すなわち

「しかし私には汝らのもとから私の国と私の言語へと私を運んでくれる船がないのだ」を参照。なお、前の詩句は、クラウディウスの詩「セレナータ」（一七七八年）に基いている。
(87) 嫌悪する　諺ふうの言い回し。良い報告（＝原典）の後に来る悪い報告（＝翻訳）という意味。
(88) 躍動　「躍動」（Wurf）とは「飛躍」（Sprung）と並んで、特に一七七〇年代、すなわちシュトルム・ウント・ドラング期のヘルダーの文学観を表す重要概念である。それらは脈絡のない転換や変化、中断とともに新たに開始される論証という形で想像力の自由な飛翔を促すものであり、「オシアン論」で何度も登場するとともに『民謡集』におけるヘルダーの翻訳観の基盤ともなっている。ニコライは自らの『年鑑』の序言でヘルダーによる民謡のこうした特徴づけを嘲笑していた。しかし「オシアン論」が賞賛された後、「民謡をめぐる惨めな金切り声」が上がり、そのためヘルダーはこの『民謡集』で自らの民謡観を示す気になった。この説明にはまた「歌の本質」に関する彼の簡潔だが重要な挿入も役立っている。そのさい特にヘルダーが重視するのは、もはや「跳躍と躍動」を基準としないテクストの普遍性である。
(89) ホメロスの後歌　「後歌」（Nachgesang）とは、ホメロスのギリシア語原典である「元歌」（Urgesang）に対するヘルダーの造語。これについては第一部第一巻の訳注23で言及した拙論「ヘルダー『民謡集』における比較と翻訳」を参照。
(90) ボードマーによるホメロスの翻訳　スイスのチューリヒで一七七八年に刊行された。
(91) 二六六頁以下　この頁数は『民謡集』1・3・12―14を参照するように指示している。
(92) エックハルト　1・1・24も参照。
(93) シルター　ドイツの法学者。
(94) ランベック　ウィーンの皇室宮廷図書館員。
(95) 指摘しておく　一七四五年にボードマーとブライティンガーは『アンノの歌』を彼らの手に成るオーピッツ作品集に取り入れた。ヘルダーの注記は、オーピッツの十七世紀のドイツ語を十一世紀のドイツ語と区別できない似非学問的な批評に対する皮肉として理解されるべきものである。
(96) ゼンケンベルク　ドイツの法学者で政治学者。
(97) シャーメル　ドイツの歴史家。
(98) アルビヌス　ドイツの歴史家。
(99) ローゼンプリュート　ドイツの職匠歌人で、謝肉祭劇や戦争歌を書いた。この戦いに自らも参加した彼の歌は、ラインハルトの著作の第一部に収められている。
(100) パウリーニ　ドイツの医師で博学者。
(101) ヒルシャー　ルター派の神学者で著作家。当該作品の中には「我々は死を追い出したか」という歌が見られる。
(102) 迷信のために　ヒルシャーには教会日曜日および教会の祝日と結びついた迷信に関する一連の著作が存在する。
(103) ラザロと金持ちの物語　「ルカ伝」一六・一九―三一。

ラザロの物語は、ハンス・ザックスなど十六世紀の歌によく見られる。

(104) ライスナー　フロインツベルクの領主ゲオルクの秘書であったライスナーによる『領主ゲオルクとカスパー・フォン・フロインツベルクの歴史』の伝えるところでは、将軍カール五世はこの歌をパヴィアの戦い（一五一三年）の後で自ら作ったとされる。この歌は『魔法の角笛』（二・三四四）において完全に印刷され、アーノルト・シェーンベルクによって曲が付けられている（Op. 3–1）。

(105) ルターの歌　これについては2・3・28を参照。

(106) マクシミリアン一世　皇帝マクシミリアン一世は中世文学の筆写と保存に心を配り、ボーゼン出身の税関書記ハンス・リートを通じていわゆる英雄本（中高ドイツ語叙事詩の手稿）を作らせた。

(107) ……という歌　この歌はアルベルトの『アリア集』から採られているが、そこではコリンドン（Corindon）という羊飼いの名ではなくチャスミンド（Chasmindo）という名が示唆されている。すなわちチャスミンド（Chasmindo）はドイツの詩人ジーモン・ダッハ（Simon Dach）へのアナグラム（綴り変え）となっている。ラムラーはこれを自らの『抒情的詞華集』に取り入れた。ちなみにヘルダーの注釈全体は、彼が評価する民謡をラムラーが擬古典主義の立場から拒否していることに向けられている。

第二部　第一巻

(1) ゼッケンドルフ男爵　ドイツの著作家で作曲家。この歌は一七七八年にゲーテによって書かれ、一七七九年の春にゼッケンドルフの『民謡および他の歌、フォルテピアノの伴奏付』の中で曲を付されて初めて発表された。ゲーテの『著作集』（一七八九年）に収められた版は、ここに収められたものとは少々異なる。ちなみにこの歌は『諸民族の声』では削除されている。

(2) ダーフィー　第一部第一巻の訳注53を参照。作中に登場するコリンナとは、紀元前六世紀頃に活躍したギリシアの女流詩人。ピンダロスに作詩法を教えたとされる。

(3) 『可憐で滑稽な歴史恋愛詩集』　原著者はフランスの著作家シャルル・ド・ルス。この歌は同書の最初の歌で「アンリ四世に帰せられるアモルへの祈り」という表題である。

(4) アンブロシア　不死になるといわれた神々の食べ物。

(5) ネクタル　神々が飲むという不老長寿の美酒。

(6) モンクリフ　フランスの詩人。なお主人公の「リンダ」という名はヘルダーの創作。

(7) ドズリー　『複数の手になる六巻本詩集』の出版者名。この歌はヘルダーによる非常に自由な翻訳である。

(8) ジーモン・ダッハによるもの　ダッハが著者である、というヘルダーの記述は、従来の研究によって疑問視されている。この詩はベンヤミン・ノイキルヒによる『ヘルマン・フォン・ホフマンスヴァルダウと他のドイツ人による詩集』第四巻（一七〇六年）にS. D.という記号とともに「酒飲みの歌」という題で掲載されており、ヘルダーはこれを見て著者をジーモン・ダッハであると解釈したと思われる。

（9）三倍の三人の姉妹　九人のムーサ（ミューズの女神）たちのこと。

（10）ペガサスの川　ヘリコーン山にあるムーサの泉ヒッポクレーネのこと。この泉は翼のある馬ペガサスの蹄の一蹴りが呼び起こしたとされる。

（11）フレミングによるもの　ドイツの詩人フレミングの『宗教的および世俗的詩作品』。

（12）シャルマイ　チャルメラに似た原始的なダブルリードの木管楽器。

（13）ニンフ　乙女の姿をした海・川・泉・木・森・山の精。

（14）アモル　恋愛の神。ギリシア神話のエロスにあたる。

（15）アルベルトの歌集　1・1・20の前書きを参照。

（16）ダーフィーの『歌集』第三巻　1・1・21の前書きを参照。

（17）カメレオンは……生き　トカゲ類に属するカメレオンは長いあいだ栄養なしで生きられる。

（18）フェヌロン　フランスの著作家。

（19）キノー　フランスの詩人。

（20）出典不明　第三の歌の作者はフランスの詩人ラーンシンである。ヘルダーはこの「小歌」の取り入れを時代趣味への譲歩として理解されたいと考えており（第二部の序言を参照）、それは簡素な表題や典拠の大まかな表示が示している。実際ヘルダーはテクストをすべてフランスの著作家で出版業者であったモネの『フランス詩選集』から採っている。

（21）リスト　ドイツの詩人。

（22）ロベルティーン　ドイツの詩人で、アルベルトとダッハとともにケーニヒスベルクの文芸サークルの中心人物。

（23）エアハルト　ドイツの学者で宮廷詩人。

（24）バルデ　ドイツのイエズス会士で詩人。

（25）テレウス　ギリシア神話の人物でトラキアの王。アテネ王パンディオンの娘プロクネと結婚したが、その妹フィロメロを犯し、秘密を保つため彼女の舌を引き抜いた。しかし妹はこの事件を布に刺繍して姉に知らせたので、プロクネは復讐のためにテレウスとの間にできた子イテュスを殺し、これを料理してテレウスに食べさせた。テレウスは怒って姉妹を殺そうとしたが、神々の計らいで姉妹はそれぞれナイチンゲールとつばめに変えられ、テレウス自身はやつがしら鳥に変えられた。

（26）ツィンバロン　台形の打弦楽器。

（27）ソネット　ここでの「ソネット」という表示は周知の十四行詩ではなく、古い用法で「楽器の伴奏を伴う歌」という意味。

（28）ティボーによる　フランスのティボー四世の作とされる歌で、訳注20で前述したモネが自らの作品集の冒頭にこれを置いている。ヘルダーのテクストはツェルターとブラームスによって曲が付けられた。

（29）知られている『拾遺集』（三・三・三）。いくつかの相違はあるが、すでにこの歌は一七七三年に「オシアン論」で発表されている。ゲーテが一七七六年に書いた詩『休みなき愛』は、この歌の英語原典に負っている。
(30) 火の虫　蛾の幼虫。木の葉や腐肉までをも食べる。
(31) ゴルディオスの結び目　手に負えない難問を誰も思いつかなかった大胆な方法で解決してしまうことの比喩。
(32) プライアー　イギリスの外交官で詩人。
(33) 自由に翻訳されている　対話形式とそれにふさわしい表題はもっぱらヘルダーに遡る。この歌は『諸民族の声』では削除されている。
(34) ピグマリオン　キプロス島の王で彫刻家ピグマリオンは自分の作った彫像に恋をした。彼の願いを聞いたアフロディテがこれに生命を吹き込んだ。
(35) 原典は不明　マルモンテルの『アポロンとダフネ』による非常に自由な（それゆえに典拠の表示がない）翻訳。この歌は『諸民族の声』では削除されている。
(36) ダフネ　アポロンが内気なダフネにしつこく付きまとうと、彼の求愛を逃れた彼女は月桂樹に姿を変えられる（オヴィディウス『変身物語』第一部）。
(37) オーピッツによる　オーピッツの『ドイツ詩作品』による。
(38) 『拾遺集』『拾遺集』（一・三・一三）。
(39) クーパー　イギリスの学者。
(40) 編み物をする少女　この歌はイギリスの詩人セドレイによるもの。ヘルダーによる翻訳は一七八一年にヨーゼフ・ハイドンによって曲を付けられた。この歌は『諸民族の声』では削除されている。
(41) フュリス　この名前はスペイン語の原典にはなく、前の歌（2・1・21）に依拠している。なお『スペインの文芸界』の作者は、スペインの学者セダノである。
(42) カムデン　イギリスの歴史家。
(43) 地獄と出会う方がましだ　「マタイ伝」五・二九「体の一部がなくなっても、全身が地獄に投げ込まれない方がましである」の暗示。
(44) スイスの方言では……ずっと良い　当時まだ口承で流布していたこの歌のスイス方言版は一七七七年にフォスの『文芸年鑑』に公表された。『魔法の角笛』（三・三三）はヘルダーのテクストに手を加えたものを提供している。
(45) 『リンブルク年代記』　第二部序言の訳注28を参照。
(46) 白いスカートを……　『リンブルク年代記』一三五九年版のために書き留められた歌。これは『魔法の角笛』（一・三二）にも収められている。
(47) 音楽の魔力　原典は『拾遺集』（一・二・五）。
(48) 賛歌を歌う　ここでヘルダーは天球の調和というピュタゴラスの考えを挿入している。
(49) ヤーゲマン　ドイツの著作家でアマーリエ公爵夫人の図書館員。ヘルダーは一七八八年にイタリア旅行前に彼のもとでイタリア語の授業を受けた。
(50) セイレーン　上半身は女、下半身は鳥の形をした海の怪物で、歌で人を魅惑する。

(51) 嫉妬深い王　原典は『拾遺集』(二・二・一八)。この歌(英語の原題はYoung Waters)はスコットランドのマレー伯爵の殺害(一五九二年)に関連しており、次の歌「マレーの殺害」とつながっている。

(52) スターリング　エディンバラ北西にある街。

(53) マレーの殺害　原典は『拾遺集』(二・二・一七)。この歌はブラームスによって曲が付けられている。

(54) ハントリー　前の歌で青年貴族ウォーターズ、すなわちマレーを殺害した伯爵。

(55) 小川の歌　この歌は次の歌とともにヘルダーの自作。これらは二つとも『諸民族の声』では削除されている。

(56) 注釈を見よ　「漁師の歌」(2・1・1)の前書きに関連していると思われる。ヘルダーの友人で詩人のグライムはヘルダー宛一七七九年十月十日付書簡で「小川の歌」を非常に高く評価し、「どうかこの歌を是非あの有能な音楽家ゼッケンドルフにこの歌の中にすでにある音に移し変えてもらってください」と書いて、曲を付けてもらうように勧めているが、これは実現されなかった。

第二部　第二巻

(1) ヴェーバー　ドイツの外交官で著作家。

(2) ケルヒ　リーフラントの牧師で歴史家。『リーフラントの歴史』には詩「イェルー」が原語とドイツ語の翻訳で掲載されている。

(3) Kassike と Kanike という二つの言葉　前者はエストニア語で「猫」を意味する Kas、あるいは「子猫」を意味する Kassikenne と関連しており、後者は Kannake「雛鶏」と結びついている。

(4) バグパイプ　スコットランドなどで民謡やダンスの伴奏に使用される管楽器。革袋に口で空気を送って、数本の管を鳴らす。

(5) フーペル　エストニアの牧師で、エストニア語の保護に努めた。

(6) ラトヴィアの歌について　原注7までの文章は、プロテスタントの神学者ハルダーの論文「古代ラトヴィア人の礼拝、学問、仕事、統治様式、習俗および言語」(『リガ学芸寄稿』所収)の最終節を参照している。

(7) Singe, dseesma　Singe は元来ドイツ語の動詞 singen「歌う」の命令形であるが、ここではドイツ語からの借用語として名詞の「歌うこと」(Gesang)の意味で用いられている。他方 dseesma は「歌」(Lied)を意味している。

(8) 男性韻　強音のある末尾音節相互の韻。例：gedacht, vermacht など。

(9) Es, pa... mekledams　「道の途中で泣きながら、私はあなたを訪ねる」という内容。

(10) 女性韻　強音節+弱音節からなる末尾二音節相互の韻。例：klingender / zweisilbiger など。

(11) 『リガ学芸寄稿』　訳注6を参照。

(12) ラトヴィア人は　ラトヴィア人に関するこの章の文章は、クールラント(ラトヴィア共和国内の一地方の歴史的名称）の著作家ヒッペルの小説『上昇線を描く生涯』を典拠としている。ヒッペルはドイツの荘園領主と説教者および抑圧された「ドイツ人でない」民衆の社会的関係を鋭く炙り出した。

（13）クールラント　拙訳『ヘルダー旅日記』（九州大学出版会、二〇〇二年）における同地域の記述（六四頁以下）を参照。

（14）オーピッツ　ラトヴィアの牧師ヴィシュマンの著作『ドイツ的でないオーピッツ、あるいはラトヴィア文芸への簡単な便覧』のこと。

（15）ダイノス　第一部「民謡に関する証言」の訳注23を参照。

（16）amna ajah ajah hey!　合唱の最初の掛け声。

（17）クランツ　ドイツの神学者で、ヘルンフート派の宣教師。

（18）グーツレフ　ドイツの神学者。

（19）著者　訳注5で言及されたフーペルのこと。

（20）カワカマス　怠け者の群の中のやり手で、周りの連中を引っ掻き回す人間のこと。

（21）ブルンク　フランスの文献学者。

（22）ストラトクレス　ミリラの花婿、およびアフロディテの友人として語りかけられている。

（23）ミルテ　地中海地方原産のフトモモ科の木。

（24）微笑みかけるがよい　この最後の節だけはギリシアの抒情詩人アナクレオンによるもの（出典はディール編『ギリシア抒情詩文撰』）。

（25）『文学書簡』　レッシング『近代ドイツ文学書簡』第三三番、一七五九年四月十九日付書簡のこと。第一部「民謡に関する証言」におけるレッシングの言葉も参照。

（26）『ヒポコンドリスト』『ヒポコンドリスト』（心気症者）はゲルステンベルクが刊行した文芸誌。

（27）クライスト……知られた歌　クライストは十八世紀のドイツの詩人。この歌は彼の『新詩集』に収められている。ボルヒャルトは『ドイツ詩の永遠の蓄え』（第一部第二巻の訳注67）の中にヘルダーの翻訳を取り入れている。

（28）シェッファー　ウプサラの大学教授。

（29）ゲオルギ　ドイツの化学者で、ペテルスブルクの科学アカデミーの補佐官。

（30）テルナー　スウェーデンの学者。

（31）サガール　フランスの宣教師。

（32）緑の小枝を切った　トウヒの若枝を集めるのはおそらく恋人への美味な食物としてであろう。

（33）サッフォー　ギリシアの女流詩人。

（34）アッティス　ローマで大地母神として知られたフリギアの女神キュベレーの息子かつ愛人で、長髪の美男子として知られる。

（35）アンドロメダ　カシオペアの娘で、ネレイデンの怒りに触れて海の怪獣の犠牲とされるところをペルセウスに助けられた。

（36）キュプリス　愛の女神アフロディテの別名。

（37）ピエリン　ムーサたちの玉座。

（38）ラトヴィアの歌　『民謡集』の草稿には全部で十四の歌

があり、最終的に取り入れられたのは（1）、（4）、（8）、（10）、（11）、（13）である。

（39）**私は葦に……結びつけた**　不安定な防御設備のこと。

（40）**太陽がまだ花嫁……以前からであった**　新郎新婦としての太陽と月の神話的な結びつきはラトヴィア、リトアニアおよび北方の文学によく見られる。真夏には太陽と月が同時に天空に見られる。月はそれゆえ「最初の夏」からずっと花嫁を探さねばならない。このことは息子にとって、疲れてはいけないという警告となる。

（41）**姉**　アラゴンのカタリーナとヘンリー八世の娘、メアリー一世カトリック女王のこと。エドワード六世の死後一五五三年に腹違いの妹エリザベスの支持を得てイングランドの王位に就くが、その直後にエリザベスを投獄し、処刑させようとした。

（42）**メランコリー**　「世界苦」のような悲観的な見方と、その常套句の持つ音調に対するヘルダーの批判。

（43）**カヤック**　アザラシの皮を張ったエスキモー人の一人乗りの船。なお、この二つ前の歌「栗色の少女」の原典は『拾遺集』（二・一・六）。

（44）**スループ型帆船**　北海・バルト海の沿岸での貨物輸送に用いられる帆船。

（45）**臓腑**　ゲーテの「ミニヨンの歌」（「ただ憧れを知る者だけが……」）における同様の表現は、おそらくこの「臓腑（Eingeweide）は煮えたぎる」というヘルダーの表現に倣ったものであろう。

（46）**ダースラの弔いの歌**　ヘルダーが訳出したテクストはマクファーソンの散文詩「ダースラ」の終末部であり、そこでは吟唱詩人がダースラの墳墓の造営に際して彼女の歴史を物語る。トゥルティルの氏族出身のコラの娘ダースラはアイルランドの王位を簒奪しようとするカリバルに求婚されたが、若いスコットランド人ナソスを愛していた。後者は二人の兄弟とともにカリバルと闘うが、自ら矢を射られ致命傷を負う。

（47）**セルマ**　アルスターにある城砦。

（48）**エリン**　アイルランドのこと。

（49）**フィランの幻影とフィンガルの盾の響き**　ヘルダーが訳出したテクスト部分の前史と経過は以下のようなものである。西スコットランド出身のフィンガルはアイルランドの王位簒奪者カリバルとその兄弟カトモルと闘う。闘いの三日目にフィンガルとその妻クレイトの息子フィランはカトモルとの闘いで倒される。フィンガルの兄弟オシアンはその亡き骸を洞窟に隠す。フィンガルがコーマルの断崖で亡きフィランのことを思い、軍勢がルバル川の下流で互いに向かい合って休んでいるあいだに、まだ死の歌を歌われず、それゆえ成仏していないフィランの霊が霧に隠れて現れ、父の不作為を嘆く。フィンガルは盾を打ち鳴らし、息子の復讐を告げる。これが敵の陣営にいたアイニスヴィーナの王の娘サルマッラの耳に届き、彼女はカトモルにフィンガルを警戒するように伝える。

（50）**レゴ湖**　ララ川が流れ込むアイルランド西部のカンノー

トの湖である。「レゴ湖」の意味は、周囲の湿地から立ち昇る有毒な霧による病気の湖とされる。

(51) コナル　フィランの曽祖父の霊。身内の者としてフィランのために霧の覆いを調達する。

(52) レトランの戦場　ミリアンがかつて英雄として活躍した戦場。

(53) この翻訳は刊行者によるものではない　誰の手になるものかは不明。

(54) ウリンとカリルとラオノ　いずれも大昔の吟唱詩人。

(55) ゴンゴラ　スペインの抒情詩人。『抒情的ロマンセ』は彼の『作品集』に所収。

(56) グアルディアナ川　スペイン中部の川。

(57) アムフィオン　ゼウスとアンティオーペの息子で伝説上の歌手。

(58) スペイン語で書くゴンゴラ　スペインの盛期バロックの「礼拝のスタイル」(estilo culto) を示唆している。

(59) ヤコービ　ドイツの詩人。

(60) ハルピュイア　女性の頭を持ち、鳥の姿をした怪物。

(61) カリュー　イギリスの抒情詩人。

(62) 『美しく……歌の見本』　1・2・24と同じくエルストによる。

(63) 口頭による伝承から　同じくエルストによる詩をゲーテが改作したもの。ゲーテはこれをヘルダーにシュトラースブルクにおいて口頭で伝えたとされる。ゲーテ自身は自らのテクストにさらに手を加え、一七八九年に初めて公表し、これに何度も繰り返し曲が付されることとなった。

(64) 唯一の愛すべき魅力　イタリアの詩人タッソーに倣って作られたベン・ジョンソンの喜劇『エピコエーネ、あるいは寡黙な婦人』(一六〇五年、第一幕第一場)。『拾遺集』三・二・一五)における歌によって刺激を受けたヘルダーの詩。この歌は『諸民族の声』では削除されている。

(65) 北方の魔術　原典は第一部の「民謡に関する証言」等で言及される『戦士の歌』。第一部第二巻の訳注39で言及したヴィルヘルム・グリムによる翻訳(『古代デンマークの英雄歌、物語詩とメルヒェン』)では表題が「十二人の魔術師」となっている。

(66) ドブレフェルト　ノルウェーの地名。

(67) 水の精　原典は前述の『戦士の歌』。「水の精」とは伝説上の男の精。ゲーテはこの歌を自らの歌入り芝居『漁師の娘』に取り入れた。

(68) マーリエンキルヒホーフ　ドイツ北部の都市リューベックの旧市街。

(69) 魔王　「魔王」の原語であるErlkönigというドイツ語は、デンマーク語の ›Ellerkonge, Elvekonge‹ を Elfenkönig と訳すべきところを、ヘルダーによって Erlkönig と誤って訳されたものである。ガイアーの注釈 (FHA 3, 1144) によると、原典での表題は ›Elveskud‹ (妖精＝Elfen によって撃たれた・襲われた) となっている。すなわち直訳するならば、「妖精による襲撃」となろう。そして Ellerkonge から Erlkönig「魔王」という名称が生まれたのは、しばしば同義語として書かれるelve, elle（Elfe＝妖精）をヘルダーが綴りの類似したel, elle（Erle, Eller＝落葉高木のハンノキ）と取り違えたことによる。したがってこの歌の表題Erlkönigs Tochterを直訳すれば「ハンノキの王の娘」となろう。しかし歌の内容からすれば、Erlkönigは明らかに「妖精の王」すなわち「魔王」である。ただ、「もっとも、ハンノキは古代ケルト人には〈妖精の木〉と呼ばれていたそうですから、あながちヘルダーの〈誤訳〉とは言えないかもしれません」（田辺秀樹『やさしく歌えるドイツ語のうた』NHK出版、二〇〇六年、四三頁）とあるように、訳者自身もこの「誤訳」にヘルダーの語学的な直観を感じる。さらにもう一つ忘れてならないのは、ヘルダーが翻訳に際して原典の最後の五行を省略していることである。ちなみにこの部分はグリムの前掲書（訳注65）では次のようになっている。「そして夜が明け、日が昇ると／三つの死体が館から運び出される。／それはオールフ、花嫁、そして母親の死体であった。／三人とも苦しみのあまり亡くなったのだ。／しかし踊りは森の中を疾走していく。」ここからも明らかなように、原典の主題はあくまでも妖精たちがひたすら踊り続けることにある。これをオールフの死で打ち切った点がヘルダーの才覚であろう。いずれにせよ、ヘルダーの「誤った」翻訳が長く保たれたことは、『民謡集』の影響を示す最も顕著な例の一つである。ゲーテはヘルダーのこの歌に刺激されて「魔王」を一七八二年に作っている。また『魔法の角笛』にはヘルダーに倣ったものがある（一・二六一B）。ヘルダーのこの歌はカール・レーヴェによって曲を付けられている。

(70) ラドスラウス　十三世紀のセルビアの王。この歌の原典は次の歌と同じくフォルティスによる。

(71) リカ……コタール　リカは南東部のクロアチアの地方。コルバウはその南東部。コタールは都市カタロのこと。ケッティネンはダルマチアの河川で、アドリア海に注ぐ。

(72) ラテン人　古代にイタリア中部、西海岸地方で、古代ローマの発祥地とされるラティウムに住んだイタリア人。

(73) グラーヴォ　ユーゴスラヴィアのモンテネグロ南西部にある都市。

(74) ヴォイヴォッドの甥であるゼクロ　ヴォイヴォッド地方の伯爵。前出のジャンコと同一人物。

(75) ボヘミアの物語　後出のハーゲクによる散文の物語をヘルダーは原典にとらわれずに詩形式に変えた。したがってこれはヘルダー自身の詩作であると言ってよい。

(76) ハーゲク　ボヘミアの神学者で歴史家。

(77) リブッサ　七〇〇年頃にプラハを建設したとされる伝説上の女性。

(78) クリンバ　クロク家の守護神。

(79) ビラ川　エルベ川の支流。

(80) 靭皮　植物の内皮。

(81) 犂　平和の象徴（「イザヤ書」二・四）。

第二部　第三巻

（1）『リンブルク年代記』　第二部序言の訳注28および2・1・24を参照。

（2）一三三九年まで　正しくは「一三九八年」まで。

（3）ローネ　ドイツ北部の都市。

（4）フェーゲリン　ドイツの歴史家で出版業者。

（5）ヴォルスパ　「ヴォルスパ」という表題は、ヘルダーが考えているように固有の名前ではなく、「巫女の予言」を意味する。以下、ヘルダーによるドイツ語訳には、今日の研究状況から見ると、いくつかの誤解が見られる。また近年の校訂本では作品全体で六十数節を数えるが、ヘルダーの訳では四十九節にとどまっている。なお訳者による今回の翻訳は、あくまでもヘルダーのドイツ語をできるだけ忠実に日本語に置き移すことを目ざすものである。

（6）レゼニウス　デンマークの学者。ゲーテは『詩と真実』第三部第一二巻で「ヘルダーは私にレゼニウスを手渡してくれた」と述べている。ヘルダーの使用した版は、*Philosiphia antiquissima Norvego-Danica dicta Woluspa qvae est pars Eddae Saemundi, Edda Snorronis non brevi antiqvioris, Islandice et Latine publici juris primum facta,* (Kopenhagen 1665) および *Edda Islandorum an. Chr. MCCXV Islandice conscripta per Snorronem Sturlae Islandiae nomophylacem, nunc primum islandice, danice et latine,* (Kopenhagen 1665) という二つの版に加えて、同じくレゼニウスが一六八三年に刊行した *Lexicon Islandicum* であったと考えられる。

（7）『エッダ』　古代北方の神々および英雄の有名な歌集。

（8）ヘイムダル　人間の社会階級、すなわち貴族、自由民、隷属民の始祖たちの父にあたる神。ヘルダーによる原注1の「自然の被造物」は、この神に帰せられる創造の父という性格に関連しているものと思われる。

（9）ミドガルド　北欧神話で人間の住む世界を意味する。

（10）南からの太陽は……かけた　本来は「南からの太陽、すなわち月の同伴者は天の縁でその右側を巻きつける」という意味。ヘルダーは困難な表現を伴うこの真夜中の太陽という形象、すなわち普通は南で輝く太陽が北にあり、天の縁全体を回るというイメージを理解できなかった。

（11）エーシル　オーディンを長とする神々の一族。

（12）イダ　ゲルマン神話の「オリンポス」であり、そこに神々の一族エーシルがアスガルド城を建て、世界炎上の後もそこで生き延びた。

（13）石で楽しく遊び　チェスのように盤を用いるゲーム。

（14）二人　「三人」が正しいと思われる。すなわち、巨人たちは三人の美しい娘を神々の一族を堕落させるために遣わし、神々のあいだに嫉妬や敵意を起こさせた。

（15）三人のエーシル　続く詩節で言及されるオーディン、ヘーニル、ロキのこと。

（16）アスクとエムブラ　ともにトネリコとニレを意味している。ここには、人間が流れ寄る木から作られたということがイメージされている。

(17) エッシェ・ユグドラシル　エッシェはドイツ語でトネリコの意味。
(18) ウルド　運命を過去・現在・未来という三つの時間軸に沿って司る三人姉妹の女神ノルンの一人。ウルドは長女、次女はヴェルザンディ、三女はスクルド。ウルドは世界樹ユグドラシルの根元にあるウルドの泉のほとりに住み、ユグドラシルに泉の水をかけて育てる。ウルドとヴェルザンディは木片にルーン文字を彫る。スクルドはヴァルキューレの一人。
(19) 盾に文字を刻んだ　ノルンたちは自らの運命を認識し、支配することを記すためにルーン文字を盾に刻み込む。
(20) エーシルに報復すべきか　解釈困難な箇所のヘルダーによる誤解。エーシル神族は女魔術師グルヴェイグによって引き起こされた損害を引き受けるか、あるいは償いをヴァニル神族に要求すべきかを協議する。水の神々で海上交易の守護神であるヴァニル神族から魔力のある金がもたらされ、それが「黄金時代」の平和を破壊した。エーシルは戦いを始めるが（以下の詩節）敗れ、ヴァニル神族を神々の天空に受け入れる。
(21) 矢を投げる　主神オーディンが槍を投げたことで始まった戦いが世界最初の戦争であったとされる。
(22) ヴァニル神族　豊穣と平和をつかさどる一群の神々。その名前は「光り輝く者」を意味する。エーシル神族との抗争の原因を作ったとされる女魔術師グルヴェイグも、おそらくヴァニル神族である。
(23) 彼女は……滴るのを見る　神々の見張り役で極めて鋭い聴覚を備えたヘイムダルは、オーディンが全能の一つの目を持っていたように、自らの感覚能力の一部を巨人でオーディンの相談役であったミーミルの泉からの知恵と交換した。その泉の水でミーミルは世界のトネリコに水を注ぐが、彼は泉の中にオーディンの目を隠しておいた。
(24) オーディンのノルンたち　正しくは「オーディンの乙女たち」。
(25) 私は……見た　2・3・3を参照。フライアは悪夢に驚かされ、あらゆる存在にバルドルの保護を求めたが、ヤドリギを忘れていた。ロキはヤドリギを盲目のホドルに与えたが、ロキにそそのかされたホドルはヤドリギの枝から彫り出された矢でバルドルを射殺した。
(26) 泥だらけで濁って　この表現には地獄の風景がイメージされている。この詩節から神々の黄昏の戦い以前の世界の叙述が始まる。
(27) シンドリ　黄金の広間を鍛造した小人たち。
(28) エッグセル　剣の従僕で、巨人国の見張り役。
(29) 高らかに吹く　ミーミルの息子たちはおそらく泉であり、それらはヘイムダルの角笛の音で掻き乱される。そしてこの角笛でもってヘイムダルだけが神々と巨人たちのあいだの決定的な戦いの開始を告げることが許されている。
(30) ガルム　地獄の番犬。狼は恐ろしい「フェンリルの狼」で太陽とオーディンを呑み込む。フェンリルは狼の姿をした巨大な怪物で、ロキが女巨人アングルボザとの間にもうけた、またはその心臓を食べて産んだ三兄妹の長子。彼の次にヨルムンガンドが、三人目に地獄の女神であるヘルが生まれた。

(31) フリュム　巨人たちの首領。楯をかざして東方よりやって来る、とされる。

(32) 船　ヘルが集めた死者の手足の爪から作られる巨大な船ナグルファルのこと。フリュムが舵をとる。

(33) ムスペル　世界炎上を惹き起こした者たちは「ムスペルの館」に住んでいると考えられた。古高ドイツ語の叙事詩『ムスピリ』を参照。

(34) ビスレイプ　オーディンの別名。

(35) モール　ムスペルの館の支配者ストゥルのこと。

(36) フリーン　フリッガの別名。彼女は最初の苦痛をバルドルの死に際して受けていた。彼女の夫オーディンはフェンリルの狼に呑み込まれる。

(37) ベリ　嵐の巨人で、フライアに束縛されていたが、今やストゥルを殺し、そのさい自らも命を失う。

(38) ミドガルドの蛇　ロキが巨人アングルボザとの間にもうけた毒蛇の怪物。またはロキがアングルボザの心臓を食べて産んだ三匹の魔物（フェンリル・ヨルムンガンド・ヘル）のうちの一匹とされる。

(39) ヘーニル　オーディンの弟で、未来について尋ねる、とされる。

(40) 第一二話と第二八話を見よ　同じく2・3・3の二八一三七行を参照。

(41) スノッリのエッダ　スノッリ（＝スノッリ・ストゥルルソン）はアイスランドの学者。『スノッリのエッダ』は特に「ヴォルスパ」の詳細な引用と、ヘルダーが原注において引用する神話の説明を含むスカルド（北欧の宮廷詩人）の教本。

(42)『旅行全記』　ヴェーガ『ペルーの歴史』のこと。ヴェーガはメスティーソの歴史家で、一五六一年にペルーからスペインに移住した。ヘルダーが使用したテクストは、ドイツの著作家シュヴァーベの『万国旅行誌』であり、そこではこの歌がペルー語、ラテン語、ドイツ語で引用されている。

(43) ビラコッチャ　アンデス山脈において創造神および崇拝神として敬われていた。インカ人は彼を世界精神と同一視していた。

(44) 女予言者の墓　「バルドルの夢」として知られるエッダ詩の一つ。

(45) バルトリン　1・2・16と同じ原典。

(46) スレイプニル　オーディンの八脚の馬。

(47) 地獄の犬　冥界を支配し、嵐と死の女神ヘラを護るガルムのこと。

(48) 女予言者　「ヴォルスパ」冒頭に現れる「巫女」のこと。

(49) 魔法をかけた　魔力を持つ文字を組み合わせた、ということ。

(50) ホドル　バルドルの盲目の兄弟。ロキの教唆によってヤドリギの小人バルドルに石を投げつける。彼だけがバルドルを殺すことができる。

(51) **一人の息子**　ヴァーリのこと。「ヴォルスパ」(2・3・1)九八―一〇一行を参照。バルドルがロキにだまされたヘズに殺された後、父オーディンは復讐者となる息子ヴァーリを女性リンドに産ませた。ヴァーリは一夜にして成人し、腹違いの兄であるヘズを殺した。

(52) **ヴォーラ**　杖を持つ女予言者。

(53) **三人の巨人の母**　この表現は、女予言者を罵倒するオーディンによるもの。なぜならオーディンの最大の敵は巨人たちだからである。

(54) **ロキが解き放され**　神々の黄昏、すなわち支配するエーシル族の没落に際して、さしあたり捕虜となっている邪悪なロキは解放される。「ヴォルスパ」(2・3・1)一〇六行を参照。

(55) **歌の魔力**　原典はレゼニウスによる『オーディンの箴言』。これは虚構の語り手としてのオーディンによる一連の箴言集、実例集、歌謡集であり、より古いエッダの枠内で伝承されている。ヘルダーは『ハヴァマール』と呼ばれる詩節集から二つの最終部分を翻訳している(一三八―一六四行)。ヘルダーの選んだ詩句はルーン文字の発明と十八の異なる魔法の歌について語っている。第一の詩はルーン文字の魔力とオーディンへの伝授を描き、第二の詩は語り手が魔法の呪文を知る状況を告知するが、呪文それ自体ではない。これは『メルゼブルク呪文』と同じようなものと想像される。これらの詩作品の儀式的性格は、それらが非常に古く、おそらく前神話的な伝承に遡ることを推測させる。

(56) **突き刺した**　知識を獲得するためにオーディンは自らを傷つけ、世界樹としてのトネリコであるユグドラシルで身を支え、いわば自己を犠牲にする。

(57) **ボルタル**　オーディンの母であった。オーディンの祖父にあたる巨人。ベストラはオーディンはそれゆえ魔法の歌を彼の叔父から学んだ。

(58) **高貴な蜂蜜酒**　オルデリルの釜で作られたゲルマン人の蜂蜜酒メットが詩作上の霊感をもたらすという伝承を要約した表現。

(59) **エーシル……アスヴィド**　いずれも魔法に通じている。

(60) **杖が何もできなくする**　ルーン文字で杖に刻み込まれ、敵の魔法を遮断する魔法のことが考えられている。

(61) **ティオドレイが……デリングの門の前で**　ティオドレイは小人の名前で、「民衆扇動者」の意味。「デリングの門の前」はおそらく「夜明け」の意味であろう。この小人の魔法との関連は不明。

(62) **ロドファーヴニル**　虚構上の歌い手。

(63) **エドワード**　『拾遺集』(一・一・五)。ヘルダーは「エドワード」をすでに一七七三年に「オシアン論」において発表している。その一年前の一七七二年の初めにこの歌を知って感激したゲーテはカロリーネにこのバラッドを読んで聞かせ、さらに後年にも『魔法の角笛』の書評にこう記している。「我々は次のようなバラッド、すなわち抒情的、演劇的、叙事詩的な扱いが非常に巧みに編み合わされて初めて一つの謎が築き上げられ、それから多かれ少なかれ、そしてこう言ってよければ、警句風に解決されるようなバラッドへの愛情を隠すことができない。それはあの有名な〈おまえの剣はどうしてこんなに血で赤いのか、エドワード、エドワード！〉で始まるものであり、特に原典にあっては我々がこの様式において知っている最高のものである。」ヘルダーのテクストはレーヴェ、シューベルト、ブラームスによって曲が付けられている。

(64) 死の女神たち　原典は2・3・3と同じ。この歌の背景には、アイルランドの王ブライアンの統治下でのアイルランド人とノルマン人の戦い（一〇一四年）がある。ノルマン人は十世紀以来アイルランド人と戦いの中にあった。ダブリン北部のクロンターフでの最終決戦においてブライアンがノルマン人に勝利を収めるものの、戦いの渦中で命を失う結果となる。

(65) 一人のさすらい人　オーディンのことと思われる。

(66) ラントヴェル　これもオーディンのことと思われる。

(67) ヒルト……シュヴィプル　いずれもヴァルキューレの名前。

(68) グドゥルとゴンドゥル　いずれも同じくヴァルキューレの名前。

(69) 岸辺に住んでいる　アイルランド人はノルマン人に占領された土地に支配者として再び帰ることになる。

(70) 伯爵　ブライアンの敵の一人、オークニー伯爵のこと。

(71) チェヴィーの狩　原典はパーシーの『拾遺集』（一・一・一）。この歌は一三八八年にオタバーンで、ダグラスの指揮下にあるスコットランドの軍勢と、ノーサンバランドの伯爵の息子パーシー・ホットスパー（＝激昂しやすいパーシー）の指揮下にある軍勢のあいだで起こった戦いと関連している。なお「チェヴィー」は「チェヴィオット」の語尾が訛ったもの。第一部第二巻の訳注67で言及したボルヒャルトは自らの選集『ドイツ文芸の永遠の蓄え』の中にヘルダーの翻訳を取り入れている。

(72) 流麗とは見えない　ここでヘルダーの念頭にあるのは原作の韻律であると思われる。Chevy-Chase 詩節として有名なこの韻律は、四・三・四・三の揚格とイアンボスにおける荒々しい抑格の自由、そして二行目と四行目の男性韻、すなわち強音のある一音節の韻を持つ詩節である。この詩節は戦争を想起させるもので、他のドイツの詩人たちもこれを用いた。このように古いバラッドを同時代の諸条件のもとで模作することは、その政治的—愛国的、道徳的、根源的で詩的な価値を、理想的な民衆という形で提示しうるものであった。

(73) 『スペクテーター』　アディソンによってイギリスで刊行されていた道徳週刊誌『スペクテーター』七〇番および七四番（アディソンについては『民謡集』第一部「民謡に関する証言」を参照）。

(74) より前のパーシー　『拾遺集』の作者の「パーシー」ではなく、この歌の主人公である「パーシー卿」のこと。

(75) 北部における反乱　この歌の最後で言及される「オタ

バーンの戦い」のこと。

(76) 狩の相手が誰であろうとも　カンバーランド州のカーライルの北東に広がるチェヴィオット丘陵はイングランドとスコットランドの境界地域の中央にあって、何世紀にもわたって争奪の対象となってきた。同地に居住する貴族たちは境界の警備という課題をかかえていた。スコットランド人ダグラスの森におけるイングランド人パーシーの密猟のような行為は、それゆえただちに国民的な次元の問題となった。ちなみにダグラス家はスコットランド国境地域ケルソーの南西部のロクスバラに居住する辺境伯の一族。

(77) ヴァニルブロウ　アニック北方の北東海岸沿いにある現在のヴァニルボレー。今もなお巨大な城とノルマン人の城砦がある。

(78) グレイハウンド　長身快速の猟犬。イングランドではウサギ狩に使われる。

(79) 矛槍　矛と槍を兼ねた中世の武器。

(80) トゥイード川　イングランドとスコットランドの境を成す。

(81) ウィザリントン　パーシーとダグラスが事態を中世の騎士道的な決闘によって解決したいと考えているのに対して、地方地主のウィザリントンは王に言及し、パーシーを「首領」と呼ぶことによってパーシーとダグラスの対決の国民的―政治的な含意を際立たせている。このバラッドはそれゆえ同時に政治的な国境という問題と、時代の転換をも示している。

(82) ヘンリー王　ここで言及される「ヘンリー王」とは、イングランドのヘンリー四世(一三九九―一四一三年)であると思われるが、スコットランドのジェイムズ王は時代的に一致しない。というのも、ジェイムズ一世が即位したのは一四二四年だからである。それゆえ推測されるのは、このバラッドが生まれたのはヘンリー六世(一四二二―六一年)の時代であり、その統治下に何人かのスコットランド王ジェイムズが存在し、そのためスコットランドの王はこのバラッドを読むイングランドの読者にとって、おそらくヘンリー四世と同時期に王位にあったロバート三世と称しえたのであろう。

(83) ミラノ産の剣　炎状の紋のある、しなやかなサーベルで「ダマスク剣」とも呼ばれる。

(84) 自分の国を喜んで分けようとしてきた　「自分の領土を放棄して、自由の身となるために」という意味。

(85) パーシーの復讐戦を行った　一四〇二年九月、スコットランド人はノーサンバランドの伯爵の指揮下にあるイングランド人によって壊滅的に打ち負かされた。ハンブルトンはノーサンバランドのウーラー付近に位置する。

(86) グレンダール　ハンブルトンにある渓谷。

(87) オタバーン　ノーサンバランド中部の村。一三八八年、この地の戦いでイングランド軍がスコットランド軍に敗れた。この歴史的な戦いで、スコットランドの指導者ジェイコブ・ダグラスは戦死し、その一方でイングランドのヘンリー・パーシーは囚われの身となった。

(88) ルートヴィヒ王　サンクール近郊でルートヴィヒ三世がノルマン人に対して勝利を収めた（八八一年八月三日）ことを讃えるべく、その直後にライン・フランケン語で書かれた詩作品で『ルートヴィヒの歌』（*Ludwigslied*）と呼ばれるもの。ルートヴィヒ三世はカール禿頭王の孫で、八七九年から八八二年まで西フランクの王であった。ヘルダーによる翻訳、それもシルターの写し間違いを通じて困難になった翻訳は原典の意味、特にキリスト教に関連する意味をしばしば捉え損ねている。以下に参考までに、より原典に忠実な訳を提示しておく（傍線部がその箇所）。

一人の王を私は知っている。／その名をルートヴィヒという。／彼が神に喜んで仕えるのも／それが報われるからだ。

子どものとき彼は父を失い／それが彼をひどく苦しめたが、／神はその代償として彼に特に目をかけ／自ら育て上げた。

神は彼に優れた従者を与えた。／そしてこう言った。／ここフランケンを／ずっと支配するがよい！

それから彼は玉座を／兄のカルロマンと／多くの喜びを／分け合う。

それは終わりを告げた。／神は彼が種々の苦労にも／耐えられるかを／試そうと思った。

神は異教徒に／海を越えさせ／彼のフランク人に／自らの罪を思い出させる。

フランク人は敗れ去った！／異教徒たちが選び出されたのだ！／以前に堕落した生活を送っていた者は／軽蔑されて退けられた。

泥棒であった者は／それから立ち直り／自ら断食を行い／その後は善人となった。

その者は嘘つきであった。／その者は盗賊であった。／その者は裏切り者であった。／しかしこれを悔い改め、善人となった。

王は遠くにいた。／王国は混乱させられた。／キリスト教徒は憤激したが／残念ながらこの報復を受けざるをえなかった。

あらゆる困難を知った神は／これを憐れみ／ルートヴィヒ王に／急いで進み来るよう命じた。

「私の王、ルートヴィヒよ。／私の臣民を助けるのだ！／ノルマン人が彼らを／非情なまでに征服したのだ。」

それからルートヴィヒは言った。／「主よ、私は／あなたが命ずることを行います。／死が私を妨げさえしなければ。」

ルートヴィヒは神に暇を告げ／宣戦布告の旗を掲げ／フランケンの地を／ノルマン人と戦うべく駆けていく。

民は神に感謝し／神を待ち望み／言った。「おお、私の主よ／我々は長いあいだあなたを待ち望んでいます。」

それから善人ルートヴィヒは／勇気をもって言った。／「安心するがよい／困難にあって私を助けてくれる仲間たちよ。

神はここへ私を送られたのだ！／私が汝らを導くように／汝らが私に勧めるかどうかは／恩寵が私自身に示してくれよう。

汝らを解放するまで／私は自ら骨惜しみはしない。／神のすべての臣下が／私に従ってくれることを望む。

現世での我々の生には限りがある。／それを決めるのはキリストだ。／キリストは我々の骨を待っている。／そのことを自覚しておくがよい。

急いで神の意志を／成就させようとする者は／健やかに暮らす。／私がそのことに対して神に報いるならば／神はその中にあり続け／私はそのことに対して神の臣下たちに報いる。」

そこで彼は盾と槍を手に取り／急いでこちらへ駆けてきた。／彼は真理を／証ししたかったのだ。

間もなく彼は／ノルマン人を見つけた。／「神に称賛を！」彼は叫んだ。／彼は自分の願望を目にした。

王は勇敢に馬を駆り／よく響く歌を歌った。／そして皆も歌った。／主よ、憐れみたまえ、と。

歌が歌われ／戦いは始められた。／戦うフランケン人の頬には／血が光っていた。／しかしルートヴィヒほどの／戦いを行った者はいなかった。

彼の感覚は／勇敢かつ大胆であった。／一方の敵を打ちのめし／他方の敵を突き刺した。

彼は敵の手に／より苛酷な苦痛の／飲み物を贈った。／敵は苦痛をおぼえた。

神の力を讃えよ！／ルートヴィヒが勝利を得た。／すべての聖人に感謝を述べよ！／戦いの勝利は彼の手に帰した。

おお、ルートヴィヒ王は／何と神聖になったことか！／彼は勇敢であったが／それは必要であると同じくらい困難であった！／必要とされるときにその場にいる彼を／主なる神が護らんことを！

(89) カルロマン　ルートヴィヒ同様カール禿頭王の孫で、八八四年に亡くなった。
(90) 王国は混乱させられた　ルートヴィヒは八八二年に亡くなり、カール肥満王はイタリアとともに皇帝の地位を手に入れるためにローマに向かった。
(91) アルハマ　グラナダ南西部にある小さいが富裕で重要な村でムーア人の居住区。一四八二年にロドリーゴ・ポンセ・デ・レオンによって占領される。ムーア人のもとでは死刑に際してこの悲歌の憂鬱な旋律をリフレイン〈Ay de mi, Alhama〉とともに歌うことが禁止されていたと報告されている（『グラナダの内戦』）。なお歌の意味内容からすると第二部が先に置かれるべきであろう。
(92) ムーア人の王　チコ王（ボアブディル王）のこと。ここでのエピソードはグラナダ王国崩壊前の「レコンキスタ」最後の時期に属する。1・2・19を参照。
(93) ツィンク　第一部第二巻の訳注74を参照。
(94) ヴェーガ　第一部第一巻の訳注28を参照。

(95) アベナーマル一族　第一部第一巻の訳注17を参照。
(96) アンティクエーラ　第一部第一巻の訳注20を参照。
(97) ドブラ　第一部第一巻の訳注40を参照。
(98) 戦争の歌　原典は2・2・1と同じくフーペル。
(99) 『ジッテヴァルトの幻影』　第二部序言の訳注64を参照。
(100) この種の非常に多くの詩　グライムの「戦争の歌」（一七五八年）と彼の模倣者を示唆している。
(101) 相手にされなかった若者　原典は1・2・16と同じくバルトリン。この愛の歌の主人公は後に王となり、暴君と呼ばれたノルウェーの王ハーラル三世（在位一〇四六―六六年）である。彼は一〇三三年以来ビザンティウムの皇室護衛の一員で後に護衛長となり、シチリア攻撃やアフリカでのサラセン人との戦いで勝利を収めた。その後ビザンティウムからロシアの大公ヤロスラフのもとに逃れ、その娘エリザヴェータを妻とし、ノルウェーで領地を手にし、最後には王室支配権を得た。しかし一〇六七年にスタンフォードブリッジでのイングランド人との戦いで完敗し、殺された。ヘルダーはマレの翻訳をすでに一七六五年に論評している（SWS 1, 75）。
(102) ロシア人の少女　大公ヤロスラフの娘エリザヴェータ。
(103) トロンハイム　ノルウェー中部の都市。
(104) 婚礼の歌　原典はカトゥルスの『歌謡』六二番。
(105) 夜の使者　宵の明星ヘスペルスのこと。
(106) 絆　新郎新婦の両親のもとで前もって行われる婚姻の申し合わせに関連している。
(107) 朝の贈り物　昔の風習で、結婚初夜の翌朝に夫が妻に与える贈り物。
(108) ガレー船　中世に主として地中海で用いられた、帆と多数のオールを持つ単甲板の大型軍船。ホルク・バルバロッサ（一五一八年没）とジェレッディン・バルバロッサ（一五四六年没）はアルジェリアの海賊であった。
(109) ガレオン船　十六世紀から十八世紀にスペインとポルトガルで軍船として用いられた三層または四層の帆船。
(110) フローラ　花と豊穣と春の女神。
(111) 真珠の飾り　慣習によれば花嫁は真珠を身につけてはならなかった。なぜなら真珠は涙を意味するからである。
(112) 勤勉と……抵抗であってほしい　花嫁は網手袋と金色の指ぬきを身につけている。
(113) 靴下留め　十六世紀以来、貴族の、その後は富裕市民の家でも、花婿が儀礼として花嫁の靴下留めをはずす習慣があった。はずされた靴下留めはそれから結婚式に参列した適齢期の女性たちに分け与えられ、すぐにも結婚できるという希望となった。
(114) 当然の不幸　原典はスコットランドの詩人ウィリアム・ダンバーの詩。
(115) フォルテグエリ　イタリアの詩人。
(116) 乞食の歌　原典（『拾遺集』二・一・一〇）には次のような前書きが付されている。「伝承が我々に教えるところでは、この歌の作者はスコットランドの王ジェイムズ五世である。この歌が書き留められたのは、田舎の少女たちへの頻繁な愛情のためである。」ジェイムズ五世（一五〇九―四二年）は、好んで変装して領地を回り歩き、この詩に描かれているように農民の娘との恋愛を楽しんだとされる。この歌は『諸民族の声』では削除されている。

（117）司祭の結婚のために　原典は2・1・23と同じくカムデンによる。

（118）マップ　マップは『私の目的は広い道を進むこと』の作者ではなく、いわゆる『大詩人』（*Archipoeta*）の作者。『大詩人』すなわち宮廷文章起草家ライナルト・フォン・ダッセルの周囲にいた中世の偉大な詩人の歌は、十四世紀以降、オクスフォードの文書副牧師でイングランド王ヘンリー二世のお気に入りであったマップに帰せられてきた。ヘルダーの挙げる表題は『大詩人ゴリアスの告白』のいくつかの部分である。『男色の相手の少年について』に関してイギリスの学者ライトは『ラテン語の詩』の中で「この歌は明らかに一二一五年頃に書かれた」と記している。すなわち聖職者の婚姻の禁止を厳格かつ強力に推し進める時に臨んでのことであった。それはドイツの神学者フラキウス・イリリクスによって「一二一六年のラテラノ公会議の後で、貴族いわばアングルス司祭身分の人々を婚姻で結びつけることを支持するために集められる韻律に従って」と題されている。これはフラキウスの『教会の堕落を罰する種々の美しい詩』の補遺である『真理の証拠目録』の中で発表された。ライザーはドイツの学者。

（119）プリスキアヌス　ローマの文法学者プリスキアヌスの『文法原論』を示唆している。

（120）そのように実行された　プリスキアヌスによれば、サケルドス＝司祭という単語は、男性および女性の職業としての司祭の身分に対応して文法上も男性名詞および女性名詞として変化させることが可能であった。「この」という意味の指示代名詞もこれに応じてhic（男性形）とhaec（女性形）が使われていた。

（121）神が……分けてはならない　「マルコ伝」一〇・九。「神が結び合わせたものを、人は離してはならない。」

（122）教皇イノセンティウス　教皇イノセンティウス三世は一二一五年のラテラノ公会議で聖職者が終生独身を厳守することを強く主張した。次節ではイノセンティウスと「無垢な者」（innocent）の言葉遊びとなっている。

（123）彼が……目にとめたか　「第二コリント書」一二・二。「わたしは、キリストに結ばれていた一人の人を知っていますが、その人は十四年前、第三の天にまで引き上げられたのです。」

（124）自分の妻を持ち、その間を裂かなかった　「第一コリント書」七・二七。「妻と結ばれているなら、そのつながりを解こうとせず、妻と結ばれていないなら妻を求めてはいけない。」

（125）獄中の歌　原典は『拾遺集』（二・三・一〇）。表題は「アルシーアへ。獄中から」。作者はラヴレイス。彼はイギリスの王党員で、一六四二年に王の復権を求めるケント伯爵の請願書を議会に持参した時に投獄された。この詩はラヴレイスの詩集『ルキャスタ』において発表された。
(126)『文芸年鑑』『ゲッティンゲン文芸年鑑』二〇番。
(127)ギリシア語より　実際はヘルダー自身の手になるもの。2・3・13と同じくこの歌は「歌合戦」であり、そこでは二つのグループが同じ対象について対立する立場を主張する。最後に憂鬱な語り手1が、仲介的な立場を提示する。この歌は『諸民族の声』では削除されている。
(128)イクシオンの輪　無法者のイクシオンは冥界にあって永遠に回る火の車の上に横たわっている。
(129)ゴンゴラ『作品集』　原典は2・2・17と同じく『抒情的ロマンセ』の一七番の歌。
(130)スイセン　ここでの「スイセン」(Narcisse)は「ナルキッソス」(オヴィディウス『変身物語』三・三四一以下)を示唆している。
(131)比べられないもの　原典は『拾遺集』(二・三・七)。作者は1・3・15と同じウォットン。
(132)汝、夜の星たちの小さな軍勢よ　以下、第一節のヘルダーの訳は抽象的なので、原典に近い訳を提示しておく。
汝ら、夜の弱々しい美しさよ。／汝らは自らの光よりも数によって／我々の目に安らぎを与えてくれる。／汝ら天の卑小な輩よ／月が出たら汝らは何なのだ。
(133)こうして私の少女は美しい女性たちの　同じく第四節の訳も抽象的なので、原典に近い形の訳を提示しておく。
こうしてまた私の女主人は／その姿と精神の甘美さにおいて見られるようになる。／最初はその美徳によって、次は選ばれることによって女王となる。／どうか私に教えてほしい。彼女が作られたのは／女性を陰鬱にして賛美するためなのかを。
(134)蝶の歌　ヘルダー自身の手になるもの。『諸民族の声』では削除されている。
(135)ヴィルヘルムの亡霊　原典は『拾遺集』(三・二・六)。作者はラムジーとされる。
(136)氷上の踊り　ヘルダー自身の手になる詩。『諸民族の声』では削除されている。
(137)ユノ　ローマ最高の女神。
(138)花嫁の踊り　原典はダッハによるものであるが、アルベルトの『音楽の南瓜小屋』においてではなく、単独で印刷された「クリストフ・ケルシュタインと、ゲオルク・フォン・ヴァインベーアの令嬢マリアの結婚式(一六五一年一月九日)に捧げられた五声部からなる曲」に「花嫁と栄誉の踊り」の題で発表されたもの。
(139)シャルマイ　第二部第一巻の訳注12を参照。
(140)キアブレラ　イタリアの詩人。この抒情詩人は彼がピンダロスとアナクレオンから取り出した新しくて優雅な方法においてイタリアの詩を豊かなものにした。実際、彼はマリーノとその弟子たちの敵対者で、フランスの文芸復興期の七詩聖に倣って擬古典主義的な方向を擁護し、これはイタリアでは十八世紀になってようやく後継者を見出した。
(141)ヤーゲマン　第二部第一巻の訳注49を参照。
(142)クロト　ギリシア神話の運命の女神の三姉妹(アトロ

ポス、クロト、ラケシス）の一人で、生の糸を紡ぐ、あるいは量って分ける運命の女神。本来の切り離す女神はアトロポスである。

(143) 夕べの歌　この歌は先にフォスの『文芸年鑑』一七七九年号で発表された。ヘルダーはこれの最後の詩節を二行分短縮している。

(144) 数のため　『民謡集』第二部の第一巻や第二巻と同じく三十作品にするため。表題も第二部の第一巻を締めくくる三十番目の歌の表題と一致している。

(145) それ自体で存在するもの、そこにあるべきもの　これに加えてどの歌も、個々の巻のみならず『民謡集』全体に注をつける機能も有している。

(146) 抒情歌の歴史　第二部序言の訳注68で言及した「頌歌論」を嚆矢として、「抒情文芸の歴史試論」（一七六六年）などヘルダーはその著作活動のごく初期からこの問題に取り組んできた。『民謡集』第二部の長大な序言もその一例であろうし、何よりも『民謡集』全体がその具体的な例証となっている。

(147) 民謡というこの神聖さを奪われた名称　ヘルダーの念頭にあるのは主としてニコライの民謡集である。

(148) マントヴァ　イタリア北部の都市。「マントヴァ人」とはこの直後に引用される『牧歌』第四歌においてシチリアのムーセたちに呼びかけるヴェルギリウスのこと。

(149) 拙劣で　「拙劣な」（schlecht）という単語には古い用法で「質素な」（schlicht）という意味もあり、ヘルダーはこうした二重の意味を十分に意識している。

(150) 誰にとってもより良い民謡たちよ　「私の民謡を改良できる者は誰でも改良してよい」というヘルダーの声明。

補遺

(1) 妻を自分で作ろうとした　ギリシア神話に出てくる「ピグマリオン」が背景にある。ちなみにこの歌の原典はフーペルによるものと推測される。

(2) 死んだ花嫁を悼む　後にヘルダーはこの歌について『みだれ草紙』第六集（一七九七年）の中で次のように述べている。「アーングイシュの鴨とは歌う海鳥のことで、この鳥は大群をなして海上に集まり、ド・ミ・ソとド・ファ・ラの和音を合唱し、これらからカムチャッカ人は音楽を学んだ。この鳥に倣って彼らは〈アーングイシュの歌〉を作る。たとえば自分の死んだ花嫁のことを嘆く愛情深い男は、その死んだ花嫁が今はこのような歌う鳥に姿を変えたと信じているのだ。」（SWS 16, 363）

(3) シュテラー　ドイツの探検旅行家で動物学者。この歌の第二節は直接シュテラーから採られているため、花嫁を表す代名詞が「おまえ」から「彼女」に変わっている。また、歌の舞台はタタールではなく、カムチャッカである。

(4) 聖母マリアに　副題に「シチリアの船乗りの歌」とあるように、この歌はヘルダーが一七八八年から八九年にかけてイタリアに旅をした際に、現地から旋律とも持ち帰り（補遺扉裏の楽譜を参照）、ドイツ語に翻訳したものである。

その後この歌は一八一六年にドイツの学者ヨハネス・ダニエル・ファルクによって、O du fröhliche で始まる新たなドイツ語の歌詞が付けられ、内容もクリスマスを祝うものに変えられて、今日のドイツでもなお最も人気のあるクリスマスソングの一つとなっている。

(5) シチリアの小唄　原典は『ジョヴァンニ・メリによるシチリアの詩』一五九頁。メリはイタリアの詩人。

(6) 或る捕虜の歌　原典は『ロマンセ歌集』二六五頁。第一部第一巻の訳注43を参照。

(7) イベロ　エブロ川の古称。スペイン北部から南東に流れ、地中海に注ぐ。

(8) アウローラ　暁の女神。

(9) 魂　この「魂」(Seele)という言葉の背後には「プシケー」が隠れている。

(10) 憧れ　原典はルソーによる歌「何と時は長いのか」(『わが生涯の悲惨の慰め』パリ、一七八一年、九七頁)。

(11) デスデモーナの歌　ヘルダーの使用した原典は同じくルソーの『わが生涯の悲惨の慰め』(一二五頁)であるが、この歌は言うまでもなくシェイクスピアの『オセロー』第四幕第三場からのものである。

(12) バルトーの息子　原典はフランスの歴史家ビュリーニュの『異端神学』(一七五四年)。

(13) 一つの格言　原典はクロプシュトックの最初の妻で、自らも詩人であったマルガレータ・メタ(旧姓モラー)・クロプシュトック(一七二八―五八年)の詩作品であると思われるが、詳細は不明。

(14) いくつかの格言　前の歌と同じ原典の可能性もあるが、詳細は不明。

(15) 領主の石　原典はドイツの自由思想家、人文主義者で過激な宗教改革主義者であったセバスティアン・フランクの『世俗の書』。ちなみにこの歌と次の歌の原注は『諸民族の声』の編者ミュラーによるものである。ケールンテンの伯爵たちは一四一四年までクラーゲンフルトの公爵の座、すなわち伯爵の石と呼ばれる座のもとで庇護をうけた。

(16) 山から来た馬　原典はハーゲクの『ボヘミア年代記』第二巻。

(17) 臓腑　この「臓腑」(Eingeweide)という語については第二部第二巻の訳注45を参照。

(18) プシュミスワウ　十三世紀後半のボヘミアのラチブシュ公国の王。

(19) リブッサ　第二部第二巻の訳注77を参照。

(20) マダガスカル人の歌　原典はフランスの軍人で詩人でもあったド・パルニュによるフランス語の作品。次の前書きもド・パルニュによるもの。

(21) 彼の恋人に　原典は2・3・2と同じくヴェーガの『ペルーの歴史』。

解題

ヘルダーがその先駆者ラウスにならって、才気豊かに論じたヘブライの詩、我々を駆りたてて探させたエルザスに伝わる民謡など、詩歌としての最古の文献は、総じて民衆文芸なるものが世界および諸民族の贈り物であって、何人かの上流の教養ある者の私的財産でないことを証明していた。

ゲーテ『詩と真実』第二部第一〇章

一　ヘルダーと『民謡集』

本書で訳出したヘルダーの『民謡集』（*Volkslieder*）は、彼が生涯を通じて関心を示した民謡百六十二篇に、死後の一八〇七年に刊行された改訂版『歌謡における諸民族の声』（*Stimmen der Völker in Liedern*）からの補遺十五篇を加えたものである。これらはいずれも本邦初訳である。ここではまず『民謡集』の刊行に至るまでのヘルダーの歩みを見ておきたい。ヨーハン・ゴットフリート・ヘルダー（Johann Gottfried Herder）は一七四四年八月二十五日に、かつての東プロイセン領の小都市モールンゲン（現在のポーランド北部の都市モロンク）に生まれた。この都市はプロイセンの古い町として存在していたが、ドイツ騎士団による東方植民によって現地の住民が全滅させられた後に新しい都市が築かれた。これにモールンゲンという名が与えられ、一三二七年に自由都市権を獲得した。当初の住民は中部ドイツのハルツからの移民である。モールンゲンは一四一〇年から一四六一年までリトアニアのオランダ大公国とポーランド王国によって占領された後、一五二〇年から一七〇一年まではプロイセン公爵領の一部であったが、一七〇一年にプロイセン王国の一部となった。ヘルダーが青年時代を過ごすケーニヒスベルクも地理的には東プロイセンに属するが、「プロイセン」(Preußen)というドイツ語も元来はドイツ語ではなく、「海」や「沼」を意味するバルト地方のリトアニア語の prut に由来している。湖沼豊かなモールンゲンのさまざまな印象と並んで少年ヘルダーがすでに自分のものとしたのは歴史を体験することであった。一七五八年に始まったグロス＝イェーゲルンドルフの戦い以後、同地でヘルダーは一年間にわたるロシア軍の進駐を体験する。さらに彼は老人たちが昔のことを語るのを聞き、町に残る過去の建造物が一三二七年のモールンゲン建設に関わったドイツ騎士団の城塞の翼部や塔であることを知る。

カントのもとで学んだケーニヒスベルク時代を経て、ヘルダーは一七六四年から六九年までラトヴィアの港湾都市リガで暮らす。当時ロシアの統治下にあったリガは都市共和国として自立性を維持していた。リガの文化生活はこの都市の経済上の躍進によって活況を呈しており、富裕な商人たちの家族は社交的な催しを競って開いていた。司教座教会付属学校での副牧師の活動と補習授業を通じてヘルダーの存在はすぐに知られるようになる。またラトヴィア語を話す現地民の中に暮らすドイツ人移民のあいだで、ヘルダーは個々の民族の個性に対する感覚を深めるのみならず、ロシア人とポーランド人も彼の視野に入ってきた。こうしたいわば多言語的な環境の中で彼が土着の住民たちの祭りに参加し、いろいろな踊りや歌を見たり聴いたりしたとき、彼の心の中には、個々の民族性の財宝を発見し、それを高めようという願望が芽生える。

一七六九年五月五日、リガ市の参事会に辞職と長期の外国旅行を願い出たヘルダーは、六月五日の晩に帆船に乗って出航する。船はドーヴァー海峡を通り、七月にナントに到着したヘルダーは、陸路パリへと向かい、ブリュッセルを経てアムステルダムへと旅を続けた。そこから船でハンブルクへ行き、尊敬するレッシング、ならびに親友となるマティアス・クラウディウスと二週間にわたって熱心に議論を交わす。一七七〇年の七月にヘルダーはさらにハノーヴァー、カッセル、ダルムシュタット、カールスルーエと旅をした後に、持病の涙腺炎治療のためにシュトラースブルクに向かうが、その途中のダルムシュタットで出会うのが後に生涯の伴侶となるカロリーネ・フラックスラントであった。

シュトラースブルクでヘルダーはすでに同地に滞在していたゲーテの訪問を受け、聖書やホメロス、オシアン、シェイクスピアについて教え、民謡の理念を語った。冒頭に引用したゲーテの文章は、ヘルダーと初めて出会ったときのことを記したものであり、ヘルダーの民謡観を端的に表している。シュトラースブルクを去った彼はダルムシュタットを経て次の赴任地ビュッケブルクへと向かうが、その途上のダルムシュタットで再会したカロリーネにあらためて魅せられる。ヴュルテンベルクに勤める官吏の第五子としてエルザスのライヒェンヴァイアーに生まれたカロリーネは、父が早くに亡くなったため、姉とともに十六才のときにダルムシュタットに移っていた。一七七一年四月にビュッケブルクでの生活を始めたヘルダーは一七七三年の五月にダルムシュタットでカロリーネと結婚式を挙げる。文筆活動ではシュトラースブルク時代から考察を加えていた民謡の構想を中心とする「オシアン論」を発表し、また自ら蒐集・翻訳した民謡を編纂して「古い民謡」という四巻本の刊行を計画するが、これは種々の理由から実現には至らなかった。

こうしている間にもザクセン公国ヴァイマールでは同地の公教会の管区総監督および主任牧師としてヘルダーを招聘しようとする動きが活発になる。すでにヴァイマールで公職に就いていたゲーテの尽力もあって、ヘルダーの招聘が決定する。一七七六年十月一日、ヘルダー一家はヴァイマールに到着する。翌一七七七年には「古い民謡」の第一巻、第三巻、第四巻へのそれぞれの序文が改稿・編纂され、「中世英独詩芸術の類似性」という題で発表された。そして一七七八年と七九年にかけて『民謡集』全二巻が刊行される。これはヘルダーの死後一八〇七年に『歌謡における諸民族の声』という題で内容や構成を変えて新たに出版された。

カロリーネとともに『民謡集』の完成を
目指していた1775年頃のヘルダー
（ヨアヒム・ルートヴィヒ・シュトレッカー作、
ヘッセン州ダルムシュタット美術館所蔵）

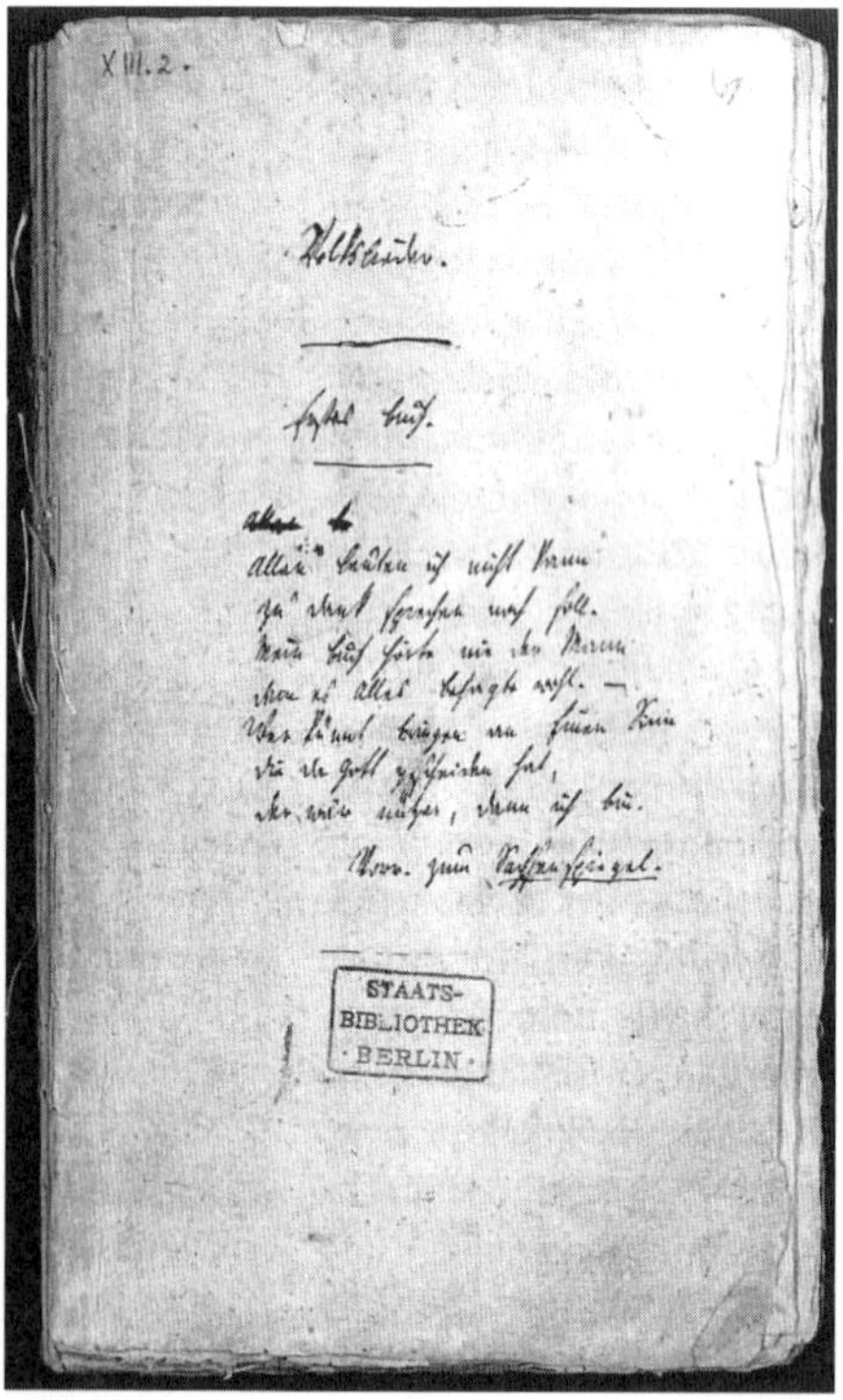

『民謡集』第一巻冒頭
（『ザクセン法鑑』への序文）
の手書き原稿（1774年、
ベルリン国立図書館所蔵）

次に『民謡集』の原題であるVolksliederについて説明しておきたい。これはVolkslied（英語のfolksong）の複数形である。そもそもこのVolkslied（フォルクスリート）というドイツ語自体がヘルダーによる造語であり、このことによってだけでもヘルダーはドイツ語史に名を刻んでいる。この語は本訳書の表題にもあるように「民謡」と訳されることが多い。今ふうに言うならば「タミウタ」となろうが、問題はヘルダーがそもそもこのVolksliedというドイツ語で何を表現しようとしたかということである。特に前半のVolkという語をヘルダーは多義的に用いている。すなわちVolkは、一つは種属に関する名詞として「人間であること、人類」（Menschheit）を、もう一つは身分制的観点から「王侯貴族」に対する「一般庶民」を、そして三つ目に地球全体におけるそれぞれの「国民、民族」（Nation）を意味する。

ヘルダーにあっては、地域や時代や身分など人間の個々の属性に関係なく、人間であれば誰でも歌うということが前提となっている。こうした観点は、当時の啓蒙主義的文学観にあって低俗なものと見なされがちであった「民謡」の地位を見直すとともに、冒頭に引用したゲーテの言葉にもあるように、文学全体に対する新たな理解を要請するものであったといえる。それはまた人類の歴史においてどの時代や民族も公平な視点から考察するヘルダーの歴史哲学と不可分の関係にあり、歌はすべての人間の自己表現として理解される。英語の「バラッド」やスペイン語の「ロマンセ」に続くものとして、あるいはそれらを超えるものとしてヘルダーは「フォルクスリート」に、個別的であると同時に「人類の歌」としての普遍的な意味を持たせようとしたものと思われる。事実、ヘルダーは『民謡集』の五年後の一七八四年から刊行を始めた主著の『人類史哲学考』（*Ideen zur Philosophie der Geschichte der Menschheit*）（以下『イデーン』と略記）第二部第八巻第四章において次のように述べている。「どの民族の歌も、その民族に固有の感情、衝動、物の見方についての最良の証言であり、その民族の思考および知覚方法の真の注釈、それも当の民族自身の喜ばしい口元からの注釈なのだ。」（FHA 6, 323f.）

サイーダの登場する一連の歌にも見られるように『民謡集』はスペインのグラナダにおけるイスラム教徒とキ

リスト教徒の歴史を、公の歴史として事象に即して客観的に記述するのではなく、サイーダという一人のムーア人女性自身の言葉を中心とした個人史を語ることによって、いわば内面から描こうとする。それゆえ歴史記述という意味で『民謡集』は『イデーン』とは対照的であると同時に『イデーン』における個々の民族史記述を具体的に補完する機能を有しているともいえよう。

二　『民謡集』の内容と構成

『民謡集』にはヘルダー自身がさまざまな書物から、あるいは口承を通じて蒐集した世界各地の民謡や伝説などが収められている。内容も恋愛から戦争に至るまで多岐に及び、およそ人間が直面する生の根源的な諸状況が、特に女性や子どもといった社会的弱者の視点から描かれているものも少なくない。そしてさらに注目すべきは、古い時代から受け継がれてきた歌のみならず、若きゲーテやクラウディウス、さらにはヘルダー自身によって新たに創作された同時代の歌も含まれていることである。このことは、一七七〇年のヘルダーとゲーテの出会いから始まるシュトルム・ウント・ドラングという文学運動の理念とも深く関わっている。若きゲーテが生命力と躍動感に溢れる新たな詩や小説の創造という形でこの文学運動を主導する一方で、ヘルダーの『民謡集』は翻訳を通じて新たな文学言語としてのドイツ語の鋳造を目ざす。今回訳出された計百七十七篇の歌の八割近くがヘルダーによる翻訳であり、その言語の数は十八に及んでいる。

「民謡」という言葉には自ずと「地方色」や「方言」といったイメージがついてまわるが、『民謡集』において特に注目すべきは、ヘルダーが「地方色」や「方言」よりもドイツ文学全体にとっての「規範となる」(klassisch) 標準ドイツ語の形成を企図していたことであろう。こうしたヘルダーの視線は当時のドイツ語圏の文学や思想界に対する現状認識に根ざしている。たとえば『断想集』第一集への序文（一七六六年）でヘルダーはこう記している。「我々のドイツにおける著作の状態はまるであのバベルの混乱のようだ。趣味における派閥、文学における党派、哲学における学派が互いに争っている。中心地もなければ、共通の関心もない。全体を見る偉大な促進者もいなければ、共通の法則を与えるような天才もいない。」(FHA 1, 171)

『民謡集』の内容は、翻訳に際してヘルダーの使用した種々の原典と密接に結びついており、それらは次の二つに分類される。一つは学問的、民俗誌的、言語的なものであり、これは種々の旅行記、辞典、言語および文学史からの蒐集、引用、編纂といった形をとる。二つ目はヘルダー以前の文学の模倣であるが、そのほとんどが十八世紀からのものである。これらは、抑圧された民族の集団意識の促進と保持に関わる(オシアン、モルラックの歌など)か、あるいは単純さや素朴さによって、古典古代の文学を絶対視する当時の規範詩学、および過剰に洗練された技巧詩(Kunstpoesie)の人為性や宮廷的生活の不毛性に対抗するものである。これをヘルダーはたとえば「ギリシアの歌の断章」と「ラトヴィアの歌の断章」の並置によって、規範としての古典古代の象徴であったギリシアの地位の相対化という形で実現しようとしている。原典についてヘルダーは自分の注目する諸国から把握できるものはほとんどすべて知っていた。実際『民謡集』を超えて彼は自らのこうした財宝を終生にわたって拡大し、その成果は死後に刊行された『歌謡における諸民族の声』に反映されることになる。

世界全体を見渡すヘルダーの視線は『民謡集』の構成それ自体に明瞭に表れている。『民謡集』は第一部と第二部がそれぞれ三つの巻に分けられ、第一部では各巻に二十四の歌が、第二部では同じく三十の歌が配列されている。そのさいヘルダーがパーシーの『拾遺集』に影響を受けていることは明らかであり、それは全体を部、巻、個々の番号に下位区分し、そのつどモットー、散文の論文あるいは短い解説を前に置いている点に見られる。そして外国の歌と母語のドイツ語による歌との混合、さらには古くから匿名で伝承された歌と新しい歌の並存は、パーシーとの注目すべき類似性を有している。ただヘルダーはパーシーの母語中心的な方向を取り入れようとはせず、民謡をより普遍的な「人間性の声」の証言集として考えている。さらに『民謡集』第一部の各巻における二十四という歌の数は、同じく二十四の歌から成るホメロスの叙事詩『オデュッセイア』を意識したものと思われる。

『民謡集』のこうした周到ともいえる構成に関して興味深い解釈を示しているのは『フランクフルト版作品集』第三巻の編者ウルリヒ・ガイアーである。その根拠となるのは『民謡集』とほぼ同時期に執筆された『人類最古の文書』における「創造のヒエログリフ」である。『旧約聖書』の「創世記」を論ずるこの著作では、神による天地創造の七日間との関連から「七」という数字が「創造の素晴らしい七という響き」(SWS 6, 320)として解釈される。これを『民謡集』にあてはめると、第一部の三つの巻と第二部の三つの巻が第二部の冒頭に置かれた長大な「序言」を蝶番として三・一・三のシンメトリーを形成する。三幅対の配列におけるこの創造のヒエログリフは「文芸の最高にして最も簡素な理想」(SWS 6, 322)であり、愛、死、不安、恐怖、情念、支配など人間の根本状況と結びつく。事実また『民謡集』における種々の歌が一貫して強調するのは、人間の国民的あるいは民族学的な個別性だけではなく、むしろ人間学的な共通点である。

しかしながら、あらゆる民族の詩的な創作力を調和のとれた秩序の中で示そうとした『民謡集』はヘルダーの死から四年後の一八〇七年にヨーハン・フォン・ミュラーによって大きく姿を変える。『民謡集』改稿の意図をヘルダーの生前から伝えられていたミュラーは『歌謡における諸民族の声』ヨーハン・ゴットフリート・ヘルダーによって蒐集され、配列され、一部は翻訳された。ヨーハン・フォン・ミュラーによって新たに刊行された』という表題のもとに『民謡集』の百六十二篇の歌の配列を地域や言語別に変えて次のような六巻構成で提示した。

一　高地北方からの歌(＝ラップランド、エストニア、リトアニアなど)
二　南方からの歌(＝ギリシア、イタリア、スペインなど)
三　北西の歌(＝ケルト、スコットランド、イングランドなど)

四　北方の歌（＝アイスランド、デンマークなど）
五　ドイツの歌（＝ドイツ、ボヘミア）
六　未開人の歌（＝ペルー、マダガスカル）

多様な歌を調和の中に織り込んだ『民謡集』の目に見えない絆はこれによって断ち切られてしまった。こうした民族誌的な配列は種々の歌の内的および外的な親縁性を誘発するが、それは『民謡集』におけるヘルダーの総合的かつ人間学的な意図に真っ向から対立するものである。『ズプハン版全集』で『民謡集』の編集を担当したレートリヒは一八〇七年の版を「完全に失敗したもの」（SWS 25, IX）とし、次のように述べている。「ミュラーによる版はなるほど手書き原稿から十五の新たな作品（マダガスカル人の歌は一つと数えられる）をもたらしたが、その代わりに十五の歌を削除した。そして当初の版の美的配列は国々に従ったきわめて外面的に推敲された配列に取って代わられ、しかもそれは、そもそもまったく無秩序なものである」（SWS 25, X）。

三　『民謡集』と世界文学

一八〇七年に刊行された『歌謡における諸民族の声』が前述のように『民謡集』におけるヘルダーの意図を無視したものであるとすれば、前者に新たに加えられた十五篇の歌をここに邦訳する意味はどこにあるのだろうか。その理由は次の二つの点に求められる。一つは、『歌謡における諸民族の声』という表題の持つ魅力である。規範詩学に従う啓蒙主義的文学観がまだ席巻していた一七七〇年代のドイツにおいてヘルダーの目ざしたものが「民謡」（Volkslied）それ自体の地位向上であったとすれば、主著の『イデーン』全四部において世界のそれぞれの民族の歴史を書いてきたヘルダーの視線は、フマニテートという普遍的な視点を保持しながらも諸民族の個別性に多く向けられるようになっていた。しかも『歌謡における諸民族の声』という表題には「歌謡」と「声」といった民謡のより広く具体的な側面を示す表現がちりばめられている。実際また今回の訳出にあたって参考としたレレケ編のレクラム版も、表題を『歌謡における諸民族の声』とし、副題を「民謡」（Volkslieder）としている。

もう一つの理由は、『歌謡における諸民族の声』において新たに加えられた二つの歌、「聖母マリアに」と「マダガスカル人の歌」に見出される。まず「シチリアの船乗りの歌」という副題が付された前者の歌は、ヘルダーが一七八八年から八九年にかけてゲーテと入れ替わるようにして行ったイタリア旅行のさいに現地から持ち帰ったものである。しかもヘルダーは歌詞のみならず旋律も自分の耳で直接聴き取っている。他方「マダガスカル人の歌」について見るならば、そこに含まれる「白人を信じるな」という歌の持つコロニアリズム的な視点が読者の目をひく。ちなみにこの歌のフランス語の原典には二十世紀になってモーリス・ラヴェルが曲を付けている。

このように翻訳を通して文学作品が世界に広がることは周知のように晩年のゲーテによって「世界文学」と呼ばれる。もちろん「世界文学」という概念は時代によって変化するものであるが、このたび訳出した『民謡集』ならびに「補遺」として加えた『歌謡における諸民族の声』からの十五篇の歌は、まさに翻訳者としてのヘルダーの力量を示すものであり、その意味でも「世界文学」の一翼を担う価値が十分にあると思われる。

影響史という観点から見れば、まず『民謡集』がアルニムとブレンターノによる『子どもの魔法の角笛』（*Des Knaben Wunderhorn*）全三巻（一八〇六―〇八年）に与えた影響は少なくないと思われる。ちなみに、このドイツで最も有名な民謡集といえる『子どもの魔法の角笛』刊行の最中すなわち一八〇七年にヘルダーの『歌謡における諸民族の声』が出版されるわけであるが、十九世紀から二十世紀にかけて出版されたヘルダーの民謡集のほとんどの版は、十八世紀に刊行された『民謡集』ではなく、十九世紀初頭のナポレオン戦争の時期に出版された『歌謡における諸民族の声』であった。『民謡集』の校訂批判版が刊行されたのは『ズプハン版全集』第二五巻（一八八五年）においてのことである。

次に問われなければならないのは、今回の『民謡集』の訳出の意義であろう。すなわち、原典ではなく、すでに翻訳されたものを別の外国語である日本語に翻訳することにどのような意味があるのだろうか。前述のようにドイツ文学史における『民謡集』の意義は、規範的なドイツ語と新しい文学観の形成を目ざした点と、ゲーテの有名な「野ばら」や「魔王」を産み出す直接のきっかけとなった点に求められる。なるほど、ドイツ語の形成という点では、ヘルダーのドイツ語原典に直接ふれるしか方法がないため今回の邦訳には大きな意義は認められないのかもしれない。しかしながら、現在なお議論されている「世界文学」という概念の形成にヘルダーの『民謡集』が少なからず寄与していることは明らかであると思われる。ちなみに日本においては「オシアン論」をはじめ、ヘルダーの民謡論についての研究は多いが、その実践編ともいうべき『民謡集』の邦訳はまだ存在しない。

日本におけるヘルダー研究において『民謡集』に初めて言及したのは一八九五年（明治二十七年）に雑誌『國民之友』（二七四号）に掲載された境河生なる人物による論考「獨逸の俗謠を論ず」と、これと同じ年に雑誌『帝國文學』（第一巻、一二号）に発表された青木昌吉の論考「俗謠を論ず」である。ただしこれら二つの論考はほとんど同じ内容であり、同一の著者すなわち青木によるものと考えられる。また前者の論考は次の文章、「天の詩才を賦輿する所以のものは豈に偶然曠世の偉才に私するならんや。以て萬民をして共に興に歌はしめんが爲めなりとは獨の先哲〈ヘルデル〉の恒に稱道する所なりき」という文章で始まる。これは明らかにゲーテがヘルダーから聞いた民謡観について本解題の冒頭で引用した文章をふまえたものである。ここからは日本での『民謡集』の受容が直接ヘルダーの原典からではなく、本解題の冒頭に引用したゲーテの『詩と真実』第二部（一八一一年）から始まったことが見てとれる。しかも前述の二つの論考における „Stimmen der Völker“ という表現が示すように、著者の青木は『民謡集』ではなく『歌謡における諸民族の声』を念頭に置いているものと思われる。

その後の研究史において特筆すべきは『民謡集』のいわば理論編ともいうべき「オシアン論」（一七七三年）の翻訳が一九四五年（中野康存『民族詩論』櫻井書店、所収）と一九四七年（若林光夫訳、養徳社）に続けて刊行されたことであろう。しかし同時にこのことは民謡という分野でのヘルダー研究が主として「オシアン論」を中心として展開されたことを示している。それはまたこの民謡論が収められた論文集『ドイツの特性と芸術』全体がそうであったように、ヘルダーがもっぱらシュトルム・ウント・ドラングという文学運動の理論的指導者という側面から考察されるという結果にもつながる。

ただ、そうしたなかでも重要なのは、中野が「オシアン論」に加えて論文「中世英独詩芸術の類似性」と論文「古代及び近代諸民族の風俗に及ぼせる詩の作用」を、その成立が民謡蒐集の準備時代に遡るのみでなく、その精神において他の諸論文に劣らず『民謡集』と密接な関連を有しているという理由から訳出したことである。同じように資料的に貴重なのは、若林が「オシアン論」の解説のなかで、デニスによる『オシアン』のドイツ語訳(*Die Gedichte Oßians, eines alten celtischen Dichters, aus dem Englischen übersetzt von M. Denis*, Wien 1768)に対するヘルダーの書評の主要部分を訳出していることであろう。

『民謡集』について論じた数少ない邦語文献のうち會津伸の論文「ヘルダーの民謡集形成」(東北大学「文学部研究年報」五、一九五四年、三五―六三頁)は、執筆にさいして使用された原典資料の豊富さと、それらを用いての『民謡集』成立に関する詳細な記述において現在もなお色褪せていない。「ヘルダーの民謡研究においては、民謡論と民謡集とを切りはなすことはできない」と述べる會津によれば、ヘルダーの意図は民衆を中心とする人類全体の声を聞くことにあり、この点でヘルダーは「さすがに広い視野と深い洞察を、民衆に国民に、世界人類と同時に人間そのものについて懐いていた」とされる。さらに會津は「彼の手になる民謡集は国民的にして世界的、個人的にしてしかも私的ではない。ヘルダーの民謡集は世界文学的といえるのではなかろうか」と述べ、ヘルダーの『民謡集』の普遍的な性格を的確にとらえている。

そして『民謡集』との関連で忘れてならないのが男澤淳による『愛のうた・英雄シッド』の本邦初訳である(日本図書刊行会、一九九七年)。「民衆詩」という観点から今回の『民謡集』とも大きな関連を有する『愛のうた』

は旧約聖書の「ソロモンの雅歌」をヘルダーが解説を付してドイツ語に翻訳したものであり、『英雄シッド』はスペインの有名な英雄叙事詩を、主としてフランス語訳を使用しながら最晩年のヘルダーが同じくドイツ語に翻訳したものである。男澤より前に和訳された作品が主として「オシアン論」に見られるように北方ヨーロッパに関するものであったのに対して、『愛のうた・英雄シッド』という作品は、『民謡集』におけるヘルダー自身の視野の拡大をそのまま反映していると考えられる。また近年の文献として次の二点を挙げておきたい。

阪井葉子「黎明期の民謡収集・研究とヘルダーの〈民〉の概念」（細川周平編『民謡からみた世界音楽——うたの地脈を探る——』ミネルヴァ書房、二〇一二年、二三—三五頁）。

吉田寛『民謡の発見と〈ドイツ〉の変貌』青弓社、二〇一三年。

以上のように日本のヘルダー研究においては『民謡集』を受容するための基盤は十分に準備されている。ただこれまでは、レクラム文庫版で四百頁に達する大作である『民謡集』の全訳に踏み切るまでの条件がなかなか整わなかったのではと推測される。そうした中で現在さまざまに議論されているように、翻訳を通じての動的な文学行為として世界文学を理解することが可能であれば、ヘルダーの『民謡集』もその名に値するであろうし、その翻訳にもいくらかの意義は認められるのではないかと思われる。解題を終えるにあたって、ヘルダーとの初めての出会いから六十年近く経た晩年のゲーテの言葉を引用しておきたい。

> 詩というものは、人類の共有財産であり、そして、詩はどんな国でも、いつの時代にも幾百もの人間の中に繰り返し生み出されるものなのだ。（……）世界文学の時代がやって来ている。その到来を促進させるために、今や誰もが力を尽くさなければならない。
>
> 『エッカーマンとの対話』一八二七年一月三十一日

あとがき

ヘルダーの魅力は何か、と問われたら、翻訳に対する情熱、と答えたい。もちろんその背景には彼の生きた時代の文学的状況がある。ラシーヌを生んだフランス語やシェイクスピアを育てた英語に比べ、母語であるドイツ語はまだ何と未成熟なことか。若きゲーテが詩人として新たなドイツ語の創造へと向かうのに対し、世界のあらゆる文学に関する膨大な知識を有するヘルダーは、その豊饒な世界を何とかドイツの詩壇に伝えようと生涯をかけて翻訳に打ち込む。その具体的な成果の一つが今回の『民謡集』である。翻って日本におけるヘルダー研究にとって重要なものは何か。たしかに『言語起源論』の複数の邦訳をはじめ、文学論や歴史哲学の主要な作品はそのほとんどに邦訳がある。しかし訳者にとって『民謡集』は翻訳者としてのヘルダーの面白さを凝縮させていると思われてならない。

『詩と真実』に描かれる若きゲーテとの出会いも重要であろう。しかしヘルダーの人生全体から見れば、この時期に出会うカロリーネ・フラックスラントこそが『民謡集』から『歌謡における諸民族の声』の刊行に至るまでの長い歩みを支えている。今回は紙幅の関係で詳述できなかったが、結婚前に交わされた二人の情熱的な往復書簡と、ヘルダーから送られてくる民謡の翻訳をカロリーネが自らの手で一篇ずつ綴じていった「銀の本」と呼ばれる民謡集は、その後の民謡編纂の基礎資料となっただけでなく、二人が築く人生そのものの伴走者となった。

かつてヘルダーの『民謡集』について、「バルト三国からケルト、エスキモーにいたる〈周縁〉の民謡まで淡々と目配りする多文化主義の視点の清新さ」を高く評価した故・坂部恵氏が特に強調する「ドイツ語韻文訳の闊達さ」(『みすず』一九九九年読書アンケート、五四頁)を再現することは今回の拙訳では遠い目標のまま終わってしまった。それでも、原典の内容を伝えるだけで精一杯の拙訳に温かい目を向けていただけるならば、訳者にとって望外の幸せである。

なお本訳書の刊行に際しては、平成三十年度日本学術振興会科学研究費補助金・研究成果公開促進費の助成(JP18HP5059)を受けた。また、出版にあたり、九州大学出版会の尾石理恵さんと奥野有希さんには多大なご尽力をいただいた。ここに厚くお礼を申し上げたい。

二〇一八年八月

嶋田洋一郎

歌の索引

配列は五十音順で邦題・原題の順に記述する。歌の掲載頁数と歌の番号を示す（例：*247*（1・3・10）は本文*247*頁、第一部第三巻第10番の歌、を意味する）。

ア行
愛 Liebe *247*（1・3・10）
愛する女性のもとへの旅 Die Fahrt zur Geliebten *436*（2・2・5）
相手にされなかった若者 Der verschmähete Jüngling *605*（2・3・12）
愛における自由 Freiheit in der Liebe *488*（2・2・21）
愛の苦しみに抗して Wider das Liebesschmachten *352*（2・1・9）
愛の谷 Das Thal der Liebe *327*（2・1・2）
愛の羽ばたき Der Flug der Liebe *59*（1・1・12）
愛の道 Weg der Liebe *369*（2・1・15）
愛へ急ぐ Eile zum Lieben *382*（2・1・19）
憧れ Sehnsucht *679*（補遺 7）
憧れの小唄 Liedchen der Sehnsucht *205*（1・2・24）
朝の歌 Morgengesang *136*（1・2・12）
アベナーマルの不幸な愛 Abenamar's unglückliche Liebe *79*（1・1・18）
編み物をする少女 Das strickende Mädchen *387*（2・1・21）
アムパナニ Ampanani *707*（補遺 14・6）
雨の女神に寄せて An die Regengöttin *545*（2・3・2）
アルカンソールとサイーダ Alkanzor und Zaida *33*（1・1・7）
或る農夫の葬送歌 Grablied eines Landmanns *226*（1・3・5）
アルハマ Aljama *591*（2・3・9）
或る捕虜の歌 Lied eines Gefangenen *673*（補遺 5）
アンガンテュルとヘルヴォルの魔法の対話 Zaubergespräch Angantyrs und Hervors *146*（1・2・15）
いくつかの格言 Einige Sprüche *689*（補遺 11）
いくつかの小唄 Einige Liederchen *354*（2・1・10）
いくつかの婚礼歌 Einige Hochzeitlieder *425*（2・2・1）
いくつかの魔法の歌 Einige Zauberlieder *137*（1・2・13）
田舎の歌 Landlied *462*（2・2・12）
ヴィルヘルムとマルグレート Wilhelm und Margreth *115*（1・2・7）
ヴィルヘルムの亡霊 Wilhelms Geist *644*（2・3・25）

ヴォルスパ Voluspa *529* (2・3・1)
歌の魔力 Die Zauberkraft der Lieder *551* (2・3・4)
美しい女通訳 Die schöne Dollmetscherin *512* (2・2・29)
美しいローゼムンデ Die schöne Rosemunde *10* (1・1・2)
海辺の少女 Das Mädchen am Ufer *69* (1・1・15)
ウルリヒとエンヒェン Ulrich und Aennchen *71* (1・1・16)
エストメア王 König Esthmer *185* (1・2・22)
エドワード Edward *558* (2・3・5)
王 Der König *704* (補遺 14・1)
王の怒り Der Zorn des Königs *709* (補遺 14・8)
王の息子の死を悼む歌 Todtenklage, um des Königs Sohn *705* (補遺 14・3)
おお、悲しい、おお、悲しい O weh, o weh *132* (1・2・10)
小川の歌 Das Lied vom Bache *407* (2・1・29)
男やもめ Der Hagestolze *665* (補遺 1)
踊りの歌 Tanzlied *346* (2・1・7)
踊りの中のアモル Amor im Tanz *349* (2・1・8)
音楽の魔力 Gewalt der Tonkunst *396* (2・1・25)
女予言者の墓 Das Grab der Prophetin *546* (2・3・3)

カ行

外套を着た子ども Der Knabe mit dem Mantel *206* (1・3・1)
ガスルとサイーダ Gazul und Zaida *176* (1・2・20)
ガスルとリンダラハ Gazul und Lindaraja *169* (1・2・19)
彼の恋人に An sein Mädchen *712* (補遺 15)
川辺の少女 Das Mädchen am Ufer *341* (2・1・5)
甘美な死 Süsser Tod *283* (1・3・22)
傷を負った子どもの話 Vom verwundeten Knaben *109* (1・2・5)
気の狂った少女の歌 Lied eines wahnsinnigen Mädchens *258* (1・3・16)
木の下の王 Der König unterm Baum *708* (補遺 14・7)
希望の歌 Das Lied der Hoffnung *398* (2・1・26)
客人を讃えて Lob des Gastfreundes *254* (1・3・14)
宮廷の歌 Lied vom Hofe *654* (2・3・28)
ギリシアの歌の断章 Fragmente Griechischer Lieder *439* (2・2・6)
銀の泉 Die Silberquelle *486* (2・2・20)
寓話の歌 Fabellied *490* (2・2・22)
苦難と希望 Noth und Hoffnung *634* (2・3・21)
グラナダの栄光 Die Herrlichkeit Granada's *75* (1・1・17)
比べられないもの Das Unvergleichbare *640* (2・3・23)

栗色の少女 Das nußbraune Mädchen *454* (2・2・11)
月桂冠 Der Lorbeerkranz *377* (2・1・18)
結婚の幸福 Glückseligkeit der Ehe *384* (2・1・20)
健康に寄せる歌 Lied an die Gesundheit *450* (2・2・10)
恋する男の決断 Der entschlossene Liebhaber *261* (1・3・17)
幸福と不幸 Glück und Unglück *478* (2・2・17)
幸福な男 Der Glückliche *256* (1・3・15)
獄中の歌 Lied im Gefängniß *631* (2・3・20)
心と眼 Herz und Auge *391* (2・1・23)
乞食の歌 Bettlerlied *623* (2・3・18)
こだま Die Echo *389* (2・1・22)
婚礼の歌 Hochzeitlieder *431* (2・2・3)
婚礼の歌 Hochzeitgesang *608* (2・3・13)

サ行
最初の出会い Die erste Bekanntschaft *203* (1・2・23)
サイーダからサイードへ Zaida an Zaid *48* (1・1・10)
サイーダの悲しい結婚式 Zaida's traurige Hochzeit *53* (1・1・11)
サイードからサイーダへ Zaid an Zaida *44* (1・1・9)
サイードとサイーダ Zaid und Zaida *40* (1・1・8)
ザクセンの王子誘拐 Der Sächsische Prinzenraub *270* (1・3・19)
ザンハルとニアング Zanhar und Niang *707* (補遺 14・5)
司祭の結婚のために Für die Priesterehe *628* (2・3・19)
死者の歌 Todtenlied *464* (2・2・13)
沈んだ婚約指輪 Der versunkne Brautring *27* (1・1・5)
シチリアの小唄 Ein sicilianisches Liedchen *671* (補遺 4)
嫉妬深い王 Der eifersüchtige König *401* (2・1・27)
嫉妬深い若者の歌 Das Lied vom eifersüchtigen Knaben *30* (1・1・6)
死の女神たち Die Todesgöttinen *562* (2・3・6)
修道院の歌 Klosterlied *394* (2・1・24)
自由の歌 Lied der Freiheit *251* (1・3・12)
少女とハシバミの木 Das Mädchen und und die Haselstaude *100* (1・2・1)
少女の別れ歌 Abschiedslied eines Mädchens *25* (1・1・4)
曙光の歌 Lied der Morgenröthe *329* (2・1・3)
死んだ花嫁を悼む Klage um eine gestorbene Braut *668* (補遺 2)
心配 Die Sorge *620* (2・3・17)
聖母マリアに An die Jungfrau Maria *670* (補遺 3)
セリンダハ Zelindaja *239* (1・3・9)

専制的支配者に対する農奴の訴え Klage über die Tyrannnen der Leibeigenen *428* (2･2･2)
戦争の歌 Lied vom Kriege *596* (2･3･10)
草原 Die Wiese *90* (1･1･22)

タ行

ダースラの弔いの歌 Darthula's Grabesgesang *466* (2･2･14)
戦いにおける朝の歌 Morgengesang im Kriege *165* (1･2･17)
戦いの歌 Schlachtlied *167* (1･2･18)
戦いの歌 Schlachtgesang *599* (2･3･11)
戦いの中の王 Der König im Krieg *705* (補遺 14･2)
ターラウのアンヒェン Annchen von Tharau *84* (1･1･20)
チェヴィーの狩 Die Chevy - Jagd *565* (2･3･7)
血染めの流れ Der blutige Strom *235* (1･3･8)
父を殺され錯乱するオフィーリアの歌 Opheliens verwirrter Gesang um ihren erschlagenen Vater *286* (1･3･23)
蝶の歌 Das Lied vom Schmetterlinge *642* (2･3･24)
デスデモーナの歌 Lied der Desdemona *681* (補遺 8)
デスデモーナの小唄 Liedchen der Desdemona *277* (1･3･21)
テューリンゲンの歌 Ein Thüringerlied *274* (1･3･20)
どうか、おお、その眼差しを向けておくれ Wend', o wende diesen Blick *135* (1･2･11)
ドゥスレとバベレ Dusle und Babele *130* (1･2･9)
当然の不幸 Billiges Unglück *618* (2･3･16)
遠く離れた女性 Die Entfernte *676* (補遺 6)
トナカイに寄せて Ans Rennthier *249* (1･3･11)
弔いの鐘 Die Todtenglocke *264* (1･3･18)
捕えられたアスビオルン・プルーデの歌 Lied des gefangenen Asbiorn Prude *228* (1･3･6)

ナ行

ナイチンゲールの争い Wettstreit der Nachtigal *360* (2･1･13)
嘆く漁師 Der klagende Fischer *481* (2･2･18)
庭を失う少女の歌 Lied des Mädchens um ihren Garten *102* (1･2･2)
人間の幸福についての嘆きの歌 Klaglied über Menschenglückseligkeit *375* (2･1･17)
願い Wunsch *253* (1･3･13)
野なかのバラ Röschen auf der Heide *492* (2･2･23)

ハ行

ハインリヒとカトリーネ Heinrich und Kathrine *65* (1・1・14)
伯爵夫人リンダ Die Gräfin Linda *332* (2・1・4)
白人を信じるな Trauet den Weißen nicht *706* (補遺 14・4)
ハーコン王の死の歌 König Hako's Todesgesang *156* (1・2・16)
ハッサン・アガの高貴な夫人の嘆きの歌 Klaggesang von der edlen Frauen des Asan-Aga *292* (1・3・24)
花に寄せて An eine Blume *356* (2・1・11)
花嫁の歌 Brautlied *433* (2・1・4)
花嫁の踊り Der Brauttanz *652* (2・3・27)
花嫁の花冠 Der Brautkranz *182* (1・2・21)
花嫁の飾り Der Brautschmuck *615* (2・3・15)
バルトーの息子 Baltho's Sohn *683* (補遺 9)
春の争い Wettstreit des Frühlings *358* (2・1・12)
春の歌 Frühlingslied *445* (2・2・8)
春の歌 Frühlingslied *656* (2・3・29)
春の宮殿 Pallast des Frühlings *636* (2・3・22)
一つの格言 Ein Spruch *686* (補遺 10)
非情な母 Die unmenschliche Mutter *710* (補遺 14・9)
氷上の踊り Der Eistanz *649* (2・3・26)
雹まじりの嵐 Das Hagelwetter *233* (1・3・7)
ファルケンシュタインの領主の歌 Das Lied vom Herrn von Falkenstein *219* (1・3・2)
フィランの幻影とフィンガルの盾の響き Fillans Erscheinung und Fingals Schild-klang *468* (2・2・15)
不幸な母の子守唄 Wiegenlied einer unglücklichen Mutter *61* (1・1・13)
不幸な日々 Unglückliche Tage *710* (補遺 14・10)
不幸な柳の木 Der unglückliche Weidenbaum *107* (1・2・4)
ぶどう酒礼賛 Lob des Weins *343* (2・1・6)
船出する新郎新婦 Das schiffende Brautpaar *612* (2・3・14)
船乗り Der Schiffer *81* (1・1・19)
フランスの古いソネット Ein Altfranzösisches Sonett *367* (2・1・14)
北方の魔術 Nordlands Künste *496* (2・2・25)

マ行

魔王の娘 Erlkönigstochter *501* (2・2・27)
マダガスカル人の歌 Lieder der Madagasker *704* (補遺 14)
マレーの殺害 Murray's Ermordung *405* (2・1・28)
短い春 Der kurze Frühling *484* (2・2・19)

水の精 Der Wassermann　*498*（2・2・26）
三つの問い Die drei Fragen　*87*（1・1・21）
ミロス・コビリッチとヴーク・ブランコヴィッチの歌 Ein Gesang von Milos Cobilich und Vuko Brankowich　*121*（1・2・8）
昔の歌の思い出 Erinnerung des Gesanges der Vorzeit　*476*（2・2・16）
森の歌 Waldlied　*224*（1・3・4）
森の合唱 Waldgesang　*222*（1・3・3）

ヤ行

山から来た馬 Das Roß aus dem Berge　*696*（補遺 13）
病んだ花嫁 Die kranke Braut　*23*（1・1・3）
唯一の愛すべき魅力 Der einzige Liebreiz　*494*（2・2・24）
友情の歌 Lied der Freundschaft　*373*（2・1・16）
夕べの歌 Abendlied　*413*（2・1・30）
夕べの歌 Abendlied　*659*（2・3・30）
ユダヤ人の娘 Die Judentochter　*111*（1・2・6）
陽気な結婚式 Die lustige Hochzeit　*97*（1・1・24）
妖精の丘 Elvershöh　*142*（1・2・14）

ラ行

ラトヴィアの歌の断章 Fragmente Lettischer Lieder　*442*（2・2・7）
ラドスラウス Radoslaus　*505*（2・2・28）
漁師の歌 Das Lied vom Fischer　*324*（2・1・1）
領主の石 Der Fürstenstein　*692*（補遺 12）
領主の食卓 Die Fürstentafel　*518*（2・2・30）
ルートヴィヒ王 König Ludwig　*583*（2・3・8）
レースヒェンとコリン Röschen und Kolin　*92*（1・1・23）
牢獄でのエリザベスの悲しみ Elisabeths Trauer im Gefängniß　*447*（2・2・9）

ワ行

若い騎士の歌 Lied des jungen Reuters　*104*（1・2・3）
若い伯爵の歌 Das Lied vom jungen Grafen　7（1・1・1）

人名索引

1 本文および訳注で言及される人物に限る。なお本文で作品名しか記載されていない場合は作者名の項に記載する（例:『拾遺集』→「パーシー」、『グラナダの内戦』→「イータ」など）。

2 配列は五十音順で人名・原綴・生没年の順に記述する。言及がある本文の頁数と歌の番号を示し、訳注でさらに説明される場合にはその後に訳注番号を示す（例:「エックハルト Eckhart, Johannes Georg von (1664–1730)　*97* (1·1·24) (59)」は、本文 *97* 頁、第一部第一巻第 24 番の歌、訳注 59 を意味する）。また訳注においてのみ言及される場合は、歌の番号等と訳注番号で示す（例:「ハーマン Hamann, Johann Georg (1730–88)　(1·1·3) (8)」は、第一部第一巻第 3 番の歌の訳注 8 を意味する）。

3 歌以外の部分、すなわち第一部冒頭の「民謡に関する証言」は(1·証言)、第一部末尾は (1·3·終わりに)、第二部冒頭の「序言」は (2·序言)、第二部第二巻冒頭の「以下のいくつかの歌についての情報」は (2·2·情報)、第二部第三巻前書きは (2·3·前書き) と略記する。

4 書名・作品名は『民謡集』と関連するものを中心とし、邦訳名・原題（イタリック）・出版地・出版年の順に記述するが、出版地等が不明のものはこれを省く。[ド] はドイツ語訳を示す。本文中での邦訳表記は原則としてヘルダーによる表記に従う。なお、シェイクスピアについては個々の作品名の後に頁数、歌の番号、訳注番号を記す。

5『民謡集』編纂に際してヘルダーが原典あるいは参考文献として利用したと思われる多数の蔵書を記載した『ヘルダー蔵書目録』(*Bibliotheca Herderiana*. Fotomechanischer Neudruck der Originalausgabe 1804. Leipzig 1980) は [BH] と記し、それぞれの番号を付す。なお、これら蔵書の詳しい書誌情報については『ヘルダー書簡全集』第 10 巻・索引 (Johann Gottfried Herder: *Briefe. Gesamtausgabe 1763–1803*. Bd. 10. Register. Bearbeitet von Günter Arnold, 2te. revidierte Ausgabe, Weimar 2001) を参照。

ア行

アイスキュロス Aeschylus (525–456 B.C.)　*306* (2·序言)
アグリコラ Agricola, Johann (1494–1566)　*5* (1·証言) (18)
　ドイツの箴言 *Drey hundert Gemeyner Sprichwortter, der wir Deutschen uns gebrauchen und doch nicht wissen worher sie kommen* (Hagenau 1529)
アディソン Addison, Joseph (1672–1719)　*3, 4* (1·証言) (7), (2·3·7) (73)
　スペクテーター *The Spectator* (1711–14)

アテナイオス Athenaios（200 頃） *251*（1･3･12）（18），（1･3･13）（25），*254*（1･3･14）
饗宴 *Deipnosophistai*（200 頃）［BH 1601］
アリオスト Ariosto, Lodovico（1474–1553） *317*（2･序言）（80）
狂えるオルランド *Orlando furioso*（1516）［BH 7047–52］
アリストテレス Aristoteles（384–322 B.C.） *254*（1･3･14），*305*（2･序言）（6）
詩学 *Poetik*［BH 1646］
アルトリウス Artorius, Lucius（200 頃） *299*（1･3･終わりに）
アルビヌス Albinus, Petrus（1543–98） *322*（2･序言）（98）
マイセンの山岳年代記 *Maißnische Land-und Berg-Chronika*（Dresden 1589）
アルベルス Alberus, Erasmus（1500–53） *311*（2･序言）（43）
新たな賛美の歌 *Ein new Te deum laudamus*（1541）
ドイツ語訳イソップ寓話 *Etliche fable Esopi verdeutscht*（Hagenau 1534）
アルベルト Albert, Heinrich（1603–51） *84*（1･1･20）（51），（2･序言）（107），*343*（2･1･6），*349*（2･1･8）（15），*358*（2･1･12）（22），*373*（2･1･16），*488*（2･2･21），*652*（2･3･27）（138）
アリア集 *Arien mit Musik*（1657）［BH5218］
音楽の南瓜小屋 *Musikalische Kürbs-Hütte*（1641）［BH5033］
宗教的・世俗的なアリアあるいは旋律集 *Arien oder Melodeyen Etlicher theils Geistlicher/ theils Weltlicher Lieder*（Königsberg 1638–50）［BH5033］
アントン Anton, Karl Gottlob von（1751–1818） *313*（2･序言）（58）
古代ドイツ史論考 *Beiträge zur alten deutschen Geschichte*（1776–78）
アンノ Anno（1075 没） *307*（2･序言）（18）（95）
アンリ四世 Heinrich IV（1594–1610） *329*（2･1･3）（3）
イータ Hita, Ginéz Pérez de（1544–1619） （1･1･7）（19），*40*（1･1･8）（22）（23）（24），*44*（1･1･9），*48*（1･1･10），*53*（1･1･11），*75*（1･1･17），*79*（1･1･18），*169*（1･2･19），*176*（1･2･20），*182*（1･2･21），*235*（1･3･8），*239*（1･3･9），*591*（2･3･9）（91）
グラナダの内戦 *Historia de los vandos de los Zegíes y Abençerrages Cavalleros Moros de Granada, de la Civiles guerras.*（Saragossa 1595）
イノセンティウス三世 Innozenz III（1198–1216） *629*（2･3･19）（122）
ウィザー Wither, George（1588–1667） *261*（1･3･17）（34）
愛らしいアレテの女主人 *The Mistress of Philarete*（1622）
ヴィシュマン Wischmann, Johann（1734 没） *422*（2･2･情報）（14）
ドイツ的でないオーピッツ、あるいはラトヴィア文芸への簡単な便覧 *Der Undeutsche Opitz: oder kurze Anleitung zur lettischen Dichtkunst*（Riga 1697）
ヴィーラント Wieland, Christoph Martin（1733–1813） （1･2･8）（36），（2･序言）（68）

ヴェーガ Vega, Garcilasso di (1539–1616) *545* (2・3・2) (42), (補遺 15) (21)
ペルーの歴史 *Histoira General del Perù (Commentarios Reales de los Incas)*
ヴェーバー Weber, Friedrich Christian (生没年未詳) *416* (2・2・情報) (1)
変化したロシア *Das veränderte Rußland* (Frankfurt 1725) [BH3015]
ヴェルテス Werthes, Friedrich August Clemens (1748–1817) (1・3・24) (67)
モルラック人の習俗。イタリア語からの翻訳 *Die Sitten der Morlacken aus dem Italienischen übersetzt* (Bern 1775)
ヴェレリウス Verelius, Olof (1618–82) (1・2・15) (43)
ヘルヴォルのサガ *Hervarer Saga og HeiÞreks konungs* (Upsala 1672)
ウォットン Wotton, Henry (1567–1639) (1・3・15) (30), (2・3・23) (131)
ウォットン拾遺集 *Reliquae Wottoniae* (1651)
ウォールトン Warton, Thomas (1728–90) *4* (1・証言) (14)
ヴォルフスハーゲン Wolfshagen, Tilemann Ehlen von (1348–1420) *309* (2・序言) (28), *394* (2・1・24) (45), *527* (2・3・前書き) (1)
リンブルク年代記 *Limburger Chronik* (1349)
ウッド Wood, Robert (1716–71) (2・序言) (5)
ホメロスの独創的な天分について *On the original genius of Homer* (1769) [BH 1731] [ド] *Versuch über das Originalgenie des Homer* (Frankfurt 1773) [BH 1732]
ウルジヌス Ursinus (=August Friedrich Beer) (1754–1805) (1・1・7) (18), *65* (1・1・14) (34), *69* (1・1・15), (1・1・23) (56), (1・3・17) (35)
古英語と古スコットランド語文芸のバラッドと歌 *Balladen und Lieder altenglischer und altschottischer Dichtart* (Hamburg 1777)
ヴルピウス Vulpius, Johannes (1645–1714) (1・3・19) (41)
ザクセン選帝侯王子の誘拐 *Plagium Kauffungenese, Das ist; Der Chur-Fürstl. Sächß. Printzen Durch Conrad (Curt/ Cuntz) von Kauffung geschehene Entführung* (Weißenfels 1704)
エアハルト Erhard, Johannes (1647–1718) *360* (2・1・13) (23)
パルナッソス山のバラ園あるいは詞華集 *Rosetum Parnassium Fonte Castatio rigatum sive Poemata varia* (Stuttgart 1674)
エイキン Aikin, John (1747–1822) *258* (1・3・16) (32)
作歌論 *Essais on Song Writing, with a collection of such English Songs* (London 1774) [BH 6690]
エックハルト Eckhart, Johannes Georg von (1664–1730) *97* (1・1・24) (59), *308*, *321* (2・序言) (19) (92)
ゲルマン語の語源の歴史的研究 *Historia studii etymologici linguae Germanicae hactenus impensi* (Hannover 1771)
東フランク王国の歴史への注釈 *Commentarii de rebus Franciae orientalis*

（Würzburg 1721）
エッシェンブルク Eschenburg, Johann Joachim（1743–1820） （1・1・23）（56），（1・3・17）（35），*313*（2・序言）
古代ドイツ文学論考 *Beiträge zur alten deutschen Litteratur*（1776）
エルスト Aelst, Paul von der（生没年未詳） *205*（1・2・24）（80），（1・3・10）（15），*490*（2・2・22）（62），（2・2・23）（63）
美しく世俗的で貞節なドイツの歌と韻律の精華の見本 *Blumen und Außbund Allerhandt Außerlesener Weltlicher, Züchtiger Lieder und Rheymen*（Deventer 1602）
オットフリート Otfried, von Weißenburg（800–870） *307*（2・序言）（17）
福音書 *Evangelienbuch*（871）
オーピッツ Opitz, Martin（1597–1639） *308*, *317*, *321*（2・序言）（18）（76）（95），*382*（2・1・19）（37），*424*, *429*（2・2・情報）（14），*488*, *489*（2・2・21）
アンノの歌 *Incerti poetae rhythmus de Sancto Annone*（Danzig 1639）
世俗的詩作品 *Weltliche Poemata*（Breslau 1690）
ドイツ詩作品 *Teutsche Poemata*（Straßburg 1624）［BH 5065］

カ行

カトゥルス Catullus, Gaius Valerius（84–54 B.C.） *299*（1・3・終わりに）（74）*307*（2・序言）（13）（14），*608*（2・3・13）（104）
歌謡 *Carmina* ［ド］*Katullische Gedichte*（Berlin 1774）［BH 5384］
カムデン Camden, William（1551–1623） *391*（2・1・23）（42），*628*（2・3・19）
ブリテンに関する遺跡 *Remains concerning Britaine*（London 1605）
カリュー Carew, Thomas（1589–1639） *486*（2・2・20）（61）
詩集 *Poems*（London 1640）
キアブレラ Chiabrera, Gabriello（1552–1637） *656*（2・3・29）（140）
キース Keith, George（1685–1778） *5*（1・証言）（21）
キノー Quinault, Philippe（1635–88） *354*（2・1・10）（19）
ギャリック Garrick, David（1717–79） *4*（1・証言）（15）
グーツレフ Gutsleff, Eberhard（1749没） *424*（2・2・情報）（18）
エストニア語文法 *Kurzgefaßte Anweisung zur Esthnischen Sprache*（Halle 1732）
クーパー Cooper, John Gilbert（1723–69） *384*（2・1・20）（39）
趣味に関する書簡 *Letters on Taste*（London 1754）
クライズィヒ Kreysig, Georg Christian（1697–1758） *309*, *322*（2・序言）（32）
古文書補遺 *Diplomatische Nachlese*
クライスト Kleist, Ewald von（1697–1758） *436*（2・2・5）（27）
新詩集 *Neue Gedichte*（Berlin 1758）

春の著者による詩 *Gedichte vom Verfasser des Frühlings* (Berlin 1756)
グライム Gleim, Johann Wilhelm Ludwig (1719–1803) (2・1・30) (56), (2・3・11) (100)
戦争の歌 *Kriegslieder* (1758)
クラウディウス Claudius, Matthias (1740–1815) (1・証言) (27), (2・序言) (1) (86), *659* (2・3・30)
ヴァンズベックの使徒たち *Wandsbecker Boten* (1770–75)
グラファイ Glafey, Adam Friedrich (1692–1753) *309* (2・序言) (25)
ザクセンの歴史提要 *Kern der Geschichte des Chur-und Fürstlichen Hauses Sachsen-Altenburg* (Nürnberg 1568)
クランツ Cranz, David (1723–77) *423* (2・2・情報) (17), *464* (2・2・13)
グリーンランドの歴史 *Historie von Grönland* (Barby und Leipzig 1765)
グルック Gluck, Christoph Willibald von (1744–87) *5* (1・証言) (19)
クロイツフェルト Kreutzfeld, Johann Gottlieb (1745–84) (1・1・3) (8), (1・1・4) (9), (1・1・5) (11) (12), (1・2・2) (5)
プロイセン詩華集 *Preußische Blumenlese* (Königsberg 1775)
クロネク Cronegk, Johann Friedrich Freiherr von (1731–58) *317* (2・序言) (77)
著作集 *Schriften* (Ansbach 1773)
クロプシュトック Klopstock, Margareta (geb. Moller) (1728–58) (1・1・5) (13), (補遺 10) (13)
ゲオルギ Georgi, Johann Gottlob (1738–1802) *436* (2・2・5) (29)
ロシア帝国のすべての民族の記述 *Beschreibung aller Nationen des Russischen Reichs* (Petersburg 1776)
ケストナー Kästner, Abraham Gotthelf (1719–1800) *317* (2・序言) (78)
雑録集 *Vermischte Schriften* (Altenburg 1772)
ゲーテ Goethe, Johann Wolfgang von (1749–1832) (1・1・1) (1), (1・1・3) (8), (1・1・6) (15), (1・1・16) (35), (1・1・20) (51), (1・1・21) (53), (1・2・7) (11), (1・2・14) (38), (1・2・18) (67), (1・3・2) (5), (1・3・24) (67) (68), (2・序言) (1) (11) (39) (49) (85), *324* (2・1・1) (1), (2・1・15) (29), (2・2・13) (45), (2・2・23) (63), (2・2・26) (67), (2・2・27) (69), (2・3・1) (6), (2・3・5) (63)
ゲルステンベルク Gerstenberg, Heinrich Wilhelm von (1737–1823) *6* (1・証言) (26), *142* (1・2・14) (39), (1・2・15) (41), (2・2・4) (26)
スカルドの詩 *Gedichte eines Skalden* (1766)
注目作品に関する書簡 *Briefe über Merkwürdigkeiten der Literatur* (Schleswig und Leipzig 1766) [BH 5641]
ヒポコンドリスト *Hypochondrist* (Bremen und Schleswig 1771)
ケルヒ Kelch, Christian (1657–1710) *416* (2・2・情報) (2)
リーフラントの歴史 *Liefländische Historia* (Frankfurt und Leipzig 1695)

コリンズ Collins, J. W.（1720–56） （1・1・7）（18）
東洋の牧歌 *Orientalische Eclogen*（Zürich 1770）
コレッジオ Correggio, Antonio Allegri（1494–1534） *10*（1・1・2）（5）
ゴンゴラ Gongola, Luis de（1561–1627） *478*（2・2・17）（55）, *481*（2・2・18）, *484*（2・2・19）（58）, *612*（2・3・14）, *636*（2・3・22）（129）
作品集 *Obras*（Brüssel 1659）

サ行
ザイボルト Seybold, David Christoph（1747–1804） *313*（2・序言）（59）
プファルツ民謡論考 *Ein Beitrag zu Volksliedern aus der Pfalz*
サガール Sagard, Theodat（生没年未詳） *436*（2・2・5）（31）
ヒューロン地方への大旅行記 *Le grand voyage du pays des Hurons*（Paris 1632）
サッフォー Sappho（600 B.C. 頃） *439*（2・2・6）（33）
シェイクスピア Shakespeare, William （1564–1616） （1・3・22） （56） （57）, （1・3・23）（61）, *316*（2・序言）（66）（68）（70）
作品集 *The Works of Shakespear by Pope and Warburton*, 8 Vols.（London 1747）［BH 6655–62］
作品集 *The Works of Shakespeare in eigt voll. By Mr. Theobald*（London 1767）［BH 6701–8］
嵐 *The Tempest*（1611） *137*（1・2・13）（36）
ヴェニスの商人 *The Merchant of Venice*（1596） *300*（1・3・終わりに）（75）
お気に召すまま *As You Like It*（1599） *222*（1・3・3）, *224*（1・3・4）
オセロー *Othello*（1604） *30*（1・1・6）, *277*（1・3・21）, *681*（補遺 7）（11）
尺には尺を *Measure for Measure*（1604） *135*（1・2・11）（33）
十二夜 *Twelfth Night*（1601） *283*（1・3・22）（55）
シンベリーン *Cymbeline*（1609） *136*（1・2・12）, *226*（1・3・5）
ハムレット *Hamlet*（1600） *1*（1・証言）（1）, *286*（1・3・23）
ヘンリー四世 *Henry IV*（1596） *299*（1・3・終わりに）
ロミオとジュリエット （1・1・7）（21）
ジェイムズ五世 James V（1513–42） *623*（2・3・18）（116）
シェットゲン Schöttgen, Christian（1687–1751） *309*, *322*（2・序言）（31）
オーバーザクセンの歴史の古文書に関する興味深い拾遺集 *Diplomatische und curieuse Nachlese der Historie von Obersachsen*（Altenburg 1733）
シェッファー Scheffer, Johannes（1621–79） *249*（1・3・11）（17）, *424*（2・2・情報）, *436*（2・2・5）（28）
ラポニア *Lapponia, id est Regionis Lapponum et gentis nova et verissima descriptio*（Frankfurt 1673）

シェンストン Shenstone, William (1714–63) *4* (1・証言) (13), *447* (2・2・9)
シドニー Sidney, Sir Philip (1554–86) *3* (1・証言) (6)
詩の擁護 *Verteidigung der Poesie* (1595)
シャーメル Schamel, Johann Martin (1668–1742) *322* (2・序言) (97)
ナウムブルク市郊外のザンクト・ゲオルゲンの修道院の記述 *Historische Beschreibung von dem ehemals berühmten Benedictiner-Kloster zu St. Georgen vor der Stadt Naumburg* (Naumburg 1728)
シュヴァーベ Schwabe, Johann Joachim (1714–84) (2・3・2) (42)
万国旅行誌 *Allgemeine Historie der Reisen zu Wasser und zu Lande oder: Sammlung aller Reisebeschreibungen* (Leipzig 1747–74)
シュテラー Steller, Georg Wilhelm (1709–46) *668* (補遺 2) (3)
カムチャッカに関する記述 *Beschreibung von dem Lande Kamtschatka* (Frankfurt und Leipzig 1774)
シュパンゲンベルク Spangenberg, Cyriacus (1528–1604) *274* (1・3・20) (47), *309* (2・序言) (23)
ヘンネベルク年代記 *Hennebergische Chronik* (Straßburg 1599)
マンスフェルト年代記 *Mansfeldische Chronica* (Eisleben 1572)
ジョンソン Jonson, Ben (1572/73–1637) (2・2・24) (64)
エピコエーネ、あるいは寡黙な婦人 *Epicoene, or the Silent Woman* (1605)
ジョンソン Johnson, Samuel (1709–84) *4* (1・証言) (15) (16)
シルター Schilter, Johannes (1632–1705) *321* (2・序言) (93), *583* (2・3・8) (88)
古代ドイツ語辞典 *Thesaurus antiquitatum Teutonicarum* (1726–28) [BH 5019–21]
スカンディアーノ →ボイアルド
スノッリ・ストゥルルソン Sturluson, Snorri (1178–1241) *156* (1・2・16) (51), *544* (2・3・1) (41)
ヘイムスクリングラ *Heimskringla* (1230 頃)
セダノ Sedano, Don José Lopez de (1729–1801) *389* (2・1・22) (41)
スペインの文芸界 *Parnaso Español*o (Madrid 1776)
ゼッケンドルフ Seckendorf, Frh. Friedrich Sigismund von (1744–85) *324* (2・1・1) (1), (2・1・30) (56)
民謡および他の歌、フォルテピアノの伴奏付 *Volks-und andere Lieder, mit Begleitung des Fortepianos* (Weimar 1779)
セドレイ Sedley, Charles (1639–1701) (2・1・21) (40)
セルデン Selden, John (1584–1654) *4* (1・証言) (11)
卓上談 *Table-Talk* (London 1689)
ゼンケンベルク Senckenberg, Heinrich Christian von (1704–68) *322* (2・序言) (96)

法および歴史選 *Selecta Juris et Historiarum* (Frankfurt a. M. 1734–42)
ソフォクレス Sophokles (496–406 B.C.) *306* (2・序言)

タ行

タッソー Tasso, Torquato (1544–95) (2・2・24) (64)
ダッハ Dach, Simon (1605–59) *84* (1・1・20), (2・序言) (107), *343* (2・1・6) (8), *358* (2・1・12) (22), *373* (2・1・16), *652* (2・3・27) (138)
ダーフィー d'Urfey, Thomas (1723 没) *87* (1・1・21) (53), *90* (1・1・22), *327* (2・1・2) (2), *352* (2・1・9) (16), *369* (2・1・15), *387* (2・1・21), *462* (2・2・12)
憂鬱を晴らすための機知、笑い、あるいは丸薬 *Witz und Scherz, oder Pillen, die Melancholie abzuführen* (London 1712)
ダンテ Dante Alighieri (1265–1321) *317* (2・序言)
ダンバー Dunbar, William (1460–1517/20 頃) (2・3・16) (114)
ツァハリア Zachariae, Justus Friedrich Wilhelm (1726–77) *313* (2・序言) (55)
オーピッツから現代までの最高のドイツ人詩人の精選作品集 *Auserlesene Stücke der besten deutschen Dichter von Opitz bis auf die gegenwärtige Zeiten* (Braunschweig 1766 und 1771)
ティッケル Tickell, Thomas (1680–1740) *92* (1・1・23) (55)
ティボー Thibaut (1201–53) *367* (2・1・14) (28)
テルナー Törner, Johan (1712–90) *436* (2・2・5) (30)
フィンランド人の起源と宗教に関する歴史的詳述 *Geschitliche Erörterung über Ursprung und Religion der Finnen* (Upsala 1728)
ドズリー Dodsley, Robert (1703–64) *341* (2・1・5) (7), *384* (2・1・20), *447* (2・2・9), *450* (2・2・10)
複数の手になる六巻本詩選集 *Collection of Poems in 6 vol. By several hands* (London 1763) [BH 6694–99]
ドーセット Dorset (1638–1706) *3* (1・証言) (8)
ド・パルニュ de Parny, Évarsite (1753–1814) (補遺 14) (20)
マダガスカル人の歌 *Channsons madécasses* (Paris 1787)
ドライデン Dryden, John (1631–1700) *3* (1・証言) (10)
トリラー Triller, Daniel Wilhelm (1695–1782) *270* (1・3・19) (42), *322* (2・序言)
ザクセンの王子誘拐 *Der sächsische Prinzenraub* (Frankfurt a. M. 1743)
ド・ルス Lusse, Charles de (1720–74) *329* (2・1・3) (3), *332* (2・1・4)
可憐で滑稽な歴史恋愛詩集 *Recueil des Romances historique, tenders et burlesques* (Paris 1767)

ナ行

ニコライ Nicolai, Friedrich (1733–1811) (1・証言) (2), *137* (1・2・13) (36),

(2・序言) (1) (39) (53) (62) (63) (69) (71) (85) (88), (2・3・終わりに) (147)
一般ドイツ叢書 *Allgemeine deutsche Bibliothek* (1765–1806)
美しく本物で愛すべき民謡に満ちた繊細な小さい年鑑 *Eyn feyner kleyner Almanach vol schönerr echterr lieblicherr Volckslieder* (Berlin und Stettin 1777/78)
文芸および自由学芸叢書 *Bibliothek der schönen Wissenschaften und der freyen Künste* (Leipzig 1757–65) [BH5545–47]
ノーズ Nauze, Louis Jouard de la (1696–1773) *251* (1・3・12) (21), *254* (1・3・14)

ハ行

ハイム Heim, Johannes (1734–1832) *322* (2・序言) (23)
ヘンネベルク年代記 *Hennebergische Chronik* (Meiningen 1766)
パウリーニ Paullini, Christian (1643–1712) *322* (2・序言) (100)
哲学的休息時間 *Philosophischer Feierabend*
ハーゲク Hagek, Wenceslaus (1552 没) *518* (2・2・30) (75) (76), (補遺 13) (16)
ボヘミア年代記 *Annales Bohemorem e bohemica editione latine redditi et notis illustrati a P. Victorino a S. Cruce e scholis piis* (Pragae 1763)
ハーゲドルン Hagedorn, Friedrich von (1708–54) *251* (1・3・12) (20) (21)
詩集 *Poetische Werke* (Hamburg 1757)
パーシー Percy, Thomas (1728–1811) *4* (1・証言) (6) (13), *10* (1・1・2) (3) (4), *33* (1・1・7) (16), (1・1・8) (22) (23), (1・1・13) (33), (1・1・16) (35), *81* (1・1・19) (45) (46), *92* (1・1・23) (55), *111* (1・2・6) (10), *115* (1・2・7), (1・2・8) (16), *132* (1・2・10) (30), (1・2・11) (33), *167* (1・2・18), *185* (1・2・22) (78), *206* (1・3・1) (1), *235* (1・3・8) (11), *256* (1・3・15) (30), *261* (1・3・17) (34), *264* (1・3・18) (39), *286* (1・3・23) (61), *298* (1・3・終わりに) (73), *315* (2・序言) (65) (73), *369* (2・1・15) (29), *384* (2・1・20) (38), *396* (2・1・25) (47), *401* (2・1・27) (51), *405* (2・1・28) (53), *454* (2・2・11) (43), (2・2・24) (64), *558* (2・3・5) (63), *565* (2・3・7) (71) (72) (74), *623* (2・3・18) (116), *631* (2・3・20) (125), *640* (2・3・23) (131), *644* (2・3・25) (135)
古英詩拾遺集 *Reliques of Ancient English Poetry* (London 1765)
同書第二版 (London 1767) [BH 6726–28]
バーニー Burney, Carl (1726–1814) *5* (1・証言) (20)
音楽教師の旅日記 *Carl Burney's der Musik Doctors Tabebuch einer Musikalischen Reise durch Frankreich und Italien* (Hamburg 1772) [BH 5516]
ハーマン Hamann, Johann Georg (1730–88) (1・1・3) (8), *27* (1・1・5), (1・3・16) (32), (2・序言) (68)
文献学者の十字軍 *Kreuzzüge eines Philologen* (1762)

ハルダー Harder, Johann Jakob (1734–75) (2・2・情報) (6)
古代ラトヴィア人の礼拝、学問、仕事、統治様式、習俗および言語の研究 *Untersuchung des Gottesdienstes, der Wissenschaften, Handwerke, Regierungsarten und Sitten der alten Letten, und ihrer Sprache* (Riga 1764)
バルデ Balde, Jakob (1604–68) *360* (2・1・13) (24)
詩歌集 *Poemata* (1660) [BH 2496–98]
バルトリン Bartholin, Thomas (1659–90) *156* (1・2・16) (49), *165* (1・2・17), *228* (1・3・6), *233* (1・3・7), *546* (2・3・3) (45), *562* (2・3・6) (64), *605* (2・3・12) (101)
古代デンマーク人の習俗 *Antiquitatum Danicarum et de causis comtemtae a Danis ad huc gentilibus mortis libri tres* (Kopenhagen 1689)
ヒッケス Hickes, George (1642–1715) *146* (1・2・15) (42)
古代北方言語文法辞典 *Linguarum veterum septentrionalium Thesaurus grammatico-criticus et archaelogicus* (Oxford 1705)
ヒッペル Hippel, Theodor Gottlieb von (1741–96) *422* (2・2・情報) (12)
上昇線を描く生涯 *Lebensläufe nach aufsteigender Linie* (Berlin 1779) [BH 5417–19]
ピープス Pepys, Samuel (1633–1703) *4* (1・証言) (12)
ビュリーニュ Burigny, Jean Lévesque de (1692–1785) (補遺 9) (12)
異端神学 *Théolgie Payenne* (Paris 1754)
ヒルシャー Hilscher, Paul Christian (1666–1730) *322* (2・序言) (101) (102)
謝肉祭および復活祭の時期に引き裂かれた迷信のために *Wegen des zur Fasten-und Osterzeit eingerissenen Aberglaubens* (Dresden 1708)
主の喜びによって *De Dominica Laetare* (1690)
ヒル・ポーロ Gil Polo, Gaspar (1535–91) *317* (2・序言) (76), *389* (2・1・22)
恋するディアナ *La Diana enamorda* (Madrid 1564)
ピンダロス Pindar (522–446 B.C.) *27* (1・1・5) (13), *307* (2・序言) (11) (12), (2・1・2) (2), (2・3・29) (140)
ファルケンシュタイン Falkenstein, Johann Heinrich von (1682–1760) *309* (2・序言) (27)
エアフルト市の歴史 *Civitas Erffurtensis Historia* (Erfurt 1739)
フィッシャルト Fischart, Johann (1546–90 頃) *314* (2・序言) (60) (61)
話の寄せ集め (ラブレーによる) *Geschichtklitterung* (1575)
フェーゲリン Vögelin, Gotthard (1598–1622) *528* (2・3・前書き) (4)
フェヌロン Fénelon, François de (1615–1715) *354* (2・1・10) (18)
フォス Voß, Johann Heinrich (1751–1826) (1・証言) (27), (2・1・24) (44), (2・3・30) (143)
文芸年鑑 *Musenalmanach* (1779)

フォルテグエリ Fortiquerri, Nicolò (1674–1735) *620* (2・3・17) (115)
優れた詩人の誠実な詩文 *Rime oneste de'miglori poeti* (Bergamo 1750)
フォルティス Fortis, Alberto (1741–1803) *121* (1・2・8) (17) (18), *292* (1・3・24) (67), (2・2・28) (70), *512* (2・2・29)
ダルマチア旅行記 *Viaggio in Dalmazia* (Venedig 1774)
モルラックの習俗 [ド] *Die Sitten der Morlacken aus dem Italiänischen übersetzt* (Bern 1775) [BH 3925]
プフェッファーコルン Pfefferkorn, Moritz (1646–1732) *309, 322* (2・序言) (29)
有名な方伯領テューリンゲンの注目すべき精選された歴史 *Merkwürdige und Auserlesene Geschichte von der berümten Landgrafschaft Thüringen* (Frankfurt und Gotha 1684)
ブーフホルツ Buchholz, Samuel (1717–74) *310* (2・序言) (35)
クーアマルク・ブランデンブルクの歴史試論 *Versuch einer Geschichte der Churmarck Brandenburg* (Berlin 1765)
フーペル Hupel, August Wilhelm (1737–1819) *418, 419* (2・2・情報) (5), (2・2・1) (19), (2・3・10) (98), (補遺 1) (1)
リーフラントおよびエストニアの地誌学的報告 *Topographische Nachrichten von Lief-und Esthland* (Riga 1777) [BH 3963–65]
プライアー Prior, Matthew (1664–1721) *375* (2・1・17) (32), *454* (2・2・11)
さまざまな機会における詩 *Poems on several occasions* (London 1733) [BH 6713–14]
ブライティンガー Breitinger (1701–76) →ボードマーの項を参照
フラキウス Flacius Illyricus, Matthias (1520–70) *628* (2・3・19) (118)
真理の証拠目録 *Catalogus testium veritatis* (Basel 1556) (補遺として: 教会の堕落を罰する種々の美しい詩 *Varia decorum piorumque virorum de corrupto ecclesiae statu poemata*)
フランク Franck, Sebastian (1499–1543) (補遺 12) (15)
世俗の書 *Weltbuch* (1534)
プリスキアヌス Priscianus (500 頃) *628* (2・3・19) (119) (120)
文法原論 Institutiones Grammaticae
プリューエル Plüer, Karl Christoph (1725–72) *78* (1・1・17) (41)
スペイン旅行記 *Reisen durch Spanien* (Leipzig 1777)
プルチ Pulci, Luigi (1432–84) *319* (2・序言) (80)
巨人モルガンテ *Il Morgante maggiore*
ブルンク Brunck, Richard François Philippe (1729–1803) *431* (2・2・3) (21), *439* (2・2・6)
詩文集 *Analecta,* 3 Bde. (Straßburg 1772–76) [BH 1705–7]
フレミング Flemming, Paul (1609–40) *346* (2・1・7) (11), *488* (2・2・21)

宗教的および世俗的詩作品 *Geist-und Weltliche Poemata*（Merseburg 1685）
ヘシオドス Hesiodos（700 B.C. 頃） *306*（2・序言）（8）（10）
ヘーフェル Höfel, Johann（1600–83） *312*（2・序言）（50）
歴史的な歌本 *Historisches Gesangbuch*（Schleusingen 1681）
ヘンリー二世 Heinrich II（1154–89） （1・1・2）（3）
ヘンリー四世 Heinrich IV（1399–1413） （2・3・7）（82）
ボイアルド Boiardo, Matteo Maria（1441–94） （1・1・11）（27）, *317*（2・序言）（80）
恋するオルランド *Orlando inamorato*（1495）
ボスウェル Bothwell, Lady Anna（1640 頃） （1・1・13）（33）
ボッカチオ Boccacio, Giovanni（1313–75） *317*（2・序言）（80）
デカメロン *Decamerone*
ボードマー Bodmer, Johann Jakob（1698–1783） *313, 321*（2・序言）（45）（56）（90）（95）
オーピッツ詩作品 *M. Opitzens Gedichte*（Zürich 1745）（ブライティンガーとの共編著）［BH 5180］
古英語と古シュヴァーベン語のバラッド *Altenglische und altschwäbische Balladen*（Zürich 1781）
シュヴァーベンの時代からのミンネザング集。百四十人の詩人を含む。リューディガー・マネッセによる *Sammlung von Minnesingern aus dem Schwäbischen Zeitpunkt, 140 Dichter enthaltend, durch Rüdiger Manessen*（Zürich 1758/59）（ブライティンガーとの共編著）［BH 5053］
ホメロス作品集 *Homers Werke*（Zürich 1778）［BH 1900］
ポマリウス Pomarius, Johannes（1514–78） *309*（2・序言）（26）
ザクセンおよびニーダーザクセンの年代記 *Chronik der Sachsen und Niedersachsen*（Wittenberg 1589）
ホメロス Homer（700 B.C. 頃） *27*（1・1・5）, *305*, *306*, *321*（2・序言）（4）（5）（6）（7）（89）（90）
ホラティウス Horatius, Quintus（64–8 B.C. 頃） （2・序言）（12）（74）
書簡集 *Epistolae*（20 B.C. 頃）

マ行

マイボム Meibom, Heinrich（1638–1700） *308*, *321*（2・序言）（20）（21）
ゲルマンの歴史 *Scriptores rerum Germanicum III*（Helmstedt 1688）
マクシミリアン一世 Maximilian I（1459–1519） *323*（2・序言）（106）
マクファーソン Macpherson, James（1736–96） （2・2・14）（46）, *468*（2・2・15）, *476*（2・2・16）
オシアン作品集 *The Works of Ossian*（London 1760）
マーシャル卿 Lord Marshall →キース

マップ Map, Walter (1140–1209 頃) *628* (2・3・19) (118)
マネッセ Manesse, Rüdiger (1300 頃) *312* (2・序言) (45) (52)
マルモンテル Marmontel, Jean François (1723–99) (2・1・18) (35)
　アポロンとダフネ *Apollon et Daphné*
マレ Mallet, Paul Henri (1730–1807) *156* (1・2・16) (50), *605* (2・3・12) (101)
　デンマーク史序説 *Introduction à l'histoire de Dannemarc* (Kopenhagen 1755)
　北方諸民族の神話 *Monumens de la mythologie et poésie des Celtes et particulièrement des abciens Scandinaves* (Kopenhagen 1756)
マレット Mallet, David (1700–65) (1・2・7) (10)
ミオジッチ Miošić, Andrja Kačić (1704–60) (1・2・8) (16)
　スラブ民話集 *Razgovor ugodni národa slovinskoga* (1756)
ミルトン Milton, John (1608–74) 3 (1・証言) (5)
　失楽園 *Paradise Lost* (1667)
ムサイオス Musäus (500 B.C. 頃) *304* (2・序言) (4)
メリ Meli, Giovanni (1740–1815) *671* (補遺 4) (5)
　ジョヴァンニ・メリによるシチリアの詩 *Poesie Sicilliane dell'Abbate Giovanni Meli,* 4 Bde. (Palermo 1787) [BH 7059–62]
メンケ Mencke, Johann B. (1674–1732) *309* (2・序言) (33)
　ゲルマンとザクセンの歴史 *Scriptores rerum Germanicarum praecipue Saxonicarum* (Leipzig 1728–30)
メンデルスゾーン Mendelssohn, Moses (1729–86) (1・2・13) (36)
モッシェロッシュ Moscherosch, Johann Michael (1601–69) *314* (2・序言) (64), *599* (2・3・11) (99)
　ジッテヴァルトの幻影 *Gesichte Philanders von Sittewald* (Straßburg 1640, 1643, 1665)
モネ Monnet, Jean (1703–85) (2・1・10) (20), *367* (2・1・14) (28)
　フランス詩選集、あるいは十三世紀から現在までの選り抜きの歌 *Anthologie Française, ou Chansons choisies depuis le 13 siècle jusqu' à present* (Paris 1765)
モルホーフ Morhof, Daniel Georg (1639–91) *167* (1・2・18) (66) (67)
　ドイツ詩学 *Unterricht von der Teutschen Sprache und Poesie* (Kiel 1682) [BH 5152]
モンクリフ Moncrif, François Auguste Paradis de (1687–1770) *332* (2・1・4) (6)
モンテーニュ Montaigne, Michel Euquem de (1532–92) *3* (1・証言) (4), *436* (2・2・5)
　随想録 *Essais* (1588)

ヤ行
ヤーゲマン Jagemann, Christian Joseph (1735–1804) *398* (2・1・26) (49), *656* (2・3・29) (141)
イタリア詩選集 *Anthlogia poetica italiana* (Weimar 1777)
ヤコービ Jacobi, Johann Georg (1740–1814) *484* (2・2・19) (59)
ゴンゴラのスペイン語からのロマンセ *Romanzen aus dem Spanischen des Gongora* (Halle 1767)
ユヴェナリス Juvenalis, Decimus Junius (50–130頃) (1・3・終わりに) (74)
風刺詩 *Saturae* [ド] *Die Satiren des Juvenals* (Berlin 1777) [BH 2274]

ラ行
ライザー Leyser, Polycarp (1690–1728) *628* (2・3・19) (118)
歴史上の詩人と中世の詩歌 *Hist. poetar. et poemat. med. aevi* (Halle 1721)
ライスナー Reißner, Adam (1500–72) *322* (2・序言) (104)
領主ゲオルクとカスパー・フォン・フロインツベルクの歴史 *Historia Herrn Georgen und Herrn Caspern von Frundsberg* (Frankfurt 1572)
ラインハルト Reinhard, Johann Paul (1722–79) *309, 322* (2・序言) (30) (99)
フランケン地方史論考 *Beyträge zur Historie Franckenlandes* (Beyreuth 1760–63)
ラヴレイス Lovelace, Richard (1618–58) (2・3・20) (125)
ルキャスタ *Lucasta* (1649)
ラスペ Raspe, Rudolf Erich (1737–94) (1・1・2) (4), (1・2・8) (16), (1・3・17) (35), (1・3・終わりに) (73)
新自由学芸叢書 *Neue Bibliothek der schönen Wissenschaften und freien Künste* (1766)
ラブレー Rabelais, François (1494–1553) *314* (2・序言) (60)
ラブレー作品集 *Ouvres de Fr. Rabelais* (Amsterdam 1711) [BH 5791–93]
ラムジー Ramsay, Allan (1680–1758) *65* (1・1・14) (34), *69* (1・1・15), *615* (2・3・15), *618* (2・3・16), (2・3・25) (135)
常緑樹。一六〇〇年以前に独創的な人々によって書かれたスコットランド文芸選集 *The Ever Green. Being a collection of Scots Poems, wrote bey the Ingenious before 1600* (Edinburgh 1724)
茶卓雑録あるいはスコットランドとイングランドの歌謡選集 *Tea-Table Miscellany or a Collection of choice Songs, Scots and English* (London 1724)
ラムラー Ramler, Karl Wilhelm (1725–98) (2・序言) (53) (66) (67) (81) (82) (107), *382* (2・1・19)
抒情詞華集 *Lyrische Blumenlese* (Leipzig 1774)
ラーンシン Ranchin, Jacques (1620–80) (2・1・10) (20)

ランベック Lambeck, Peter (1628–80) *321, 323* (2・序言) (94)
ウィーンの皇帝図書叢書注釈 *Commentarii de Bibliotheca Caesarea Vindobonenisis,* 8 Bde. (Wien 1665–79)
リスト Rist, Johann (1607–67) *356* (2・1・11) (21)
詩的な舞台 *Poetischer Schauplatz* (Hamburg 1646)
リーバーキューン Lieberkühn, E. G. (生没年不詳) (2・序言) (82)
薬 *Arzeneyen* (Berlin 1759)
ルーイヒ Ruhig, Philipp (1675–1749) *5* (1・証言) (22), *422* (2・2・情報), *433* (2・2・4)
リトアニア語辞典 *Litauisch-Deutsches und Deutsch-Litauisches Lexicon. Nebst einer historischen Betrachtung der Litauischen Sprache* (Königsberg 1747)
ルクレティウス Lucretius Carus, Titus (99–55 B.C.) *307* (2・序言) (13)
ルサージュ Lesage, Alain-René (1668–1747) (2・序言) (78)
ジル・ブラースの物語 *Histoire de Gil Blas de Santillane* (1715)
ルソー Rousseau, Jean-Jacques (1712–78) (補遺 7) (10), (補遺 8) (11)
わが生涯の悲惨の慰め *Les Consolations des Misères de ma Vie* (Paris 1781)
ルター Luther, Martin (1483–1546) *4, 6* (1・証言) (17) (27), *247* (1・3・10) (16), *311, 322* (2・序言) (43) (105), *654, 655* (2・3・28)
卓話 *Tischrede*
レゼニウス Resenius, Petrus (1625–88) *529* (2・3・1) (6), *551* (2・3・4) (55)
アイスランドのエッダ *Edda Islandorum ao. Chr. 1215* (Kopenhagen 1665)
ヴォルスパ *Philosophia antiquissima Norvego-Danica, dicta Woluspa* (Kopenhagen 1665)
オーディンの箴言 *Ethica Odini pars Eddae Saemùndi vocata Haavamaal* (Kopenhagen 1665)
レッシング Lessing, Gotthold Ephraim (1729–81) *6* (1・証言) (24), *27* (1・1・5), *310, 313* (2・序言) (57), (2・2・4) (25)
寄稿 *Beiträge* (1777)
文学書簡 *Briefe, die neueste Literatur betreffend* (1759–65)
レッツナー Letzner, Johann (1531–1613) *309* (2・序言) (34)
ダッセルとアインベックの年代記 *Dasselsche und Eimbeckische Chronica* (Erfurt 1596)
レプゴウ Repgow, Eike von (1180–1235) *2* (1・証言) (2)
ザクセン法鑑 *Der Sachsenspiegel* (Leipzig 1545) [BH 4782]
ローゼンプリュート Rosenplüt, Hans (1400–60) *322* (2・序言) (99)
ロベルティーン Roberthin, Robert (1600–48) *358* (2・1・12) (22)

訳者略歴

嶋田洋一郎（しまだ・よういちろう）

1955 年生まれ。
1982 年、上智大学大学院文学科ドイツ文学専攻修士課程修了
現在、九州大学大学院比較社会文化研究院教授
著訳書
『ヘルダー旅日記』（翻訳、九州大学出版会、2002 年）
『ヘルダー論集』（花書院、2007 年）

ヘルダー民謡集《みんようしゅう》

2018 年 11 月 10 日　初版発行

訳　者　嶋田　洋一郎
発行者　五十川　直行
発行所　一般財団法人　九州大学出版会

〒 814–0001 福岡市早良区百道浜 3–8–34
九州大学産学官連携イノベーションプラザ 305
電話　092–833–9150
URL　https://kup.or.jp/
印刷・製本　研究社印刷株式会社

ISBN 978–4–7985–0243–4